德州学院学术著作出版基金资助

外国文学研究
丛书

莎士比亚戏剧分类研究

张　丽著

中国社会科学出版社

图书在版编目（CIP）数据

莎士比亚戏剧分类研究/张丽著.—北京：中国社会科学出版社，2009.9

ISBN 978-7-5004-8124-9

Ⅰ.莎…　Ⅱ.张…　Ⅲ.莎士比亚，W.（1564—1616）—戏剧文学—文学研究　Ⅳ.I561.073

中国版本图书馆CIP数据核字(2009)第158255号

策　　划　郭沂纹
特约编辑　沂　涟
责任校对　王玉兰
封面设计　毛国宣
技术编辑　张汉林

出版发行　中国社会科学出版社
社　　址　北京鼓楼西大街甲158号　　邮　编　100720
电　　话　010—84029450(邮购)
网　　址　http://www.csspw.cn
经　　销　新华书店
印　　刷　新魏印刷厂　　装　订　广增装订厂
版　　次　2009年9月第1版　　印　次　2009年9月第1次印刷
开　　本　880×1230　1/32
印　　张　9.625
字　　数　240千字
定　　价　26.00元

目　　录

第 一 章

莎士比亚及其创作

一 戏剧人生

我们在关注莎士比亚的生平时，主要是想从一些可靠的、有价值的史料中，了解莎士比亚的出身、教养、经历，了解他是怎样的一个人，了解他是怎样成为一个伟大的戏剧家的。

莎士比亚虽然在世界文学史上享有崇高的声誉，而且在当时就已深受人们的欢迎，可是，流传至今有关他的生平事迹的史料却为数不多。这与戏剧家当时的社会地位低下，无人会为他们立传有关，即使是像莎士比亚这样身份的戏剧家也是如此。18 世纪以后，伴随着莎士比亚的声望与日俱增，他越来越受到人们的重视，人们才对他的生平产生兴趣，开始搜集有关他的材料，编写传记。数百年来，人们在进行大量的收集、分析、整理史料的工作基础上，编写出了一部部莎士比亚传记。虽然仍有不少问题存在争议，存在疑问，尚待解决，但根据学术界的研究成果还是能够基本描绘出莎士比亚的生平概况的。

（一）莎士比亚的人生轨迹

威廉·莎士比亚（1564—1616）生于英国中部艾冯河畔的

斯特拉福镇。该镇离伦敦约一百英里，镇上人口约两千人，这里山清水秀，绿树成荫，风景优美。在宗教改革后，这个镇摆脱了教会的管辖，于1553年设立了独立的行政机构和议会，议员由一些富裕的市民构成。斯特拉福镇成为附近地区的一个商业、文化、行政中心，是伊丽莎白时代一个比较重要的市镇。

莎士比亚的父亲约翰·莎士比亚，从事皮革手工业兼经营皮手套等生意，渐渐地成了当地的一家富户。莎士比亚的母亲是当地一小地主的女儿，结婚时有六十英亩土地的陪嫁。1566年，约翰·莎士比亚当选为镇上的民政官，三年后又当选为镇长。莎士比亚少年时期，家庭比较富裕。莎士比亚是家中五个孩子中的长子，大约七岁时进入当地的文法学校上学。这是一种专为上层市民子弟开办的世俗学校，除了学习英文和圣经外，主要学习拉丁文、拉丁文文学和拉丁文修辞。莎士比亚十五六岁时，由于父亲疏于经营，家道中落，不得不中途辍学。

1582年11月，莎士比亚十八岁时，与邻乡一个富裕自耕农的女儿安·哈瑟维结婚。对方比他长八岁，结婚前已经怀孕，婚后六个月生下女儿苏珊娜，1585年又生了一对双胞胎，女儿裘迪丝和儿子哈姆纳特。儿子在十一岁时夭折。

莎士比亚大约是在1885年左右离开斯特拉福去往伦敦的。在伦敦的最初几年，他可能是在剧团中干杂工，后来在剧团做提词并给剧团写剧本，开始了他的创作生涯。1590年，剧团上演了他的第一个剧作《亨利六世》，1592年，这个剧本在伦敦最大的剧场——玫瑰剧场演出并且走红，莎士比亚从此登上剧坛。当时占据着伦敦剧坛的是大学才子剧作家，莎士比亚创作不久就崭露头角获得成功，不免引起了格林的嫉妒。格林在临死前写给大学才子同行们的一封信中攻讦莎士比亚是“一只暴发户式的乌鸦，借我们的羽毛美化自己，用演员的皮，包藏起虎狼之心；能写几句无韵诗，却要与你们中间最优秀的人媲美；他完完全全是个什么都干的打杂工，却自命不凡，把自己看做在国内唯一震撼舞台的人”。震撼舞台这个词的原文是 Shakc-sccnc，前一半的读音与“莎士比亚”近似，明显是格林创造出来影射莎士比亚的。由此可见，莎士比亚的戏剧当时已经有些名气了。当时正值英国人文主义诗歌繁荣发展时期，莎士比亚也卷入了写诗的热潮，他写有两部长诗和一部十四行诗诗集，深受当时青年人的喜爱。他的长诗《维纳斯与阿都尼》《鲁克丽丝受辱记》都是献给他的保护人骚桑普顿伯爵的。年轻的骚桑普顿伯爵是一个有较高的文化修养，并接受了人文主义思想的新贵族。在这个贵族人文主义者的府邸里，莎士比亚有机会接触到文艺复兴时期的绘画和音乐等。

1594 年，莎士比亚加入“宫内大臣供奉”剧团，这是伦敦两个主要剧团之一。1599 年，伦敦最大的公共剧院环球剧院建立时，莎士比亚是股东之一，他和剧团里的其他四个股东出资一半，剧团的夏天演出都在这里。1608 年，他们又买下了比较小的黑僧剧场，作为冬季演出的场所。莎士比亚的主要活动还是写剧本，并在剧本创作方面取得了极大的成功。从 1594 年至 1598 年，他平均每年写两个剧本，表现出惊人的艺术才能和勤奋精神。1600 年后的几年间是莎士比亚创作的鼎盛期，他的几个最优秀的剧本都在这时写成。在伦敦，莎士比亚的剧作也很受年轻人欢迎，他的《哈姆莱特》就曾在牛津大学和剑桥大学上演，受到大学生的好评。在当时，他真正称得上是“震撼舞台的人”了。1603 年，詹姆斯一世继位，莎士比亚所属的剧团被命名为“王家供奉”。莎士比亚与其他几个演员一起，得到了“国王侍仆”的头衔。

莎士比亚经济上富裕之后，在家乡置购了房地产业，还曾以他父亲的名义申请到一个贵族的纹章。1610 年，莎士比亚离开伦敦，返回斯特拉福镇生活。他的大女儿结婚较早，小女儿天资迟钝，在莎士比亚死前十个星期才结婚。返乡后的最初两年，他仍与剧团保持联系，继续为剧团写剧本。他最后的几个剧本《冬天的故事》《暴风雨》《亨利八世》都是在家乡写成的。1612 年后，他不再写作。1616 年 4 月 23 日莎士比亚因病去世，埋葬在当地的三一教堂。在他的墓碑上刻着这样的墓志铭：

看在耶稣的分上请住手，
勿挖掘这块石碑底下的尸骨。
谁在这里动土他将要受诅咒，
谁尊重我的遗体就会受祝福。

莎士比亚究竟是怎样一个人：

围绕莎士比亚生平存在许多争议，有许多不解之谜，表现出了对莎士比亚本人的种种猜测。莎士比亚生平资料中的难解之谜，主要集中在以下问题：

1. 莎士比亚因何离开斯特拉福镇去伦敦

一种说法是：莎士比亚年轻时放荡不羁，偷入路西爵士的公园猎鹿，曾遭逮捕，受过严厉处分，为躲避路西爵士的进一步报复，莎士比亚不得不离开斯特拉福来到伦敦。路西家族的公园在斯特拉福三英里之外，这个美丽的公园至今还在。另一种说法是：莎士比亚是跟着剧团去了伦敦的。斯特拉福是伦敦与北方交通的必由之路，著名的伦敦剧团时常来斯特拉福演出，莎士比亚少年时，他的父亲接待过剧团的客人，所以莎士比亚和这些剧团很熟悉，后来就参加了来到斯特拉福演出的剧团，跟剧团去了伦敦。

2. 莎士比亚的婚姻和感情生活如何

首先，安·惠特雷是谁？这是莎士比亚生平中最令人难解的“谜”。这个女子的名字出现在莎士比亚结婚登记册上。有人认为是登记人误把安·哈瑟维误写为安·惠特雷。不过一般人认为不大可能产生这种错误，有可能安·惠特雷是莎士比亚与之订婚的女子，后因某些原因，莎士比亚被迫改变了婚姻对象，最后与安·哈瑟维结婚了，但在结婚登记上还是留下了痕迹。

其次，莎士比亚十四行诗中的黑肤女人是谁？莎士比亚十四行诗自一二六至一五二首里都有一位黑肤女郎，不知这位女子是真有其人还是臆想中人。有人说黑肤女郎是安·惠特雷；有人说这个女人是伊丽莎白；有人说就是有个黑种女人；还有人说这个女人是玛丽·费顿，她是女王宫中的一位才女。所有说法都是猜测。

再次，莎士比亚把他第二张最好的床留给妻子是不是表示不爱她？莎士比亚的遗嘱写于 1616 年 1 月，去世前一个月又修改过一次。他的遗嘱中留给大女儿苏珊娜大量遗物，却只把第二个最好的床和家具留给妻子。有人揣测这是莎士比亚有意对妻子进行嘲笑，不过也有人说：在法律规定内，安·哈瑟维本来在她的有生之日就有权享有莎士比亚财产总收入的 1/3，她自然已得到了充分赡养，所以就不必再作特殊安排，第二个最好的床就是结婚时用的床，所以莎士比亚才会在遗嘱中特别提到这一点。

3. 莎士比亚是怎样死的

一种普遍的说法是他是在酗酒中死去的。从 1662 年到 1681 年间，在斯特拉福当牧师的沃德曾在日记中记载莎士比亚曾与德莱登和本·琼生在一起欢聚，喝酒后发烧，一病不起。

上述种种传说，给莎士比亚的生平添加了不少戏剧色彩。因此关于莎士比亚的为人就有这样那样的说法。有的就认为莎士比亚年轻时偷入公园猎鹿，然后一走了之，离开故乡去往伦敦，行为荒唐。莎士比亚的婚姻一开始就是一场面子婚姻，莎士比亚死后除了一张次好的床，什么也没有留给他的妻子就很说明问题。他写下那警告挖他骸骨的墓志铭，就是害怕妻子死后，人们会把墓挖开，将她的尸体放进去和他同穴。他的十四行诗中总提及一位黑肤女郎，说明他有婚外情。结论是莎士比亚不是个好丈夫。莎士比亚对小女儿不管不顾，遗嘱中只留给她100镑，说明他也不是个好父亲。他还是个酒鬼，死于酗酒。作为演员，他并不高明，只不过跑跑龙套。作为剧作家，按照格林的说法，他从别人那里抄袭太多，真正属于莎士比亚自己的东西则太少，甚至他剧作的著作权都让人心生疑窦，他也不是伟大的戏剧家。

如果不用太过浪漫的眼光去看莎士比亚，而是从他那些不多、但可靠的资料中做一些必要的联想，大致可这样看莎士比亚其人：

第一，莎士比亚离开家乡去往伦敦的原因更多是为了谋生。莎士比亚是家中长子，家道中落，他会有振兴家业的责任感。他的婚姻如果说有不得已的原因，恐怕也与经济之类的实际考虑有关。去伦敦时，他已结婚成家并已是孩子的父亲，考虑生计问题应是第一位的。而他除了在文法学校读书打下的语言表达的基础外，别无所长，那么他跟随剧团去伦敦发展倒是符合常理的。

第二，在伦敦的二十多年里，莎士比亚是勤奋和吃苦能干的，这更符合一个身无分文来伦敦打拼的青年人的实际境况。他不可能有谈情说爱的风流韵事，拿十四行诗中的黑肤女人说事，应属捕风捉影，就好比我们不能因为他写了那么多恋爱婚姻方面的喜剧就断定他本人风流成性。

第三，从莎士比亚与人的交往上看，他在戏剧圈子中受到大家敬重，有自己很真诚的一群朋友。他在剧团里的同事和同行本·琼生，他们远道来斯特拉福镇看望他，并且在他去世后，这些朋友又搜集他的剧作出版来纪念他，这都是最好的明证。很难想象一个生性轻浮或感情虚伪的人能拥有这样一些真诚和忠实的朋友。

第四，莎士比亚不是一个率性而为的人，相反，他通晓人情世故，处事精明理智。在伦敦的二十多年，他是谨慎、勤勉，甚至可以说是世故、圆滑的。他从未得罪过什么人也未因言获罪，相反，他得到过骚桑普顿伯爵的保护；参加过“宫内大臣供奉”剧团；詹姆斯一世继位后，他还得到“国王侍仆”的头衔。从提词到写剧本再到成为剧团股东，他的事业稳步发展。尤其是他置下田产，成为有地位的绅士，重振了家业，他无疑是成功的。莎士比亚在这方面取得的成功与他的通晓人情世故，处事精明分不开。

第五，莎士比亚戏剧的才能在当时就得到了证明。格林在遗书中说他是拿别人的羽毛装饰了自己的乌鸦，这封信出版后曾遭到莎士比亚抗议，出版人不得不向莎士比亚道歉，这说明莎士比亚的写作并不存在抄袭。那时伦敦的剧团很多，相同的剧本故事可以你演我演，主要还是看谁编写的剧本更动人，更吸引观众。资料说明那时他就是深受人们喜爱的戏剧家了。

总之，在家庭中，莎士比亚是个重家庭，负责任的人；在人与人的关系中，莎士比亚是个重友情，感情真诚的人；在社会中，莎士比亚是个通晓人情世故，人情练达的人；在戏剧事业上，莎士比亚是个成功的戏剧家。

（二）莎士比亚是怎样成为伟大的戏剧家的

莎士比亚著作权问题是莎士比亚之谜中比较重要的一个问题。不少人怀疑莎剧未必是莎士比亚本人的作品。

莎士比亚著作权问题指的是从18世纪70年代起，出现了一种说法，即否认莎士比亚实有其人，否认莎剧是莎士比亚本人的作品。这种说法最早是赫伯特·劳伦斯提出的，他曾在文章中说，培根创作了很多剧本，他在这方面取得的很多成就无须证明，别人当时就称他为莎士比亚，以此暗示莎士比亚的剧本是莎士比亚同时代的大法官、哲学家弗兰西斯·培根写的，以莎士比亚名义发表的剧本很可能是培根的创作；“至19世纪40年代纽约律师约瑟夫·哈特《快艇罗曼斯》一书中说：莎士比亚购买他人的剧本而冒充自己的作品；19世纪50年代，美国人戴莉莎·培根在《莎士比亚剧本哲学思想剖析》一书中说：莎剧乃是培根和一个秘密小组集体创作的”①；19世纪八九十年代英美的“培根学会”声言培根留下了明确的证据即在剧本中有所谓的密码，于是他们致力于识破密码，在剧本中找暗示，证明莎士比亚剧本的真实作者不只是培根，还有伊丽莎白时代的剧作家马洛。20世纪以来，还有别人被假定为莎剧的剧作家，其中包括埃塞克斯伯爵、骚桑普顿伯爵或剧作家本·琼生，甚至是伊丽莎白女王。

上述说法大都存在很大的漏洞。例如培根说中存在着这样一些矛盾：培根和莎士比亚两个人的生平找不出关联来。培根大量的著作是用拉丁文写的，虽然他也用英文写作，但他认为古典语言更优越。像培根这样一个头面人物，秘密编剧却能长期保密不为人知，这一点是不太可能的。特别是在培根已知的作品中找不出和莎士比亚戏剧相同的东西来。怀疑莎士比亚著作权的人，还以莎士比亚的手稿现在找不到为由进行质疑，其实，当时许多剧作家的手稿也已丧失。还有人以莎士比亚遗嘱写的字歪歪斜斜，

---

① 孙家琇主编：《莎士比亚辞典》，河北人民出版社1992年版，第79页。

否定莎士比亚不像是个大作家。其实，莎士比亚学历确实很低，但这不能说明他就不能成为伟大的戏剧家。还有的提出莎士比亚出身低微，在他的作品中怎会有大量关于贵族生活的内容，他怎会熟悉贵族生活。实际上，莎士比亚的出生虽不是贵族，但曾得到青年贵族骚桑普顿伯爵的关照，他们是很好的朋友。莎士比亚经常出入骚桑普顿伯爵的府邸，对贵族表面的生活是有了解的。

在英国，在莎士比亚的故乡斯特拉福镇，成立了莎士比亚研究中心和陈列馆，莎士比亚的生平资料和著作都陈列在那里。我国1978年人民文学出版社出版的《莎士比亚全集》中文译本也在那里陈列。莎士比亚著作权问题之所以会成为问题，除了有关莎士比亚的生平材料太少，恐怕主要还是因为莎士比亚出身平民，没受过大学教育，有些人不相信一个来自下层的人会有这样的才华，于是，才挖空心思从贵族社会寻找所谓的真正作者。这也给我们提出一个需要正面回答的问题：像莎士比亚这样一个出身平民、文化教养不高的人，为什么能成为世界上伟大的戏剧家。

莎士比亚成为伟大戏剧家的前提条件有很多，总起来看不外内在和外在两方面的原因。

从莎士比亚自身看，他的天才和勤奋是成为一位伟大戏剧家的前提条件。

莎士比亚具有成为伟大戏剧家的天赋。有些人不相信一个来自下层的人会有戏剧创作的才华，这种不相信来源于对戏剧才能的误解。莎士比亚的才能不在于创造出繁杂的理论概念或深沉的哲学体系，因为那种才能确实需要通过正式的教育才能获得，而戏剧创作所需的才能则是要有对人生、社会、自然百态的常识，要具备将它们用语言和动作模仿出来的表现力。莎士比亚就具有这样的才能。

莎士比亚具有广博的知识。他的知识涉及人类生活的各个领域，但他的知识广博不在于深厚的学养和独特的见解上。本·琼生就曾对莎士比亚的学问很不以为然，他虽然曾称赞莎士比亚，却也直言不讳地说莎士比亚不谙拉丁文，更疏于希腊文，于才于艺，多有所缺。但莎士比亚的知识面是广阔的，他未必懂得如何将自然万物进行分类，却能说出各式各样的飞禽走兽、花草虫鱼，在许多博学的学者那里不屑考虑的琐事，却正是莎士比亚注意听到或看到的事。莎士比亚的天才与多数人不同的地方恰恰在于，他把同时代人的日常生活琐事、人生百态和众生相看做诗意的真正源泉。莎士比亚的知识广博主要是在对真实生活知识的了解和表现方面。因为他生活知识和社会经验丰富。他的青年时代是在乡村度过的，此后他的大半生又是在英国首都伦敦生活。在剧院工作的性质，使他既能广泛接触到下层百姓，同时又能出入上流社会，如贵族的府邸，甚至国王的宫廷，他不仅与英国现实的种种保持密切联系，更与形形色色的人有近距离接触和深入认识。他能抓住时代生活和不同人的特征并将之呈现在戏剧中，对社会和人生这种知识的传达使他与众不同。他对世界和人性的幻想是真实的，在莎士比亚的戏剧里到处可以找到真实的感受，到处可见世态人情。

莎士比亚还具有语言天赋。他具有对自然常识作非凡表达的才能。莎士比亚的戏剧语言常常是一泻千里，波澜起伏，有的甚至是神秘、艰深、晦涩的，某些剧作充满了警句、格言、谚语，他发扬光大了同时代人所讲的普通语言，又将其提升，语言中充满了形象、声音、感觉、气味，从而使平常的语言更新鲜、更华丽、更有意义。

莎士比亚不仅有戏剧天才，他又是勤奋的，他像蜜蜂采蜜一样勤于学习。他向他人学习，莎士比亚的创作道路并非是他自己走一条小路，他是在前人开辟的道路上越走越宽；他向书本学习，他的剧本来源有史书、传记，有旧剧、故事等。他创作勤奋，生活严谨，把全部精力投入到创作和演出中。

当然，要说明莎士比亚是如何成为一位伟大的戏剧家的，仅从莎士比亚自身进行探寻还不够，还必须把视野放得更开阔些。

从莎士比亚所处的时代看，莎士比亚成为伟大的戏剧家是一种时代的必然。伟大的时代产生伟大的作家。莎士比亚的出现也不是偶然的，是英国文艺复兴时期文学成果的集大成者。正如泰纳所说，只有这个伟大的时代才能诞生这样一个婴儿。也如歌德所说的，他恰是在收获的季节到来。

首先，英国民族国家的形成和繁荣促进了英国民族文化的形成和发展，这是莎士比亚出现的总背景。14 世纪以来，英国的资本主义生产方式已经产生。更促进了资本主义的迅速发展。英国的所谓“圈地运动”以及海外贸易掠夺活动，成为资本主义原始积累的重要途径。工商业发展很快，出现了一批资产阶级化的新贵族。到了 15 世纪后半期，资产阶级和新贵族已取代世袭的旧贵族而在社会上占据重要地位。资本主义的发展促进了英国民族国家的建立。1485 年玫瑰战争结束，亨利七世继位，建立了都铎王朝，结束了长期割据混战的局面，大贵族在混战中因自相残杀而力量大大削弱，王权与资产阶级新贵族建立联盟，统一的君主制的民族国家开始形成。亨利八世继位后，又进行宗教改革，自称是英国国教的首领，进一步加强了王权。1558 年，亨利八世的次女伊丽莎白继位，在她统治的四十多年时间里，英国王权空前强大，资本主义有了更大的发展，史称“伊丽莎白时代”。1588 年，英国打败了西班牙的“无敌舰队”，已成为一个统一、繁荣、强盛的国家。英国的文艺复兴运动从 15 世纪八九十年代开始兴起，到了伊丽莎白时代则广泛开展起来，人文主义成为当时的一种进步思潮。莎士比亚戏剧中就表现了这种人文主义思想。

其次，当时英国的文学和戏剧的发展，特别是莎士比亚的前辈更是直接为莎士比亚取得卓越的成就开辟了道路。莎士比亚戏剧是英国人文主义文学发展的结果。在英国文学发展中，具有重要意义的是翻译作品的大量出现，古希腊罗马、意大利、法国的文学都对英国文学的发展产生了积极影响，特别是《圣经》的翻译和出版，促进了英国的宗教改革和人文主义运动的开展，促进了英国语言文学的发展。在莎士比亚戏剧创作中，可以看出《圣经》对他有十分重要的影响。在大量的翻译作品中，托马斯·诺斯所译的普鲁塔克的《希腊罗马名人传》对莎士比亚的创作也有十分重要的影响。

在莎士比亚出现之前，英国文学已十分繁荣。在诗歌方面，15 世纪后，在意大利的影响下，英国产生了新的人文主义诗歌。十四行诗成为英国诗坛一种极其重要的诗体，后来无韵诗成为英国诗歌和戏剧中的主要诗体。在伊丽莎白时代，英国人文主义诗歌十分繁荣，菲利普·锡德尼（1554—1586）、爱德蒙·斯宾赛（1552—1599）都是伊丽莎白时代重要的诗人。在戏剧方面，16 世纪，英国在奇迹剧、道德剧和笑剧的戏剧传统上，接受了古希腊、罗马古典戏剧的影响，逐渐形成了具有民族独创性的戏剧。在伊丽莎白时代，戏剧作为一种最具群众性的艺术形式，获得了极大的发展，是戏剧空前繁荣的时期。其间，出现了大量的剧院、职业剧团，以及大批戏剧人才。“大学才子派”对英国戏剧的发展作出了自己的贡献，它直接影响了莎士比亚的戏剧。约翰·李利写的典雅的喜剧，对莎士比亚喜剧有较大影响；托马斯·基德的悲剧在戏剧结构和人物心理分析上，对莎士比亚有影响。特别是克里斯托夫·马洛的悲剧对莎士比亚的影响就更大。莎士比亚博采众长，终于在戏剧领域取得了重大成就。莎士比亚是时代的产儿，他是在这样一个人才辈出的时代应运而生的伟大戏剧家。

二　戏剧创作

（一）戏剧版本

莎士比亚在世时，只出版了他的两部叙事长诗、一部十四行诗集和少数的剧作。第一部完整的莎士比亚戏剧集是莎士比亚去世后七年才出版的。

1623 年，莎士比亚戏剧界的朋友收集和整理他的遗作，编印了书名为《威廉莎士比亚先生的喜剧、历史剧和悲剧》的莎士比亚戏剧集，共收入了 36 个剧本，除《泰尔亲王配力克里斯》外，莎士比亚其余的剧本都已收入。其中有一半剧本是他生前从未出版过的。这个戏剧集用对开本出版，即后人所谓的“第一对开本”。本·琼生为戏剧集作序，称莎士比亚是“时代的灵魂”；莎剧的主要收集者约翰·海明琪和亨利·康德尔，在集子上题写献词，称赞莎士比亚“善于模仿天然，也善于表达天然，他得心应手，想到什么便轻易的形之于文字”。戏剧集中有一幅莎士比亚的肖像画，另有主演过莎士比亚剧本的演员名单。它采用的分类法影响至今。这个戏剧集当时印了 1000 多本，保留至今的还有不到 300 本。

莎士比亚戏剧集的版本之多是个奇观。“据不完全统计，现在收藏的有关莎士比亚图书达 26 万多卷，其中全集版本就有 1300 多种，《哈姆莱特》单行本 800 多种，《麦克白》500 多种。”①

---

① 孙家琇主编：《莎士比亚辞典》，河北人民出版社 1992 年版，第 368 页。

莎士比亚戏剧在中国的翻译和出版有一个漫长的过程。

莎士比亚的名字最初是由外国教会人士介绍过来的。1856年，上海墨海书院刻印了英国传教士慕维廉译的《大英国志》，其中在讲到伊丽莎白女王时代的英国文化盛况时曾说："当以利莎伯时，所著诗文，美善俱尽，至今无以过之也。儒林中如锡的尼、斯本色，拉勒、舌克斯华、倍根、呼格等，皆知名士。"此处提到的"舌克斯华"，即今天通称的莎士比亚。此后很多人用不同的译名介绍过莎士比亚，今天通用的这个译名始于梁启超的《饮冰室诗话》。

莎士比亚戏剧作品被译成中文始于19世纪末20世纪初。最早的译本是1903年上海达文社出版的《澥外奇谭》，里面包括10个莎士比亚戏剧故事，是根据英国散文家兰姆改写的《莎士比亚故事集》翻译过来的。1904年，林纾也根据兰姆的《莎士比亚故事集》进行翻译，译成《吟边燕语》一书，里面给每个莎士比亚戏剧故事皆取一个古雅传奇的文言名字，如《哈姆莱特》译作《鬼诏》，《李尔王》译作《女变》，《麦克白》译作《蛊征》，《奥瑟罗》译作《黑瞀》。

完整的单行本的翻译出版首推1921年田汉译的《哈姆莱特》，此后，莎士比亚戏剧的翻译和出版一直不断，1949年后出版的单行本较多。

系统翻译莎士比亚戏剧全集的有梁实秋、朱生豪、曹未风。独力翻译莎剧最多的是梁实秋。梁实秋翻译的《莎士比亚戏剧全集》，于1967年在台湾出版，共收入37种剧本，在每个剧本前还有关于素材来源和演出情况的介绍。其次是朱生豪，他共翻译莎士比亚剧本31种，他的译本在当时也是优秀的。1947年上海世界书局曾将其译作以《莎士比亚戏剧集》的名字分三卷出版，共收入27种剧本。1954年，北京作家出版社将朱生豪翻译的莎士比亚戏剧作品又以《莎士比亚戏剧集》的名字分十二卷出版，共收入31种剧本。曹未风也是我国最早翻译莎士比亚全集的翻译家之一，他翻译了15种莎士比亚的戏剧作品，他的译作曾以《莎士比亚全集》为总名，由贵阳文通书局于1942—1944年间出版，收入11种剧本，1946年，上海文化合作公司又用《曹译莎士比亚全集》的总名出版了其中的10种剧本。

1978年，人民文学出版社组织专家对朱生豪的31个译本进行校订和增补，方平译了《亨利五世》，方重译了《理查三世》，章益译了《亨利六世》（上、中、下三篇），杨周翰译了《亨利八世》，另外还编辑了一卷莎士比亚诗集，《莎士比亚全集》终于出版，一套书合成全璧，共11卷，1—10卷包括37个剧本，按牛津版莎士比亚全集的次序排列。这套全集的出版，不仅标志着我国翻译与介绍莎士比亚戏剧作品和诗歌作品的工作进入一个新阶段，同时也是中国人民对莎士比亚的最好纪念。本书有关莎士比亚戏剧的引文也全部出自该版本。

（二）创作的分期和分类

1. 分期

由于年代久远，很难准确地确定莎士比亚的每部作品都是哪一年创作的。钱伯斯的莎士比亚戏剧年表是国际公认的、资料可靠的一个年表。其特点就是一个跨年度的年表，大部分剧作没有准确到哪一年，有一定的模糊性，这反而更符合实际。人们对钱伯斯年表质疑比较大的是《温莎的风流娘儿们》的创作年代，钱伯斯把它定在1600年至1601年间，现在一般认为该剧应是在1598年前后创作的。

莎士比亚戏剧年代表（E. K. 钱伯斯）

1590—1591　《亨利六世》中篇

《亨利六世》下篇
1591—1592 《亨利六世》上篇
1592—1593 《理查三世》
《错误的喜剧》
1593—1594 《泰特斯·安德洛尼克斯》
《驯悍记》
1594—1595 《维洛那二绅士》
《爱的徒劳》
《罗密欧与朱丽叶》
1595—1596 《理查二世》
《仲夏夜之梦》
1596—1597 《约翰王》
《威尼斯商人》
1597—1598 《亨利四世》上篇
《亨利四世》下篇
1598—1599 《无事生非》
《亨利五世》
1599—1600 《裘力斯·凯撒》
《皆大欢喜》
《第十二夜》
1600—1601 《哈姆莱特》
《温莎的风流娘儿们》
1601—1602 《特洛伊罗斯与克瑞西达》
1602—1603 《终成眷属》
1604—1605 《一报还一报》
《奥瑟罗》
1605—1606 《李尔王》

《麦克白》
1606—1607　《安东尼与克莉奥佩特拉》
1607—1608　《科利奥兰纳斯》
《雅典的泰门》
1608—1609　《泰尔亲王配力克里斯》
1609—1610　《辛白林》
1610—1611　《冬天的故事》
1611—1612　《暴风雨》
1612—1613　《亨利八世》
《两个贵亲》

根据创作年表，分析莎士比亚作品在思想和艺术风格等方面显示的变化与异同，分析彼此之间的联系与区别，就可以划分莎士比亚创作的发展阶段了。通常把莎士比亚的创作划分为三个时期，也有的划分为四个时期。三个时期即1590—1600年、1600—1608年、1608—1612年。四个时期是在三个时期的基础上，又进一步把第一段一分为二：1590—1594年、1594—1600年。

创作分期的划分揭示了莎士比亚创作在思想内容和艺术上成长、成熟的发展演变过程。而这个发展演变的过程，与莎士比亚思想前后的变化有密切联系，与当时英国社会和文艺界的发展变化有关。也就是说，是英国社会（包括文艺界）的发展变化，促使莎士比亚思想发生了变化，进而引起了他创作的变化。

第一时期（1590—1600）：莎士比亚开始创作时，正值伊丽莎白统治的盛年，经济繁荣，王权强盛，国家统一。对西班牙战争的胜利，进一步增强了英国人民的民族自豪感。历史剧是当时盛行的新剧种。莎士比亚和当时许多人文主义者一样，对现实抱乐观态度，相信人文主义理想可以实现，即使社会中存在着种种矛盾，在伊丽莎白的英明统治下也能得到解决。因此，莎士比亚第一个时期的戏剧创作，主要以历史剧和喜剧为主，一个总体特点是充满着明朗、欢快的基调。莎士比亚的历史剧宗旨是以史为鉴，从现实看历史，又从历史来说明现实，着眼于如何处理外侮内患的现实问题，表现了爱国主义的时代精神，表现了他的社会政治理想。莎士比亚的喜剧则正面歌颂了人文主义的美好理想。总之，该阶段的戏剧创作属于莎士比亚从学习、模仿到独创的发展阶段，1595—1596 年的《罗密欧与朱丽叶》是他第一部富有独创性的悲剧，标志着艺术上的成熟。

第二时期（1600—1608）：在伊丽莎白女王统治的晚年，当时英国的现实发生了巨变，社会各种矛盾激化。就在 1601 年 2 月，发生了埃塞克斯伯爵的叛乱，女王镇压了叛乱，埃塞克斯伯爵被处斩，骚桑普顿伯爵被判无期徒刑，投入伦敦塔，他曾是莎士比亚的朋友和保护人。由此，莎士比亚早期的人文主义理想发生危机，对现实的认识更加清醒，对社会罪恶的认识更加深入，他开始冷静地面对现实，认识、思考和分析重大的社会问题，对理想的歌颂被对现实的严峻批判所代替。悲剧这种体裁更适合于揭露尖锐深刻的社会矛盾，表现作者的思考和探索。1600 年后，莎士比亚的创作也发生了显著的变化，他从大量写历史剧、喜剧转为写悲喜剧和悲剧，创作基调充满了阴暗、沉郁的气氛。莎士比亚写的三部悲喜剧，都揭露了一定的社会问题。莎士比亚写了一系列以罗马历史为题材的悲剧作品，还写出了最重要的悲剧作品四大悲剧。此时，莎士比亚的戏剧艺术达到了巅峰。

第三时期（1608—1612）：这是詹姆斯一世专制统治的时期，伦敦的剧坛开始流行那种供贵族消遣、适合宫廷趣味的作品，揭露和批判性很强的悲剧作品已不可能上演。莎士比亚本人在经历了前一时期紧张的思想危机后，又恢复了人文主义信念。他从现实转入幻想，把实现人文主义理想寄托于梦幻。他的戏剧艺术再次发生了明显的转变。1608年后，莎士比亚不再写悲剧，而写了传奇剧《泰尔亲王配力克里斯》《辛白林》《冬天的故事》《暴风雨》，这些作品闪烁着传奇色彩、理想的光芒。

2. 分类

文艺复兴时期的英国戏剧很少受欧洲大陆古典戏剧和戏剧理论的影响，基本上是在英国中世纪民间戏剧传统基础上发展起来的，创新性较强，因此不好分类。历来对莎士比亚戏剧的分类说法不一。“1623年第一对开本把莎士比亚的剧本分为戏剧、历史剧、悲剧三大类。这种分法至今仍是最有权威性的分类方法。根据莎士比亚时代的戏剧观念，悲剧是指那些描写主人公由顺境陷入悲惨境地，最后走向失败和灭亡的剧本。历史剧实际上只指英国编年史剧。喜剧的概念含混不清，仿佛那些不属于悲剧和历史剧的作品都笼统地归入了喜剧类，实际上它们的情况并不相同，只有结局圆满是它们的共同特征。随着研究的深入，现代的学者们认为，第一对开本中的喜剧，实际上包括早期浪漫喜剧，中期的悲喜剧（或称问题剧、阴暗喜剧）和晚期的传奇剧；悲剧中取材于罗马历史的几个剧本也可以划出来，称为罗马剧。”① 据此，按照历史剧、喜剧、悲喜剧、悲剧（悲剧分成了罗马悲剧和四大悲剧两大部分，《罗密欧与朱丽叶》因写作年代更接近罗马悲剧，归在第一部分）、传奇剧五个类型，可将莎士比亚的37个剧本进行分类：

历史剧：

《亨利六世》上、中、下篇

---

① 孙家琇主编：《莎士比亚辞典》，河北人民出版社1992年版，第109页。

《理查三世》

《约翰王》

《理查二世》

《亨利四世》上、下篇

《亨利五世》

《亨利八世》

喜剧：

《错误的喜剧》

《驯悍记》

《维洛那二绅士》

《爱的徒劳》

《仲夏夜之梦》

《温莎的风流娘儿们》

《威尼斯商人》

《无事生非》

《皆大欢喜》

《第十二夜》

悲喜剧：

《特洛伊罗斯与克瑞西达》

《终成眷属》

《一报还一报》

悲剧：

（罗马剧）

《泰特斯·安德洛尼克斯》

《罗密欧与朱丽叶》

《裘力斯·凯撒》

《安东尼与克莉奥佩特拉》

《科利奥兰纳斯》

《雅典的泰门》

(四大悲剧)

《哈姆莱特》

《奥瑟罗》

《李尔王》

《麦克白》

传奇剧:

《泰尔亲王配力克里斯》

《辛白林》

《冬天的故事》

《暴风雨》

尽管这种分类方式仍不能准确说明莎士比亚戏剧的类型,但我们仍使用这种传统的分类方式讨论莎士比亚戏剧,目的在于借助分类,可以更好地了解莎士比亚各种不同类型的戏剧作品在内涵和艺术风格上的变化情况。

在历史剧中,《亨利六世》上、中、下篇,三部历史剧既相对独立又有联系,以反映重大历史事件和情节丰富见长。《理查三世》围绕人物展开情节,以人物性格带动情节发展,增强了人物刻画。《约翰王》在表现历史史实的同时,剧中增加了虚构的戏份儿,出现了喜剧成分,在庶子腓力普这个人物身上,出现了狂欢化因素。《理查二世》以"加冕—脱冕"的狂欢化方式展现理查二世的悲剧,进一步表现出历史剧与喜剧交融的特点。到《亨利四世》上、下篇和《亨利五世》中,戏剧中出现了一个可与严肃层次并置的诙谐层次,狂欢化的特点更加突出。《亨利八世》以历史人物命运的沉浮为中心情节,带有后期传奇剧创作的某些特点。

在喜剧中，最早的《错误的喜剧》《驯悍记》是两部闹剧，模仿成分较多，以讽刺手法为主。《维洛那二绅士》《爱的徒劳》是两部爱情喜剧。前者以抒情为主，后者以讽刺为主。到《仲夏夜之梦》，莎士比亚的浪漫喜剧风格初步形成。《温莎的风流娘儿们》则又是一部闹剧，此后便是《威尼斯商人》《无事生非》《皆大欢喜》《第十二夜》四部最优秀的浪漫喜剧，它们情调各有不同：《威尼斯商人》抒情喜剧和讽刺喜剧的成分交织在一起；《无事生非》重在写爱情进行中的曲曲折折；《皆大欢喜》以爱情情节的丰富取胜，但在爱情喜剧中，一种否定田园爱情的暗流也潜滋暗长；《第十二夜》是最后一部爱情狂欢曲。

悲剧是莎士比亚戏剧创作中最重要的部分。《泰特斯·安德洛尼克斯》是莎士比亚在第一时期创作的悲剧，是其悲剧中最早的一个悲剧，也是最早的一部罗马悲剧，它是莎士比亚后来悲剧创作的起点。《罗密欧与朱丽叶》也是莎士比亚在第一时期即历史剧喜剧创作时期创作的，这是一部著名的爱情悲剧，其爱情主题、浪漫色彩和艺术风格都与他的喜剧创作接近。此后的罗马悲剧在莎士比亚悲剧中有着特殊的地位。《裘力斯·凯撒》是莎士比亚政治悲剧的第一个重要尝试，有很高的艺术成就，预示了四大悲剧的到来。莎士比亚的四大悲剧集中表现出莎士比亚悲剧的特征，但又各具特色：《哈姆莱特》以塑造生动复杂的人物形象见长；《奥瑟罗》以主旨的多元为特色；《李尔王》以规模的宏阔为特色；《麦克白》以心理分析见长。《安东尼与克莉奥佩特拉》是一部有特色的爱情悲剧，它标志着爱情剧的结束。《科利奥兰纳斯》和《雅典的泰门》是莎士比亚悲剧创作阶段末期完成的，现代意义较强。

悲喜剧可称为莎士比亚创作的社会问题剧，三部悲喜剧分别表现了社会上普遍存在的私欲泛滥问题、爱情婚姻中的等级观念问题、奸淫成风的问题。

传奇剧都具有传奇性的情节和欢乐颂性质的主旨，四部传奇剧在叙事艺术上表现出一个有序的、逐渐成熟的变化轨迹。

通过对莎士比亚戏剧进行分期研究，可从全部戏剧创作的角度揭示其戏剧创作从起步到成熟的过程，可从时代背景和作者思想变化的角度揭示其戏剧类型变化的原因。但由于在每个时期，莎士比亚的戏剧创作都包括几个类型的戏剧创作，所以单凭分期还不能完全说明每个阶段创作的特征。

通过对莎士比亚戏剧进行分类研究，可从戏剧类型的角度揭示其每个类型内部的各个剧作的联系和区别，揭示每个类型内部的递进演变的轨迹。但是，由于莎士比亚戏剧的分类是后人所为，作家在创作时并非有意遵循某一剧种的特定模式，因此莎士比亚有的戏剧在类型上有互相渗透的现象。“这种多种剧种相互渗透交融的现象是文艺复兴时期戏剧的一大特点，是英国戏剧在这个大发展的时期的一种必然结果，同时也反映了大多数 16、17 世纪的英国剧作家的一种心态——冲破古典戏剧和戏剧理论的束缚，大胆创新。”① 所以单凭分类无法完全说明莎士比亚每个戏剧类型的特点。

但是，分期和分类仍是有意义的，因为它们都给我们研究莎士比亚戏剧提供了重要框架。我们可以将分期与分类结合起来。不少的莎士比亚戏剧研究者采用了以分期为主、分类为辅的方式。在此，拟采用分类为主、分期为辅的研究方式对莎士比亚戏剧展开探讨。

---

① 王佐良、何其莘：《英国文艺复兴时期文学史》，外语教学与研究出版社 2006 年版，第 104 页。

（三）莎士比亚戏剧创作的几个特征

要说明莎士比亚某一创作时期或某一创作类型的特征尚且困难，要概括说明莎士比亚戏剧创作的特征更是难以做到之事。这里要谈的仅是对一些众所周知的莎士比亚戏剧创作事实的认识。

1. 丰富性是莎士比亚戏剧内容的显著特点

莎士比亚戏剧具有百科全书的性质，其内容涉及面极其广博，包括人类文化的许多领域、许多方面。如他的历史剧中有关于英国社会的历史、政治、宗教、军事等丰富内容，他的喜剧中有关于人的情感、欲望、理性、情操等丰富内容，他的悲喜剧中涉及社会的道德、习俗、法律等问题，他的悲剧中有关于人、关于社会的重大冲突的深刻哲理，他的传奇剧有关于人类命运和社会未来的理想和憧憬，他的戏剧中包含天文、地理、音乐、绘画、生物、医药等多学科领域的知识。有人对莎士比亚戏剧中涉及的百科知识进行过统计，结果显示："莎士比亚在剧本中描写了至少超过200种的植物和130种的动物。……他在剧本中还描述了超过了30多种的矿物。"①

莎士比亚戏剧容量很大，在情节、人物、语言方面都表现出极大的丰富性。他的戏剧很少有单一的情节，往往都是多情节线，一个剧本里常会有两三条甚至更多的情节线，情节丰富但不杂乱。马克思、恩格斯曾高度评价莎士比亚式的情节的生动性和丰富性。他的戏剧人物更是丰富多彩、栩栩如生，据统计，莎士比亚塑造的人物达700多个，涉及各个阶层、各个职业。其中有一批堪称艺术典型的形象，如哈姆莱特、麦克白、伊阿古、鲍西娅、理查三世、亨利五世等，他们的性格既具有多面性、复杂

---

① 路谷孙：《莎士比亚研究十讲》，复旦大学出版社2006年版，第58页。

性，又具有鲜明的个性。他的戏剧语言丰富多彩，在前人的基础上加以改革，主要采用无韵诗为戏剧语言，同时又使用散文语言，他还注意吸收民众的口头语言，大量运用谚语、俚语、俗语。他的词汇量之大在文学史上实属罕见，常用词语多达2万余个。

2. 进步性是莎士比亚戏剧思想的根本特点

莎士比亚戏剧表现了文艺复兴时期的时代精神——人文主义，具有思想的进步性。他的戏剧全面体现了人文主义思想内容。他的历史剧表现了人文主义的社会政治理想。第一个四部曲以揭露和批判封建社会的政治混乱为主，对亨利六世和查理三世这样的昏君与暴君进行了谴责，表现了拥护民族国家统一、反对封建割据战争的进步倾向。第二个四部曲从人文主义政治理想出发，塑造了亨利五世这样的贤君形象，寄托了莎士比亚仁爱治国、和谐统一的政治理想。他的喜剧表现出人文主义个性解放的思想，他在戏剧中讴歌青年人对幸福生活的追求，赞美爱情和友谊，表现出爱情的价值和力量。他的悲喜剧表现出个性解放的局限性，对人文主义和个性解放作出了新的表述和补充，指出了个人欲望膨胀、淫荡纵欲、玩弄权术、牟取私利等带来的种种社会问题。他的悲剧进一步表现了曾发挥过积极作用的个性解放正在走向它的反面，极端利己主义已成为破坏社会秩序、毁灭人类的狂暴力量，表现了人与人及人自身各种欲求之间的矛盾，而占据悲剧舞台中心的悲剧主人公就是在与邪恶力量的抗争中，显示出人的价值和生命能量的。在他后期的传奇剧里，表现的是经暴风雨洗礼后对人性的重新肯定，对人类和社会未来的憧憬，闪耀的依然是人文主义的光辉。

莎士比亚戏剧在表现新的人文主义思想的同时，对旧的中世纪基督教思想文化又有继承。莎士比亚戏剧与《圣经》的关系、与基督教的关系是个不争的事实。莎士比亚戏剧大量、熟练地运用圣经典故，特别是体现了博爱、宽恕等基督教观念。英国当代评论家海伦·加德纳认为："莎士比亚戏剧的确以最为优美动人的形式表现了显然是基督教的观念。……除了他，没有一个剧作家对宽恕这一基督教基本观念有如此充满想象力的理解并如此令人难忘地表现了这一主题。"[①] 但应当看到的是，莎士比亚在表现这些基督教观念时，目的并不是为了宣扬宗教神学，而总是与他的人文主义理想结合在一起的。例如在喜剧《威尼斯商人》中，他肯定了仁慈博爱，但显然不是为了宣传宗教教义，而是从人文主义思想的角度，表现了在人与人的关系上爱情友谊高于憎恨仇视的思想。再如莎士比亚传奇剧，虽然对希腊罗马文化、基督教文化都有继承，但核心仍是文艺复兴时期的人文主义，戏剧关心的始终是人而不是神，掌握人命运的也始终是人自身。

3. 兼容性是莎士比亚戏剧艺术的一个重要特征

莎士比亚戏剧有一种将各种不同艺术成分兼容并蓄的特性。这种兼容性不仅仅是指丰富多样，更是指将不同甚至相反的艺术成分混合起来。

在创作方法上，他的戏剧现实主义的真实、自然与浪漫主义的夸张、想象兼备。在《哈姆莱特》第三幕二场中，莎士比亚借哈姆莱特之口阐述他的创作观念时，强调艺术要真实地反映时代："自有戏剧以来，它的目的始终是反映自然，显示善恶的本来面目，给它的时代看一看它自己演变发展的模型。"在《仲夏夜之梦》中，他同样强调想象的重要。他的戏剧既是现实主义的又是浪漫主义的。如在《哈姆莱特》中，既可看到时代真实的成分，

① 海伦·加德纳：《宗教与文学》，江先春、沈弘译，四川人民出版社 1998 年版，第 75 页。

又同时能看到像鬼魂形象这样的想象成分。在创作风格上，他在一部剧作上可兼容性质不同的戏剧成分。例如《亨利四世》在历史剧中有喜剧成分，《哈姆莱特》在悲剧中有喜剧成分。在戏剧人物上，他的一部戏中有高低贵贱不同身份的人同登舞台，如历史剧中的国王贵族与市民百姓，喜剧中的贵族男女与村姑村夫、侍女男仆，悲剧中的帝王将相与小丑，传奇剧中的公子王孙与普通百姓等即是如此。在戏剧结构上，他的一部戏中有严肃层次也有诙谐层次。在戏剧的场景上，他一部戏中会有不同的场景转换，热闹和宁静的，喜庆与忧伤的。在戏剧语言上，他的一部戏里可同时具有优美的抒情和粗俗的插科打诨，是雅俗共赏的。

有不少研究者都注意到莎士比亚戏剧艺术的这个特性。例如王佐良先生就指出，莎士比亚从来不追求纯粹和单一，他的艺术是混合的艺术。“他是大胆的实验者。他写得轻松，自由；他无视三一律，喜欢混合（混合悲与喜、雅与俗、现实与幻想，等等），喜欢复调，多音部结构，喜欢节日气氛，喜欢丰富，但又能写人的忧患感、灵魂的孤独、一切纷争停息之后的宁静，写得动人心魄。”① 易红霞女士也指出：“我们平时感觉到的莎士比亚的种种不完美，他在创作风格上悲喜混杂、杂乱无章，他在思想意识上的亦此亦彼、胸无准心，统统可以归结到他的不纯里去。并且历史上对他的所有谴责，现代人对他的种种解构和疏远，大都因了这不纯。”②

4. 创新性是莎士比亚戏剧艺术上的另一个重要特征

莎士比亚的创新性表现在他善于点石成金，推陈出新。他的

---

① 王佐良、何其莘：《英国文艺复兴时期文学史》，外语教学与研究出版社2006年版，第103页。

② 易红霞：《诱人的傻瓜——莎剧中的职业小丑》，中国社会科学出版社2001年版，第322页。

戏剧题材，几乎全都来自前人的历史材料或文学作品，如编年史、历史传记、旧剧、小说等，但他的戏剧总有新的创造。他有时是对原材料进行加工，表现出新意。例如他的历史剧主要取材于霍尔的编年史《兰开斯特与约克两大显贵家族的联合》和霍林希德的编年史《英格兰与苏格兰编年史》，但莎士比亚的历史剧并不拘泥于历史材料，而是贯穿了严肃的政治和道德主题，在思想上进行了升华。他有时是在原有情节基础上再创造新的情节，使剧作面貌一新。例如在喜剧《无事生非》中，莎士比亚创造的新情节线贝特丽丝与培尼狄克的爱情，在生动性上远超出原来旧情节线上的希罗与克劳狄奥的爱情。原来主线表现的是：听信恶人的谗言中伤而好事多磨。新增的副情节线表现的是：听信友人的好意谎言而产生爱情，两条情节线相映成趣，使喜剧主题更丰富、更具喜剧性。他有时是改造旧剧，深化了人物和主题，使改编后的戏剧与旧剧大相径庭。例如他的悲剧《哈姆莱特》，将一部复仇剧改编成表现时代和社会矛盾的大悲剧。他还善于创造性地化用文化典籍中的原型故事，赋予其全新意义，如他的悲喜剧《特洛伊罗斯与克瑞西达》就是使用神话手法所写的一部谴责私欲泛滥的社会问题剧。

莎士比亚的创新性还表现在他从不墨守成规，也从不重复自己。他的创作是个永不停歇的创新过程，他始终都在变革，都在寻求新的艺术途径。他在每个创作阶段都有创新，他几乎尝试了文艺复兴英国的各个不同类型的戏剧，并且在每个类型上都取得了重要成就。如在第一创作时期，他创作历史剧、喜剧还有悲剧，写出了优秀的历史剧作品《亨利四世》、喜剧作品《威尼斯商人》等；在第二创作时期，他创作悲喜剧、悲剧，写出了四大悲剧；在第三创作时期，他创作了传奇剧、历史剧，写出了优秀的传奇剧《暴风雨》等。他在每个戏剧类型上都有创新，很少重复，在同一类型的各个剧作中面貌各不相同，绝不雷同，总是在发展。例如同是历史剧的《理查三世》和《理查二世》，其写作年代也相近，但艺术方法完全不同。同是喜剧的《皆大欢喜》和《第十二夜》，其写作年代也紧密相连，风貌却完全不同。四大悲剧既表现出莎士比亚悲剧的总体特征，又各有不同的特点和风格。四部传奇剧既有共性，又在艺术上有明显的发展过程，其中以《暴风雨》的艺术性为最高。他创作自由，不受任何条条框框束缚，他有时使用不同的艺术手段达到相同的目的，如他用《第十二夜》这样的喜剧和《罗密欧与朱丽叶》这样的悲剧来表现爱情；他有时用相同的艺术手段达到全然不同的目的，如同是罗马悲剧、同是写英雄与民众的冲突，《裘力斯·凯撒》与《科利奥兰纳斯》表现的却是完全相反的主题，前者写出了英雄的悲剧性所在，后者写出了英雄的悲剧性的消失。可以毫不夸张地说，莎士比亚的每一部戏剧作品都是一个新的实验和创造，所以他总给人山外有山、难以说尽之感。

第二章

历史剧

历史剧是莎士比亚戏剧的一个重要组成部分，在数量上，占莎士比亚全部戏剧作品的1/4多，又是莎士比亚戏剧创作的开端。

莎士比亚的历史剧有特定的内涵：不是指莎剧中所有取材于历史或包含历史内容的剧本，而是专指莎剧中以英国历史为背景的英国编年史剧。这一约定俗成的观念源自1623年出版的“第一对开本”《莎士比亚戏剧集》，它以历史剧、悲剧、喜剧来划分莎剧，其中只将10部英国编年史剧列入历史剧。它们分别是《约翰王》《理查二世》《亨利四世》（上、下）《亨利五世》《亨利六世》（上、中、下）和《理查三世》《亨利八世》。尽管相对于悲剧研究和喜剧研究，历史剧研究相对薄弱，但国内外对历史剧的研究，自20世纪以来都有很大的进展，都取得了很高的成就。

国外莎士比亚历史剧的评论可以说是与剧作的诞生同步的，但在很长时期内，莎士比亚的历史剧并不是独立的研究领域，评论也多是以单独的作品为对象，主要集中在《亨利四世》《理查三世》等剧作上。20世纪以来，越来越多的西方学者注意到莎士比亚历史剧内在的有机联系，认为在莎士比亚的10部历史剧中，除了《约翰王》和《亨利八世》外，其他8部作品按事件的发生时间可分为两个四部曲：《亨利六世》（上、中、下）和《理查三世》组成第一个四部曲，《理查二世》《亨利四世》（上、下）和《亨利五世》组成第二个四部曲。这两个四部曲存在着历史时间的连续性和戏剧人物、情节及细节的内在连续性。四部曲式的研究视角，使人们注意到莎士比亚历史剧作品间的联系，从而改变了以往某些论断。四部曲中的每部作品都是必不可少的组成部分，不可厚此薄彼。当然“‘四部曲’式的研究形式的弊端也很明显，即忽视了《约翰王》和《亨利八世》的研究探讨”。①

国内的莎士比亚历史剧研究比国外较晚。在20世纪50年代，国内一些学者开始发表论文。1956年，吴兴华在《北京大学学报》第2期发表文章《莎士比亚的亨利四世》。同年，陈嘉在《南京大学学报》第4期上发表论文《莎士比亚在历史剧中所流露的政治见解》。“两位学者的论述，从时代意义、思想内容到艺术特征对莎士比亚的历史剧进行了全面勘察、探究，视角独到，见解深刻，堪称早期国内莎士比亚历史剧研究的双璧。国内莎士比亚历史剧的研究初期，虽然文章数量不多，但起点较高，对历史剧的体裁、思想、艺术特点、主要人物形象等问题都有所涉及，并取得了不可忽视的成就。”② 20世纪80年代后，国内出现了大量的莎士比亚历史剧评论，着力研究历史剧的思想内容和艺术特征。这些评论集中在《亨利四世》《亨利五世》《理查三世》等历史剧方面，论述较多的是历史剧的人物形象，如福斯塔夫、亨利五世、理查三世形象等。该时期出现了一批莎士比亚戏剧研究专著，其中都较为集中地论述了历

① 李艳梅：《20世纪国外莎士比亚历史剧评论综述》，载《沈阳师范大学学报》（社会科学版）2007年第2期，第66页。

② 李艳梅：《国内莎士比亚历史剧研究状况分析》，载《北方论丛》2007年第1期，第48页。

史剧相关的问题。例如1989年出版的张泗阳等著的《莎士比亚引论》(上、下)，是一部重要的莎学研究专著，其中有专章论述历史剧问题，对10部历史剧逐一进行讨论。从20世纪末到进入21世纪以来，历史剧研究的关注点又有所变化，主要放在以前不为人重视的剧作《理查二世》和新确认的莎士比亚历史剧《爱德华三世》上。《爱德华三世》是1997年美国出版的《滨河莎士比亚全集》新确认的一部莎士比亚历史剧。国内的莎士比亚历史剧研究，不论在范围和深度上都得到了不断拓展和逐步深化，但在系统性方面明显不足，对《约翰王》和《亨利八世》两剧的研究较少。

因此，对两个四部曲作进一步探讨，尤其是对《约翰王》和《亨利八世》这两剧各自具有怎样的特点以及它们与其他历史剧之间的联系进行探讨，都是有必要的。

一 两个四部曲的比较

两个四部曲的论点是英国著名的莎学学者蒂里亚德在《莎士比亚的历史剧》中首次提出的。他认为第一对开本《莎士比亚戏剧集》里的十出英国历史剧的布局是有规律性的："先是密切联系着的四个剧本：《亨利六世》(上、中、下)三篇和《理查三世》。随后是个孤立的剧本《约翰王》。以后便是第二个四部曲《理查二世》，《亨利四世》(上、下)两篇和《亨利五世》。然后又是一个孤立的剧本，《亨利八世》。把两个孤立剧本除外，我们还可以说两个四部曲形成一个统一体。"[①] 莎士比亚的两个四部曲合起来，集中表现了英国历史上从亨利六世到理查

① 杨周翰编选：《莎士比亚评论汇编》(下)，中国社会科学出版社1981年版，第191页。

三世这一最动荡的时代。

两个四部曲有明显的差别。

第一个四部曲初步展现了莎士比亚历史剧的特点。

第一个四部曲的特点之一是以表现重大、复杂的历史事件为主要内容。四部历史剧既各有重点又前后相连，展现了英国历史上的英法百年战争、红白玫瑰战争、农民起义等历史事件。《亨利六世》（上）以写英法战争为主。亨利六世继位后，葛洛斯特做护国公，宫廷内党派林立、钩心斗角，在对外的民族战争中英国失去了在法兰西土地上的权利。戏剧突出了英国将领塔尔博的英勇事迹，也描绘了法国的圣女贞德的事迹，全剧充满了爱国主义情感。《亨利六世》（中）以写国内矛盾为主。一是宫廷内乱，以玛格莱特王后、勃金汉公爵、萨福克公爵等组成的王党，以波福红衣主教为代表的教会势力，以约克公爵为代表的约克党，这三种势力为了争夺王权暂时纠结在一起，合谋陷害并除掉了护国公葛洛斯特。二是凯德起义，剧中用不少篇幅描绘了凯德起义这一手工业者和农民起义的重大历史事件。戏剧最后写约克公爵利用凯德起义揭开了红白玫瑰战争的序幕。《亨利六世》（下）以写红白玫瑰战争为主。同属爱德华三世嫡系子孙的两大皇族，即以亨利六世、玛格莱特王后为代表的兰开斯特家族（红玫瑰为标志）和以约克公爵及其儿子为代表的约克家族（白玫瑰为标志），为争夺王位继承权而互相残杀，约克家族最后获胜，约克公爵的长子爱德华继承王位成为爱德华四世。《理查三世》是《亨利六世》（下）的继续，写的中心事件是约克公爵的四子理查为了夺取爱德华四世的王位继承权而展开的阴谋和杀戮。他杀害了所有的可能的王位继承人，终于窃取王冠，但不久就被前来讨伐的里士满伯爵击败，于是，英国历史开始了一个新的统治时代——都铎王朝时期。

第一个四部曲的特点之二是主旨明确。与当时的其他英国历史剧创作相比，莎士比亚第一个四部曲《亨利六世》（上、中、下）三篇和《理查三世》不仅把大量繁杂的纯史实搬上舞台，它还具有明确的、统一的主旨，反映了莎士比亚对历史、政治的基本观念和态度。在莎士比亚看来，宇宙是个和谐有序的整体，人间的政治关系是天地万物永恒规律的一部分，受永恒规律的支配，也应有一定的等级秩序。英国历史上所有背叛、混乱和灾难都是由于等级秩序的破坏引起的。因此，他十分强调国王的重要性，国王既要贤能，国王的王位继承又要符合法统。在《亨利六世》中，就是由于亨利六世软弱无能，导致了国外战争的爆发和国内贵族的作乱。王位继承不合法统也是造成秩序混乱的原因。红白玫瑰战争的根源追溯起来是由于兰开斯特家族中的亨利四世的篡夺王位，他夺取了理查二世的合法王位并将之下狱，他的王位是不符合法统的。因此，约克公爵后来也以暴力手段夺取了亨利六世的王位继承权，但是这也是不合法的，所以约克公爵传给爱德华四世的王位不可能稳定，同样也埋下了内乱的祸根。《理查三世》中的理查以暴力手段夺取王位，其统治很快就被推翻。莎士比亚谴责了因争夺王权而导致的大贵族叛乱，它削弱了英国国力，导致了英国在英法百年战争中的失败，导致了国内社会秩序的混乱和战祸连连。对于震惊当世的凯德起义，莎士比亚一方面进行了实事求是的描绘，另一方面从维护等级秩序出发，对这种自下而上的暴力变革进行了谴责。

第一个四部曲的特点之三是艺术的生动性。与当时的其他英国历史剧创作相比，第一个四部曲已表现出生动的艺术效果。莎士比亚戏剧表现出大众戏剧的特点。他多方面采用当时大众喜闻乐见的形式来娱乐观众，如在《亨利六世》（上）中，借塔尔博之口称法国人是“胆小怕死的法兰西人”（一幕四场），又借贞德之口称法国人是“今天吃东家，明天吃西家，说变卦，就变卦”（三幕三场），这种生动的语言无疑是迎合了当时英国观众的心理的；如在《亨利六世》（中）中，葛罗斯特公爵夫人在家中让巫师招来幽灵诅咒亨利六世的场面，其中使用了观众熟悉的道德剧中的手法；如在《亨利六世》（下）中，写红白玫瑰战争中虚构了一个兄弟、父子互相误杀致死的悲惨场面，渲染了战争的残酷性，目的是引起当时英国观众的共鸣。值得注意的是，在《理查三世》的创作中，莎士比亚更注意戏剧人物的生动性，把描绘的重点由事件转向人物性格上来，集中刻画了理查三世这个性格丰富、个性鲜明的英王形象。在这部历史剧中，人物性格带动戏剧情节，理查三世的心狠手辣是一系列阴谋和杀戮的基础。理查三世畸形丑陋的外貌、阴险歹毒的内心、勇猛顽强的性格，在该剧中都刻画得十分生动。例如剧中写他最后的行动是：他杀人杀红了眼，在战马被打死后，却仍在战场上跑来跑去；写他最后的几句话是：“我以为战场上共有六个里士满呢；今天已斩杀了五个，却没有杀死他。一匹马！一匹马！我的王位换一匹马！”（五幕四场）理查三世的语言粗鄙有力，表现出了那种不要命的勇敢，具有感染力，人物刻画十分生动。在取得生动的艺术效果方面，莎士比亚在第一个四部曲中进行了有益的尝试，这种尝试到了第二个四部曲创作时得到了发扬光大。

第二个四部曲与第一个四部曲既有相同之处又有不同之处。

第二个四部曲表现的主题与第一个四部曲一脉相承，在对历史事件的展开和人物的刻画上，也与第一个四部曲有相似之处。第二个四部曲与第一个四部曲最大的不同点在于：增强了民间诙谐文化的成分，具有狂欢化的特点。

狂欢化问题是巴赫金在《陀思妥耶夫斯基诗学问题》和《拉伯雷的创作和中世纪与文艺复兴时期的民间文化》两部著作

中提出的，狂欢化是巴赫金狂欢理论中的一个中心术语，不过巴赫金在著作中没能对这一术语给予成型的定义，他只是采用诗学语言进行了这样的描述："狂欢节上形成了整整一套表示象征意义的具体感性形式的语言，从大型复杂的群众性戏剧到个别的狂欢节表演。这个语言无法充分地准确地译成文字的语言，更不用说译成抽象的概念语言。不过它可以在一定程度上转化为同它相近的艺术形象的语言，也就是转化为文学的语言。狂欢式转化为文学的语言，这就是我们所谓的狂欢化。"① 巴赫金还结合拉伯雷《巨人传》中的狂欢化描写，细致分析了狂欢化文学现象及其背后的民间诙谐文化的精神意义。

借用巴赫金的狂欢化理论和方法，我们发现在莎士比亚的第二个四部曲中也存在明显的狂欢化文学现象，其背后同样表现了民间诙谐文化的精神。

1. 首先看《约翰王》。第二个四部曲的狂欢化特点并非一下子突然出现的。《约翰王》是莎士比亚在两个四部曲之间创作的一部历史剧，是二者之间的一个重要过渡，《约翰王》是较早表现出狂欢化特点的历史剧作品。

《约翰王》的狂欢化特点主要体现在剧中的庶子腓力普这一喜剧性形象上。巴赫金认为，所有的狂欢化形象都具有正反同体的诙谐性："狂欢式所有的形象都是合二为一的，它们身上结合了嬗变和危机两个极端：诞生与死亡、祝福与诅咒、夸奖与责骂、青年与老年、上与下、当面与背后、愚蠢与聪明。对于狂欢式的思维来说，非常典型的是成对的对象，或是相互对立（高

---

① 《巴赫金全集》（第五卷），白春仁、顾亚玲译，河北教育出版社 1998 年版，第 161 页。

与低、粗与细等等)。”① 庶子腓力普具有狂欢化形象的正反同体性质。他有高贵的血统，据他的母亲说，他是狮心王理查的私生子，是当今英国国王约翰王的侄子，连皇太后也说他的面貌很像狮心王理查。同时，他出身又是微贱的，是没有名分的庶子，名义上只是罗伯特·福康勃立琪爵士的嫡子。他似乎是愚蠢的，他放弃了母亲的荣誉，放弃了罗伯特·福康勃立琪爵士的继承权，放弃了每年五百镑的大好收入，只换取了理查的私生子这寸尺的荣誉，所以被人骂做疯子；可是他又是个深明大义，富有智慧和勇气的人物，既能明辨善恶，又能在国家危难之时英勇杀敌，保卫国家和民族利益，他是个令人肃然起敬的真正骑士。就连他的名字也和法国国王是同一名字。因此庶子腓力普具有低贱和高贵、高与低、上与下正反同体的诙谐性，是一个喜剧人物。

《约翰王》的狂欢化特点还表现在语言方面。狂欢化的语言常以不负责任的笑骂说出惊世骇俗的真话，以插科打诨贬低神圣。庶子腓力普的语言就具有这一特点。例如，庶子就曾以对“利益”的笑骂，揭示英法和平盟约的实质不过是一场卑鄙恶劣的政治交易。庶子的插科打诨常紧跟在约翰王、腓力普王、太子路易的誓言后面，从而起到揭示其潜在本质、消解其誓言神圣性的作用。例如：

约翰王：英格兰的王冠不能证明我是你们的国王吗？要是那还不足凭信，我给你们带来了见证，三万个生长在英国的壮士——

庶子：私生子也包括在内。

---

① 巴赫金：《陀思妥耶夫斯基诗学问题》，生活·读书·新知三联书店 1988 年版，第 180 页。

约翰王：可以用他们的生命证明我的权利。

腓力普王：同样多的出身高贵的健儿——

庶子：也有几个私生子在内。

腓力普王：可以站在他的面前驳斥他的僭妄。

……

路易：我在瞧着呢，父王；在她的眼睛里我发现一个奇迹，我看见她的一汪秋水之中，荡漾着我自己的影子，他不过是您儿子的影子，可是却化作一轮太阳，使您的儿子反倒成为它的影子。我平生从不曾爱过我自己，现在在她眼睛的美妙的画板上，看见我自己粉饰的肖像，却不仅顾影自怜了。

庶子：粉饰的肖像在她眼睛的美妙的画板上！悬挂在她眉梢的颦蹙的皱纹上！站守在她的心头！他等于供认自己是爱情的叛徒，因为他已经被“分尸”、“悬挂”和“斩首”了。可惜高谈着这样的爱情的，却是像他这样一个伧夫俗子。（二幕一场）

具有狂欢化语言特征的还有亚瑟的母亲康斯丹丝与约翰王的母亲艾利诺两个女人的口角对骂，她们的争吵把一场看似庄严的战争下降为一场妇人间的你争我夺。

2. 其次看《理查二世》。《理查二世》的剧情集中在理查二世被迫退位和亨利四世篡夺王权方面，莎士比亚在该剧中，以狂欢化方式描写了“加冕—脱冕”这一狂欢仪式。

“加冕—脱冕”是狂欢节中的重要仪式，加冕是通过仪式让小丑当国王，小丑就是国王，国王就是小丑；脱冕则是把国王身上的服装扒下来，把国王的皇冠摘掉，把他所有的其他权力的象征一并夺走，并且其中伴随着对他的讥笑和殴打。在巴赫金看来："正是在脱冕仪式中特别鲜明地表现了狂欢式的交替更新精神，表现了蕴涵着创造意义的死亡形象。"① 在这个仪式中，摧毁、废黜与再生、更新同在，弃旧与迎新同在，体现出了喜剧精神。

理查二世的权力被推翻的过程就是"脱冕"这一狂欢仪式的戏剧再现。首先，他不得不交出御杖。约克公爵代表理查二世向波林勃洛克致欢迎辞说："伟大的兰开斯特公爵，我奉铩羽归来的理查之命，向你传达他的意旨；他已经全心乐意地把你立为他的嗣君，把他至尊的御杖交在你的庄严的手里。"（四幕一场）国王的御杖是权力的象征。在第一幕中，理查二世就是把御杖丢在毛勃雷和波林勃洛克两位公爵之间宣读了放逐他们的判决的，现在理查二世交出了御杖意味着他从国王的权力高位上落下来，这是脱冕仪式的开始。接着，他不得不把头上的王冠摘下献出。理查二世深深体会到这一变化蕴涵的深层意义，这是升与降、生与死的交替。他说道："把王冠给我。这儿，贤弟，把王冠拿住了；这边是我的手，那边是你的手。现在这一顶黄金的宝冠就像一口深井，两个吊桶一上一下地向这井中汲水；那空的一桶总是在空中跳跃，满的一桶却在底下不给人瞧见；我就是那下面的吊桶，充满着泪水，在那儿饮泣吞声，你却在高空之中顾盼自雄。"（四幕一场）这是脱冕仪式的进一步发展。最后，理查二世不得不把"国王"这个名号也交出来。在第一幕中，外强中干的理查二世曾夸口说："国王的名字不是可以抵得上两万个名字吗?"现在却听到诺森伯兰刺耳地叫他"王爷"。理查二世成了没有名字，没有头衔的无名氏，至此，脱冕仪式完成。在理查

① 《巴赫金全集》（第五卷），白春仁、顾亚玲译，河北教育出版社 1998 年版，第 164 页。

二世的“脱冕”过程中也同样伴随着讥笑和殴打，对此，在五幕二场中，约克做了这样的描述：“没有人高呼‘上帝保佑他’；没有一个快乐的声音欢迎他回来；只有泥土掷在他的神圣的头上。”理查二世成为狂欢仪式中被戏谑的国王。理查二世退出历史舞台，就其自身来说是悲剧性的，但是“加冕—脱冕”这一狂欢仪式又蕴涵着繁衍变易、新陈代谢的意义，对于人民来说，任何权力和统治都是相对的，这无疑又是喜剧性的。

而波林勃洛克的篡位登基更像是小丑的加冕。他在登基时装腔作势地宣称：“凭着上帝的名义，我要升上御座。”却仍难掩饰他窃取王位后的心虚。卡莱尔主教的话，预示了波林勃洛克即亨利四世的统治同样难逃最终被颠覆的命运，他将会成为下一狂欢节之王。

3. 最后看《亨利四世》（上、下）和《亨利五世》。历史剧《亨利六世》（上、中、下）主要以宏大复杂的历史事件和曲折多变的情节吸引人，它使用的是多线交织向前发展的网状结构。《理查三世》和《理查二世》里的事件相对集中，它们使用的是单线情节结构。而《亨利四世》《亨利五世》的共同特点是都运用了平行结构和对照原则，它们的结构明显分成两个层次：第一个是严肃层次，仍以写政治斗争和重大历史事件为主，反映以王位的更迭为核心的宫廷生活，充满了动荡不安和流血斗争，国王、大臣、贵族等历史人物是这个层次中的主角。第二个是诙谐层次，主要写社会风俗和市井生活，反映了平民五光十色的生活，情调平庸、轻松、欢快、有趣，虚构的角色福斯塔夫、巴道夫等人是这个层次中的主角。第二个层次在第一个四部曲中是没有的，这是第二个四部曲所特有的。第二个层次的出现是个巨大的、惊人的变化。有人统计发现：在《亨利四世》中，虚构性角色以及围绕虚构性人物的大量喜剧性情节，在作品叙述中猛然膨胀起来。在《亨利四世》（上）中，福斯塔夫在剧中出现了八场，大部分场景是和王子哈利同时出现的。福斯塔夫在哈利缺席的情况下至少有200行对白。哈利和福斯塔夫同时出现在舞台的对白有近1000行，占全剧1/3的内容，其中大部分是两者的直接交流。在《亨利四世》（下）中，两者在内容分量上出现置换。福斯塔夫出现了8场，而其中只有2场是与哈利同时出现的。福斯塔夫有1200多行对白是在哈利没有参与的情况下出现的。[①] 在《亨利五世》中，虽然福斯塔夫在二幕三场就死去了，但是这个诙谐层次仍然存在，只不过毕斯托尔、尼姆、巴道夫三个小丑顶替了福斯塔夫而已。在上述两个层次上，特别是第二个层次上可看出明显的狂欢化因素。

在第一个层次上，戏剧也呈现了“加冕—脱冕”这一狂欢仪式。亨利四世将要死去，亨利五世的时代将要开始。《亨利四世》四幕五场生动描绘了这样一幕：就在讨伐叛逆的胜利消息传来时，亨利四世已两眼模糊、头脑摇摇欲晕了，所以报告消息的威斯摩兰被亨利四世称做是一只报春的候鸟，总是在冬残寒尽的时候，歌唱着阳春的消息。接着是亨利四世睡着了，哈尔王子拿起父王枕上的金色的王冠，戴在了自己的头上，然后走了出去。醒来的亨利四世为找不到王冠表现出极大的惶恐和震怒，他痛责了王子，王子则巧妙地掩饰了他戴上王冠的性急。该剧中“加冕—脱冕”这一狂欢仪式十分生动，亨利四世就是那“脱冕”、被废黜的国王，不管他多么恋恋不舍，都不得不除下王冠，然后死去，而加冕的是亨利五世，他是那样滑稽可笑、迫不及待地给自己戴上了王冠。

---

① 卢婧：《试论莎士比亚〈亨利四世〉的反权力话语性质》，载《南京社会科学》2007年第2期，第105页。

在第二个层次上，戏剧全面展现了一个狂欢化的世界。

首先是福斯塔夫（毕斯托尔、尼姆、巴道夫等）的活动场所如平民百姓的市井街道、战场上的一角，特别是他经常光顾的猪头酒店和妓院，这些地方具有狂欢节广场的意味。

在中世纪还有文艺复兴时代，非官方的民间文化都保留着自己的一块特殊领土——广场，和一段特殊的时间——节日和集市期。“狂欢节演出的基本舞台，是广场和邻近的街道。自然，狂欢节也进了民房，实际上，它只受时间的限制，不受空间的限制。它不上剧院的舞台，不过中心的场地只能是广场，狂欢节就其意义来说是全民性的，无所不包的，所有的人都需要加入亲昵的交际。广场是全民性的象征。”① 而福斯塔夫的活动场所就具有狂欢节广场的含义，这里也是一个各色人等聚集和交际的地方，像哈尔王子、威斯摩兰伯爵、酒店店主、快嘴桂嫂、妓女桃儿等各种不同地位的人都聚集到这里参与交际，在这个世界里，人们可以放弃等级、戏谑权威，却不必担心受到惩罚。例如，福斯塔夫是个破落的封建贵族，是哈尔王子的随从，但他对王子却丝毫没有仆人的畏惧和恭维，相反，他可与王子肆意地调笑嬉戏。他甚至当面称王子：“你这下流的疯王子。”而王子则回敬他道：“你这下流的烛油矿。”他可以颠倒上与下的位置，如他在背后说王子是“一个浅薄无聊的好小子；叫他在伙食房里当当差倒很不错，他一定会把面包切得好好的”。（《亨利四世》下篇二幕四场）

其次，福斯塔夫本身是一个狂欢化形象。他堪称狂欢节之王，是个小丑。从外形来看，他肥胖如山，凸起的大肚子是他的

① 巴赫金：《陀思妥耶夫斯基诗学问题》，生活·读书·新知三联书店 1988 年版，第 183 页。

外形特征。西方学者彼得·勃克认为："从现实和象征的意义上看：狂欢节上有三个主要主题：食物、性和暴力。"[①] 而这三个主题都集中表现在他的身上：大吃大喝，欲望强烈，年老好色，挥霍好赌，做贼抢劫。例如他自称："我本是一个规规矩矩的绅士：一星期顶多也不过掷七回骰子；一年之中也不过逛三四———百次窑子；借了人家的钱，十次中间有三四次是还清的。"（《亨利四世》上篇三幕三场）

福斯塔夫的语言是狂欢化语言。狂欢节广场话语内容多是"插科打诨、打情骂俏、污言秽语、降格以求、亵渎、冒犯、粗鄙、狎昵、詈骂、辱骂、笑骂以及言语中充满着生殖器官、肚腹、屎尿、病患、口鼻、肢解的人体"。[②] 福斯塔夫的辱骂语言就有这种特点，例如他抢劫未成被王子挖苦，不禁恼羞成怒地骂起哈尔王子来："你这饿鬼！你这小妖精的皮，你这干牛舌，你这干了的公牛鸡巴，你这干瘪的腌鱼!"（《亨利四世》上篇二幕四场）不过福斯塔夫在侮辱谩骂了王子后，总会用恭维话把话找回来。例如，他背后辱骂王子被王子当面揭穿后，他的解释是："我当着恶人的面前诽谤他，为的是不让那些恶人爱上他。这是尽我一个关切的朋友和忠心的臣下的本分。"（《亨利四世》下篇二幕四场）这也是狂欢化语言的正反同体性，夸中带骂，骂中带夸。

福斯塔夫的死亡具有脱冕的象征性。戏剧中这样描述了他的死亡："他是好好儿死的，临死的当儿，就像是个没满月的小娃娃。不早不晚，就在十二点到一点钟模样——恰恰在那落潮转涨潮的当儿，他两腿一伸，'动身了'。他倒还在摸弄着被褥，玩

---

① 赵勇：《民间话语的开掘与放大》，载《外国文学研究》2002 年第 4 期，第 4 页。

② 同上书，第 6 页。

弄着花儿呢，等会儿又对着自个儿的手指尖微笑起来了。”（《亨利五世》二幕三场）这位狂欢节之王老死将至，一个活生生的肉体已成为一具僵尸，但继死亡而来的将又是复活；新的生命，新的青春，新的春天。

福斯塔夫和哈姆莱特、夏洛克并列为莎氏创造的三个最复杂的人物形象。福斯塔夫这个形象可从多个角度去认识。从社会学角度看，福斯塔夫是文艺复兴时代的没落骑士阶层和冒险家的典型。从美学性格构成上看，福斯塔夫是一个矛盾的喜剧性格。从狂欢化的角度去看，福斯塔夫是一个狂欢化形象，这更便于我们理解何以像他那样一个作恶多端之人却令人喜爱。

综上所述，第二个四部曲特别是《亨利四世》《亨利五世》，其最大的特点是狂欢化。狂欢化是喜剧性的，在历史剧中出现了喜剧成分，这说明莎士比亚的悲剧中包含喜剧成分，这个特点在历史剧中已初见端倪。

第二个四部曲出现的狂欢化因素并不是偶然的。首先这与文艺复兴时代密不可分。正如巴赫金指出的那样：“狂欢节的影响，在文学发展的各个时代都是巨大的，但这种影响在多数情况下是潜在的、非直接的、难以把握的，而在文艺复兴时代，它不仅是异常强大的，而且也是直接的、无中介的，甚至在外在形式上也是十分明显的。文艺复兴可以说就是意识、世界观和文学的直接狂欢节化。……在文艺复兴时代的所有伟大作品中，我们都可以明显感觉到渗透于其中的狂欢节气氛、民间节日广场上的自由之风。……我们也可以从莎士比亚戏剧的结构安排上看出明显的狂欢节因素。”① 其次这还与莎士比亚的创作倾向有关。莎士比亚并不是一个科班教育出身的作家，他的戏剧创作始终没有脱

---

① 巴赫金：《巴赫金文论选》，中国社会科学出版社 1996 年版，第 247—249 页。

离实际生活，他总是不断吸收传统的、民间的各种有益的成分，像狂欢化这种文艺复兴时期民间的诙谐文化也必会被他吸收到大众性戏剧里。狂欢化因素不仅使他的历史剧生动活泼，也给他以后的戏剧创作注入了生命力。

二 两部尚未被重视的历史剧

《约翰王》是莎士比亚的一部成熟的历史剧。

人们普遍认为，从《理查二世》开始，莎士比亚的历史剧才走向成熟，而之前的历史剧多“以叙事为主，不注重人物性格的刻画和戏剧结构的安排”。[①] 从历史剧的创作时间看，《约翰王》一剧是在《理查二世》之后，穿插在第二个四部曲之间完成的。《理查二世》完成后第二年，莎士比亚先写了《约翰王》，之后才创作了《亨利四世》（上、下）和《亨利五世》。最主要的还是从戏剧的实际情况看，《约翰王》一剧主旨明确集中，剧情波澜起伏，情节安排巧妙和富有匠心，人物刻画生动，手法独到。它的确称得上是莎士比亚的一部优秀历史剧。

《约翰王》尤其以安排生动的情节见长。在以往的历史剧中，情节线索较多且多以平铺直叙方式展开。而这部剧作的情节高度集中，以因王位问题引起的英法两国冲突为主要情节，情节的组织安排十分紧凑且富有戏剧性。

第一幕写战争。已故英王理查一世的儿子亚瑟向约翰王讨还在英国的合法王位，法兰西国王腓力普打着这个旗号进犯英国。约翰王决定要用战争对付战争、流血对付流血的方式迎接法国国王的挑战，双方剑拔弩张。与此同时，亚瑟的母亲康斯丹丝与约

---

① 赵澧：《莎士比亚传》，中国人民大学出版社1991年版，第53页。

翰王的母亲艾利诺为了各自儿子的利益口角对骂，使这场看似目的纯正、庄严的战争降为一场妇人间你争我夺的吵闹。

第二幕写和平。约翰王为了巩固基础未稳的王位和篡夺的全部权力，提出愿将侄女白兰绮嫁给法国太子路易，并割舍伏尔克森等五个州以及三万马克英币。法国国王腓力普把他曾以国王尊严担保的对亚瑟的盟誓丢弃一边，接受了条件，双方缔结和平盟约。所谓的和平盟约不过是一场政治利益的交易。难怪第一次见识这种丑恶的狮心王理查一世的庶子腓力普这样感叹："疯狂的世界！疯狂的国王！疯狂的和解！……'利益'，这颠倒乾坤的势力；这世界本来是安放的好好的，循着平稳的轨道平稳前进，都是这'利益'，这引人作恶的势力，这动摇不定的'利益'，使它脱离了不偏不颇的正道，迷失了它正当的方向、鹄的和途径；就是这颠倒乾坤的势力，这'利益'，这牵线的淫媒，这掮客，这变化无常的名词，蒙蔽了反复成性的法兰西的肉眼，使他放弃他的援助弱小的决心，从一场坚决的正义的战争，转向一场卑鄙恶劣的和平。"（二幕一场）

第三幕写和平盟誓的破坏。当第三方罗马教皇的势力加入之后，形势又发生了变化。由于约翰王拒绝罗马教会对英国的政治控制和经济剥削，教皇的使臣潘杜尔夫主教当即威逼法国国王腓力普撕毁了英法刚缔结的和平条约。在此后的战争中，约翰王俘虏了亚瑟，为了解除对王位的威胁，企图将其杀害。教皇的使臣潘杜尔夫主教又鼓动路易争夺英国王权。教皇、法王、英王、法国太子，个个都是耍弄手段、反复无常、背信弃义之徒。

第四幕写外侮内患同时爆发。国外强敌压境，国内则由于亚瑟的被害，公道正义被毁，导致了贵族叛乱。英国被拖进蛮横的战祸里。

第五幕写一场新的交易。约翰王不得不向罗马教皇妥协，在罗马的调停下，法国退兵。约翰王最后自身不保，被僧人用毒药毒死。

从第一次的战争→和平，到再次的战争→和平，全剧的剧情大起大落，波澜起伏。在这曲折生动、充满戏剧性的情节中，不仅戏剧的主旨得以清晰表现，主要人物的性格特征也被生动地刻画出来并互相映衬。在战争与和平的反复中，英王约翰王与法王腓力普一个善于弄权，一个反复无常，个性都得到刻画。约翰王是个有能无德的君主，他很有政治手段，在与法国国王和教皇使臣打交道时，善于权衡利弊，玩弄和平、妥协等花招；他又是个自私、残忍、无道的君主，他篡夺了王权，引发了英法战争；他为了保住篡夺的利益，不惜出卖国土；他杀害无辜的亚瑟，失去了民心，引起动乱，使英国陷入风雨飘摇的战火中。法王腓力普则是个反复无常、背信弃义的国王，他先后两次冠冕堂皇地发誓立约，又两次背弃盟誓。法国太子路易野心勃勃、冷酷无情的性格特点也表现出来。《约翰王》在人物塑造上最大的成就是创造了庶子腓力普这一人物形象。他是已故英王狮心王理查的私生子，身份低贱却天性高贵。他性格乐观、开朗、坦荡，善于明辨善恶、是非、正义，在战场上，他英勇杀敌，保卫国家和民族的利益。他比起那些耍弄阴谋诡计、怯懦卑鄙、背信弃义的国王更有骑士风范。他的名字和法国国王是同一名字，反倒显出那些高贵的大人物的渺小。

《亨利八世》是莎士比亚创作的最后一部历史剧，是莎士比亚在历史剧、喜剧、悲剧、传奇剧等几乎全部完成后，在最后一个时期完成的。这部历史剧的写法与第一个时期历史剧的写法大不相同。其最大的不同在于，该剧不再以叙述重大的历史事件为主，而是以历史人物的命运沉浮为中心，勃金汉公爵、凯瑟琳王后、伍尔习红衣主教、安·波琳、克兰默等几个重要人物的命运纠葛贯穿了全剧，国王亨利八世握着生杀予夺的大权，在剧中对人物的命运起着举足轻重的作用。

第一幕首先写的是勃金汉公爵的悲剧命运。正直的勃金汉公爵看不惯伍尔习红衣主教凡事染指，依靠国王宠信抽取苛捐杂税和中饱私囊的行径，结果反被红衣主教诬陷为叛国罪。尽管凯瑟琳王后为其说情，但国王亨利八世仍然震怒，不分青红皂白将其处死。勃金汉公爵成为宫廷斗争中的牺牲品。

第二幕紧接着写的是凯瑟琳王后的悲剧命运。当初亨利八世是娶了寡嫂凯瑟琳为王后的。现在亨利八世要废后，一个原因是他改变了与西班牙结盟反对法国这一对外政策，而凯瑟琳王后曾是西班牙公主；另一原因是他与凯瑟琳王后的女儿不一定是继承王位的合法后裔。伍尔习红衣主教也插手此事，他最初企图让国王废后之后娶法国国王之妹，但看到国王要娶凯瑟琳王后的侍女安·波琳为后，于是就勾结罗马教会加以阻挠。凯瑟琳王后尽管聪明、美貌、贤惠，爱着并忠诚于国王，但她还是被废除王后之位，最终在远离祖国的情况下，抱病而死，成为政治斗争的牺牲品。

第三幕写的是伍尔习红衣主教的败落。导致伍尔习红衣主教败落的似乎是偶然的命运。这个不可一世的伍尔习红衣主教误把一个信袋错送给国王，于是暴露了他搜刮民财和勾结罗马教皇的罪恶，因此从名利的高峰跌落下来。其实，他的身败名裂又有一定的必然性，正如他自己所言："依靠帝王的颜色而生存的人是多么可怜啊！在我们所企望看到的帝王的笑脸和帝王可能加在我们身上的毁灭之间，存在着多少苦痛和恐惧啊，远远超过战争和妇人所能引起的。他一旦失败，就像撒旦一样，便是永劫不复。"（三幕二场）

在第四幕中，自伍尔习红衣主教败落后，整个剧情开始转为喜乐。凯瑟琳王后的侍女安·波琳被封为王后，受到人们的爱戴。正直的克莱默被亨利八世升为坎特伯雷大主教，接替了伍尔习红衣主教的位置，站在他一边的还有伍尔习的弟子、正直的克伦威尔。

在最后的第五幕里，伊丽莎白公主降生，她的降生把平常的一天变成了节日，坎特伯雷大主教预言她将给英国带来无穷的幸福。

全剧所揭示的是：在命运的轮子中，帝王的作用是巨大的。亨利八世的残暴易怒、冷酷无情曾给他的臣子和亲爱他的人带来许多灾难，而他的英明果断和深谋远虑也给国家带来福泽。他与安·波琳结合生下了伊丽莎白公主是最大的功绩，因为未来伊丽莎白女王的英明是英国人的幸运，也是英国的幸运。

《亨利八世》这部历史剧的特殊之处在于它接近悲剧写法，以写人物的命运为主，它与悲剧的不同只在于剧里上演的是真人真事。正如该剧在开场白中所说的那样："哪位花了钱想看一回真人真事上演，这戏里全是信史。哪位来此只图看个场面，请少安，莫焦急，让戏演下去，看上短短两小时，我担保你那个先令花得值。……请把这出高贵的故事里的人物当作真人看待；你看他们身居显位，从者如云，友朋连肩接踵，然而，顷刻之间，山颓木坏，堕入悲惨的深渊。列位看过这戏，如果还觉快活，那么洞房花烛之夜，也不妨痛苦。"（《亨利八世》开场白）莎士比亚的历史剧本来就与悲剧有千丝万缕的联系。卞之琳在其著作《莎士比亚悲剧论痕》中就论及了莎翁的历史剧，把莎翁的英国史剧归入悲剧的范畴。《亨利八世》这部历史剧还接近传奇剧写法，从写命运的传奇性、从整个剧情前半部阴暗悲惨、后半部喜悦欢欣的情节安排看，该剧也接近此时期所创作的传奇剧。

《约翰王》和《亨利八世》看上去似乎与其他历史剧缺少直接联系，它们关注的问题确实不是两个四部曲所主要关注的英法战争、王权之争、王权与贵族的斗争等。但如果换个角度看，我们发现，《约翰王》《亨利八世》集中探讨了英国历史和社会中的又一重大问题，即王权与教会两种力量之间错综复杂的关系，而这个问题也或隐或显出现在两个四部曲中，可以说王权与教会的关系也是贯穿莎士比亚历史剧的又一重大问题。反之亦然，如果把王权与教会的关系也视为莎士比亚历史剧的又一重要主题，那么《约翰王》和《亨利八世》则是表现这一主题最突出的两部作品，因此，它们不再是单列在两个四部曲之外的作品，而是可与两个四部曲纳入一个系列中去。

在莎士比亚的 10 部历史剧中，每一部都有教士形象。历史剧通过描绘教士以及他们与国王、贵族之间错综复杂的关系，表现莎士比亚对王权与教会关系问题的思考和基本思想倾向。

《约翰王》中一个重要内容就是展现罗马教会与英国王权之间的矛盾斗争。剧中第三幕写正当英国与法国达成和平协议之时，罗马教皇的使臣潘杜尔夫主教到了，他一见到约翰王就气势汹汹地质问英王在坎特伯雷大主教的任职人选上不肯听命于罗马教会一事，表现出嚣张的气焰；而约翰王则义正辞严地回答他道："没有一个意大利的教士可以在我们的领土之内抽取捐税；在上帝的监临之下，我是最高的元首，凭借主宰一切的上帝所给予我的权利，我可以独自统治我的国土，无须凡人的协助。你就把对教皇和他篡窃的权力的崇敬放在一边，这样告诉他吧！"（三幕一场）约翰王断然拒绝罗马教会的责难，表现出对罗马教会的蔑视和反抗态度。法国国王腓力普王为教皇的使臣帮腔说："英格兰王兄，你说这样的话是亵渎神圣的。"约翰王立刻回敬道："虽然你和一切基督教国家的君主都被这好管闲事的教士所愚弄，害怕那可以用金钱赎回的诅咒，凭着那万恶的废物金钱的力量，向一个擅自出卖赎罪文书的凡人购买一纸豁免罪恶的左道的符箓；虽然你和一切被愚弄的君主不惜用捐税这一种欺人的巫术，可是我要用独自的力量反对教皇，把他的友人认为我的仇敌。”（同上）在此，约翰王进一步揭露了罗马教皇干涉国家、民族事务，买卖赎罪券等丑恶行径，进一步表达了英国王权反抗罗马教会奴役的斗争态度。而教皇的使臣潘杜尔夫主教也不示弱，他马上逼迫法国国王腓力普撕毁刚缔结的和平条约，为了劝服法国国王，他用冠冕堂皇的理由说明发过的誓是可违背的："你应该最先履行你最先向上天所发的誓，那就是做保卫我们教会的战士。……你所发的誓却恰恰背弃了原来的誓言；再遵守它就是进一步的背信弃义。”表现出以上帝代表自居的罗马教会伪善狡诈的一面。由于罗马教会的插手，结果英法刚缔结的和平协定毁于一旦。在接下来的剧情中，还写了潘杜尔夫主教趁亚瑟死亡之机，挑动法王的儿子路易假借妻子的权利去夺取英国王位，导致英国再次面临大敌压境。正是在国内外矛盾交困的情况下，约翰王最后才不得不向罗马教会妥协，使局势暂时和缓下来。约翰王最后的死也被处理成由教会寺僧用毒药毒死。“他被僧人毒死的情节不是史实而是戏剧性的虚构。”[①] 这进一步表明《约翰王》一剧的倾向，揭露和谴责了罗马教会为了自身利益而插手国家事务、挑动战争的丑恶面目。

《亨利八世》剧中则完整描绘了国内教会力量的一个代表人物伍尔习红衣主教的形象。戏剧一开始就借勃金汉公爵和诺福克公爵之口，描绘了这个位重权高的红衣主教野心勃勃、为所欲为、骄横霸道的一面；接下来又通过陷害并杀害勃金汉公爵和废

① 孙家琇主编：《莎士比亚辞典》，河北人民出版社 1992 年版，第 108 页。

除凯瑟琳王后两个主要事件，表现了他蒙蔽亨利八世、狐假虎威、剪除异己的卑劣行径和高超手段。戏剧绝妙地讽刺了这个满心俗念、热衷名利、面目伪善的大人物，描绘了他因偶然事件暴露了真面目并从权力高峰跌落下来：伍尔习误把一个信袋送给国王，里面装有他为争取罗马教皇权位而在国内搜罗巨额财产的清册和勾结罗马教皇的书信。戏剧最后写卸下荣誉重担和世间浮名后，伍尔习感到的一种解脱，他在真诚的忏悔中死去。另外，戏剧还通过剧中人葛利菲斯之口评价他的才干和建立牛津学院的功绩。从对伍尔习的描绘中可见，戏剧并没把所有恶行推到这个教会的代表人物身上，戏剧的目的不是塑造一个十恶不赦的教士，而是要通过一个教会力量的代表人物表现历史教训：如果对教会力量不加限制，任由教士僭越职权，他们就会操纵世俗权利，祸国殃民。《亨利八世》还塑造了一个与伍尔习形象相反的坎特伯雷大主教克兰默的形象。他为人谦和耐心，曾被嫉妒他的人捉弄，和仆人一样站在门外等候；他信奉新教，曾无端受到枢密院同僚的攻击；他性格诚实、正直，也因此得到亨利八世的信赖，还成了英王新生女儿伊丽莎白的教父。在这个人物身上，莎士比亚寄托了对一个理想化教士的希望，对一种理想化的王权与教会和谐关系的希望，对于教派之争的厌恶和新教持有的宽容态度。

第一个四部曲里也描绘了数位教士形象。《亨利六世》中的温彻斯特主教是个野心勃勃、追逐世俗名利的人，他靠收买和勾结教皇升为红衣主教。在拥有大权之后，他又参与了野心家谋害护国公葛罗斯特的罪行。这个作恶多端的教士临死时受到惩罚，内心充满了对死亡的恐惧。正像剧中华列克伯爵所言："他死得这样惨，足以证明他一生不干好事。"（《亨利六世》中，三幕三场）《理查三世》中的坎特伯雷大主教、约克大主教、伊里主教出场不多，描绘较少，他们的基本职能是为国王理查三世效力。

在第二个四部曲《理查二世》中出现了卡莱尔主教和威司敏斯特长老两个教士形象，他们虽出场不多，但基本是被肯定的人物。卡莱尔主教曾试图用空洞的言辞安慰失势的君王理查二世，他虽然迂腐，力量微弱，但在面对篡位的波林波勃洛克企图审判理查二世时，却面无惧色地指出叛逆者的行为将殃及后世，“我们的国土将要被称为各各地”。（四幕一场）他不失为一位正直的教士。《亨利四世》中的约克大主教参与了反王党的叛乱，最后被亨利四世镇压。《亨利五世》中代表教会利益的是坎特伯雷大主教，他与下院之间存在着矛盾，国王成为他们中间的调停人。

有人指出：“教士是一个特殊的群体。在基督教观念中，一个人一旦成为教士，就标志着把自己现世的一切都奉献给了上帝，他所做的主要工作都是为了自己和人类得到拯救。教士对俗世利益是超然的，他们应该专注于精神世界的赎罪生活。但是，随着教会对世俗事务干预的增多，部分神职人员逐渐背离宗教准则，开始为世俗利益所动，贪图俗世享受，甚至陷入世俗权与利的争斗不能自拔，缺乏应有的罪感意识。”①

总起来看，莎士比亚在历史剧中并不偏激地反对所有的教士或排斥教士参与政治生活，但是教士行动的出发点必须出自正直、正义和良知，必须分清是非善恶，他谴责了教士的私欲，谴责了教士不顾国家和民族利益的弄权作乱。历史剧通过对不同教士及其不同行为的描绘，表现出莎士比亚在王权与教会关系问题上的基本思想倾向：在王权与罗马教会的斗争中，维护英国王权，维护民族利益，反对罗马教皇和教会的干涉，如《约翰

---

① 王卫华：《从教士与国王形象看莎士比亚历史剧中的罪感意识》，载《中国青年政治学院学报》2007 年第 4 期，第 131 页。

王》；在王权与教会的关系中，反对教会干预和干扰世俗王权，尤其是谴责教士热衷世俗利益，为个人私利祸国殃民，如《亨利八世》《亨利六世》；此外，在英国王权之争中，反对教会参与贵族的叛乱，如《亨利四世》；在教会与贵族的矛盾冲突中，王权应起到调停平衡的协调作用，如《亨利五世》；在新教和国教的矛盾中，对新教应持宽容态度，如《亨利八世》。

第三章

喜　剧

莎士比亚在创作的第一时期写了十部喜剧，喜剧创作在莎士比亚的创作中亦占有相当重要的地位。

在最早的几部喜剧《错误的喜剧》《驯悍记》《维洛那二绅士》《爱的徒劳》中，莎士比亚的喜剧创作还处在一个实验和探索阶段。这几部喜剧在内容和艺术上模仿的痕迹比较明显。例如，《错误的喜剧》的主要情节依据的是罗马大喜剧家普劳图斯的喜剧《孪生兄弟》，《驯悍记》的主要情节也是根据当时一同名剧本改写的；艺术上也主要借用当时流行的"误会"、"巧合"等喜剧手法。不过，在探索过程中，莎士比亚的喜剧创作开始有自己的创新，他喜剧的特点亦在逐渐形成。其具体表现为：在情节内容上，逐渐向以浪漫的爱情为主转变；在艺术上，闹剧成分减少，抒情成分增长。例如，《驯悍记》不完全是按古老的故事来写，剧中强调了爱情成分，维洛那绅士彼特鲁乔向凯瑟丽娜求婚并将其驯服的过程，实际上是前者帮助后者找回自我的过程，是凯瑟丽娜感受、萌生爱情从而变得温顺的过程。《维洛那二绅士》明确表现了爱情、婚姻、友谊的主题，剧中出现了浪漫的森林场景描写，它是莎士比亚第一部比较成型的抒情喜剧。《爱的徒劳》以宫廷贵族的爱情为内容。

1595—1596 年的《仲夏夜之梦》标志着莎士比亚喜剧创作的成熟，显现出了莎士比亚抒情喜剧的主要特征。从这个剧作开始，莎士比亚创作出了一系列优秀的抒情喜剧作品，如《威尼斯商人》《无事生非》《皆大欢喜》《第十二夜》，它们代表了抒情喜剧创作的最高成就。

莎士比亚抒情喜剧在思想内容上的主要特征就是表现爱。喜剧的基本内容是宣扬人文主义的生活理想，从人性论出发，肯定人的正常感情和正当的欲望，热情地赞美爱情和友谊。喜剧最常见的题材就是青年男女两情相悦的爱情。莎士比亚的喜剧堪称爱情喜剧，莎士比亚堪称描写爱情的圣手。在莎士比亚的喜剧中，爱情过程中的各种情感体验几乎全都得到了体现：一见钟情的神秘感，男女接触的喜悦与羞怯，男女之间的误会与排他，相思的甜蜜和痛苦。爱情的各种不同类型都几无遗漏：太阳式的爱情是那样狂热和奔放，月亮式的爱情是那样纯洁和伤感。从仙王仙后的爱情到贵族男女的谈情说爱，再到村夫村姑的男婚女嫁，可谓应有尽有。男女爱情在莎士比亚喜剧中得到多方面的赞美：爱情是高尚的，是超凡脱俗的，是金钱和权势不能左右的；爱情具有无穷的威力，能给人以智慧和勇敢，可以征服一切，有多少青年男女都甘愿在爱情中献身；爱情带给人幸福，剧终常常是每个人都如愿以偿，有情人终成眷属。

莎士比亚喜剧在艺术上的主要特征是抒情风格。莎士比亚喜剧在性质上是歌颂性喜剧，是一种抒情性的浪漫喜剧。在西方，喜剧已有 2500 年的历史，喜剧名目繁多，但总的来说有两个体系——否定型喜剧和肯定型喜剧，它们分别从否定或肯定意义上来厘定喜剧与喜剧人物，前者以讽刺喜剧为代表，后者以抒情喜剧为代表。[①] 讽刺喜剧是西方喜剧的传统类型，它更具有传统性。欧洲戏剧史上的喜剧一开始就是讽刺性喜剧，阿里斯托芬的喜剧就是一种政治讽刺喜剧，古希腊亚里士多德在希腊悲剧、喜剧创作的基础上，提出了喜剧总是模仿比我们坏的人，而悲剧总是模仿比今天的人好的人，所说的喜剧也是一种以否定性人物为对象的讽刺艺术。进入希腊化时期，米南德代表的新喜剧尽管题材在变，更多地表现家庭、婚姻等日常生活题材，但讽刺的基调未变。到古罗马时代的喜剧，继承的依然是古希腊的新喜剧传统，具有明显的道德教化作用，喜剧人物模仿的是比我们今天的人坏的人。在莎士比亚时代，本·琼生是写讽刺喜剧的。到17世纪，以喜剧大师莫里哀为代表的古典主义喜剧也是讽刺喜剧。至19世纪，以果戈理为代表的现实主义喜剧也是讽刺喜剧。而莎士比亚的喜剧代表了另一种喜剧类型。它是建立在对喜剧人物的肯定上的，因此被认为是开创了一种新型的歌颂性喜剧。伴随莎士比亚喜剧写作的日渐成熟，喜剧内容上的爱情成分日渐增加，人物或为温文尔雅的王公、贵族，或为淳朴可爱的农民，他们生活在森林里或乡村一个类似伊甸园的世界，爱情是他们的主要生活体验。由于莎士比亚喜剧讲述的是人间的爱情与友谊，故着重于用诙谐、幽默等手法对生活中的笑料加以戏剧表现，用笑声来歌颂、赞美正面人物和肯定性的力量，使人们对生活更加热爱，它充满着浪漫色彩、富有诗情画意。莎士比亚的喜剧虽然也有讽刺和揭露，但讽刺不是主体，喜剧的主体部分是歌颂和抒情。在他的喜剧中，即便是讽刺，也不像其他讽刺喜剧那样尖刻，而是一种与人为善，讽刺中总带有温情，从而与整个喜剧基

---

① 李韶华：《莫里哀与莎士比亚戏剧艺术比较》，载《甘肃联合大学学报》（社会科学版）2005年第1期，第41页。

调相适应。

莎士比亚的喜剧也有例外。例如，《威尼斯商人》的抒情与讽刺占了同样比重，是一部抒情与讽刺并重的喜剧。还有一例是《温莎的风流娘儿们》。该剧也是这个时期写成，一些莎士比亚研究者认为这是遵女王之命创作的一个剧作。传说自从历史剧《亨利四世》上演后，福斯塔夫的形象受到上自伊丽莎白女王、下至普通观众的赞赏，伊丽莎白女王后来下令要莎士比亚写一个福斯塔夫谈恋爱的剧本，莎士比亚只好赶写此剧，前后只用了十几天时间仓促完成。这个剧本确实有以下几个特殊之处。

这是莎士比亚最主要的一个闹剧。喜剧采用的主要是闹剧手法，故事主线是温莎的两位市民妇女福德大娘和培琪大娘对福斯塔夫的三次捉弄：第一次把他头朝下装进一只盛脏衣服、臭袜子的篓子里，让仆人把他连人带篓扔到泰晤士河边的烂泥沟里；第二次把他扮作算命的胖老婆子让福德用棍棒痛打一顿；第三次将他扮成头长鹿角的妖怪，让一群化装成精灵的儿童用蜡烛烫、用手拧，好好地教训了一顿。在喜剧中，福斯塔夫穷途潦倒，想从市民妻子身上骗钱找财路，自作聪明却十分愚蠢，成为众人嘲弄的笑柄。福斯塔夫是用讽刺和幽默的笔法刻画的漫画式滑稽人物，其典型意义不及《亨利四世》中的福斯塔夫。

这还是莎士比亚创作的三十七个剧本中，唯一一部直接描写英国小城镇生活和市民家庭的剧作，最富有英格兰的现实生活气息。喜剧故事的副线是法国医生卡厄斯、法官的侄子斯兰德、少年绅士范顿三人同时向培琪的女儿安求婚。安的父亲培琪看中了斯兰德一年有三百镑收入，暗中嘱咐斯兰德把身穿白衣服、化装成精灵的安抢去成亲；培琪夫人则偏向于出入宫廷的法国医生，叫他把穿绿衣、扮作精灵的安抢走成婚；实际上安却与少年绅士范顿私奔结婚了。围绕此故事线，喜剧生动描绘了安的父母培琪先生、培琪夫人，三位求婚者卡厄斯、斯兰德、范顿，及同时给三人牵线做媒的快嘴桂嫂等生动人物及其故事，洋溢出浓厚的生活气息，表现出温莎这个小镇丰富多彩的生活。恩格斯在1873年致马克思的信中对此剧的现实性评价甚高，认为："单是《风流娘儿们》的第一幕就比全部德国文学包含着更多的生活气息和现实性。单是那个兰斯和他的狗克莱勃就比全部德国喜剧加在一起更具有价值。"①

莎士比亚的抒情性浪漫喜剧在营造浪漫场景和氛围、塑造喜剧人物、编织喜剧情节、营造喜剧效果、运用喜剧语言上都很有特色。这些特色在《仲夏夜之梦》《威尼斯商人》《无事生非》《皆大欢喜》《第十二夜》这几部优秀的喜剧作品中均有不同程度的表现，同时它们又异彩纷呈、各具特色。下面将具体领略莎士比亚这几部喜剧各不相同的独特魅力。

一　《仲夏夜之梦》：爱情小夜曲

《仲夏夜之梦》有些内容取自乔叟的《骑士的故事》、奥维德的《变形记》和雷金纳德·斯各特的《巫术的发现》，主要情节则完全出自莎士比亚的艺术构思。该剧原可能是为庆祝某王公贵族的婚礼而写，后略加改动，成了公开上演的舞台剧本。在这个剧作中，莎士比亚所独创的歌颂型喜剧特点被充分表现出来，它标志着莎士比亚抒情性浪漫喜剧风格的初步形成。它是莎士比亚喜剧中最富抒情浪漫色彩的一部，是优美的爱情小夜曲。

---

① 《马克思恩格斯全集》第33卷，人民出版社1973年版，第108页。

(一) 场景浪漫、亦真亦幻、十分美妙

剧情开始的场景是在二千多年前的古希腊时代。古希腊神话传说中的英雄忒修斯和遥远的阿马宗女王希波吕特将要结婚，他们同时又是雅典现实生活中的公爵和公爵夫人。喜剧一开始就写了一个神话和现实交融在一起、难分难解、亦真亦幻的世界。

紧接着是雅典的两批人物在仲夏夜趁着月光分别远离雅典，进入一个更奇幻的世界——雅典郊外的森林。第一批人是四位青年男女：少女赫米娅与拉山德相恋，但她父亲要强迫她嫁给狄米特律斯，根据雅典法律，做女儿的必须服从父亲的旨意，否则她要么被处死要么终身进修道院。赫米娅决意与拉山德私奔到外邦结婚，他俩相约晚上到雅典郊外三英里路的森林见面。赫米娅去向女友海丽娜道别并把计划告诉她，海丽娜正热恋着狄米特律斯，她知道他迷恋赫米娅，为了再次见到狄米特律斯她宁愿把消息通报给他，结果狄米特律斯去追赫米娅，海丽娜又去追狄米特律斯，于是，他俩也在夜晚追到森林里。第二批人是一伙雅典手艺人，即木匠、细工木匠、织工、修风箱者、补锅匠、裁缝，他们正在为庆贺公爵婚礼排练一出戏，戏名为《最可悲的喜剧，以及皮拉摩斯和提斯柏的最残酷的死》，为了不被打扰，他们也约好到雅典郊外一英里路的森林里来。

仲夏夜的雅典郊外森林是个充满梦幻的仙境。仙王奥布朗和仙后提泰妮娅是这里的主宰，古怪的小精灵迫克和豆花、蛛网、飞蛾、芥子是他们的跟班，这里的居民是大自然的花草树木和禽兽昆虫。小仙中的迫克是个狡狯淘气的小精灵，一个快活的夜游神，它像月光一样轻快地奔走在溪谷和山陵、荆棘和花丛中，它最爱和人搞笑，外号叫“好人儿罗宾”。花草中特别奇妙的是一种叫“爱懒花”的紫色小花，这是因爱情创伤而被染成紫色的

小花，小丘匹德射出的火箭被冷洁的月光熄灭后落在它上面。如它的花汁滴在睡着的人的眼皮上，无论男女在他们醒来时都会疯爱第一眼见到的生物。

仲夏夜的雅典郊外森林，汇聚了各式各样浪漫的人物：来自雅典追求爱情的美丽姑娘和英俊小伙，来自雅典趁着月光排练节目的令人发笑的一群伶人，来自仙境的仙王仙后和奔来奔去的小神仙、小精灵，还有大自然的花草树木、飞禽走兽、蝴蝶小虫。自然生命的一切都是那么清新可爱，充满了勃勃生机；一切都那么协调，人与自然水乳交融；一切又都沐浴在淡淡的月光中，朦胧而美丽。这里到处充满浪漫梦幻，引人遐想，令人神往。雅典郊外森林是莎士比亚创造的一个充满浪漫幻想和丰富想象的理想世界。因为这是发生在古希腊时代，又是在一个仲夏夜的森林里，人与自然浑然一体，从神话传说中走出的这些情人、伶人与自然界的精灵交织在一起，一切看上去皆有可能，一切又都不可思议。正是营造了这一诗意、亦真亦幻的场景，在这美好、甜蜜、梦样的世界，那些美丽的人物、故事才会发生。

（二）情节有趣可笑，编排生动奇妙

莎士比亚的喜剧情节往往都是关于爱情的。在这个剧里，爱情的错位和颠颠倒倒常使人忍俊不禁，情节的新奇和出乎意料更令观众惊喜畅快。

在仲夏夜的森林里，最不可思议的爱情故事有两个。一是仙后爱上了戴着驴头的织工波顿，这样的爱情错位既好玩又好笑。起因是仙王因仙后不肯把侍童让给自己，就有意捉弄她，吩咐迫克把“爱懒花”的花汁滴到仙后眼中，淘气的迫克又把一只驴头安在织工波顿头上，结果使仙后醒来第一眼看到并爱上了戴着驴头的织工波顿。两个来自不同世界的仙和人之间就有了这样的

喜剧故事。波顿原本是工匠中最灵活聪明、多嘴多舌的一个，现在却被戴上愚蠢的驴头，非常可笑；仙后本来高贵、骄傲，现在却与一个身份地位低贱的织工谈情说爱，十分滑稽，特别是现在波顿又是个长着怪模怪样驴头的人，因此这场恋爱又荒唐又不可思议，当仙后轻抚着波顿的驴脸，吻着他的大耳朵时，这场仙与人间的恋爱就显得愈加古怪和可笑。仙王和仙后的矛盾更像是小孩子的游戏，当仙后把侍童给了仙王，仙王就解除了仙后中的花汁的魔力，于是仙王和仙后握手言和。

第二个爱情故事是来自雅典的两对青年男女的爱情。他们之间的恋爱关系本来就有些复杂：海丽娜追求狄米特律斯，可是狄米特律斯却追求赫米娅，而赫米娅爱的则是拉山德。人世间这样不遂人愿的恋爱比比皆是，正所谓：爱我的人，我不爱他；我爱的人，他不爱我。爱情的纠葛多半因此而生。这就出现了海丽娜没人爱，狄米特律斯和拉山德两人都追求赫米娅，两男共追一女的不合理局面。看上去这真是造化弄人。

这时仙人从中插手，纠葛就更加复杂起来。仙王当时看到海丽娜苦恋着狄米特律斯，狄米特律斯却不爱她，为了让他俩和好，他命令迫克也滴几点花汁到狄米特律斯眼中，可迫克却错把拉山德当做狄米特律斯，在拉山德眼里滴进爱情迷药“爱懒花”花汁，结果使拉山德转而热恋海丽娜；仙王发觉错误后，为了修正错误又把花汁滴到狄米特律斯眼里，结果使狄米特律斯也回头爱上了海丽娜，这样一来，就形成了和开始时不合理爱情纠葛相似的新的错位关系：赫米娅没人爱了，狄米特律斯和拉山德两人都改追海丽娜了，从而形成新的两男追一女的不合理局面。

表面上看仙王和小仙迫克似乎是乱点鸳鸯谱，实际上他们给拉山德和狄米特律斯所滴的爱情迷药，反倒可看成一副爱情的清醒剂。狄米特律斯从迷药的昏睡中醒来，重新认识到海丽娜的美：“完美的女神！圣洁的仙子！我要用什么比并你的秀眼呢，我的爱人？水晶是太昏暗了。啊，你的嘴唇，那吻人的樱桃，瞧上去是多么成熟，多么诱人！你一举起你那洁白的妙手，被东风吹着的陶洛斯高山上的积雪，就显得像乌鸦那么黯黑了。让我吻一吻那纯白的女王，这幸福的象征吧！”（三幕二场）海丽娜皮肤白皙，之前狄米特律斯看不见她的美，是因为没有爱情，现在产生爱情后，赞美发自肺腑，情人眼里才能出西施。拉山德被滴下爱情迷药后也看清了在盲目的爱情中所看不到的一些真相，他看到了别的女人的长处，称海丽娜为温柔的海丽娜；他也看到了自己爱人的短处，骂肤色微黑的赫米娅是黑鞑子；他甚至可以发泄对赫米娅的某些不满和厌恨。

直到白日来临，迷药过去之后，狄米特律斯终于与海丽娜重新相爱，拉山德也与赫米娅重归于好。在爱情中什么都会发生，这种颠倒错位的爱情终于复位，顺应了人们的美好意愿。迫克俏皮唱道：“两男合爱着一女，这把戏真够有趣；最妙是颠颠倒倒，看着才叫人发笑。”（三幕二场）可以说这是两对青年男女爱情故事的最好注解。忒修斯和希波吕特举行盛大的婚礼，这两对青年人经过一番波折也终于各都两两举行了婚礼。

值得注意的是剧中还有一个爱情故事，那就是戏中戏——皮拉摩斯和提斯柏的爱情悲剧故事。为了度过午宴到夜晚之间的漫长时光，结婚的新人一起观看伶人的表演。伶人所扮演和演绎的故事简言之就是：月光下，皮拉摩斯和提斯柏隔着墙头约好晚上在郊外约会，提斯柏先到了约会地点，一头狮子咬住了提斯柏的外套，提斯柏逃开了，后到的皮拉摩斯误以为情人被狮子咬死，挥剑自杀殉情，提斯柏转回来见情人死去也用剑自杀殉情。这是一出浪漫的爱情故事，像一个早期的罗密欧、朱丽叶式的殉情故事。这又是个白日梦，同样具有梦的性质。在观看演出的过程中，每个人都十分清醒这不过是场戏，因此剧中的悲惨事件有惊无险，直到剧终人散，每个人都心满意足地离开，而夜晚再次降临。

多情节线是莎士比亚喜剧情节的最大特点，莎士比亚尤其擅长组织故事情节。《仲夏夜之梦》整个喜剧情节的安排，特别是上述三个爱情故事的编排都十分巧妙。从时间地点看，三个故事的展开遵循的顺序是：白天的雅典→夜晚的森林→白天的雅典→观看戏剧后进入一个新的夜晚。这个顺序同时也是一个逻辑顺序：现实→梦幻→回到现实→进入梦幻。整个喜剧情节的建立基础就是幻想和想象。剧中忒修斯总结说："情人们和疯子们都富于纷乱的思想和成形的幻觉，他们所理会到的永远不是冷静的理智所能充分了解。疯子、情人和诗人，都是幻想的产儿：疯子眼中所见的鬼，多过于广大的地狱所能容纳；情人，同样是那么疯狂，能从埃及人的黑脸上看见海伦的美貌；诗人的眼神在神奇的狂放的一转中，便能从天上看到地下，从地下看到天上。想象会把不知名的事物用一种形式呈现出来，诗人的笔再使它们具有如实的形象，空虚的无物也会有了居处和名字。"（五幕一场）剧中所有人物都是最富有幻想的一类，是情人、伶人，这些人物才会演绎这一段段梦幻故事，这是整个故事发生的基础。与此同时，欣赏这个故事也必须调动想象力，主人公及故事都是幻想的产物，剧中对此进行过多次说明和提示，提出欣赏戏剧必须建立在观众想象的基础上。例如，在戏中戏中，一盏灯笼代表的是弯弯的月亮和月光，一个人在舞台上可以是一堵墙，他举手叠指便成了墙缝，等等。

《仲夏夜之梦》情节既是奇异、有趣、生动的，又是温馨和浪漫的，具有很大的喜剧性。喜剧通过这些带有童话故事色彩的情节抒发了人们对生活的热爱，表达了人们对爱情、生活的美好理想。

（三）人物的可爱、有趣、可笑

讽刺性喜剧中的人物是丑恶的，喜剧通过对喜剧人物的讽刺来鞭挞生活中的丑恶。抒情性喜剧中的人物是正面人物，喜剧通过对正面人物的赞美褒扬生活中美好的东西。抒情喜剧中的人物身上虽然也存在一些缺点，但剧作对这些缺点采取的是幽默性的调侃、揶揄。

仙界的一群人物就像童话中的孩子一样可爱，连他们的缺点也是可爱的。仙王和仙后会为小事而吵闹但又很快和好，他们好像现实中一对在做游戏的孩子一样。仙界中最有喜剧色彩的人物是迫克，它是一个快活的夜游神，成天像月光一样轻快地奔走在溪谷和山陵、荆棘和花丛间；它是个淘气的小精灵，最爱和人搞笑：在人家的牛乳上嘬去乳脂，使那气喘吁吁的主妇整天搅不出奶油来；暗中替人家磨谷，有时弄坏了酒使它不能发酵；把夜里走路的人引入迷路，自己却躲在一边窃笑；打翻老太婆手中的麦酒；化作三脚凳让坐下讲故事的大婶摔个大元宝逗人哄堂大笑。迫克还是个粗心的小精灵，它滴错药汁弄出许多故事来。迫克的活泼好动、淘气、粗心，带有儿童的可笑又可爱的性格特征。

在雅典的四位青年男女中，刻画最生动的是两个女性人物。她俩既具有莎士比亚喜剧中女性人物聪明可爱的一般性格特征，同时又具有鲜明的个性特征和可笑的弱点。海丽娜是一个对爱情特别痴情的女子，她苦苦追求狄米特律斯，忍受对方的冷淡、谩骂、威胁，感情执著坚定。在实际生活中，她又是个胆小的柔弱女孩，她非常害怕赫米娅，打起架来更不是对手，只会投降和逃跑。她对赫米娅说："我怕你。我不敢和脾气这么大的你在一起。打起架来，你的手比我快得多；但我的腿比你长些，跑起来你追不上我。”（三幕二场）看上去既让人同情又让人好笑。而赫米娅则是个意志坚定，忠于爱情的勇敢女子。她长得虽然矮小但十分泼辣，海丽娜评价她说：“她一发起怒来，真是又凶又狠。在学校她就是出名的雌老虎，很小的时候便那么凶了。”（三幕二场）赫米娅看上去既让人敬佩又让人感到可笑。

雅典的那群工匠淳朴可爱而又滑稽可笑。里面最为可爱的就是波顿了，他演技高超，扮相惟妙惟肖；这么聪明的人反而被戴上一个驴头，形象十分滑稽可笑。

（四）语言优美抒情，充满诗情画意

《仲夏夜之梦》在语言上的独特之处就是穿插了许多民谣和抒情诗，这些优美的唱词使整部戏剧充满诗情画意，抒写了爱情的美好。

仲夏夜的雅典郊外森林是个梦幻般的仙境。在仙后的叹息里我们看到仲夏时节的气候变化；在迫克的歌声里我们看到带着雨露的各种鲜花：“我给仙后奔走服务，草环上缀满轻轻露。亭亭的莲馨花是她的近侍，黄金的衣上饰着点点斑痣；那些是仙人们投赠的红玉中，藏着一缕缕的芳香馥郁；我要在这里寻访几滴露水，给每朵花挂上珍珠的耳坠。”（二幕一场）在小仙的歌声里我们会看到各种鸟兽昆虫：“两舌的花蛇，多刺的蝟，不要打扰着她的安睡；蝾螈和蜥蜴，不要行进，仔细毒害了她的宁静。夜莺，鼓起你的清弦。为我们唱一曲催眠。”（二幕二场）织网的蜘蛛、黑背的蜣螂、还有蜗牛和蚯蚓，都在歌里一一唱到。这一切构成了一幅有声有色的自然图画，充满了诗情画意。

爱情故事里少不了誓言。从恋爱中的人们口中，可听到各种各样的爱情表达，抒发的真挚情爱十分感人。赫米娅面对爱情的磨难毫不退缩，她的爱情是坚定不移的，她这样对爱人说：“既然真心的恋人们永远要受磨折似乎是一条命运的定律，那么让我们练习着忍耐吧；因为这种磨折，正和忆念、幻梦、叹息、希望和哭泣一样，都是可怜的爱情缺不了的随从者。”（一幕一场）海丽娜的爱情则是卑微和痴情的，她的爱情告白表现出盲目的一面：“我也是只知道爱慕他的才智；一切卑劣的弱点，在恋爱中都成为无足轻重，而变成美满和庄严。爱情是不用眼睛而用心灵看着的，因此生着翅膀的丘比德常被描成盲目；而且爱情的判断全然没有理性，光有翅膀不生眼睛。”（一幕一场）仙后的爱情是火热的，在爱上驴头的波顿后她直言不讳地表达了热烈的求爱：“我是多么爱你！我是多么热恋着你！”戏中戏里的皮拉摩斯与提斯柏演绎的是一场殉情的生死恋，可谓无声胜有声。他们抒发的就是一首爱情诗，谱写的也是仲夏夜的爱情小夜曲。

二　《威尼斯商人》：夏洛克形象

《威尼斯商人》是莎士比亚最著名的喜剧。主要故事来源于意大利短篇小说《呆子》，与莎士比亚同代的马洛曾据此写过剧本《马耳他岛的犹太人》。莎士比亚在此基础上所写的这个剧本，在西方几乎家喻户晓，在中国也是莎士比亚戏剧中最受欢迎和重视的戏剧之一。

威尼斯贵族巴萨尼奥准备向富家女鲍西娅求婚，向他的好友威尼斯商人安东尼奥借钱，安东尼奥手边没有现钱，又去向犹太高利贷者夏洛克转借。夏洛克平时就恨安东尼奥借钱给人不收利钱，并常常因此侮辱他，这时便蓄意报复，趁机订下契约：借钱三千块，期限三个月，若到期未还，割一磅肉抵偿。

巴萨尼奥借钱之后，前往贝尔蒙特向鲍西娅求婚。按照鲍西娅父亲的遗嘱，金、银、铅三只匣子里有一只装着鲍西娅的肖像，求婚者要选中内有肖像的匣子才能跟她结婚。那些选金、银匣子的求婚者都失败了，只有巴萨尼奥求婚是因为爱鲍西娅而不仅仅是为了她的钱，于是选了藏有肖像的铅匣子，顺利与鲍西娅结婚。同时，巴萨尼奥的朋友葛莱西安诺也跟鲍西娅的贴身女仆尼莉莎结婚。夏洛克的女儿杰西卡与罗兰佐私奔。

安东尼奥的船在返途中出了事，不能如期到达，契约到期，夏洛克坚持要割他一磅肉。鲍西娅叫巴萨尼奥马上带钱动身去威尼斯还债，接着，她也和尼莉莎女扮男装，分别扮演著名律师培拉里奥博士和书记员，来威尼斯为安东尼奥出庭辩护。在法庭上，鲍西娅强调法律的尊严，但恳求夏洛克仁慈一些，遭到夏洛克拒绝。于是，她提出，夏洛克可依法割下一磅肉却不能让对方流一滴血。夏洛克因为企图谋害他人败诉，被判财产的半数归受害者一方，另一半没收入库，性命由公爵处置。最后，公爵赦免了夏洛克，安东尼奥也将判归自己的财产转赠夏洛克的女儿，但要求夏洛克皈依基督教。

巴萨尼奥和葛莱西安诺并不知情他们的妻子女扮男装来威尼斯。他们当时在法庭上为表感谢不得已脱下戒指送给律师。打完官司后，鲍西娅、尼莉莎各向丈夫讨要戒指，把丈夫取笑了一番。全剧结束时，传来安东尼奥的所有船只平安归来的喜讯。

《威尼斯商人》是一出抒情性很强的喜剧，歌颂了友谊和爱情，刻画了鲍西娅这个机智、聪明、美丽的文艺复兴时期的新女性形象。同时，它又是一部反映社会现实较深入、讽刺性较强的喜剧。夏洛克形象是世界上著名的典型形象之一，关于他的评论十分丰富。下面先就这个形象的研究情况进行综述，然后再略述己见。

(一) 国内夏洛克形象研究回顾

“文革”结束后，从20世纪80年代初至90年代初的10年间，是我国外国文学研究重新开始起步的时期。在这一时期，夏洛克形象尚未成为讨论的热点问题。除了散见于学术刊物的一些评论文章外，有关夏洛克形象的评论主要见于高等院校编写的外国文学史教材。教科书对夏洛克形象的评论基本分为两种观点：第一种认为：夏洛克作为高利贷者和资产阶级，是被否定的人物。“夏洛克完全是文艺复兴时期高利贷掠夺者的典型形象。”“在他的身上生动而又具象征意味地体现了资产阶级金钱崇拜、血腥掠夺、冷酷无情、凶狠狡诈和假仁假义等丑恶本质。”① “《威尼斯商人》刻画了一个吝啬贪婪的犹太人高利贷者夏洛克的形象。”② 第二种认为：夏洛克既是个高利贷者，有被否定的一面；又是个犹太人，有值得同情、肯定的一面。“从夏洛克性格的主导方面看，他是一个狡黠、凶狠的高利贷者；另一方面他又是个受到歧视虐待、长期忍气吞声的犹太人、犹太教徒。”③ “夏洛克不仅是一个重利盘剥、损人利己的高利贷者，而且是个基督教社会里受欺负的犹太人。”④ 外国文学史对夏洛克形象所持的这两种观点，不仅在一段时期内具有相当大的权威性，且对以后的夏洛克形象评论也产生了深远影响。

从1994年至2004年的10年间，随着外国文学研究走向繁荣，关于夏洛克形象的评论也逐渐成为外国文学研究中的热点问题，夏

---

① 《欧美文学史简编》，山东教育出版社1980年版，第91—92页。

② 陈惇、何乃英主编：《外国文学史纲要》，北京师范大学出版社1995年版，第181页。

③ 陈应详主编：《外国文学》，高等教育出版社1988年版，第98页。

④ 朱维之、赵澧主编：《外国文学史》，南开大学出版社1994年版，第102页。

洛克成为莎士比亚戏剧人物中最受关注的人物之一。在这10年间，仅被中国学术期刊网收录、发表于主要学术期刊上专论夏洛克的文章就有近30篇。对这些文章进行梳理，按照基本观点的不同可分为三大类："否定人物说"、"悲剧人物说"、"两分说"。

1. "否定人物说"，即认为夏洛克是被否定的人物形象。持此种说法的文章数量相对较少，不到评论总数的1/3。

此说与教科书的第一种观点相近，但论述过程不同。教科书的评论是单纯从政治论、阶级论角度出发，认定夏洛克是高利贷者、资产阶级，然后简单地予以否定。而这一时期的评论是从不同角度，具体论证了夏洛克为什么是个被否定的角色，论述较前一时期丰富、具体得多。有的将夏洛克与犹太人民作了区分，并指出了夏洛克报复的动机，认为："夏洛克与其说是一位受压迫者和当时犹太人民的代表，倒不如说他本人就是一位压迫和剥削者，兼具一位高利贷者所具有的贪婪、专制等本性。他对安东尼奥必欲除之而后快的主要原因是因为后者是他通过放高利贷赚钱道路上的主要障碍；他对安东尼奥的报复反映了没落封建高利贷者和处于上升时期的新兴资产阶级之争。"①

2. "悲剧人物说"，即认为夏洛克是个悲剧人物，是令人同情的，甚至是令人敬佩的。持此观点的文章数量约占评论总数的1/3。它们是从以下不同途径论证此种观点的。

（1）夏洛克的败诉是由顺境转入逆境的悲剧性的情节，因此夏洛克是悲剧人物。有的说："整个一出戏都笼罩在强烈的反犹太人气氛中，对犹太人的歧视随处可见，贯穿全故事……犹太人夏洛克的确是个悲剧……鲍西娅披上一身正义的外衣，

---

① 曲政、俞东明：《也谈夏洛克对安东尼奥的报复》，载《天津外国语学院学报》2002年第2期，第56页。

偏袒安东尼奥……由于歧视和执法不公，夏洛克在基督教的法庭上注定要失败……他的复仇之剑未能伤及安东尼奥一根毫毛，相反却刺伤了自己。”① 有的说：“威尼斯商人一剧的宗教偏见是显而易见的：犹太人残忍狠毒；基督教友爱而又宽恕。像夏洛克有着强烈的民族意识和宗教感情并对基督教世界怀着深仇宿怨的犹太人，却由于一场官司就改变了信仰，投入到基督教世界的怀抱，这是不能令人信服的。夏洛克的冷酷无情完全是迫害者一手造成的，被压迫者与压迫者之间是没有调和的余地的。夏洛克最后是失败了，他的失败更显示出其民族地位的可悲。夏洛克被迫改信自己最憎恨的基督教，对夏洛克来说，不啻又添了一桩新的奇耻大辱。”② 还有的说：“夏洛克是一个悲剧人物。他那因女儿私奔、钱财失去而疯狂的行为，磨刀霍霍急于报复的神态，严肃非常，令人恐惧。他人财两失而被迫改变信仰，令人悲悯和同情。作为一个意志坚强的人，夏洛克真诚地捍卫人在经济、政治、法律方面的平等权益，不但没有获得成功，反而毁灭了自己，作为一个意志坚强的人，夏洛克的结局是悲剧性的。”③

（2）夏洛克的报复是代表犹太人所作的反抗，因此夏洛克的报复是合理的，夏洛克是一位悲剧人物。有的认为夏洛克割肉放债是必然的：“夏洛克既是令人憎恨又是令人同情的悲剧人物。在他身上渗透着那个时代，那个民族的悲剧因素……他

---

① 郑晓琴：《试论夏洛克》，载《乐山师专学报》1995 年第 3 期，第 63—66 页。

② 麦冬雯：《也谈夏洛克》，载《河南师院学报》1996 年第 4 期，第 50—53 页。

③ 章子仁：《论夏洛克的悲剧意蕴》，载《广西大学学报》1996 年第 1 期，第 56 页。

被迫从事当时最为人鄙视的放债业。割肉固然有些不近人情甚至是残忍，却是重压之下必然采取的畸形手段。"① 有的认为夏洛克重钱放高利贷是合理的："犹太人操放债业一个最主要的原因是由于反犹主义的存在……犹太人重钱是因为这是一个十分务实的民族……犹太人的客民身份也只能靠钱生存……夏洛克被逼改变信仰来自中世纪基督教会对犹太人的偏见。"② 有的认为夏洛克的报复是积极的反抗："夏洛克是一个有着强烈民族意识与宗教信仰的犹太教徒，备受基督徒的歧视、虐待和迫害，并且积极进行反抗复仇，最后失败，成为种族、宗教文化冲突下的悲剧人物。"③ 有的甚至认为夏洛克是"英雄"、"勇士"："夏洛克是反犹主义的牺牲品。他是一位单枪匹马同反犹主义者相对抗而又注定失败的孤独者，一个使人油然而生敬意的悲剧英雄。"④ "夏洛克是一个勤劳的商人，敢于斗争的勇士，富有爱心的父亲。"⑤

（3）有的评论还侧重进一步分析夏洛克悲剧的成因，认为夏洛克的悲剧是社会悲剧："夏洛克是犹太教徒，安东尼奥是基督徒，他们之间的矛盾，可以说反映了当时社会犹太民族与非犹太民族、犹太教与基督教之间尖锐的矛盾冲突……在当时的社会，让犹太人皈依基督教似乎是一种仁慈行为，但究其实质，仍

---

① 金玉、郭力宇：《夏洛克形象之我见》，载《辽宁师专学报》1999 年第 3 期，第 38—39 页。

② 王九萍：《从夏洛克看〈威尼斯商人〉中的反犹主义烙印》，载《西安外国语学院学报》2000 年第 2 期，第 15—17 页。

③ 梁桂平：《夏洛克形象所蕴含的宗教意义》，载《湛江师范学院学报》2001 年第 2 期，第 58 页。

④ 周定宁、蒋扬帆：《夏洛克形象新论》，载《零陵师范高等专科学校学报》2001 年第 2 期，第 73 页。

⑤ 高徽南：《对夏洛克形象的再认识》，载《文山师范高等专科学校学报》2003 年第 2 期，第 116 页。

然是基督教与犹太教争执的结果，基督教以改变犹太人的宗教信仰作为精神上的胜利……夏洛克是个悲剧形象，其悲剧的根源是社会矛盾造成的。”① 也有的评论者认为夏洛克的悲剧除了社会原因外，还与夏洛克自身有一定过失有关，他说：“民族歧视在夏洛克心里种下了一片残酷的阴影，种族差异让犹太人处处低人一等。民族受害心理长期积淀在夏洛克身上，郁积的愤怒一旦宣泄，便一发而不可收拾。正由于基督教徒对犹太教的歧视迫害，才导致戏剧中夏洛克走向极端。受惯了这些的夏洛克在个人意识里存在一种可怕然而又是公正欲望：不惜一切代价报复他的敌人……只是夏的要求毕竟过了头，民族差异账并不能算在某个人身上。夏洛克的这种顽固的个性不可避免地宣告他的失败，酿成他的悲剧。”②

总之，悲剧说主要论述了以下问题：剧本表现了基督教与犹太教之间的冲突和矛盾；夏洛克是犹太人的代表，是犹太民族与基督教冲突的牺牲品；法庭判决夏洛克败诉并逼其改宗使夏洛克成为种族压迫和宗教歧视的受害者；夏洛克的报复是正义的反抗但却失败了；夏洛克的悲剧主要是社会造成的，自身也有一定原因。

3. “两分说”，即认为夏洛克身上既有被否定的一面，又有令人同情的一面；既有喜剧人物成分，又有悲剧人物成分。只是在侧重点上有细微差别：有的侧重于夏洛克身上被否定的成分；有的侧重于夏洛克身上的悲剧性成分；有的对夏洛克身上这两种成分持不偏不倚的态度。持此观点的评论占评论总数

---

① 陈俊：《夏洛克：一个悲剧性人物》，载《武汉大学学报》2001 年第 4 期，第 485—487 页。

② 周晖：《夏洛克的悲剧与其性格的复杂性》，载《湖北师范学院学报》1996 年第 2 期，第 51 页。

的1/3多。王述文的文章和韩旭的文章较有代表性。王述文从夏洛克的社会存在、经济地位、宗教信仰、民族地位等方面入手进行分析后得出结论：夏洛克“贪婪、吝啬、残忍、令人憎恶；他受尽凌辱，让人同情；他不畏强权，使人钦佩”。[①] 韩旭的文章在引用西方莎士比亚研究者考格希尔的观点，论证了剧本表现了人文主义道德与高利贷极端利己主义的对抗后，认为剧中“在谴责夏洛克的复仇的同时，也描写了夏洛克所遭受的歧视”。[②]

两分说与教科书第二种观点相近。它也可以说是对“否定人物说”和“悲剧人物说”的一种综合、组合，是一种折中的观点。

综上所述，国内的夏洛克形象评论基本属于一种社会学批评，是从人物的社会地位、阶级地位、民族身份出发分析人物的性格的。“否定人物说”是从夏洛克的高利贷者、资本家、剥削者身份入手，分析人物具有贪婪、吝啬、凶残的性格；“悲剧人物说”则从夏洛克是个基督教社会中受压迫、歧视的犹太人这一身份入手，谈论他令人同情的方面；“两分说”则是这两种批评的综合。社会学批评的结果是众说纷纭，并带来了许多自相矛盾的问题，如《威尼斯商人》明明是一部喜剧，可在“悲剧说”里，夏洛克怎么反而会是个悲剧人物呢？在“两分说”里，一个夏洛克怎能既是被否定的人物又是悲剧人物呢？二者怎么统一起来呢？

我认为在社会学批评中，论者自身的参与成分较多，对夏洛

---

① 王述文：《论夏洛克形象的多重性》，载《外国文学研究》1999年第3期，第102页。

② 韩旭：《安东尼奥对抗夏洛克》，载《外国文学研究》2002年第3期，第101页。

克所持的个人态度、立场，影响了对人物形象所作的判断，论者的主观倾向明显。有的采取憎恨的立场，如“否定人物说”；有的同情人物，如“悲剧人物说”；有的试图保持中间的立场和公允的态度，如“两分说”。这一切就不免使夏洛克形象打上论者的感情色彩和思想烙印。这样，上述种种说法，特别是“悲剧说”、“两分说”的立论本身未必可靠。悲剧说所论的三个问题（夏洛克败诉，改信基督教是悲剧事件；夏洛克的报复是犹太人对民族压迫、宗教歧视的反抗；莎士比亚时代存在的反犹倾向是夏洛克悲剧产生的社会原因）也都未必可靠。也许应跳出社会学批评，换个角度重新认识夏洛克形象。

（二）夏洛克形象的重新解读

夏洛克究竟是个怎样的人物形象，其美学性格究竟是喜剧性的还是悲剧性的，关于这一问题，既不可依据他呈现的一些外部特征去争论，也不可完全从社会历史背景上去推知，而应尽力避免将论者自己的主观倾向无限扩大。结构主义批评方法的特点是将文本当做自足、独立的系统，结构系统内部各部分是融会贯通、有机联合在一起的；外部则是独立、自足的，具有相对的封闭性和完整性。这种批评方法虽有忽视文化批评的局限性，但它的优势也正在于较少受到外在的主观性的干扰。在此拟从结构主义批评的角度，通过细读文本对夏洛克形象的美学性格进行剖析。

1. 罗兰·巴特的结构主义批评理论认为应从功能层、行动层、叙述层三个层次分析作品的普遍结构。他认为可先从功能层来描述和分析叙事作品的内在结构。他说：“首先要把叙事作品切割开来……要确定最小的叙述单位……必须从一开始就把意义作为衡量单位的标准，故事的某些切分成分之所以成为单位，是因为它们具有功能特征。"[1] 结构主义活动包括两种典型操作过程：分割与排列。[2] 我们可从分割和排列入手，首先从功能层进行分析。具体方法是：把《威尼斯商人》看成一个由各单位关系组成并按一定模式排列而成的结构系统，对全剧进行梳理和分割，将各幕、各场分割成单位，再从中观察各个单位的关系和排列，观察以夏洛克为中心的单位与其他单位间的关系，从而确定夏洛克形象的性质。

列表如下：

幕次	地点	戏剧单位
一幕一场	威尼斯	为帮助巴萨尼奥向鲍西娅求婚，安东尼奥决定自己去向夏洛克借钱
二场	贝尔蒙特	鲍西娅送走了四位贵族求婚者
三场	威尼斯	夏洛克出于憎恨，借钱给安东尼奥时，不要利息而定下了"一磅肉契约"
二幕一场	贝尔蒙特	鲍西娅迎来了第五位求婚者摩洛哥亲王
二场	威尼斯	夏洛克的仆人朗斯洛特要离开主人，而跟随安东尼奥
三场	威尼斯	夏洛克的女儿杰西卡派人送信给罗兰佐，决定皈依基督教，做他的妻子
四场	威尼斯	罗兰佐接到杰西卡的信后，准备帮助杰西卡逃离父家
五场	威尼斯	夏洛克勉强去参加安东尼奥的宴会，把杰西卡关在家中
六场	威尼斯	杰西卡随身带着金银珠宝跟罗兰佐从家中逃走
七场	贝尔蒙特	摩洛哥亲王选了金匣子，向鲍西娅求婚失败
八场	威尼斯	夏洛克咒骂女儿带走了金银珠宝

① 王泰来等译：《叙事美学》，重庆出版社 1987 年版，第 68 页。

② 朱立元、李钧主编：《二十世纪西方文论选》下卷，高等教育出版社 2002 年版，第 136 页。

续表

幕次	地点	戏剧单位
九场	贝尔蒙特	阿拉贡亲王选了银匣子，向鲍西娅求婚失败
三幕一场	威尼斯	夏洛克恨不得女儿死，恨不得马上割安东尼奥的肉
二场	贝尔蒙特	巴萨尼奥选中装有鲍西娅画像的铅匣子，求婚成功。葛来西安诺向尼莉莎求婚也获成功
三场	威尼斯	安东尼奥无法还债，夏洛克坚持实行割其“一磅肉”的契约
四场	贝尔蒙特	鲍西娅、尼莉莎准备去威尼斯救助安东尼奥
五场	贝尔蒙特	罗兰佐与杰西卡幸福地生活在一起
四幕一场	威尼斯 法庭	乔装之后的鲍西娅、尼莉莎判夏洛克败诉
二场	威尼斯 街道	乔装的鲍西娅和尼莉莎分别向自己的丈夫索取指环
五幕一场	贝尔蒙特	鲍西娅和尼莉莎拿指环同各自的丈夫开玩笑，沉浸在幸福生活中的还有杰西卡与罗兰佐，安东尼奥转危为安

可见，该剧可分为以夏洛克和鲍西娅等青年为中心的两大单位，这两个单位也因人物活动的地点不同而十分自然、明显地分开：一部分发生在威尼斯，是围绕夏洛克展开的；一部分发生在贝尔蒙特，是围绕鲍西娅等展开的。两个部分交替进行，虽在第二幕一连安排了五场威尼斯的戏，但又在第五幕中只安排了贝尔蒙特的戏，二者在剧中所占的分量几乎仍是相等的，比例均衡匀称。

这两个单位绝不会也不能没有联系，否则《威尼斯商人》就无法成为一个剧本了。这联系是怎样的呢？一方面，两个单位的外部存在着联系，通过人物往返两地而将两部分联系起来。这包括：巴萨尼奥从威尼斯去贝尔蒙特求婚，杰西卡与罗兰佐从威尼斯私奔到贝尔蒙特，巴萨尼奥和鲍西娅分别从贝尔蒙特来到威尼斯搭救安东尼奥，最后他们又全部回到贝尔蒙特。另一方面，这两个单位在内部则以一种对比、对照的关系更紧密地联系在一起。这包括：在威尼斯方面，夏洛克爱钱如命、缺乏仁爱，使得仆人和女儿都离他而去，最终是来自贝尔蒙特的鲍西娅等使他那割肉害人的打算落空。以夏洛克为中心的威尼斯部分是喜剧性、讽刺性的。在贝尔蒙特方面，鲍西娅的求婚者摩洛哥亲王和阿拉贡亲王皆被金银炫耀的外表所迷惑，求婚失败，而为了爱情不惜举债的巴萨尼奥在安东尼奥的帮助下求婚胜利。鲍西娅和巴萨尼奥又返回来帮助安东尼奥转危为安。这样，有三对新人获得了爱情幸福，只有性情忧郁的安东尼奥拥有友谊但还没有收获爱情（这句话也可这样说：只有安东尼奥因暂时还没有爱情，所以有些忧郁）。以鲍西娅为中心的贝尔蒙特部分，是喜剧性、抒情性的。通过这两个单位的对比、对照，显示了两种不同的生活方式和人生态度：夏洛克只爱赚钱，为人凶狠、缺少仁爱，把生活和人生变成了地狱，受到嘲讽；鲍西娅等青年人则用金钱来追求友谊和爱情，享受到的是人生真正的幸福。讽刺性部分和抒情性部分以对比、对照方式排列组合在一起，使这部喜剧形成了一个完整统一的结构系统。

可见，该剧本身并不是一个表现基督教与犹太教民族矛盾、宗教冲突的剧作。它是一部兼有讽刺和抒情特征的喜剧，夏洛克是讽刺性喜剧部分的主人公，其中他是作为一个被讽刺的喜剧人物存在的。

2. 仅仅把握夏洛克形象的喜剧性质还不够，还要把握夏洛克的性格特征。为此，就需要再进一步从行动层分析作品。“这一层涉及叙事作品中人物的分类和相互关系。人物成为行动意义上的主体而存在，因为他们是叙事作品的行动者，参与并推动时间，人物具有了功能性的决定意义。因此人物的行动和关系比他的身份和心理更加重要，分析就需要从这方面着眼。”① 遵循结构主义批评的整体规则和意义贯融规则，可把夏洛克作为一个整体，从他的每段话、每个行动来说明他的整体性格，同时他的每段话、每个行动也都能从他性格的整体性中去说明和理解。

具体方法是：找出每幕中他的主要台词，找出与他相关的主要行动事件，先逐个细读其意义，然后再全部聚合起来进行分析，从而确定夏洛克性格的主要特征。

第一幕中有两部分重要的台词。一段台词是在三场，夏洛克的旁白：“我恨他因为他是个基督徒，可是尤其因为他是个傻子，借钱给人不取利钱，把咱们在威尼斯城里干放债这一行的利息都压低了。要是我有一天抓住他的把柄，一定要痛痛快快地向他报复我的深仇宿怨。他憎恨我们神圣的民族，甚至在商人会集的地方当众辱骂我，辱骂我的交易，辱骂我辛辛苦苦赚下来的钱，说那些都是盘剥得来的腌臜钱。”旁白中能流露出夏洛克的内心真实，故透露的信息较为可靠。这说明夏洛克憎恨安东尼奥的主要原因，是因为安东尼奥的存在妨碍了他赚钱；这还说明安东尼奥之所以辱骂夏洛克，是因为他盘剥利息。

另一段台词也在三场，夏洛克直接向安东尼奥发泄愤怒的台词：“您骂我异教徒，杀人的狗，把唾沫吐在我的犹太长袍上，只因为我用我自己的钱博取几个利息。”这段台词是面对面讲的，透出的信息也应是可靠的。它进一步说明安东尼奥骂夏洛克的情形：因为他盘剥利息而骂他是异教徒。就是说安东尼奥骂夏洛克的前提是夏洛克盘剥利息，而不是因为夏洛克是犹太人就辱骂他是异教徒、犹太狗。

---

① 刘象愚等编：《从现代主义到后现代主义》，高等教育出版社 2002 年版，第 282 页。

在这样的前提下，夏洛克提出“一磅肉”的契约。这是第一幕中有关夏洛克的一个主要事件。它说明了夏洛克提出的契约是为了除掉安东尼奥，是出于报复和泄愤的目的。所以“割一磅肉”本身就是个荒谬可笑、理应被嘲笑的行为，谈不上是什么正义反抗行为。

从第一幕中可窥夏洛克性格之一斑：他是个爱财如命，好怨恨和报复的人。

第二幕中较重要的台词也有两段。一是夏洛克的仆人评价夏洛克。朗斯洛特在离开夏洛克而投奔安东尼奥时，对夏洛克与安东尼奥做了对比：“他有的是钱，您有的是恩惠。”杰西卡在血统上是夏洛克的女儿，在行为上却不是他的女儿，当她离开夏洛克时，朗斯洛特对杰西卡深表同情，称杰西卡为“顶美丽的异教徒，顶温柔的犹太人”。从这些言词中可见，基督徒确实是按照基督教观念称犹太人为异教徒，但不存在对犹太人的歧视和谩骂。另一段台词是夏洛克评价安东尼奥等人的，他使用的倒是一些充满敌视、谩骂的话：“受用受用这个浪子基督徒的酒食”、“瞧那些脸上涂得花花绿绿的傻基督徒们打街上走过”、“让他去跟着那个靠借债过日子的败家精”。

夏洛克的仆人朗斯洛特离开夏洛克后，和夏洛克的女儿杰西卡出走，这是第二幕所写的有关夏洛克的两个主要事件。这从侧面展示了夏洛克的确是缺乏仁爱之心的。

从第二幕中可见，夏洛克对基督徒充满憎恨，为人也是冷酷无情的。

第三幕有夏洛克的两段重要台词。一段是当夏洛克得知杰西卡与基督徒私奔并带走他的金刚钻和珠宝时，对女儿的咒骂：“她干出这种不要脸的事来，死了一定要下地狱。”“我希望我的女儿死在我的脚下，那些珠宝都挂在她的耳朵上；我希望她就在我的脚下入土安葬，那些银钱都放在她的棺材里！”夏洛克因损失钱财就恨不得女儿死，表现出爱财如命、无情狠毒的性格。另一段台词是夏洛克拒绝安东尼奥的朋友萨拉里诺的劝阻，坚持割一磅肉的理由：“拿来钓鱼也好；即使他的肉不中吃，至少也可以出出我这一口气。他曾经羞辱过我，夺去我几十万块钱的生意，讥笑着我的亏蚀，挖苦着我的盈余，诬蔑我的民族，破坏我的买卖，离间我的朋友，煽动我的仇敌；他的理由是什么？只因为我是一个犹太人。”然后用“难道犹太人没有眼睛吗？”等一连串九个类似的反问句说他一定要报仇。

这段台词带有强词夺理的性质，因此可靠性很小。夏洛克要说明安东尼奥欺负他，一下子使用了羞辱、讥笑、挖苦、诬蔑、破坏、离间、煽动几个动词，本身带有夸大其词的特点；他说欺负他就是因为他是犹太人，这话并不真实，这是偷梁换柱、故意违反逻辑的话，因为如前所述，安东尼奥骂他不是因为他是犹太人而是因为他盘剥利息、心肠狠毒；夏洛克还用了九个反问句进一步说明，犹太人应以牙还牙进行报仇的理由。曾有不少人被夏洛克这段话的词采所惑，于是引用这九个反问句说明夏洛克反抗的正义性。其实，夏洛克所说的“你们要是用刀剑刺我们”、“你们要是用毒药毒害我们”这类情景并不存在，前提都是虚设的，这只不过是夏洛克振振有词给自己找个报仇的借口而已。

第三幕这两段台词是交错安排在一起的，并非互不关联。夏洛克因丢失了珠宝而诅咒女儿死，因安东尼奥妨碍了自己赚钱而想割他一磅肉，二者如出一辙，互为映衬，共同表现出夏洛克爱财如命，心肠狠毒、狡诈难缠的性格。

第四幕的台词多为众人对夏洛克的谴责性评价，如“一个不懂怜悯、没有一丝慈悲心的不近人情的恶汉”、“你这冷酷无情的家伙”、“你的性情正像豺狼一样残暴贪婪”均是如此。而夏洛克的台词不多，回话也十分简明，他说："您要是问我为什么不愿接受三千块钱，宁愿拿一块腐烂的臭肉，那我可没有什么理由回答您，我只能说我喜欢这样……我不能举什么理由，也不愿举什么理由，除了因为我对安东尼奥抱着深积的仇恨和深刻的反感，所以才会向他进行这一场对于我自己并没有好处的诉讼。"这说明此时的他正磨刀霍霍，把心思都集中到利用法律割一磅肉上，对别人的质疑已不屑再作辩解了。

第四幕中主要写了一个事件，即法庭的判决。诉讼的双方形成强烈对照：夏洛克这方坚持依法办事，不肯对安东尼奥有半点慈悲；可安东尼奥这方可同样依照法律，使有谋害企图的夏洛克失去财产和性命。但是，安东尼奥等却放弃了，只要求夏洛克改信基督教，并定下死后财产传给女儿女婿的文契。在此条件下所提出的要他改信基督教，意味着迫使他放弃对基督教的仇恨，改变凶狠残忍的性格；要他死后将产业传给女儿，目的在于要化解他对女儿的仇恨。法庭判决后的这一结果表明，与夏洛克的图财害命相反，安东尼奥等人既无意夺取他的财产，也无意取其性命，只是针对夏洛克的贪婪和残暴给以适度的惩罚，这谈不上对犹太人的迫害问题。

第四幕写夏洛克图财害命的企图落了空，他那贪财、冷酷、残忍的性格碰了壁，对夏洛克的讽刺全部完成，给夏洛克被讽刺的性格画了句号，在接下来的第五幕中不仅夏洛克再未出场，而且也再没人谈及夏洛克。

从以上四幕关涉到夏洛克的主要台词和事件中可见夏洛克的性格：他是个爱财如命、好怨恨报复的人；他是个对基督徒充满憎恨，为人冷酷无情的人；他是个心肠狠毒、狡诈难缠的人；他是个贪财、冷酷、残忍的犹太商人。

该剧的整个结构和主要情节、人物都不是写民族宗教冲突的。我们不能只抽取剧情中“夏洛克败诉”这一个事件，就认为莎士比亚本人或此剧表现了对犹太人的种族压迫和宗教歧视，把夏洛克视为受歧视和侮辱的犹太人代表；也不能仅凭“难道犹太人没有眼睛吗?”这段台词，就认为这部戏剧在为犹太人伸冤，把夏洛克看成为犹太民族鸣不平、进行抗争的悲剧人物；如果说该剧触及了民族问题和宗教问题的话，那也只限于流露出一些情况：莎士比亚时代的基督徒对犹太人带有偏见，犹太人作为基督教世界的异帮人则存在一种受气的心理。通过运用结构主义批评方法对作品人物进行解读，可见《威尼斯商人》是一部讽刺性与抒情性相结合的喜剧，夏洛克是讽刺性喜剧部分中的主人公，他不是悲剧人物，也不是悲剧性、喜剧性兼备的人物，他自始至终都是个被讽刺的喜剧人物，是个贪婪、冷酷、狡诈、残忍的犹太商人。

无论是从何层面或以什么方法对同一人物所作的评论，其结论都应有一致性。但在对夏洛克形象的评论中，大量的社会学批评认为他是悲剧人物，而从结构主义批评角度看夏洛克则是个被讽刺的喜剧人物，二者的差异很大。因此，有必要进一步探讨其原因。

(三) 中国文化身份对夏洛克形象研究的影响

跳出国内批评的圈子，再转换一次视角，来看夏洛克形象在西方莎士比亚评论中的状况，或许会对我们有所启发。

威尔逊·奈特是英国当代莎士比亚研究的著名学者，他的意象主义批评方法是把每部剧作都看成是一个扩展的隐喻，认为反复出现的意象就代表着莎士比亚的某个哲理原则。他认为《威尼斯商人》中反复出现的两个相对照的意象是暴风雨与音乐，它们分别象征诗人对冲突、混乱与和谐、爱的直觉。“暴风雨和夏洛克结成了同盟，他们两者都是与爱情、音乐和鲍西娅作对的悲剧势力……音乐与爱情的黄金征服了暴风雨。”[①] 考格希尔是另一位著名的莎士比亚评论家，他的《莎士比亚喜剧的基础》在西方莎士比亚评论中很有代表性。他敏锐地指出：既不能将《威尼斯商人》看做是折磨犹太人的戏剧，也不能将之视为替犹太人伸冤报仇的剧作……我们可以把它的意义看成是揭示正义与宽恕、旧律法与新律法的相互关系的。夏洛克代表的是犹太教旧法律的正义，即“以牙还牙，以眼还眼”；鲍西娅代表的是新律法，即基督教的仁慈、宽恕；这个剧作最终是仁慈与真理相会，公正与和平相亲，仁慈最后胜利，化解了犹太人与基督徒间的矛盾。对夏洛克改信基督教的问题，他认为这在现代人看来是暴政，但在莎士比亚时代，夏洛克没受过洗礼，就不能进入基督教的极乐世界，因而强迫他洗礼就不是对他的残忍。所以，有人说：“夏洛克接受洗礼会是痛苦的，但基督教就是痛苦的。仁慈的药丸是苦的。”[②]

西方评论也有对夏洛克表现同情的。如海涅曾提到一位英国妇女在看完四幕一场后，曾哭叫着说这可怜的人是冤屈的。雨果则说夏洛克与任何一个高利贷者都不同，他代表整个希伯来教和犹太人，他的伟大在于表现了一个处于压迫状态下的民族。但海涅和雨果的评论带有十分浓厚的感情色彩，并非严格意义上的文学批评。

从西方的莎士比亚评论可见，总体上也是把夏洛克看做是悲剧力量的制造者，是否定性人物，很少将他理解为悲剧人物或英

① 威尔逊·奈特：《论〈威尼斯商人〉》，载《莎士比亚评论汇编》，中国社会科学出版社 1981 年版，第 409 页。

② 考格希尔：《莎士比亚喜剧的基础》，载《莎士比亚评论汇编》，中国社会科学出版社 1981 年版，第 270—274 页。

雄人物。

西方莎评体现出基督教的文化色彩。如将戏剧冲突放在混乱与爱、仁慈与正义等属于基督教文化观念的语意层面进行界定；再如认为迫使夏洛克改宗不仅不是压迫，反而是仁慈的体现，因为异教徒是要下地狱的，改信基督教方能获得永生。这些都体现出基督教文化语境的特点，表达的是基督教的理念、感情和精神。

将国内与西方莎士比亚评论进一步比较，可发现不少问题。例如，国内批评界为何存在同情夏洛克，认为他是悲剧人物的现象？论者的中国文化身份起着怎样的作用？在此，有必要考察在哪些具体问题上中西评论存在着差异？这种差异又主要来自中西文化的哪些方面？研究“中国人”这一共同体的全部文化身份无疑是行不通的，所以只能选择部分因素进行探讨，因此有必要考察在中国文化身份中，有哪些部分导致将夏洛克视为悲剧人物？

1. 在如何看待种族压迫、宗教歧视问题上，中西文化存在差异

《威尼斯商人》确实流露了莎士比亚时代的一些观念：基督教是伟大的，基督徒是仁慈的，犹太人放高利贷是贪婪和不人道的。这些观念不仅被莎士比亚时代的观众接受，也极容易被后来站在西方基督教主流文化立场的观众所认同。所以西方批评通常不会将夏洛克看做是种族压迫、民族歧视的牺牲品，更不会将其看做是民族反抗的英雄。他们从基督教观念看待夏洛克被迫改教问题，认为如此就给了夏洛克获得永生的机会，这恰恰体现了基督教的博爱与伟大，否则作为异教徒的夏洛克死后会下地狱的。

而在我国读者和论者看来，喜剧中流露的这些观念就是种族压迫、宗教歧视的表现。尽管喜剧中并未出现基督徒歧视和压迫

犹太教徒的情节，但作为一个犹太教徒，夏洛克在基督教世界的势单力薄首先就赢得了我们的同情，进而很容易被他那番“难道犹太人没有眼睛吗”的辩词所打动。于是，有的就根据剧情中夏洛克败诉这一点，认为夏洛克是悲剧人物；有的就根据夏洛克的部分台词论证其所受到的种族歧视；有的则通过挖掘和考察莎士比亚时代犹太人的处境，确定夏洛克是民族压迫、种族歧视的牺牲品；还有的进一步试图从中推导出莎士比亚本人是同情还是反对犹太人。特别是对夏洛克被迫改教，几乎无人把它看做是仁慈之举，相反，而一致认为这正是种族压迫、宗教歧视的表现，是令人无法容忍的受辱之事。

可见，我们对于涉及民族矛盾的问题极其敏感，极其反感种族压迫、宗教歧视；我们的立场往往是站在同情非主流的弱小民族一方。这种倾向与我们自己民族的历史是分不开的。在近代史上，中华民族备受西方列强的侵略和压迫，一度有当亡国奴的危险，从而形成了浓厚的民族主义、爱国主义情结。关涉到民族歧视、压迫的问题，极易触动民族的隐痛，极易令我们产生对弱小民族的同情。而在宗教观念上，我们也断不会接受基督教视我们为异教徒，既不认同也不接受基督教下地狱、上天堂的说法，所以，迫使夏洛克改教在我们看来是令人无法容忍的奇耻大辱。

2. 在如何看待夏洛克报复行为的问题上，中西文化存在较大差异

西方基督教文化的“宽恕”观念从根本上否定报复行为，再加上夏洛克的报复动机本身就不合理，尤其是他“割一磅肉”的报复行为更是反人道和荒谬的，所以夏洛克的报复是邪恶的和狠毒的，不仅在莎士比亚的喜剧中其报复未能得逞，在西方评论里也是遭到否定的。

对此中国人却不以为然。我在“莎士比亚戏剧研究”课的

教学中，曾设置过这样一个问题：你对夏洛克要求割一磅肉持怎样的看法？综合学生的回答，较普遍的看法是：夏洛克受到欺负，他的报复是理所当然的。也有的谈到夏洛克的报复行为确实有些过分，但对其行为的残忍并未产生无法容忍的强烈反应。因为中国文化并没有从根本上否定报复行为，“以牙还牙”仍符合自古以来的社会习惯，“割一磅肉”并不怎么荒谬、也不令人震惊，因为类似的残忍惩罚曾明文写进我国封建时代的律法里。

尽管欧洲中世纪也有冷酷阴森的宗教裁判所，有绞刑、火刑等残忍的惩罚手段，但经过文艺复兴运动的洗礼，文明取代了野蛮，资产阶级的人本观念、人权观念已深入人心。然而，我国的封建主义历史阶段较西欧漫长得多，封建时代对人身肆虐惩罚的血腥程度也远超西方。甚至在律法中就有类似“割一磅肉”这样惨无人道的“凌迟”酷刑，即对活人实施千刀万剐。据《辞海》记载，凌迟进入法律，始自五代，元明清以一贯之，都将凌迟写入刑律。凌迟被废止是清末的事，光绪三十一年(1905)，清廷参酌西方各国律法修订大清律，才将凌迟永远删除。凌迟的血腥史长达1300多年。统治者的残酷对本就缺乏人本意识的中国文化产生了根深蒂固的影响，到了近代甚至现代，我们对人身受到侵犯的反应仍是普遍较为淡漠的。

3. 关于仁慈、爱、正义等观念，中西文化存在明显的差异

西方基督教文化不是不承认“正义”，而是宣扬“爱”在“正义”之上，基督教的教义就是“爱”，甚至爱自己的仇敌。如果说夏洛克代表的是犹太教的“正义”，鲍西娅代表的是基督教的“爱”，在《威尼斯商人》中确实体现了“爱”高于“正义”。

中国文化也有爱与正义的观念，却与西方大不相同。我们的爱十分具体，如爱国家、爱民族、爱家乡、爱亲人等，我们的正

义也十分具体，如恨敌人、不宽恕。很少把爱与正义上升到哲学层面去探讨二者的关系，往往只是就事论事。所以如果说安东尼奥能宽恕夏洛克、对夏洛克会施以爱心，如果说迫使夏洛克改信基督教是爱的体现，这在没有基督教文化背景的中国人看来是很费解的，既解释不通，也难以理解和接受。

由于中国人视勤俭为美德，于是有人把夏洛克看做勤劳的商人；因为中国人有独特的家庭观、孝道观，所以有人把夏洛克女儿私奔看做大逆不道，把夏洛克看成可怜的父亲。这类批评则完全是从中国人的传统观念出发对夏洛克的一种误读。

4. 在宗教观方面中西文化差异最大

自中世纪以来，西方文学与基督教就形成了血肉相连的密切关系，在文艺复兴时期，这种关系的发展也始终未间断过。莎士比亚和他的作品与基督教文化都有密切联系。西方文学批评当然也不例外，决不能与基督教文化语境分割开来。

中国文化与文学都缺乏西方宗教的尚爱精神，本土的宗教只是出于福祸长生之念而已，不可能从爱与正义的层面理解夏洛克形象的意义。1949 年以后，社会的主要意识形态是与西方基督教文化对立的无神论，这形成了把基督教看做“精神鸦片”的思维定势，对西方作家作品中的基督教思想观念全部作为局限性简单予以否定，习惯于从阶级成分论、政治论角度去分析文学作品，而对文本本身的探讨往往不足。这往往造成不少评论脱离文本来诠释夏洛克这一形象。

由夏洛克形象批评中透露出的中西文化存在的种种差异，可以看出：尽管中国文化与西方基督教文化在历史上经历过一个长期冲突、融合的过程，但是中国文化一直未能接受基督教文化，中国文化对西方基督教文化有一种拒斥的力量。这使两种文化在一些基本观念、基本意识上彼此存在着强大的疏离感。

在历史上，基督教文化向中国传播较大的运动就有三次。第一次是在公元1500年以前，发生在唐代至元代，当时的天主教传播活动是单纯的传教活动，与当时的中国文化之间未能产生内在的联系，因此影响不大。第二次发生在明末清初，当时利玛窦等人在中国的传教活动，一方面给中国带来了西方当时的科学知识和成果，开阔了中国人的视野；另一方面由于基督教与中国文化缺少一个内在的契合点，基督教本身的传播受到阻碍，后来被康熙帝下令正式禁止。第三次传播发生在1840年后，西方列强用枪炮攻破了中国的国门，基督教在中国的传播建立在经济掠夺的基础上，本身就带有侵略的性质，这就注定了基督教文化在传播和接受上的复杂和曲折。中国进步的知识分子为了寻求救国的良方学习西方文化，学习西方的民主和科学，主要局限在政治、科学等文化领域，而对基督教始终怀着拒斥的心态。

事实说明，西方的基督教文化终究不能同化中国文化，反之亦然。不能迫使一种文化接受另一种文化，也不能综合各种文化造成一种新的世界文化。文化是多元共生的，面对多元共生的文化，最重要的是加强彼此文化的了解和交流。我们中国人应该打开“侵略与被侵略”的历史情结，以开放的眼光认识西方的基督教文化，改变以政治批评取代文学批评的思维定势，去理解西方文化。西方文化则应当改变用自身的文化标准去套用或改变其他文化的强迫性企图。彼此尊重，承认差异，方能增加中西文化的了解。虽然在这个过程中，难免会产生误读和异解，正像中国文化背景下的夏洛克形象解读就存在着误读、异解，但是误读、异解也是对话的一种，而且恰恰可以从误读、异解现象中，找到彼此文化间存在的那些差异，从而增强文化之间的理解。

三 《无事生非》：爱情进行曲

像其他喜剧一样，这个剧本的内容也是关于友谊和爱情的。喜剧开始时，阿拉贡亲王唐·彼德罗从战场上获胜归来，带领青年贵族将领克劳狄奥和培尼狄克访问梅西那的总督里奥那托，总督有个女儿名叫希罗，美丽文静，还有个侄女名叫贝特丽丝，生性活泼，说话俏皮。克劳狄奥爱上了希罗，亲王代他提婚，获得总督父女的同意；亲王见贝特丽丝与培尼狄克两人见面就吵却也是天造地设的一对，也有意撮合他们：亲王与总督、克劳狄奥三人装作闲谈，谎说贝特丽丝偷偷爱着培尼狄克，故意让培尼狄克偷听到，激起了培尼狄克对贝特丽丝的爱情；希罗和侍女欧苏拉对贝特丽丝也如法炮制，让贝特丽丝偷听到培尼狄克在偷偷爱她，也促使她爱上培尼狄克。

克劳狄奥与希罗两人即将举行婚礼。亲王同父异母的弟弟唐·约翰因一直嫉妒克劳狄奥，就设计诬陷希罗不贞来破坏他们的婚姻。唐·约翰利用侍从波拉契奥当时正跟希罗的侍女玛格莱特谈恋爱来做文章，他预先安排了在婚礼的前夜，玛格莱特穿上小姐白天穿的衣服扮作希罗，拉契奥与玛格莱特靠着希罗卧室的窗口谈情说爱，然后通知亲王和克劳狄奥从远处观看这场幽会，使他俩误信了希罗的不贞。在第二天的婚礼上，克劳狄奥与亲王两人当面指责希罗不贞，悔婚。希罗昏死过去，神父对外假称希罗已死，要慢慢调查希罗的冤情。

贝特丽丝为堂妹受诽谤愤愤不平，培尼狄克出于对贝特丽丝的爱情，也去向克劳狄奥提出挑战。希罗的冤情真相大白，原来波拉契奥酒后向同伴夸口自己干了坏事挣到一千块赏钱，被巡丁听见，供出实情。最后克劳狄奥悔恨自己，向总督提出愿意接受任何惩罚，总督要他娶希罗的堂妹，他也一口答应，结婚那天，佯死的希罗取下面罩，原来所谓的堂妹就是希罗本人，克劳狄奥喜出望外。培尼狄克和贝特丽丝也在同一天结婚。喜剧以两对青年人的结婚结尾。

这部喜剧之所以命名为《无事生非》（亦译《捕风捉影》）是因为剧中样样风波，几乎都是由于有人有意无意间讲了些什么话和听到了些什么话而引发的。在剧中主情节线上，希罗与克劳狄奥之间的爱情好事多磨是因为听到了恶人的谗言中伤；在副情节线上，贝特丽丝与培尼狄克一对冤家却因为听到了友人好意编制的谎言产生了爱情。此外，巡警无意听到了醉汉波拉契奥酒后所吐的真言破了案，使希罗的冤情得到澄清。主线上的故事，源自意大利阿里奥斯托的长诗《疯狂的奥兰多》卷五和班戴洛的《故事集》中的第20篇故事。副线上的故事则是莎士比亚的创造。贝特丽丝与培尼狄克的恋爱，是莎士比亚创造的最富有喜剧性的喜剧情节。贝特丽丝与培尼狄克这一对欢喜冤家的爱情进行过程是全剧的精华所在。剧中，贝特丽丝与培尼狄克是一对见面就吵的死对头，他们都对异性抱有成见，都声称自己独身而不结婚，但最终却双双向爱情投降，这个变化过程充满了喜剧性。由于这个喜剧情节是建立在贝特丽丝与培尼狄克的性格基础上的，因此看上去，它既生动有趣又真实可信。

（一）一对冤家

贝特丽丝和培尼狄克两个人的性格都聪明好斗。贝特丽丝天性快乐聪明活泼，生就了一副伶牙俐齿，能言善辩，喜欢打趣人，嘴上不饶人，还有种恃才而傲，争强好胜，不肯让人的脾气。出场后，在向使者问及培尼狄克是否从战场上回来时，她不叫培尼狄克的名字而称他的外号“剑客先生”；问及培尼狄克是否英勇时，她不问他杀了多少人，而戏问他吃了多少人；听说他在战事中立下大功，她就称发霉的军粮都是他一个人吃下去的，他是个著名的大饭桶；询问他是否换了新的同伴时，她称他的心像他的帽子的式样一样时时会变。她对自己上次在和培尼狄克的唇枪舌剑中占上风很是得意，称他的五分才气倒有四分给自己杀得狼狈逃走。从贝特丽丝的话语中我们看到她与培尼狄克两个人关系很密切，她不仅了解、熟悉他，而且很关心、关注他；她承认他的优点，有好感，但出于自己的骄傲总故意用笑话来贬低对方。而培尼狄克也是个说话聪明的小伙子，他也喜欢取笑人、打趣人、挖苦人。他上场后就拿希罗长相不像她的父亲里奥那托一事与里奥那托开玩笑；他与贝特丽丝见面打招呼问好，也是玩笑的口气："我的傲慢的小姐！您还活着吗?"结果引起两人新的一场口水战。培尼狄克有种洋洋自得的优越感和骄傲，一般的女人他都看不上，所以对女人评头论足，他对克劳狄奥爱上希罗不以为然，他是这样评价希罗以及她的族姐贝特丽丝两人的："她是太矮了点，不能给她太高的恭维；太黑了点，不能给她太美的恭维；又太小了点儿，不能给她太大的恭维。我能给她的唯一的称赞，就是她倘不是现在这样子，一定很不漂亮；可是她既然不能再好看一点，所以我一点不喜欢她。……我现在还可以不戴眼镜瞧东西，可是我却瞧不出来她有什么可爱。她那个族姐就是脾气太坏了点，要是讲起美貌来，那就正像一个是五月的春潮，一个是十二月的岁暮，比起她好看多啦。"（一幕一场）从他的评价中，可以看到他不喜欢希罗的文静而喜欢贝特丽丝的活泼，他承认贝特丽丝漂亮只是嫌她的脾气不好。因此，贝特丽丝和培尼狄克两个人对彼此都是有兴趣、有好感的，只不过因为彼此表面上总是唇枪舌剑，将对对方本质上的好感暂时掩盖住了。他们看上去水火不容，实际上两人是有感情基础的。

（二）独身主义者

贝特丽丝和培尼狄克两个人都有自以为是的缺点，他们都自以为对异性很了解，都对婚姻持批评态度，都吹下大话做独身主义者，一个说自己一辈子不嫁，一个称自己终身不娶。贝特丽丝对男人不屑一顾，声称她到了天堂也愿意做个快乐的单身汉，在她看来男人可有可无，她戏称："男人都是泥做的，我不要。一个女人要把她的终身托付给一块顽固的泥土，还要在他面前低头伏小，岂不倒霉！"（二幕一场）她只看见婚姻乏味的一面，所以她会对希罗说："听我说，希罗，求婚、结婚和后悔，就像是苏格兰急舞、慢步舞和五步舞一样：开始求婚的时候，正像苏格兰急舞一样狂热，迅速而充满幻想；到了结婚的时候，循规蹈矩的，正像慢步舞一样，拘泥着形式和虚文；于是接着来了后悔，拖着疲乏的脚腿，开始跳起五步舞来，愈跳愈快，一直跳到筋疲力尽，倒在坟墓里为止。"（二幕一场）而培尼狄克则对女人有不切实际的要求，他要求女人要十全十美，而这样的女人他还没碰到一个："好看的女人，聪明的女人，贤惠的女人，我都碰见过，可是我还是个原来的我；除非在一个女人身上能够集合一切女人的优点，否则没有一个女人会中我的意的。她一定要有钱，这是不用说的；她必须聪明，不然我就不要；她必须贤惠，不然我也不敢领教；她必须美貌，不然我看也不要看她；她必须温柔，否则不要叫她走近我的身；她必须有高贵的人品，否则我不愿花十先令把她买下来；她必须会讲话，精音乐，而且她的头发必须是天然的颜色。"（二幕三场）他还对婚姻抱有十分可笑的偏见，他认为做丈夫的都有被戴上绿帽子的危险，认为结婚就是把头颈伸进轭里失去了自由，所以他宣布愿意一生一世做个光棍。贝特丽丝和培尼狄克所谈的都是空话，实际上他们都没有恋爱，都不了解爱情，都不了解男人和女人，甚至也不了解自己。他们不知道，爱情一旦发生，在爱人的眼中，对方就变成了完美的那一个，而恋爱中的人就会情愿掉进婚姻的网中。看起来他们几乎没有恋爱结婚的可能性，可实际上他们并不是禁欲主义者，只是看问题有些偏激好笑，有些空想，所以他们的思想很容易随着爱情的降临而改变，随着生活的发展而发展。

（三）爱情魔力

贝特丽丝和培尼狄克因口舌之争而起了冲突，表面上看去很严重，贝特丽丝生培尼狄克的气，培尼狄克也恼火生气得要跳起来，实际上他们没有根本性的矛盾，不过都是因为各自都十分骄傲自尊，各自感到面子上受到了伤害。两个人中只要有一方能够降低姿态，放下傲慢的架子，另一方的态度很快也会发生改变。剧中写这种喜剧性的一百八十度的大转变，既在意料之外却又在情理之中。培尼狄克偷听到亲王、总督、克劳狄奥三人称贝特丽丝有怎样的优点以及如何偷偷爱着自己，对贝特丽丝的爱情被激起来了，他不禁大为感动，心想："要是我不可怜她，我就是个混蛋。"因此不管别人如何冷嘲热讽，他都要改变初衷了。贝特丽丝偷听到希罗和侍女欧苏拉所说的话，也承认了培尼狄克的所有优点，被他的爱情所打动，萌发出对培尼狄克的爱情，她激动地说："再会吧，处女的骄傲！我要把这颗狂野的心收束起来，呈现在你温情的手里。"两人都放弃了骄傲。在原本就熟悉、了解并有好感的感情基础上，他们都由恨转爱，爱情的产生顺理成章。培尼狄克和贝特丽丝虽说是上了别人的当才改变态度相爱的，其实这是生活本身给他们开了个大玩笑。

爱情就是这么不可思议，可以改变一切，可以让一对冤家成为恋人；爱情就是这么富有魔力，无法回避，不可抗拒，培尼狄克和贝特丽丝自以为可以超越爱情之上，到头来却还是被爱情俘虏，被爱情的力量所降伏。爱情又是这样的美好幸福，连明智、聪明的贝特丽丝和培尼狄克也无法抵挡幸福的诱惑。这里，莎士比亚浪漫喜剧的基本主题就这样被点化出来。

（四）缔结婚姻

贝特丽丝和培尼狄克的爱情是在对付突发事件的过程中牢牢建立起来的。看到克劳狄奥婚礼上指责希罗不贞，贝特丽丝凭直觉马上就看出这是有人诬陷希罗，并对克劳狄奥、亲王义愤填膺。培尼狄克也凭他的智慧判断一定是约翰弄出的诡计，并且为了替贝特丽丝出这口气，向克劳狄奥提出决斗。两个人立场一致，在共同的斗争中明辨是非、疾恶如仇，这使他们更加加深了对彼此的了解，也更敬重对方，他们从彼此欣赏达到了心心相印。

性格使然，贝特丽丝和培尼狄克的互诉衷肠、谈情说爱与众不同，他们也不会用那种风花雪月式的求爱和盟誓方式。贝特丽丝和培尼狄克的性格决定了他们之间会一直拌嘴，所以直到结婚，也仍然看到他们各自嘴上不服软的性格特点，临结婚时，一个说是“因为可怜你才娶你”，一个说“我只是听了人家的劝告才嫁你，同时也是为了救你一命，因为你害着相思病，在一天天消瘦哩”。可是不管他们怎样嘴硬，都宣告了曾经宣称的独身主义的失败，甘愿向爱情屈服，否定了之前说过的种种大话，可笑又可爱。

从相斗到相爱，从独身主义到结婚，贝特丽丝与培尼狄克的爱情故事贯穿到了喜剧的末尾，使整个喜剧充满欢乐的笑声，冲淡了主线上克劳狄奥与希罗爱情故事中带有的悲剧阴影，增强了全剧的喜剧性。贝特丽丝与培尼狄克两个喜剧人物更是闪耀着性格的光辉。贝特丽丝是这部喜剧中最令人难忘的女性形象，在莎士比亚喜剧所塑造的众多女性人物形象中，贝特丽丝是独特的这一个，她不仅具有莎士比亚喜剧中女性人物通常会有的特点，如漂亮美丽、开朗风趣、聪明智慧等，而且还具有自己鲜明的个性特点：直爽、活泼、能言善辩。她堪称一位语言天才，只要她一上场，喜剧马上就充满了欢声笑语。她在与培尼狄克的舌战中，语言充满了幽默、讽刺，俏皮而诙谐。她那妙语连珠的风趣谈吐，令人回味无穷。贝特丽丝这一心直口快、伶牙俐齿、才华过人的独特女性形象栩栩如生。培尼狄克是剧中唯一能与贝特丽丝媲美的男性人物形象，他不仅一表人才、品德高尚，而且同样机智风趣、富有幽默感，这在莎士比亚喜剧所塑造的男性人物中并不多见。比莎士比亚稍晚的英国学者和诗人里昂那德·狄格斯（1588—1635）在称赞莎士比亚的戏剧受人喜爱的著名诗篇中，把这两个人物与福斯塔夫并列，认为他们都是观众最为喜爱的人物。他在诗中写道："……只要贝特丽丝和培尼狄克一出场，瞧，转眼间，场院、廊子和包厢，全都客满。"[①]

四 《皆大欢喜》：爱情变奏曲

《皆大欢喜》一直被评论家和读者认为是莎士比亚的一部经典喜剧之一。

本剧故事来源主要是洛奇的田园浪漫小说《罗瑟琳德》(1590)，杰奎斯、试金石等次要人物和故事则出自莎士比亚的创造和构思。喜剧开头坏人的出现只是为了给剧中人相继来到罗登森林设计一个框架和来由：法兰西某公国，公爵的弟弟弗莱德里克篡夺了爵位，公爵遭到放逐，流亡到亚登森林里，追随他的

① 施咸荣：《莎士比亚和他的戏剧》，北京出版社 1981 年版，第 61 页。

有杰奎斯等大臣；弗莱德里克起初留下公爵的女儿罗瑟琳给女儿西莉娅做伴，后来又把她赶走，罗瑟琳去寻找老公爵，西莉娅也和堂姐一起出走，她们带着小丑试金石也来到了亚登森林；罗兰爵士的幼子奥兰多被哥哥奥列佛虐待，也和老仆人亚当一起逃往亚登森林。喜剧剧末坏人轻易就转变成好人，则是为了给全剧增加喜庆气氛，使外部的框架结构完整。奥列佛被弟弟奥兰多救了一命后幡然悔悟，迅速与西莉娅恋爱结婚并情愿放弃全部财产；公爵的弟弟弗莱德里克被有道高僧教诲后，就潜心修行把权位归还给了公爵。从喜剧主要的情节内容看，剧中虽出现了与社会恶、人性恶有关的问题，但这些问题基本不占什么位置，这个剧作仍是一部以森林为背景的爱情喜剧，爱情仍是主要内容，剧末仍是有情人终成眷属，有四对男女举行了婚礼。

但细细看去，《皆大欢喜》这部喜剧又与以往创作的所有喜剧都不同。与过去的喜剧相比，这部爱情喜剧似乎缺少了一些什么：既缺乏生动曲折的情节，也缺乏对人物性格深入细致的刻画，似乎只有生动的语言仍具有以往喜剧的艺术魅力。同时，这部喜剧与以往的喜剧相比，似乎里面又多了些什么：多了一些批评、多了一些哲理，多了一些戏弄、多了一些笑谑，以至于使它不怎么像之前的那种浪漫的爱情喜剧，反倒仿佛像是一个嘲讽浪漫爱情的喜剧。正像方平先生指出的那样："视角在转移，戏剧情调在不断变换，使这个喜剧格外耐人寻味。"① 我们必须改变对莎士比亚喜剧的习惯性认识，才能发现它的独特艺术魅力。

亚登森林的人物故事按性质不同可分为三组，构成三个不同的世界：第一组是由公爵及其大臣杰奎斯等构成的世界，他们是一些过了爱情年龄，有着丰富生活阅历的人，对生活和人生有深

---

① 孙家琇：《论莎士比亚四大悲剧》，中国戏剧出版社 1988 年版，第 121 页。

刻的见识和见解；第二组是由罗瑟琳与奥兰多、西莉娅与奥列佛构成的世界，这两对贵族男女由恋爱到最后双双结婚；第三组是由牧羊女菲苾与牧人西尔维斯，村姑奥德蕾与小丑试金石构成的世界，他们也是各自缔结婚姻。这个剧作的特殊性就在于：以上三个世界的每个世界都存在复调声音；三个世界之间平行交错、彼此对照、互有嘲讽，具有间离效果。

（一）公爵、杰奎斯等构成的世界

公爵和他的大臣是第一批进入亚登森林的人，他们成为这里的主人。在亚登森林里，人与人、人与大自然、人与自然中的禽兽生活在一起，和谐相处。公爵一上场就对比以前的生活，表达了对亚登森林生活的肯定："我的流亡生涯中的同伴和弟兄们，我们不是已经习惯了这种生活，觉得它比虚饰的浮华有趣得多吗？这些树林子不比猜嫉的朝廷更为安全吗？……我们的这种生活，虽然远离尘嚣，却可以听树木的谈话，溪中的流水便是大好的文章，一石之微也暗寓着教训；每一件事物中间，都可以找到些益处来。我不愿改变这种生活。"看上去，这真是一个理想化的完美世界。如同《维洛那二绅士》中的曼多亚边境森林、《仲夏夜之梦》里的雅典郊外森林、《威尼斯商人》中的贝尔蒙特、《第十二夜》中的伊利里亚城一样，《皆大欢喜》中的亚登森林也是一个世外桃源般的田园世界。

但就在这里，就在公爵的台词里还出现了不同的声音，出现了一种复调，那就是公爵又不得不承认亚登森林的生活并非只有美好的一面，大自然也有它严酷的一面：冬天的寒风张舞着冰雪的爪牙，发出暴声的呼啸，针砭着人的身体，使人冷得发抖。并且这里距离京城并不遥远，就在亚登森林之外不远处，还有一个充满着阴谋、暴力的人的社会，还有为了得到权和利不惜抛却骨肉亲情的邪恶之人。

复调的声音还来自另一人，那就是莎士比亚创造的一个忧郁的人物杰奎斯，他进一步令观众和读者对这个被理想化的森林生活产生质疑。他毫不客气地指出亚登森林本是鹿儿们世世代代生息繁殖的场所，现在老公爵带来的这群人闯了进来，惊扰并杀害它们，这些人就和那些使用暴力的篡位者、暴君没有两样。他企图说明从城市宫廷到乡村森林，人类理想的田园生活并不存在。

当第一个世界的人物与第二个世界的人物初次相遇，两个世界首次交错在一起时，又有一种复杂性出现了。在第二幕第七场中，杰奎斯看到奥兰多身背年老的仆人亚当上场后，有一段表达他对人生看法的台词，他称全世界是一个舞台，男男女女不过是一些演员，每个人在他的一生中扮演的角色都可分作七个时期，即婴孩、学童、情人、军人、法官、老叟、老小孩。这段著名的台词常被后世引用。可是这段台词绝不仅仅是为了让杰奎斯发发牢骚，说说空话，所以也绝不应当把它看做是与整个喜剧内容无关的人生哲理，实际上它与喜剧的爱情主题密切相关，在杰奎斯所唱的反调里有一个内容值得注意，那就是对爱情的另一种审视。他说，在人扮演完婴孩、学童角色之后，“然后是情人，像炉灶一样叹着气，写了一首悲哀的诗歌咏着他恋人的眉毛”。在杰奎斯看来，爱情只不过是人生七个阶段中的一个阶段，爱情并不是人生的全部，爱情本身有着虚幻的毛病。这部喜剧是关于爱情的，第二个世界中的人物扮演的就是爱情故事，可是在所有的爱情故事还未全部扮演出来之前，杰奎斯就以他的反调否定了爱情至上，否定了对爱情所持的理想主义态度，给下面的第二个世界的爱情故事先是涂抹上一层否定的色彩。杰奎斯对爱情的否定态度必然使他与第二世界里的爱情主人公形成对立。例如杰奎斯与奥兰多在一起时，两个人格格不入，杰奎斯说：“让我们越少见面越好。”奥兰多则说：“我希望我们还是不要相识的好。”杰奎斯称奥兰多把情诗写在树皮上是糟蹋树木，称奥兰多的情诗诗句是默记下来的戒指上的警句，并对他说：“您的最坏的错处就是要恋爱。”奥兰多的回答则是：“我不愿把这个错处来换取您的最好的美德。”（四幕二场）杰奎斯与罗瑟琳则根本无话可谈，当他刚想向扮成可爱少年的罗瑟琳谈谈经验时，马上就遭到了罗瑟琳一顿抢白：“我宁愿叫一个傻瓜来逗我发笑，不愿叫经验来使我悲哀；而且还要到各处旅行去找它。”（四幕一场）

第一个世界的人物杰奎斯与第三个世界的人物也形成对位。杰奎斯也用批评的眼光去看小丑的结婚，他指出没有经济基础的爱情恐怕长不了，他嘲讽道：“我让你去口角吧；因为在你的爱情的旅程上，你只带了两个月的粮草。”看着一对对的男女结婚，他所说的话无不充满了笑谑：“一定又是一次洪水来了，这一对一对都要准备躲到方舟里去。”在人人皆大欢喜之时，只有他没有沉浸到快乐中去，而是以平静淡漠的态度对待一切。这个似乎看透了人生、看透了爱情的人，在全剧中的作用不只是点染一些悲剧气氛，更重要的是起一种间离作用：杰奎斯所在的第一个世界分别与罗瑟琳、奥兰多的第二个世界，与试金石、奥德蕾的第三个世界形成对位，杰奎斯的爱情反调会导致观众对后两个世界中爱情故事幻觉的中断和情感的间离。

（二）罗瑟琳与奥兰多、西莉娅与奥列佛的爱情世界

罗瑟琳与奥兰多的爱情是《皆大欢喜》中的中心故事，罗瑟琳则是喜剧的中心人物，她的台词几乎比剧中其他人多出了一倍。罗瑟琳身上最令人难解之处是她的性别身份。喜剧一开始她女扮男装改名盖尼米德，赶往亚登森林去投奔她的父亲老公爵，她女扮男装的目的是为了避免途中招来盗贼的歹念。但当她和西

莉娅到了亚登森林，见了失散多年的父亲后，她却没有马上与父亲相认，而是继续女扮男装下去，一直到剧末即将与奥兰多结婚了，才恢复了女装。可见，罗瑟琳后来继续女扮男装有特定的用意，就是借盖尼米德这一男子身份可以对奥兰多的爱情真伪进行考验，可以对浪漫爱情大大戏谑一番。

罗瑟琳自从在林中看到了奥兰多的爱情诗后，就开始了对奥兰多的爱情考验。罗瑟琳首先提问奥兰多现在是几点钟，然后就来了一段关于时间快慢辩证关系的宏篇大论，打趣奥兰多并不是每时每刻都在想念罗瑟琳。罗瑟琳接着打趣奥兰多缺一个恋人应有的形象。她诙谐地说："一张瘦瘦的脸庞，你没有；一双眼圈发黑的凹陷的眼睛，你没有；一副懒得跟人家交谈的神气，你没有；一脸忘记修剃的胡子，你没有；……而且你的袜子上应当是不套袜带的，你的帽子上应当是不结帽钮的，你的袖口的纽扣应当是脱开的，你的鞋子上的带子应当是松散的，你身上的每一处都要表示出一种不经心的疏懒。可是你却不是这样一个人；你把自己打扮得这么齐整，瞧你倒有点顾影自怜，全不像在爱着什么人。"（三幕一场）罗瑟琳见奥兰多约会迟到了一小时，马上嘲笑起他缺乏一个恋人该有的真诚："谁要是把一分钟分作了一千分，而在谈恋爱误了一千分之一分钟的几分之一的约会，这种人人家也许会说丘匹德曾经拍过他的肩膀，可是我敢说他的心是不曾中过爱神之箭的。"（四幕一场）罗瑟琳接着又嘲弄地教给奥兰多该如何求婚、接吻，然后她彻底嘲弄了情人们爱情誓言的虚假性，她说："这个可怜的世界差不多有六千年的岁数了，可是从来不曾有过一个人亲自殉情而死。……人们一代一代地死去，他们的尸体都给蛆虫吃了，可是决不会为爱情而死的。"（四幕一场）她还大大嘲弄了马洛所作的叙事诗《希罗与里昂德》里的主人公的爱情故事，声称即使希罗当了尼姑，里昂德也会活好多年的，他只是因为在一个酷热的仲夏之夜到海峡洗澡时碰巧腿抽筋淹死在海里，却被愚蠢的文人史家说成是为了去和对岸的希罗幽会而死。罗瑟琳就这样用格外夸张的语气，对田园文学中所描绘的忠诚痴情的恋人和他们誓死不渝的爱情进行了全面颠覆。这还不够，最后她又模拟戏仿了婚礼仪式，让西莉娅当主婚人，给自己和奥兰多举行了一场游戏婚礼，从而把庄重的婚礼、严肃的婚约也戏弄了一遍。罗瑟琳借女扮男装的身份，不仅考验了奥兰多的爱情，更是淋漓尽致讽刺了浪漫文学所描绘的爱情，对爱情故事模式中的痴情恋人、爱情誓言、忠诚婚姻大胆地进行了质疑，表现出对以往爱情模式的否定。

与此同时，女扮男装的罗瑟琳又让奥兰多一定把她当做他的恋人罗瑟琳，天天来与她谈情说爱，让奥兰多不必改变什么，他可以继续表达或者说表演他的爱情。这是罗瑟琳在乔装改扮基础上的又一次乔装改扮，她这样做的用意是可以她的女性身份，没有任何障碍地与奥兰多恋爱，享受到爱情。罗瑟琳与奥兰多的这场恋爱很奇特，她假戏真做，爱上了奥兰多。所以当她听说奥兰多流血受伤时，情不自禁地吓昏了过去，泄漏了她对奥兰多真实的爱情；当眼看奥兰多的爱情病逐渐好起来时，她赶忙恢复了自己的女性身份，表现出对奥兰多爱情的留恋。剧中通过罗瑟琳对奥兰多的爱情描绘，又肯定了真挚爱情本身。对爱情同时进行否定和肯定，这是一种复调。

对另一对贵族青年男女奥列佛与西莉娅从恋爱到要举行婚礼的过程，喜剧作者似乎不愿再费笔墨，仅仅通过罗瑟琳之口对此进行了一个简要说明："从来不曾有过这么快的事情，除了两头公羊的打架和凯撒那句'我来，我看见，我征服'的傲语。令兄和舍妹刚见了面，便大家瞧起来了；一瞧便相爱了；一相爱便叹气了；一叹气便彼此问为的是什么；一知道了为的是什么，便要想补救的办法：这样一步一步地踏到了结婚的阶段，不久他们便要成其好事了，否则他们等不到结婚便要放肆起来的。他们简直爱的慌了，一定要在一块儿；用棒儿也打不散他们。”（五幕二场）这个说明概括的也是一般爱情故事的套路。罗瑟琳的说明一面描述爱情，一面戏谑爱情，同样具有复调性质。

对于罗瑟琳、奥兰多、西莉娅、奥列佛这第二个世界，另外两个世界均与它形成对位关系。除了第一个世界中的人物杰奎斯对他们进行批评和否定外，第三个世界里的代表人物小丑试金石也对奥兰多的情诗进行了戏仿，流露出一定的嘲讽。这些都进一步导致了观众对贵族青年浪漫爱情幻觉的中断和情感的间离。

（三）牧人西尔维斯与牧羊女菲苾、小丑试金石与村姑奥德蕾的爱情世界

写牧人与牧羊女的爱情是中世纪骑士文学和文艺复兴时期田园文学最常见的题材，作品中往往描绘扮成牧羊人的骑士与扮成牧羊女的贵妇人的爱情，或者是纯情的贵族少年与美貌的淑女之间的爱情。而《皆大欢喜》却将真的牧羊人、牧羊女、小丑、村姑作为牧歌中的爱情主人公，描绘了真正的牧羊人与牧羊女的爱情。

《皆大欢喜》写了一个真正的牧羊人西尔维斯和牧羊女菲苾的爱情故事。西尔维斯对菲苾的爱情十分忠诚，虽然菲苾爱上了女扮男装的罗瑟琳，可西尔维斯却仍一往情深地保持着对菲苾的爱情，他甚至甘愿牺牲自我，替菲苾传递情书。在这个身份卑微的牧羊人身上体现出来的爱情，用剧本中的话说，它充满了叹息和眼泪，是全然的衷心和服务，是全然的谦卑，全然的忍耐和焦心，全然的纯洁，全然的磨炼，全然的服从，一句话，是真正的

爱情。菲苾对女扮男装的罗瑟琳的追求也真诚执著，剧中从这个牧羊女口中说出了马洛的诗句“谁个情人不是一见就钟情”。《皆大欢喜》还写了宫廷小丑试金石与村姑奥德蕾相爱和结婚。在试金石身上表现出真正的骑士精神对婚姻的无比忠诚。当时另有一个名叫威廉的村汉也恋着奥德蕾，试金石勇敢地冲上去将威廉骂跑赶走，保卫自己的爱情，彻底获得胜利。他为了举办一个庄严的婚礼，甚至不厌其烦地更换牧师。对第三个世界中人物的爱情描绘，既是对普通人身上真情实感的肯定，同时又是对骑士文学、田园文学描绘的爱情的一种明显揶揄。这里同样有一种复调存在。

值得注意的是，即使是这个世界中的爱情、婚姻也并不完美。来自另两个对位世界中的人物，对这个世界中的人物也有一些批评言辞。除了代表第一个世界的杰奎斯对小丑试金石的否定和淡淡的嘲讽外，还有代表第二个世界的罗瑟琳对牧人与牧羊女爱情的否定，她当面为西尔维斯指出菲苾丑陋的一面：“我看见过她的手，她的手就像一块牛皮那样粗糙，一块沙石那样颜色；我以为她带着一副旧手套，哪知道原来就是她的手；她有一双做粗活的手。”（四幕三场）她说穿了菲苾并不美的真相，这必然导致观众对牧羊人与牧羊女的爱情幻觉的中断和情感的间离。

为了进一步强化间离效果，在喜剧的末尾，由扮演罗瑟琳的演员出场念了这样一个收场白：“假如我是一个女人，你们中间只要谁的胡子生得叫我满意，脸蛋长得讨我欢喜，而且气息也不叫我恶心，我都愿意给他一吻。”在莎士比亚时代，其实没有女性演员，所有的女性角色都是由男孩子扮演的，这一点观众都很清楚。这里让扮演罗瑟琳的演员说这段话，无疑是为了强调他本来就是个男子，强调剧中包括罗瑟琳在内的所有一切都不过是一种“假如”，是一种虚构，因此不必当真。这简直是釜底抽薪，假作真时真亦假，连剧中的主要人物罗瑟琳都是假扮的，位于喜剧中心的爱情故事更只不过是故事罢了。

复调、间离等艺术手段的使用，使该剧成为一部多视角、多声部、不同寻常的喜剧。这是《皆大欢喜》最突出的艺术特点。

文艺复兴时期的英国，田园文学成为十分流行的一种文学体裁，有田园诗，像斯本塞的《牧人月历》（1579），有田园散文诗，像锡德尼的《阿开底亚》（1590），以及田园浪漫小说，像洛奇的《罗瑟琳德》（1590）等。这类作品多以怀旧的情调，试图唤回失落了的人类的黄金时代。在花好月圆的良辰美景里，一往情深的牧羊少年向娇羞的牧羊女倾吐缠绵悱恻的恋情。《皆大欢喜》取材于《罗瑟琳德》，本该是和传统的田园文学一脉相承的田园喜剧。[①] 可是，一向写浪漫爱情喜剧的莎士比亚此时的创作已明显发生了变化，他一面仍把该剧处理成一个很像是以往的那种浪漫喜剧的样子，另一面又通过每个世界中的复调和三个世界间彼此的间离，表现出对以往喜剧内容和模式的讽刺和摒弃，并企图使观众也从爱情喜剧的幻觉中走出来。

《皆大欢喜》是莎士比亚喜剧中的变奏，标志着莎士比亚在创作了大量浪漫喜剧之后，彻底否定了这种喜剧本身，尽管之后他还创作了最后一部总结性的喜剧作品《第十二夜》，但《皆大欢喜》已预示着莎士比亚喜剧创作将要终结，他今后的创作又将进入另一番新天地了。

---

① 方平：《一个实验性的喜剧：〈皆大欢喜〉》，载《外国文学评论》1994年第4期，第18页。

五　《第十二夜》：爱情狂欢曲

《第十二夜》这个剧作是莎士比亚为庆祝主显节所写的剧作，剧作的名称虽与剧情没有直接关系，但是点出了这出喜剧具有的乐观喜庆的氛围。主显节是圣诞节过后的第十二夜，即一月六日之夜，这一夜是圣诞欢乐活动结束前的最后一夜，是一个具有狂欢节性质的热闹喜庆的节日。《第十二夜》是浪漫爱情喜剧的盛宴，是一曲名副其实的爱情狂欢曲，它是莎士比亚爱情喜剧的一个总结性作品。

（一）莎士比亚喜剧素以情节生动，情节丰富，和多线索情节结构著称。这部爱情喜剧，在情节的生动丰富上极尽其能，在情节结构的安排上尽显莎士比亚结构艺术的功力。

莎士比亚喜剧的主要故事情节通常都是写各种恋爱，不论是单相思还是情意相投的恋爱，中间或多或少都有一些外在的、内在的因素干扰，但总是好事多磨，最后结局都是障碍消除，有情人终成眷属。《仲夏夜之梦》《威尼斯商人》《皆大欢喜》《无事生非》无不如此，《第十二夜》也不例外，在这部爱情喜剧中，薇奥拉与奥西诺公爵，奥丽维娅与薇奥拉的哥哥西巴斯辛，两对青年男女分别从一厢情愿到两情相悦，从爱情纷乱到两两相配，爱情故事曲折生动。

莎士比亚喜剧常常都是多故事线，除了主要故事线索基本沿用所取素材之外，莎士比亚总是加上自己又创造出的一些人物故事形成丰富的喜剧情节，有条不紊地安排好多条故事线索，精心组织成特有的网状结构。《第十二夜》也是这样，它主线上的故事主要取自于英国作家巴那比·里奇的散文故事集《阿波洛纽斯和西拉的历史》中的一个故事，但经莎士比亚的创造，该剧在喜剧情节的丰富和结构安排的精巧上可谓登峰造极。

该剧有两条线索。第一条线索是关于一对孪生兄妹巧结奇缘的故事线。长相相似的孪生兄妹西巴斯辛和薇奥拉在海上遇险失散，妹妹薇奥拉获救后，女扮男装当了奥西诺公爵的侍童，她爱上了公爵，可是公爵爱的是美丽富有的伯爵小姐奥丽维娅，公爵让这位能言善辩的侍童代自己前去向奥丽维娅求婚。奥丽维娅小姐不爱奥西诺公爵，却爱上了薇奥拉这个女扮男装的侍童。薇奥拉身为女子，当然无法接受小姐的爱。三个人的爱情都是一厢情愿，构成了一个特殊的三角恋关系：薇奥拉爱奥西诺，奥西诺爱奥丽维娅，奥丽维娅爱薇奥拉。一直到薇奥拉的孪生哥哥西巴斯辛出现后，一切矛盾才迎刃而解：哥哥西巴斯辛娶了奥丽维娅，妹妹薇奥拉嫁给了奥西诺。第二条故事线是关于奥丽维娅家中的一伙人捉弄管家的闹剧故事。奥丽维娅有个叔父托比爵士，是一个没落贵族，成天饮酒作乐，他与一个向奥丽维娅求婚的浪子安德鲁爵士天天在一起，为的是花他的钱维持自己的这种生活；管家马伏里奥总是替小姐来管束他们，于是他们就伙同侍女玛利娅捉弄他，玛利娅模仿小姐的笔迹写了封给马伏里奥的情书并故意让他拾到，马伏里奥真以为小姐爱上了他，受宠若惊出了不少洋相。一伙人又把他当做疯子捆起来关进地窖，教训了他一顿。这条线上共有三个爱情故事，安德鲁和马伏里奥都追求奥丽维娅，但求婚都十分荒唐可笑，安德鲁虽然是贵族但远远配不上奥利维娅，管家马伏里奥更是癞蛤蟆想吃天鹅肉。只有没落的贵族托比与女仆玛利娅比较相配，求婚成功。

有人说：“莎士比亚的高明之处，不在于他能熟练地运用这种使用频率很高的普及型‘单打’模式，而在于他创构了许多多层面、多头绪的多元恋爱模式，编织出了错综复杂的恋爱网络。"[①] 莎士比亚喜剧中营造的恋爱模式有两角恋、三角恋、四角恋、五角恋，以两男追一女的三角恋为最多，如《爱的徒劳》中，怪诞的西班牙人亚马多和乡人考斯塔德同追村姑杰奎妮妲；《无事生非》里贵族唐·约翰的侍从波拉契奥和贵族唐·彼德罗的仆人鲍尔萨泽，同追总督女儿希罗的侍女玛格莱特；《皆大欢喜》中乡人威廉和小丑试金石同追村女奥德蕾，等等。《第十二夜》中两条情节线上的每条故事线都情节丰富，爱情故事尤其复杂，设计的恋爱模式与之前的设计相比，既有相同之处又有新的创造：第一条故事线上的三角恋是从未有过的单向循环三角恋爱关系，薇奥拉追求奥西诺，奥西诺追求奥丽维娅，奥丽维娅追求薇奥拉，三人陷入捉迷藏般的三角恋，其基础是薇奥拉女扮男装，解决矛盾的方法是薇奥拉在西巴斯辛出现后恢复女性身份，然后两对男女双双缔结婚姻。第二条故事线也存在一个三角关系，但也未重复过去，安德鲁和马伏里奥这两个男性都是被嘲笑的人物。

莎士比亚设计出错综复杂的故事线并非为了做爱情游戏，而是在复杂的爱情故事中凸显故事的意义。在《第十二夜》里，从出身出发而没有任何感情基础的爱情追求都以失败而告终，如奥西诺对奥丽维娅的追求，安德鲁对奥丽维娅的追求；从地位财富出发、想靠结婚发财的攀龙附凤的爱情必然受到嘲笑，如马伏里奥对奥丽维娅的痴心妄想；只有从真诚的爱情出发，最终才能如愿以偿，获得胜利，收获幸福，如薇奥拉对奥西诺、奥丽维娅对女扮男装薇奥拉的追求。莎士比亚喜剧的情节生动丰富，既好看又有意义。

---

① 刘军：《莎士比亚喜剧营构的恋爱模式》，载《孝感师专学报》（社会科学版）1996年第4期，第66页。

（二）莎士比亚喜剧的基本主题是歌颂爱情、友谊，和这一主题相适应，莎士比亚喜剧多描绘和刻画理想化的男女爱情主人公形象，其中女性主人公的形象更加美好。在莎士比亚喜剧研究中，有大量的文章就是关于喜剧中的女性形象的。莎士比亚喜剧中的女性人物有不少共同的特点。她们的美好主要表现在这样一些方面：容貌美丽，头脑聪明，心灵美好，品德高尚，勇敢追求爱情。她们在喜剧中具有重要的地位。

《第十二夜》中的主要角色都是十分高雅可爱的贵族青年男女，其中也是女性形象尤为美好，可以说她们是上述女性美好品质的集大成者，同时又是有独特性格的人物。剧中，爱情就像一块试金石，表现出每个人不同的性格和品格。

奥西诺是伊利里亚城一个有身份、地位、感情的年轻公爵，他向奥丽维娅求婚屡遭拒绝，只好在幻想中打发时光，靠音乐抒发单恋的苦恼。奥西诺感情的特点是多愁善感、纯洁无瑕，但幼稚不成熟。严格说来，他这种感情并非真实的爱情，而是一种带有梦幻色彩的爱情，他爱上的并不是奥丽维娅本身，而是他心中一个理想化的女性的影子，或者说爱上的是爱情本身。所以，他缺乏行动力量，甚至都不曾亲自去求婚，只是打发仆人前去代为传情。奥西诺的爱情幻想高于《维洛那二绅士》《爱的徒劳》中贵族的风雅爱情和夸张虚文的贵族爱情表达方式，二者的本质区别在于《维洛那二绅士》《爱的徒劳》中的人物缺乏真情实感，而奥西诺爱的对象虽然还比较虚幻，但他的感情包含真挚的爱情成分。奥西诺对奥丽维娅的爱情与《罗密欧与朱丽叶》中罗密欧未遇朱丽叶前对罗瑟琳的爱情性质相同，属于爱情成长中的一个必然的发展阶段。奥西诺的性格特点是有些呆滞笨拙，这不仅表现在他的求爱方式上，也表现在他对女性缺少起码的接触和了解上，对奥丽维娅他既不了解也不去了解她为何总是拒绝自己；

对薇奥拉他发自内心喜爱她，却一直没察觉身边的薇奥拉是个女儿身，甚至连薇奥拉给他的暗示也听不懂、看不明白，奥西诺的不解风情既可爱又可笑。

薇奥拉是一个具有时代特点的新女性。喜剧一开始就展现出她的性格特点。她流落到伊利里亚城后，并未张皇失措，而是先了解这片国土，打听这个地方的统治者是谁，当听说“奥西诺”三个字后，她惊喜地叫出声来，因为她曾听父亲说起他，当得知他正在向奥丽维娅求婚还没有结婚，她马上想到利用这个机会。她先是想去给奥丽维娅当女仆，看没有可能，就又扮成男子去给奥西诺当仆人，她相信凭借自己会唱歌、懂音乐、会使计谋，一定会得到奥西诺的重用，以后有什么事以后再说。一个流落他乡的单身贵族女子首先想到的是谋生，寻找接近贵族圈子的机会，寻找嫁给理想的贵族男子的机会。她个性的实际、自信、大胆、机智十分突出，在爱情上面，她善于抓住机会，是一个积极主动追求爱情的女子。倘若只是善于利用机会寻找男性伴侣，薇奥拉的形象未免低俗了些。喜剧还将薇奥拉的爱情进行了升华，表现出她无私高尚的情操，突出了她在爱情上表现出的牺牲和忍耐。聪明的薇奥拉在与公爵的交往中，尽全力展示自己的才能，使公爵喜欢上了她这个女扮男装的侍童，而薇奥拉也暗暗爱上了公爵，此时她要承担的却是一个十分矛盾的任务：替公爵向奥丽维娅求爱并说服打动奥丽维娅。帮自己的意中人去追求另外的女子，任何一个女子都不会情愿去做。《维洛那二绅士》中的朱利娅也曾面临同样的问题，对比朱利娅在完成任务时的冷淡、消极，我们看到薇奥拉虽然同样痛苦，但是她知道公爵心中另有所属，为了公爵的幸福，她宁愿牺牲自己的幸福，她不仅替他去求爱，而且竭尽全力去做，一面强忍内心的痛苦，一面尽力倾诉公爵对奥丽维娅的爱慕之情。她在爱情中展现出的高尚、忘我与自我牺牲精神高于《维洛那二绅士》中的朱利娅。她把自己的痛苦埋在心里，默默地承受痛苦，表现出的牺牲和坚韧令人肃然起敬。“让隐藏在内心的抑郁像蓓蕾中的蛀虫一样，侵蚀着她的绯红的脸颊；她因相思而憔悴，疾病和忧愁折磨着她，像是墓碑上刻着的‘忍耐’的化身，默坐着向悲哀微笑。”（二幕四场）在爱情中，薇奥拉展现出了她人性中的忠诚、纯正、高尚、忘我，表现出自我牺牲的精神和坚毅忍耐的性格。她的高尚品德同时打动了两个人，并最终赢得了爱情。薇奥拉女扮男装、聪明智慧，在她身上还集合了《无事生非》中的贝特丽丝的优点和《威尼斯商人》中的鲍西娅的优点。

奥丽维娅是最理想化的一个新女性形象。奥利维娅没有一丝贵族女子傲慢的架子，她性情温和，待人宽容大度。例如，对热烈追求她的公爵，她借口思念死去的哥哥不见男人，明确又委婉地加以拒绝，不伤人自尊；对于胡闹浪荡的叔父托比爵士，她批评他但又不伤他的面子，尽力容忍他；对待下人她既有主人的态度但又不苛刻；看到受了众人捉弄的马伏里奥，她尽量宽慰他。奥丽维娅就像一缕春风善解人意、和煦暖人。在爱情上，奥丽维娅又是个有主见、爱情观念清新脱俗、思想进步的新人。在世俗的眼光中，富有、有地位的奥西诺公爵与奥丽维娅这位美丽、富有的伯爵小姐是合适的一对。公爵很尊贵、很有身份，有很好的名声，慷慨、博学、勇敢，年轻而纯洁，长得又体面，可谓百里挑一，尤其是他对奥丽维娅的追求更令人动心。但是奥丽维娅清楚自己并不爱公爵，因此委婉又十分明确坚定地拒绝了。在她的眼里，爱情之外的所有东西，包括权利、地位、财富都是无足轻重的，最重要的是要选择自己真爱的人，一个可以打动自己的人。公爵侍童的出现，唤醒了她内心沉睡的爱情，于是她巧妙赠送指环，主动表达爱慕之意。一个贵族女子不惜降尊纡贵主动向地位不如自己的对方表达爱情，这在当时可谓惊世骇俗之举。在爱情追求中，奥丽维娅反对并打破了贵族传统的等级观念和世俗的金钱门第观念，打破了女子只能被动接受爱情的常规，是最具人文主义思想的新女性。奥丽维娅是一个理想化的新女性形象，展现出一种清新脱俗的美。奥丽维娅内在的、思想上的独立性、进步性，超越了莎士比亚之前塑造的所有女性形象。

薇奥拉的孪生哥哥西巴斯辛这个形象是专为解决矛盾纠葛而设置的角色，着墨不多。但是可以想象他的才能和品貌应当也如薇奥拉一样美好。所以，奥丽维娅会错把西巴斯辛当做薇奥拉再次表达爱情，而西巴斯辛喜出望外，对薇奥拉一见倾心，两人迅速地秘密结婚也是合乎情理的。

安东尼奥也是一个美好的人物形象，他救了西巴斯辛一命，而且与西巴斯辛成为朋友，西巴斯辛当时身无分文，他就慷慨把钱袋拿出，久等西巴斯辛不来，他不惜冒险上岸寻找西巴斯辛，当看见薇奥拉正受到安德鲁爵士的挑战时，他错把她当做西巴斯辛，挺身上前拔剑相护。这个人物是忠诚友谊的化身，表明了同性间友谊的深度并不亚于异性间的爱情，该剧同样讴歌了友谊。安东尼奥与《威尼斯商人》中的安东尼奥不仅名字相同，在疏财仗义帮助朋友、忠诚于友谊方面都十分相像，不同之处是《第十二夜》中的安东尼奥关键时能出手救人，显得更加豪侠，高于《威尼斯商人》中的安东尼奥。

另一条故事线上的人物，带有闹剧人物的可笑的特点。没落的贵族托比爵士，浪子安德鲁，刻板的马伏里奥，狡黠的女仆马利娅，尤其是善于玩弄字眼、说俏皮话的聪明小丑费斯特，他们与前一组人物形成对照，相映成趣。

（三）《第十二夜》喜剧手法的运用十分成熟、完美，在喜剧手法的运用上可以说是集喜剧艺术手法之大成。它融抒情喜剧与情节闹剧于一体，集抒情喜剧的手法与讽刺闹剧手法之大成，孪生、误会、假扮、恋人互换、捉弄，各种喜剧手法应有尽有、层出不穷。

由于孪生子面貌相像而引起误会的手法，最早在莎士比亚第一部喜剧《错误的喜剧》里出现过，女扮男装的手法在《维洛那二绅士》《威尼斯商人》《皆大欢喜》三部喜剧中都有，恋人互换是《仲夏夜之梦》中的喜剧手法，痴情女子替意中人当情使的手法最早出现在《维洛那二绅士》中，恋人变换对象的手法在《错误的喜剧》《仲夏夜之梦》里都出现过，动机不纯的愚蠢男人被捉弄的闹剧手法是《温莎的风流娘儿们》中的主要喜剧手法。

《第十二夜》中第一条线喜剧故事跌宕起伏。开始阶段使用的主要是女扮男装，薇奥拉假扮男子，她不得不去替所爱的人求爱；由于她的假扮，引起可笑的恋爱局面：薇奥拉含蓄地向奥西诺暗示自己的爱情，奥西诺根本听不懂；奥丽维娅向薇奥拉倾诉衷肠，薇奥拉躲避不迭。从第三幕开始，在女扮男装的基础上，又使用了孪生、误会手法。薇奥拉和哥哥西巴斯辛长相相似，导致安东尼奥把薇奥拉当成她的哥哥西巴斯辛，保护她，接着向她索钱袋，责备她忘恩负义，因误会带来许多笑料。奥丽维娅则错把西巴斯辛当做薇奥拉，向他表达爱慕，得偿所愿，与西巴斯辛结为夫妇，于是再见到薇奥拉时，就称她为丈夫，带来不少笑料。一直等西巴斯辛出场，兄妹两人同时在场，才把全部误会消除。最后通过恋人互换，各得其所，各遂所愿。在第二条故事线上，管家马伏里奥是一位所谓循规蹈矩的正人君子，因为得罪了托比等一伙寻欢作乐的朋友，被这伙人设计圈套捉弄，马伏里奥又是自作多情，又是装腔作势，又是献媚取宠，丑态百出，这里成熟地将在《温莎的风流娘儿们》中使用过的闹剧手法带入剧中，带来生动的闹剧效果，使该剧雅俗共赏。从《第十二夜》使用喜剧手法的丰富性看，这个剧可以说是莎士比亚喜剧创作艺术经验的总结。

莎士比亚喜剧擅长使用音乐歌曲等艺术手段表达爱情、抒发感情，例如《威尼斯商人》等。该剧也非常重视使用音乐歌曲这一艺术手段。《第十二夜》的开场白是公爵奥西诺关于爱情与音乐关系的一段评论："假如音乐是爱情的食粮，那么奏下去吧；尽量地奏下去，好让爱情因过饱噎塞而死。又奏起这个调子来了！它有一种渐渐沉下去的节奏。啊！它经过我的耳畔，就像微风吹拂一丛紫罗兰，发出轻柔的声音，一面把花香偷走，一面又把花香分送。够了！别再奏下去了！它现在已经不像原来那样甜蜜了。爱情的精灵呀！你是多么敏感而活泼，虽然你有海一样的容量，可是无论怎样高贵超越的事物，一进了你的范围，便会在张望间失去它存在的价值。爱情是这样充满了意象，在一切事物中是最富有幻想的。"第二幕第二场出现了另一种通俗音乐，有小丑唱的情歌，也有托比、安德鲁、小丑、侍女的轮唱歌"闭住你的嘴，你这坏蛋"。第二幕四场小丑为公爵唱了一首悲伤的歌，歌词是："过来吧，过来吧，死神！让我横陈在凄凉的柏棺的中央；飞去吧，飞去吧，浮生！我被害于一个狠心的美貌姑娘，为我罩上白色的殓衾铺满紫衫；没有一个真心的人为我而悲哀。"剧终，人们离去，又是以小丑的歌结尾。小丑费斯特唱的歌里有这样的歌词："朝朝雨雨呀又风风。开天辟地有几多年，嗨，呵，一阵雨儿一阵风。"小丑所唱的这首歌带有忧郁的色调，表面看去似乎与剧情有情人终成眷属的欢乐格调不同，实际上却是非常和谐的。因为生活本来就是由欢乐痛苦交织的，与爱情、婚姻、欢乐相伴的还有衰老、失望与死亡。天下没有不散的宴席，狂欢之夜最后也是曲终人散。莎士比亚的喜剧就这样结束了。

第四章

悲 喜 剧

在第二个创作时期，莎士比亚创作了《特洛伊罗斯与克瑞西达》《终成眷属》《一报还一报》这三部戏剧。它们通常被称为莎士比亚的悲喜剧或阴暗喜剧。

这三部剧作与莎士比亚早期的那种浪漫喜剧大不相同，在这三部剧作中，爱情中的那种浪漫不见了，爱情中的现实成分在增加；爱情中的完美、和谐、轻松、理想不见了，爱情中的瑕疵、杂质、沉重暴露出来；早期爱情喜剧中弥漫着的欢乐气氛和乐观情绪不见了，背信弃义、尔虞我诈的罪恶阴影笼罩在爱情中。这三部剧作内容虽然仍然是关于爱情婚姻的，但主题不再是歌颂恋爱自由和婚姻自主，赞美理想的爱情，而是表现存在于爱情婚姻中的不和谐成分和现实因素，揭露存在于其中的丑恶和黑暗成分。所以这三部剧作实际上不能称做喜剧。

这三部剧作都是在莎士比亚悲剧创作时期完成的，它们与莎士比亚同时期创作的悲剧在创作背景和思想上都十分接近，但是它们与莎士比亚悲剧又有明显的分别，也不能看做悲剧。

比较而言，关于莎士比亚悲喜剧的研究一直较少，重视也不够。其中，存在的首要问题就是怎么分类的问题。《特洛伊罗斯与克瑞西达》《终成眷属》《一报还一报》一直是不好分类的三部剧作，莎学家对它们的称法也不一。如有人说："莎学家们称之为黑暗喜剧、阴郁喜剧、痛苦喜剧、深沉喜剧、问题剧、悲喜剧、正剧、甚至现实主义喜剧等等。”① 这往往会在研究中引起一些不必要的混淆，我们现在仍可按照习惯把它们称为喜剧、悲喜剧或阴暗喜剧，但是从剧作内容的实际情况出发，更应当把它们视为社会问题剧，因为它们虽都不是直接从英国现实中选材的社会问题剧，但这三部剧作的现实针对性很强，最接近现实，并且每部剧作都提出了社会问题。从社会问题剧的角度看这三部剧作，一些异议比较大的问题也可以解释清楚，如关于《特洛伊罗斯与克瑞西达》主题是否统一的问题。从社会问题剧的角度重新认识这三部剧作，有助于把握它们的本质特点，有助于进一步认识莎士比亚“悲喜剧”的独特价值。

一　《特洛伊罗斯与克瑞西达》：社会问题剧之一

该剧的素材来源有两个：一是关于特洛伊罗斯与克瑞西达的故事，主要来自乔叟的同名长篇叙事诗；二是关于特洛亚战争的故事，主要来自英译本荷马史诗《伊利亚特》。

戏剧开始时，特洛亚人与希腊人之间的战争已经进行七年。

在特洛亚方面，关于这场战争的意义和价值在王室内部存有争论：赫克托王子认为不值得为海伦而战，而帕里斯王子以荣誉为借口坚持不把海伦交还给希腊人，特洛伊罗斯王子也坚持这种观点，战争仍不得不继续下去。特洛伊罗斯王子虽然英勇，此时却无心参战，因为他正陷入恋爱中不能自拔，恋爱的对象是克瑞西达，她是已投降希腊的特洛亚祭司之女。特洛伊罗斯恳求克瑞

① 易红霞：《诱人的傻瓜——莎剧中的职业小丑》，中国社会科学出版社 2001 年版，第 129 页。

西达的舅舅潘达洛斯从中帮忙。在潘达洛斯的撮合下，特洛伊罗斯与克瑞西达幽会，两人发誓并交换了礼物，私自结合。第二天，一对情人就被拆散，因为特洛亚一方为了换回俘虏，同意将克瑞西达送到希腊他父亲的身边去。特洛伊罗斯趁到希腊营中作客的机会偷偷去看望克瑞西达，却目睹克瑞西达正与希腊将领狄俄墨得斯调情，克瑞西达使用欲擒故纵的老手段挑逗狄俄墨得斯，还把特洛伊罗斯赠与的信物转送给对方。特洛伊罗斯对克瑞西达的背叛感到震惊和绝望，他决心向情敌复仇。

在希腊方面，军纪涣散，阿喀琉斯十分傲慢，拒不出战。阿伽门农和奥德修斯设置计谋，故意冷落阿喀琉斯，赞美并推举埃阿斯前去迎战赫克托，以激起阿喀琉斯的嫉妒参加战斗。埃阿斯果然出战，但赫克托因为他是自己的亲戚，双方讲和，这使得埃阿斯更自高自大起来。赫克托一直在战场上战斗，希腊人死伤无数，阿喀琉斯趁赫克托解甲休息之时，带领自己的一批人上前杀死了赫克托，然后把赫克托的尸体捆在自己的马尾上拖过战场炫耀胜利。特洛伊罗斯派人把消息传回，心中燃起向希腊人复仇的怒火。

在这个剧中，女性圣洁的爱情落入淫荡的污泥中，所谓的男子汉英雄也都是些阴险、无耻、卑劣之徒，战争目的也不再光荣。“正由于此剧人物描写的非英雄化，对于在爱情和战争中人的价值，乃至人生意义的大胆质疑和无情审视，使它被列为莎士比亚最现代性的作品之一。”[①] 在莎士比亚剧作中，这个剧无论是题材、人物，还是思想、艺术，都是一个特殊作品，值得我们深入探析。从神话原型批评的角度看，更能看到该剧的特殊之处。

① 孙家琇主编：《莎士比亚辞典》，河北人民出版社 1992 年版，第 133 页。

N. 弗莱在1951年出版的《文学的原型》一书中对神话原型有这样的阐释："神话是一种核心性的传播力量，它使仪式具有原型意义，使神喻成为原型叙述。因此，神话就是原型，虽然为了方便起见，我们在提到叙述时说神话，在提到意义时说原型。"[①] 和神话原型概念相关的另一概念"神话方法"，指的是作家在自己的创作中暗用神话原型，从而使作品具有特殊的反讽寓意性的双重对应结构。这种方法是20世纪许多现代作家采用的写作方法，其中最典型的例子是乔伊斯的《尤利西斯》。

莎士比亚创作戏剧《特洛伊罗斯与克瑞西达》也是使用了神话方法，只是他的使用不是暗用而是明显运用神话原型。该剧显然采用了两个神话：关于特洛伊罗斯与克瑞西达和特洛亚战争的神话传说，剧作并不是一般性地从原来的神话中取材，而是加入了莎士比亚新的创造，从而与原有的神话传说构成特殊的反讽寓意性对应结构。与原有神话对应来看，《特洛伊罗斯与克瑞西达》的人物和主题都带有很强的讽喻色彩，表现了莎士比亚对于现实中人性丑恶的憎恶。

（一）天使和英雄人物的堕落

乔叟笔下的特洛伊罗斯与克瑞西达是一对令人同情的恋人，特洛伊罗斯是忠诚的恋人，克瑞西达是一个温柔敏感、聪明可爱的女子，她对爱情上的不忠多半是由于环境的改变而不得不发生的变化，他们那被战争毁坏和改变了的爱情令人惋惜。

荷马史诗中的海伦是美的化身，心如铁石的特洛亚长老高度评价海伦的美的价值，他认为，为了这样一个女人，特洛亚人和希腊人吃尽战争苦头也是值得的。史诗还描绘、歌颂了一系列英

① 叶舒宪编选：《结构主义神话学》，陕西师大出版社1988年版，第15页。

雄，最著名的当属希腊一方的英雄阿喀琉斯和特洛亚一方的英雄赫克托。

但是，到了莎士比亚笔下，所有人物头上的光环都失去了，那些天使、女神一样的女子堕落为现实中淫荡的女人，那些了不起的古代英雄堕落为现实中卑劣的男人。

1. 克瑞西达。乔叟笔下的克瑞西达令人同情。爱神的捉弄使她与特洛伊罗斯在庙中相遇并一见钟情。特洛伊罗斯单相思的痛苦，加上潘达洛斯出于真挚的友情热心帮助，克瑞西达被特洛伊罗斯的爱情所打动。他们的被迫分离既无奈又痛苦。长诗写克瑞西达的背叛是一笔带过，却用了很长的篇幅写克瑞西达对自己背叛的自责，并且还在其背叛之后加上这样的说明："然而古书上说，她对特洛伊罗斯变心之际，曾经哭泣，据说天下女子没有一个能象她那样悲恸的。"[①] 所以，克瑞西达尽管是个负心情人的形象，但她仍基本地保持了美好的一面。

莎士比亚笔下的克瑞西达却是个工于心计、富于情场经验的庸俗女子，是个受欲望支配而见异思迁的轻佻女人。她的爱情标准既虚荣又实际，她仰慕赫克托，期待攀上这样一个有地位的大人物；她也爱慕帕里斯，指望有这样的英雄做郎君，自己成为海伦第二；她心里甚至还掂量和比较过阿喀琉斯和特洛伊罗斯，说什么在希腊人中间有一个阿喀琉斯，他比特洛伊罗斯强得多。她之所以轻易就接受了特洛伊罗斯的求爱，是因为在她对特洛伊罗斯的爱情中，最初就有功利成分，就有不少精明的盘算在里面，对于她来说，他毕竟也是一位特洛亚王子，能满足克瑞西达的虚荣心。她之所以故作姿态，是因为她不相信爱情的忠诚，有一定的顾虑，"倘能时时忧虑着最大的不幸，那么在较小的不幸来临

① 方重译：《乔叟文集》，上海译文出版社 1979 年版，第 249 页。

的时候，往往可以安之若素。”（三幕二场）克瑞西达的爱情中有明显的功利成分，缺乏爱情的真挚性质。因此，在她那里恋爱就变成了一场可以操纵、控制、捕获男人的游戏，她就像一个情场老手一样对男人半推半就，欲擒故纵。她说：“……一个女人要是以为恋爱在达到目的以后，还是像热情未获满足以前一样的甜蜜，那么她一定从来不曾有过恋爱的经验。所以我从恋爱中间归纳出这一条箴言：既得之后是命令，未得之前是请求。”（一幕二场）她对待特洛伊罗斯就是这样，明明知道对方爱她，却一直在吊他的胃口，明明自己已经心动却口是心非地说着他的种种短处，说什么特洛伊罗斯的肤色黝黑，不喜欢他长着一个紫铜色的鼻子，嘲笑他的笑就像秋天起了乌云一般。

克瑞西达的爱情不仅缺乏真挚的成分，也缺乏爱情的崇高性质，带有更多的情欲性质。剧中她对特洛伊罗斯的爱情没有一个相识、相知、动情、恋爱的爱情过程，在舅舅潘达洛斯的撮合下，虽几经犹豫，但在与特洛伊罗斯的第一次幽会后很快就与之进行了肉体结合。情热之下，她自己也曾坦白她内心无法克制的这种情欲，她说：“殿下，当您第一眼看着我的时候，我早就给您征服了……我现在爱着您，可是直到现在为止，我还能控制住我自己的感情。不，说老实话，我说了谎了，我的思想就像一群顽劣的孩子，倔强得不受他们母亲的管束。……说老实话，我却希望我自己是个男子，或者我们女子也像男子一样有先启口的权利。亲爱的，快叫我止住我的舌头吧，因为我这样得意忘形，一定会说出使我后悔的话来。”（三幕二场）这番话表现出她赤裸裸的情欲。

正是由于功利算计，她的爱情就会是易变的，当外在情势发生变化时，她就会选择新的男人做靠山，依附一个有地位的男人；正是由于情欲成分居多，她就不可能把特洛伊罗斯当做唯一所爱的人，她的爱情就不可能忠贞，离开特洛伊罗斯后，她很快就会如法炮制向别的男人施展伎俩，甚至会像堕落的娼妓一样向所有的男人迎奸卖俏。在克瑞西达刚到希腊军的阵营时，就出现了她和希腊众将领调情的场面。她先后与阿伽门农、涅斯托、帕特洛克罗斯、俄底修斯接吻，难怪俄底修斯这样评价她："她的眼睛里、面庞上、嘴唇边都有话，连她的脚都会讲话呢；她身上的每一处骨节，每一个行动，都透露出风流的心情来。呵，这类油腔滑调的东西，厚着脸皮，侧步而进；她们把心里的话全部打开，引人上钩：简直是街头卖俏，唾手可得。"（四幕五场）下面紧接着就是她与狄俄墨得斯调情的一幕了，她自己也承认了自己的变心："特洛伊罗斯！我的一只眼睛还在望着你，可是另一只眼睛已经随着我的心转换了方向。"所以，她把特洛伊罗斯给她的信物转赠给狄俄墨得斯，并投入其怀抱也成为必然。乔叟笔下有弱点的天使到了莎士比亚笔下则已完全堕落了。

2. 特洛伊罗斯。乔叟笔下的特洛伊罗斯是忠诚爱人的代名词。在莎士比亚笔下，他虽然看上去仍是一个忠诚的恋人，但他的爱情也是有瑕疵的。

首先，他对克瑞西达的爱情说不上崇高，其出发点同样也是出于难以克制的情欲，他恳求潘达洛斯为他帮忙，更多也是出自于情欲，对他而言，爱情意味着占有，占有克瑞西达。对比乔叟笔下的特洛伊罗斯对克瑞西达的苦苦追求，莎士比亚剧中的特洛伊罗斯更像是在自己的情欲中挣扎，他的爱要浅薄得多。尽管特洛伊罗斯在剧中诉说了许多有关爱情忠贞的誓言，不过都是为了得到克瑞西达。

其次，他的爱情并不光明正大。他与克瑞西达幽会却不敢告诉父王和长兄，为了避免他们知道，还央求帕里斯和海伦编造托辞为他撒谎，可见他的爱情目的不在于婚姻，这只不过是他的一次偷情，因此当克瑞西达被当做人质送往希腊阵营时，他既提不出也没有提出正当的理由加以阻止；因此，当他看到克瑞西达变心时，他的愤慨不过是情欲受挫、自尊心受伤的一种表现，并非真正的爱情的痛苦。难怪在一旁对特洛伊罗斯冷眼旁观的忒耳西忒斯会评论他说，“这是他偷女人的报应”。

最后，他的爱情多半带有虚幻的色彩。这可以从他赞美海伦的态度上看出。他坚持把战争进行下去，声称海伦的价值超过海洋和陆地的宝物，称“她是一个光荣的题目，可以策励我们建立英勇卓绝的伟业，使我们战胜当前的敌人，树立万世不朽的声名”。（二幕二场）特洛伊罗斯把海伦当做人间的女神，把她神圣化和完美化，这也说明他其实并不了解女人，并不了解爱情，他对女人的了解，对爱情的了解完全出自一个不成熟的男子热情的想象。他并不了解也不曾尝试了解他所爱的人，所以当他耳闻目睹克瑞西达的不忠时，他无法承认这就是前一晚还对他柔情缱绻的爱人：“这是她吗？不，这是狄俄墨得斯的克瑞西达。美貌如果是有灵魂的，这就不是她；灵魂如果指导着誓言，誓言如果代表着虔诚的心愿，虔诚如果是天神的喜悦，世间如果有不变的常道，这就不是她。啊，疯狂的理论！为自己起诉，控诉自己，却又全无实证，矛盾重重：理智造了反，却不违反理智；理智丢光了，却仍做得合理，保持一个场面。这是克瑞西达，又不是克瑞西达。”（五幕二场）当特洛伊罗斯在克瑞西达背叛后勇敢地参加到战斗中时，他其实已成为墨涅拉俄斯的翻版，也是为了私欲渴望复仇罢了，根本谈不上为了城邦利益，没有任何荣誉和光荣。

3. 海伦。荷马笔下的海伦之美是以侧面描绘的方法展现的，她的美存在于人们的想象中，她是一个被提升到女神一样高度的神圣、完美、高雅的女性。而莎士比亚剧中的海伦，无论是从侧面介绍看，还是从她自己在舞台上的言行看，都失去了身上的光环，完全是一个轻浮、放荡甚至庸俗低下的女人。在希腊人和特洛亚人陷入残酷的战争时，她却在宫中与帕里斯奏乐玩乐。海伦还未出场，潘达洛斯就曾向克瑞西达描述过海伦向特洛伊罗斯调情的情景，说她喜欢摸特洛伊罗斯的下巴和胡子。海伦出场后，她与潘达洛斯谈话的格调如出一辙，内容都有淫亵的话语，例如潘达洛斯戏称克瑞西达不会要帕里斯，她与帕里斯两人只是彼此彼此，海伦油腔滑调地回答："生过了气，和好如初，'彼此'两人就要变成三人了。"海伦出场后的一个主要行动就是撒娇哄骗潘达洛斯唱一曲情歌，而好色的潘达洛斯唱的情歌格调不高甚至有些下流，海伦却兴味十足并打趣潘达洛斯说："哎哟，他的鼻尖都在恋爱哩。"而帕里斯的打趣更有过之而无不及："一个人多吃了鸽子，他的血液里会添加热力，血液里添加热力便会激动情欲，情欲激动了便会胡思乱想，胡思乱想的结果就是玩女人闹恋爱。"可见，在他们那里，全都把爱情视为情欲的发泄。海伦还与帕里斯一唱一和谈起赫克托来，海伦称可以用她的纤指替伟大的赫克托卸除甲胄前的带扣，话语轻浮并带有色情意味。莎士比亚笔下的海伦与克瑞西达交相呼应，也是情欲的化身，是一个放浪轻浮的女人。

4. 阿喀琉斯。在荷马史诗中，阿喀琉斯是伟大的英雄，甚至他的愤怒也反衬出他的伟大。但在莎士比亚的《特洛伊罗斯和克瑞斯达》中，阿喀琉斯却是一个傲慢自负、无聊卑鄙的家伙。他自恃自己英勇过人，拒不出战，躲在营帐中和自己的男宠帕特洛克罗斯寻欢作乐，观看帕特洛克罗斯滑稽模仿希腊统帅阿伽门农等人的模样而开怀大笑。他不出战的动机中也有私利的打算，那就是想得到赫克托罗妹妹的青睐。帕特洛克罗斯被杀才激起了他的复仇欲，终于参加了战斗，但是在杀死赫克托的事件中，尤其显示出了其人格的卑劣，他趁赫克托解甲休息时，乘其不备，让手下的一群所谓骑士乱刀砍死了赫克托，然后又将赫克托拖尸炫耀，让众人高喊阿喀琉斯杀死了赫克托，为自己树立名声。莎士比亚笔下的阿喀琉斯从史诗中的英雄降格为现实中的卑鄙小人，毫无英雄荣誉可言。

5. 赫克托。荷马史诗中的赫克托的基本性格特点是，对特洛亚城邦的责任感，他的死亡是史诗中最悲壮的一幕。而在莎士比亚戏剧中，赫克托形象并不高大。他意志软弱，在关于是否该把海伦还回去从而结束这场战争的问题上，他反对帕里斯的自私，反对特洛伊罗斯的高谈阔论，认为自然和国家的法律高于个人的意志，但是他却不能坚持真理，在特洛伊罗斯和帕里斯几乎理屈词穷时突然妥协："这是赫克托认为正确的见解；可是虽然这么说，我的勇敢的兄弟们，我仍旧赞同你们的意思，把海伦留下来，因为这是对于我们全体和各人的荣誉大有关系的。"（二幕二场）在战场上，赫克托表现出的是妇人之仁，根本不像一个战士，他心慈手软放过一个个本应死在剑下的敌人，使敌人得到喘息的机会。他声称："用喇叭声唤起一个真心爱自己情人的希腊人前来，赫克托愿意和他一决胜负。"（一幕三场），可是换来的是一个呆滞、蠢笨的对手埃阿斯，与埃阿斯的那场决斗，看上去就和一场儿戏一样可笑，赫克托就因为埃阿斯是他的表亲就主动上前握手言和了。赫克托的死亡没有一点崇高性，当时他正在休息，没想到被阿喀琉斯暗算以致丢了性命，尤其可悲的是，他死后还被阿喀琉斯拖尸侮辱，特洛亚城邦也由此陷入灾难的深渊。赫克托这个形象的塑造，说明在现实的实用主义、利己主义原则下，已经没有英雄，没有荣誉，赫克托的美好品德不仅失去了存在的空间而且也是可笑的，英雄不再。

荷马史诗除了塑造了阿喀琉斯、赫克托两个主要英雄外，还写了其他希腊英雄，如阿伽门农、俄底修斯、埃阿斯、狄俄墨得斯等，这些大英雄在莎士比亚这出戏剧中全成了卑鄙无赖之徒。阿伽门农为人既阴险又狡诈，长于利用他人；俄底修斯老奸巨猾，长于布置圈套玩弄他人；埃阿斯头脑简单，既愚蠢又骄傲自大；狄俄墨得斯既无赖又好色。他们是现实中卑劣男人的集合体。

（二）崇高爱情和伟大战争的主题变调

《特洛伊罗斯与克瑞西达》的戏剧主题可以看做是关于爱情、战争的主题变奏。

首先，原来赞美爱情的喜剧主题变为谴责男女淫欲的主题。剧中的爱情降为情欲的满足和功利的计算。在戏剧中，特洛伊罗斯和克瑞西达的爱情一开始就沾上了庸俗的污泥，两人的爱情靠充满邪念的潘达洛斯撮合成就，两人的第一次幽会就直接变成肉欲的结合，他们的爱情其实就是男女欲望的满足。爱情化为情欲，爱情不再神圣。帕里斯和海伦的爱情同样充斥着赤裸裸的色欲和情欲。那些希腊将领也是如此，他们见到克瑞西达，各个垂涎三尺，流露出无耻的情欲，就连阿伽门农和俄底修斯也不例外。

其次，原来的歌颂战争、英雄的主题变为对战争的谴责和对所谓“英雄”的贬斥。荷马史诗里，海伦被视为美和价值的象征受到礼赞，特洛亚战争被作为一项伟大的事业来歌颂。但是在莎士比亚剧中，海伦是淫荡的女人，特洛亚战争是出于个人私欲的一场无耻的争夺，战争毫无光荣可言，剧中借狄俄墨得斯之口揭示了海伦的无价值和战争残忍、荒谬的本质，“在她的淫邪的血管里，每一滴负心的血液，都有一个希腊人为它而丧失了生命；在她的腐烂的尸体上，每一分、每一厘的皮肉，都有一个特洛亚人为它而暴骨沙场。自从她牙牙学语以来，她所说过的好话的数目，还抵不上死在她手里的希腊人和特洛亚人的总数”。(四幕一场) 那些战争中的英雄不仅毫无英雄色彩，而且多是一些玩弄阴谋、卑鄙无赖之徒，从阿喀琉斯到赫克托都失去了古代英雄的光环，显示出各自的本质。

长诗《特洛伊斯和克瑞西达》为了表达爱情主题，极力推崇爱神，几乎在每卷的开头都会有诗人乔叟对爱神的赞美。例如，他是这样赞美爱神和爱情的力量：“爱神是轻慢不得的，她能在这一刹那间囚住你的心灵；在过去在永久的将来，爱神能束缚一切；因此，爱情既是抵挡不住，且能任意羁绊着你……”[①] 史诗《伊利亚特》为了奏响歌颂战争与英雄的主旋律，荷马也经常用充满赞美的口气这样来叙述英雄和战争的故事，如他说，“阿喀琉斯就向他走近来了，带着他那闪亮的头盔，像个战神的模样，雄赳赳地准备着战斗”。[②] 到莎士比亚的《特洛伊罗斯与克瑞西达》这里，为了很好地表现主题，莎士比亚创造了一个重要人物忒耳西忒斯，由他担当乔叟和荷马的角色。

在荷马史诗中，也出现过忒耳西忒斯，那时他只是一个无足轻重的人物，因为发牢骚曾遭到俄底修斯等人的唾骂。在莎士比亚剧中，忒耳西忒斯是一个小丑，而这个小丑角色却十分重要。有人说：“不论从哪方面看，他都是一个极其重要的人物：既是创作者精心设置塑造的艺术形象，又是剧中不可多得的讽刺评论家，还是全剧主题的阐述者。”[③] 剧中，忒耳西忒斯不像乔叟那

---

① 方重译：《乔叟文集》，上海译文出版社 1979 年版，第 104 页。

② 陶德榛、马家骏主编：《世界文学名著选读》第二册，高等教育出版社 1992 年版，第 13 页。

③ 易红霞：《诱人的傻瓜——莎剧中的职业小丑》，中国社会科学出版社 2001 年版，第 129 页。

样同情笔下的人物，也不像荷马那样赞美笔下的人物，他给予剧中所有人的都是一顿谩骂。忒耳西忒斯先是埃阿斯帐下的小丑，所以他首先看透的人就是埃阿斯，他当面揭穿埃阿斯的嫉妒心理：“你一天到晚叽里咕噜地骂阿喀琉斯，因为他比你神气，所以你一肚子不舒服，就像一个丑妇瞧不惯别人长得比她好看一样：哼，你简直像狗一样地向他叫个不停。”（二幕一场）他忠告埃阿斯不要愚蠢地被阿伽门农、俄底修斯利用：“你这糊涂将军！我的臂弯里也比你有更多的头脑；一头蠢驴都可以做你的老师；你这下贱的莽驴子！他们叫你到这儿来打几个特洛亚人，你却给那些聪明人卖来卖去，好像一个蛮族的奴隶一般。”（二幕一场）忒耳西忒斯看到阿喀琉斯也是一个有勇无谋被人利用的人，所以也毫不客气地连他一起骂道：“哼，你也是条没脑子的蛮牛。赫克托要是把你们两个人的脑壳捶了开来，那才是个大笑话，因为这简直就跟捶碎一个空心的烂胡桃没有分别。”他几乎把所有的希腊将领都骂了个遍甚至还包括了自己：“阿伽门农倘不是个傻瓜，他就不会指挥阿喀琉斯；阿喀琉斯倘不是个傻瓜，他就不会受阿伽门农的指挥；忒耳西忒斯倘不是个傻瓜，他就不会侍候这样一个傻瓜；帕特洛克罗斯不用说了，当然是个傻瓜。”（二幕三场）

忒耳西忒斯不仅看透了人，也看透了特洛亚战争的实质，所以否定了战争：“全是些捣鬼的家伙！争来争去不过是为了一个王八和一个婊子，结果弄得彼此猜忌，白白损失了多少人的血。”（二幕三场）忒耳西忒斯亲眼目睹了特洛伊罗斯与克瑞西达爱情的变异，他带着憎恨看克瑞西达与狄俄墨得斯调情，骂他们：“煎吧，都给我在奸淫里煎枯了吧！”（五幕二场）从而否定了所谓的爱情。忒耳西忒斯最后一针见血道出了全剧的主题：“奸淫，奸淫；永远是战争和奸淫，别的什么都不时髦。”（五幕

二场）

忒耳西忒斯在剧中所起到的作用，如同乔叟在其长诗、荷马在其史诗中所起到的作用，是直接表现莎士比亚戏剧创作主题的一个人物。孙家琇先生也指出：“他的语言粗鄙尖刻，但他对于希腊阵营里的一个个将领的淫荡、愚蠢和伪装，看得最清，骂得最准，因此是个有助于揭示主题的角色。”①

（三）人物和主题的统一性和现实性

1.《特洛伊罗斯与克瑞西达》在一部剧作中既写女性堕落，批判淫欲，又写男性卑劣，否定战争，这两个主题占了同样的篇幅，所以它曾被批评为主题不够统一。

莎士比亚选择这两个题材并把它们糅合在一起的主要依据，是基于他对现实中人的私欲的批判。“人类欲望的最基本形式不外两类：物欲和情欲。在人类社会中，人的情欲的实现往往借爱情的幌子来实施；物欲的实现手段则主要是暴力掠夺（包括对自然界的掠夺），而暴力掠夺的最惨烈形式就是以名誉、尊严等为幌子而进行的战争。莎士比亚抓住了爱情和战争，也就等于抓住了人类的两大基本欲望，他对爱情和战争的解构，也就是对人类欲望泛滥的讥讽和忧虑。”②

这个主题的出现与该剧创作的背景分不开。从这个剧本写作时间上看，它是莎士比亚戏剧从第一个创作时期即喜剧、历史剧时期，向第二个创作时期即悲剧创作时期转变之后写的。也就是说它是作家在创作的时代背景和主观思想都发生了改变

---

① 孙家琇主编：《莎士比亚辞典》，河北人民出版社 1992 年版，第 134 页。

② 韩玉平：《莎剧〈特洛伊斯和克瑞西达〉主题解读》，载《聊城大学学报》（社会科学版）2003 年第 3 期，第 36 页。

之后创作的。当时，在英国，文艺复兴运动发展到后期，人文主义由个性解放走向了欲望膨胀、利己主义，由此带来了一系列社会问题；而莎士比亚对人性的欲望、恶也有了更深的认识，他在悲剧创作时期创作的一个最大变化就是加强了剧作的现实批判性。莎士比亚使用了神话方法创作了《特洛伊罗斯与克瑞西达》，借写爱情和战争，表现出与原有的神话传说截然相反的批判性主题：揭露爱情、战争中人性的丑恶，对现实中人的欲望泛滥进行谴责。从这一点上看，该剧的人物和主题是统一的。

2. 莎士比亚在悲剧创作时期创作的三部剧作《特洛伊罗斯与克瑞西达》《终成眷属》《一报还一报》一直是不好分类的，莎学家对它们的称法也不一。《特洛伊罗斯与克瑞西达》又位于三部剧作之首，而且它与另外两个剧作的差别也比较大，所以关于该剧的分类引起的困惑就更多。放在莎士比亚整个创作中来看，《特洛伊罗斯与克瑞西达》既非喜剧也非悲剧。《特洛伊罗斯与克瑞西达》的特点还是与《终成眷属》《一报还一报》更接近，属于反映现实问题的社会问题剧。

如果莎士比亚给《特洛伊罗斯与克瑞西达》中所有的人物都换一个普通人的名字的话，该剧完全就是一部关于世俗爱情、政治的社会问题剧，揭示的就是私欲把爱情变为功利和肉欲，把事业变为你争我夺的名利场的现实问题。莎士比亚的《特洛伊罗斯与克瑞西达》根本就不是在复述原来的关于爱情、战争的神话传说，表面看来有爱情和战争，但全剧写的爱情不像是爱情，战争不像是战争，到最后也没有写出真正意义的战争。这就是为什么我们有时会感到奇怪：“说它是爱情戏吧，从题目看，它是，从内容来看，它不是。战争和所谓的爱情占了同样的篇幅，戏剧的结构没有重心，人物众多，难分主次，故事如一盘散沙，结局什么新鲜事也没发生，所有的一切都不了了之。”① 其实，丑陋的现实生活不就是这样吗？现实中的爱情，不也有变了味，变成经过利益盘算后男女情欲的满足吗？现实中的战争不也有的是看不见硝烟，为权力、私欲等进行你争我夺、尔虞我诈吗？生活在继续，这部问题剧也像所有的社会问题剧一样，虽提出了问题但没有给出解决问题的答案，它的结尾也是开放性的。

《特洛伊罗斯与克瑞西达》是莎士比亚使用神话手法写的一部剧作。通过剧作莎士比亚告诉我们：现实就是这样把天使、女神、英雄降落为充满私欲的女人和男人的，把爱情变为肉欲的，把光荣的事业变为可耻的争夺的。换言之，《特洛伊罗斯与克瑞西达》是一部表现私欲泛滥的社会问题剧，看起来它与神话有关，但实际上，它与神话无关。

二　《终成眷属》：社会问题剧之二

该剧的故事来源于意大利卜伽丘《十日谈》第三天故事中的第九个故事。卜伽丘故事规定的主题是：凭着个人机智，终于如愿以偿，或者是物归原主。第九个故事的梗概是：“芝莱特医好了法王的痼疾，请求国王把贝特朗伯爵赐给他做丈夫。伯爵娶她，并非自愿，婚后不告而走，在他乡另外爱上一个少女，芝莱特赶到那儿，冒名顶替，和丈夫同睡，养了一对双生儿。伯爵从此敬爱她，认她为妻。”② 故事主要突出了女主人公凭借自己的能力和聪明赢回了丈夫的心，男主人公不能不为女主人公的聪明

---

①　易红霞：《诱人的傻瓜——莎剧中的职业小丑》，中国社会科学出版社 2001 年版，第 256 页。

②　卜伽丘：《十日谈》，方平、王科一译，上海译文出版社 1989 年版，第 320 页。

能干所折服，由起初不爱自己的妻子到最后敬爱起来。

《终成眷属》保留了原来的故事框架，但在故事中加入并强化了婚姻中的等级差异等内容。戏剧写在法国的罗西昂伯爵府上，伯爵老夫人的侍女海丽娜是位名医的遗孤，她爱上了老夫人之子——年轻的伯爵勃特拉姆。勃特拉姆被国王召进宫当国王的侍卫去了，海丽娜流露出爱情的痛苦，被老夫人看出来。虽然老夫人愿意接受她，但海丽娜自知地位低下又没有嫁妆，无法实现自己的爱情，当她得知国王病危的消息后，就决心利用为国王治病这个机会改变自己的地位。在伯爵老夫人的帮助下，她进了宫并千方百计说服国王接受她的治疗，还果然用父亲留下的神奇药方治好了国王的病。国王赏赐给了她一份丰厚的家财，并准许她可以在宫里的侍卫中为自己选婿，海丽娜选中的就是勃特拉姆。但勃特拉姆当场拒绝，后来虽迫于国王的逼迫不得不与海丽娜举行婚礼，却不与她同房，为了逃婚，和仆人帕洛一起离开了法兰西去意大利当兵了。走前，他打发海丽娜回伯爵府，留给她一封信，信中称："汝倘能得余永不离手之指环，且能腹孕一子，确为余之骨肉者，始可称余为夫，然余可断言永无此一日也。……余一日有妻在法兰西，法兰西即一日无足以令余眷恋之物。"（三幕二场）

海丽娜自感无颜呆在伯爵府中，也趁黑夜偷偷离开伯爵府。海丽娜来到意大利勃特拉姆从军的地方，她发现勃特拉姆正在引诱一个女店主的女儿狄安娜，于是她花钱并说动狄安娜母女帮助自己完成心愿。她让狄安娜答应与勃特拉姆幽会，要来了他那枚永不离手的指环，晚上由她顶替狄安娜去与丈夫同房受孕，并将国王赏赐给自己的指环戴在了勃特拉姆手上。

海丽娜假称自己已死，勃特拉姆这才回国。国王的大臣愿把女儿许配给勃特拉姆，他一口答应。但是国王看到了勃特拉姆带着海丽娜的那枚指环，怀疑他暗害了海丽娜，就下令追查，这时海丽娜请来的狄安娜也以勃特拉姆的那枚指环为证，控告其犯有奸淫之罪，就在勃特拉姆百口莫辩时，海丽娜出场救下了丈夫，称勃特拉姆信中所说的那两个称他为夫的前提条件也都实现了，于是夫妇团圆。

《终成眷属》一剧的故事虽来源于意大利卜伽丘《十日谈》，但在内容上有不少改变，戏剧的重心放在对婚姻问题的提出和探讨上，提出了爱情婚姻中的种种问题，这也是一部社会问题剧。

（一）《终成眷属》剧中提出了存在于爱情婚姻中的等级偏见问题

男主人公勃特拉姆的贵族等级意识十分强烈。他因为海丽娜是自己府上的侍女，地位低下，就拒绝与之结合，他当众一口拒绝了海丽娜的追求，并直言不讳表现出对海丽娜的蔑视："我必须降低身份和一个下贱的女子结婚吗？我认识她是什么人，她是靠着我家养活大的。一个穷医生的女儿做我的妻子！我宁可一辈子倒霉！"在他看来，贵族的身份意味着优越的地位和高贵的品德，而地位低下就是下贱。因此，尽管国王讲述了一番关于善恶贵贱的道理来劝他，他仍坚持说："我不能爱她，也不想爱她。"（二幕三场）而后来当国王的大臣要把女儿许配给他时，他就欣然应允。可见，在恋爱婚姻上，勃特拉姆的等级观念是根深蒂固的。

女主人公海丽娜虽勇于追求爱情，但等级意识也存在于她的头脑里。海丽娜自从爱上勃特拉姆伯爵，就一直在痛苦地单相思，因为她自知两人的地位、等级差异的巨大，她曾说："我正像爱上了一颗璨烂的明星，痴心地希望着有一天能够和他结合，他是这样高不可攀；我不能逾越我的名分和他亲近，只好在他耀目的光华下，沾取他的几分余辉，安慰安慰我的饥渴。我的爱情的野心使我备受痛苦，希望和狮子匹配的驯鹿，必须为爱而死。”（一幕一场）海丽娜后来之所以敢当众选择勃特拉姆伯爵做自己的丈夫，是因为她误认为自己有了国王赠给的财富，她与勃特拉姆的地位差异就消除了。她在请求时说：“我不敢冒昧在法兰西的王族中寻求选择的对象，把我这卑贱的姓名攀附金枝玉叶；只要陛下准许我在您的臣仆之中，拣一个我可以向您请求、您也可以允许给我的人。”态度仍十分卑微。她百折不挠、费尽周折终于与勃特拉姆结成夫妇，但是这种结合不免蒙上了等级差异的阴影。

剧中借伯爵夫人和法国国王这两个带有理想化色彩的人物形象，表现了反对爱情婚姻上的等级意识、等级观念的思想。伯爵夫人能看到海丽娜聪明、美丽、贞淑美好的一面，表示愿意接受她，甚至还规劝自己的儿子放弃偏见，思想十分开明。特别是法国国王，他不仅慷慨赠给海丽娜一份财产作嫁妆，而且支持她的选择，说服勃特拉姆放弃偏见：“即使不比你原有的财产更富，也一定可以和你的互相匹敌。”“要是把人们的血液倾注在一起，那颜色、重量和热度都难以区别，偏偏在人间的关系上，会划分这样清楚的鸿沟，真是一件怪事……善恶的区别，在于行为本身，不在于地位的有无。她有天赋的青春、智慧和美貌，这一切的本身即是光荣的；最可耻的，却是那些席父祖的余荫，不知绍述先志，一味妄自尊大的人。”（二幕三场）戏剧显然借国王之口表现了人文主义对等级观念的否定。

虽然《终成眷属》借用的是旧故事，故事发生的地点也是在法国。但它曲折地表现出文艺复兴时期英国社会的问题。虽然人文主义思想带来了一些新的思想变化，但是英国现实中的等级差别、等级观念仍然十分严重，特别是在婚姻问题上，现实社会中能真正突破等级差异缔结婚姻的寥寥无几。“英国贵族即上院爵位贵族，包括英格兰的五级爵位贵族（公爵、侯爵、伯爵、子爵、男爵），合并后的苏格兰和爱尔兰贵族中成为上院贵族的爵位贵族。贵族这一社会阶层是等级制度的产物，也是等级制度最顽固的维护者。……英国贵族是一个门第观念极深的社会阶层，门当户对是男婚女嫁的一个极其重要的条件。门当户对的婚姻是对等级制的认同，是维持等级尊严和地位的有效手段。”[①]“在一个如此重视地位和等级的社会里，贵族最为担心的是缔结了门不当户不对的婚姻，即与财产或地位低于自己家族的联姻。”[②] 英国是一个等级观念十分深入的社会，爱情婚姻中的等级观念问题，到19世纪仍是一个重要的社会问题。我们在19世纪英国文学作品中会仍然看到这一问题的存在。例如，夏洛蒂·勃朗特在《简·爱》中描写了家庭女教师简·爱，在与庄园主罗彻斯特恋爱过程中总是背负着沉重的压力；简·爱与庄园主罗彻斯特的结合，是在简·爱获得了一定遗产而罗彻斯特失去了财产的情况下实现的。而艾米莉·勃朗特则在《呼啸山庄》中描写了弃儿希刺克里夫与贵族出身的凯瑟琳的爱情悲剧，等级制度是他们面前无法逾越的一道鸿沟。

（二）剧中还提出了婚姻中的背叛行为、婚姻中双方地位的不平等、爱情与婚姻的关系等一系列问题

《终成眷属》前两幕着重写了海丽娜通过国王的帮助终于与勃特拉姆缔结婚姻，后面三幕则主要写勃特拉姆的背叛婚姻和海

---

① 高艳：《凤求凰之路——通过〈终成眷属〉看英国贵族婚姻》，载《时代文学》2006年第3期，第174页。

② 姜德福：《社会变迁中的贵族——16—18世纪英国贵族研究》，商务印书馆2004年版，第120—121页。

丽娜的维护婚姻。

从对婚姻的忠诚看，男女双方是不对等的。勃特拉姆对海丽娜没有任何爱情，他去了意大利，实际上是抛弃了海丽娜。在意大利，他全然不顾自己已缔结婚姻，去引诱同是出身低贱的狄安娜，这是对婚姻的背叛。特别是听到海丽娜的死讯后，他居然十分轻松。回国之后，见大臣拉佛要把女儿许配给他，他马上喜出望外答应下来。可见，他一直没有放弃和改变他那等级观念。最终他不能食言，不得不接受妻子，但他今后对婚姻能否忠诚是可疑的。

海丽娜看了勃特拉姆留下的绝情信后，却仍然先为勃特拉姆的安危着想，她对自己充满自责，幻想以自己离家出走的消息换来他的回家。海丽娜抱着苦尽甘来的幻想，为夫妻团圆而不惜使用调包计与丈夫同房。在海丽娜的百般努力下，她和勃特拉姆最后团圆了，但是这个团圆却是有缺陷的。《终成眷属》虽保留了卜伽丘原故事中女主人用偷梁换柱的方法和丈夫同房、生子、最后夫妻团圆这个基本框架，但与原故事的喜庆结尾不同，《终成眷属》的团圆结局表现出等级差异给婚姻带来的无法消散的阴影。

从爱情与婚姻的关系方面看，海丽娜的爱情理想并未实现，不能说她获得了幸福。海丽娜对勃特拉姆的追求是出自爱情的，她与帕洛谈起处女的贞操问题时，曾经说过这样的话："我还想暂时保全它一下，虽然也许我会因此而以处女终老。……请问一个女人怎样才可以照她自己的意思把它失去?"海丽娜的意思是要嫁只能嫁给自己所爱的人，否则就绝不嫁人。后来海丽娜终于按自己的意愿选择勃特拉姆做自己的丈夫，并最后想方设法重新得到了这个丈夫。可是我们看到的是，勃特拉姆丝毫没有改变他的等级观念，也丝毫没有流露出一点爱上海丽娜的迹象。爱情的理想应当是两情相悦，建立在真正爱情基础上的婚姻才是幸福的。所以不能说海丽娜获得了爱情婚姻的幸福。

当门当户对的阶级等级观念还没有完全打破时，海丽娜按自己的意愿选择爱人的追求就只能是一场空。海丽娜明明知道对方不爱自己，却仍要坚持追求勃特拉姆；明明知道婚姻已经破裂却还要千方百计地维持婚姻；明明了解勃特拉姆的卑劣的品格，却还要容忍他并与之团圆。这说明在那个时代，在一个等级观念还没有完全被打破的时代，海丽娜能够做和企求的还只是嫁给他，而不是奢望让他爱上她。她得到了丈夫的身，却未必是得到了丈夫的心。他们的婚姻并非是建立在真正爱情基础上的理想婚姻。海丽娜的可悲之处也正在这里。

莎士比亚沿用原故事情节，在剧中写了海丽娜借国王所赐予自己所爱的伯爵结婚；借床帷中的偷梁换柱之法与丈夫破镜重圆。但是同时，莎士比亚又写出海丽娜虽在理想化的国王、伯爵老夫人的帮助下嫁给了勃特拉姆，却不能改变勃特拉姆蔑视她的现实。《终成眷属》的浪漫色彩淡化，现实残酷的色彩增强，戏剧在一个看似浪漫的故事里，提出了婚姻中的等级偏见等严肃问题，这是一部思想深刻的社会问题剧。

三　《一报还一报》：社会问题剧之三

在钦齐奥的《故事百篇》（1565）中，第 85 个故事讲述的是一个女子为保全其男性亲人的性命，而引起一个当权男性欲望的故事。英国乔治·维特斯顿的剧作《普洛莫斯与卡桑德拉》（1578）情节与上述内容基本相同。莎士比亚创作的《一报还一报》主要素材来源是乔治·维特斯顿的剧本。

全剧剧情复杂。故事发生的背景是：维也纳公国的一位大臣安哲鲁名声显赫，其实此人道貌岸然、狠毒阴险。维也纳公爵假称自己要出巡，让安哲鲁摄政，实际上却化装成教士仍留在国内明察暗访，这样做一是要借安哲鲁之手整饬法纪，二是要暗中考验安哲鲁。

安哲鲁摄政之后，立即对维也纳的淫乱成风进行整饬。安哲鲁抓住了年轻绅士克劳狄奥使朱丽叶未婚先孕事件，以犯奸淫罪判处克劳狄奥死刑，第二天执行，并把怀孕待产的朱丽叶赶出城去。克劳狄奥的姐姐依莎贝拉，得知弟弟克劳狄奥被判死刑，去向安哲鲁说情免除弟弟一死。安哲鲁根本没有赦免克劳狄奥的仁慈之心，但依莎贝拉的美貌和贞淑勾起他的邪念，于是，他答应可以赦免克劳狄奥，前提是依莎贝拉先与他苟且，满足他的情欲。依莎贝拉严辞拒绝了安哲鲁，她把安哲鲁对她的罪恶企图告诉弟弟，弟弟求生心切，要求姐姐牺牲贞操来救自己。依莎贝拉骂醒弟弟。在国内微服私访的公爵，乔装教士到狱中访问克劳狄奥，偷听了他们姐弟的谈话，获悉详情后，向依莎贝拉做了如下安排：叫她假装答应安哲鲁的要求，夜间则由安哲鲁的未婚妻玛利安娜顶替依莎贝拉前去代庖。原来，在五年前，安哲鲁曾与玛利安娜订有婚约，但因装运玛利安娜嫁奁的船只失事沉没，她的哥哥淹死，她的嫁奁也全部丢失，安哲鲁因嫁奁不足预定之数，就遗弃了她，而玛利安娜却仍痴恋着安哲鲁。公爵这样安排，既可救依莎贝拉的弟弟一命，又可帮助玛利安娜与安哲鲁复合。

安哲鲁情欲得到满足后，违法下令提前处死克劳狄奥。他抓住了女子羞怯不敢告发的心理，所以并不惧怕依莎贝拉，这样做还能避免以后克劳狄奥告发他。幸有化装成教士的公爵从中保护，克劳狄奥才没被处死。公爵装作出巡归来，安排依莎贝拉和玛利安娜控告安哲鲁，安哲鲁仍百般抵赖。公爵当场揭穿了安哲鲁的伪善面目，然后也以奸淫和背约罪判处安哲鲁有罪，在听完依莎贝拉和玛利安娜的请求后，又宣布赦免了他。公爵命安哲鲁与玛利安娜举行了婚礼，又让克劳狄奥现身，娶朱丽叶为妻。公爵自己也表示对依莎贝拉的爱情。

该剧虽仍以几对新人的结合结束，但主题显然不在于歌颂爱情理想，而在于提出了社会问题。

（一）戏剧提出了社会上奸淫成风的问题，特别是提出执法者的知法犯法、奸淫妇女的问题

戏剧一开始就写出了维也纳社会法纪松弛，社会风气败坏。社会下层淫乱成风，既有像路西奥这样寻花问柳的男人，也有像咬弗动太太这样靠开妓院生活的女人，还有像克劳迪奥这样使朱丽叶未婚先孕的人。社会上层也不例外，摄政安哲鲁就是一个乘人之危、奸淫妇女的恶人。

社会上奸淫成风，直接的受害者就是妇女，而她们往往无力进行反抗，因此作恶者很难受到严惩。剧中的玛利安娜被安哲鲁抛弃，“痴心女子负心汉”，她性格软弱，对安哲鲁仍十分痴情，遭到遗弃后只能以泪洗面，无法忘记恋人，在安哲鲁的伪善面目被揭穿后，她仍然原谅他，为他求情，最后还与之结合，反映了弱女子的可悲。剧中的女主人公依莎贝拉仍保持了莎士比亚早期喜剧中女性人物美丽、贞淑、聪明的基本特点，她性格并不软弱，她视贞操高于生命，断然拒绝安哲鲁的无耻要求，对弟弟有手足之情但又坚持做人的原则，但是她始终是势单力薄的，明知安哲鲁作恶却无能为力。女子的羞耻心使她们不敢揭露伤害她们的人，她们担心会自取其辱。这一点依莎贝拉看得很清楚：“我将向谁诉说呢？把这种事情告诉别人，谁会相信我？凭着一条可怕的舌头，可以操纵人的生死，把法律供自己驱使，是非善恶，都有他任意判断。”（二幕四场）

剧作集中刻画了安哲鲁这个心肠冷酷、精明自私的摄政王形象，主要揭露了当权者身上的奸淫问题。

安哲鲁这个人的特征之一是冷酷虚伪。他善于伪装自己，外表上仿佛是法律和正义的化身，为非作歹后依然能冠冕堂皇，其作恶有很大的隐蔽性，真面目不容易被识破。他以维护法律自居，看上去是个秉公执法的正人君子，一当上摄政，便对他人施以严刑酷法，杀一儆百。他以奸淫罪将年轻的绅士克劳迪奥判处重刑、死刑，并且第二天就要执行。无论他人怎样规劝，他都声称我们不能把法律当做吓人的稻草人，口口声声离不开法律。当依莎贝拉为弟弟克劳迪奥求情，请求他宽恕时，他十分冷酷地回绝了，回答得义正词严："所有的过失在未犯以前，都已定下应处的惩罚，假使我只管严究有明文禁止的过失，而让犯过失的人逍遥法外，我的职守岂不等于一句空话吗？"（二幕二场）暴露出当权者的伪善。

安哲鲁这个人的特征之二是知法犯法、为所欲为、淫邪奸恶。他身居高位，所以可以利用权力为所欲为，无恶不作。五年前，他因为未婚妻玛利安娜的嫁妆不足预定之数就遗弃了她，这就是犯了一次奸淫了。现在，他一见依莎贝拉后心里就动了淫念，趁依莎贝拉为弟弟求情之机，以免除克劳迪奥死刑为诱饵，迫使对方满足自己的情欲，这是明目张胆执法违法、奸淫妇女。

《新约》基督论奸淫时说道："只是我告诉你们，凡看见妇女就动淫念的，这人心里就已经与她犯奸淫了。……只是我告诉你们，凡休妻的，若不是为淫乱的缘故，就是叫她作淫妇了；人若娶这被休的妇人，也是犯奸淫了。"（马太福音5：28—32）基督在登山布道中还说："你们不要论断人，免得你们被论断。因为你们怎样论断人，也必怎样被论断；你们用什么量器量别人，也必用什么量器量你们。为什么看见你弟兄眼中有刺，却不想自己眼中有梁木呢?”（马太福音 7：1—3）按照基督的论述去看安哲鲁，他先前休妻和对依莎贝拉的欲念都已经是犯了奸淫的罪了。他判克劳迪奥犯奸淫罪，用同一个标准来看他也应当判他自己的奸淫罪。《一报还一报》这个剧名（该剧又译《量罪记》）就取自马太福音中第七章这段话，剧名揭示了此剧的含义：执法者犯了法也应当用同样的法律标准判罚自己。

安哲鲁这个人的特征之三是精明狡诈。安哲鲁作恶后总会假借权利和法律来保护自己，将自己的罪恶推脱得干干净净；他惯于对别人反咬一口，或者嫁祸于人，或者杀人灭口。他抛弃未婚妻后，为了替自己的抛弃行为找借口，就曾反咬一口，竟污蔑未婚妻名誉不好。他向依莎贝拉提出无耻的要求后，并不怕依莎贝拉向世人揭露他，他得意洋洋地说：“我的洁白无瑕的名声，我的持躬的严正，我的振振有词的驳斥，我的秉持国政的地位，都可以压倒你的控诉，使你自取其辱，人家会把你的话当作挟嫌诽谤，我现在一不做二不休，不再控制我的情欲，你必须满足我的饥渴，放弃礼法的拘束，解脱一切的忸怩……”（二幕四场）把他依靠法律为非作歹的丑恶面目暴露出来。他满足自己的欲望之后，失信反悔，为了掩护自己的罪行，下令提前处决克劳迪奥，杀人灭口。当依莎贝拉和玛利安娜一起控告他奸污妇女的罪行时，他又是一口咬定对方是诬陷自己。

安哲鲁不是个普通的负心汉、薄幸郎，而是个善于利用法律、权力、地位，玩弄女性、滥杀无辜的当权者。在安哲鲁身上，暴露了社会淫乱的主要原因就是执法者知法犯法却难以受到法律的制裁。对安哲鲁这种冠冕堂皇的恶人的本质的揭露，加深了这个剧本的社会意义。

（二）戏剧还进一步提出了如何惩治奸淫的问题

惩治奸淫，首先要靠法律，执法者要将法律和仁慈相调剂，要将法律与人之常情相结合。其次还要靠更高的权力来制约权力。

安哲鲁当上摄政之后，他实行法律并没有错误，剧中否定的是他滥用权力和法律置人于死地的残暴做法，以及只拿法律量别人而不量自己的卑鄙做法。

戏剧借依莎贝拉在向安哲鲁求情时的一段话，正面阐述了在执行法律时，要将法律与仁慈结合的原则："上天是慈悲的，它宁愿把雷霆的火力，去劈碎一株槎枒状硕的橡树，却不去损坏柔弱的郁金香；可是骄傲的世人掌握到暂时的权力，却会忘记了自己琉璃易碎的本来面目，像一头盛怒的猴子一样，装扮出种种丑恶的怪相，使天上的神明们因为怜悯他们的痴愚而流泪；其实诸神的脾气如果和我们一样，他们笑也会笑死的。"依莎贝拉向安哲鲁求情时提出的一个理由就是将心比心："一切众生都是犯过罪的，可是上帝不忍惩罚他们，却替他们设法赎罪。要是高于一切的上帝毫无假借地审判到你，你能够自问无罪吗？……因为当权的人虽然也像平常人一样有错误，可是他却可以凭借他的权力，把自己的过失轻轻忽略过去。请您反躬自省，问一问你自己的心，有没有犯过和我的弟弟同样的错误；要是它自觉也沾染过这种并不超越人情的罪恶，那么请您舌上超生，恕了我弟弟的一命吧。"（二幕二场）既要依法行事又不应当滥施权威，这是人文主义的理想原则。

当然安哲鲁是不会这样做的，因此希望放在更高的当权者公爵身上。公爵这个人物在原来的故事和旧剧中戏份儿很少，莎士比亚在该剧中大大增加了公爵的戏份儿和重要作用，几乎所有的人物行动都在听他指挥，所有矛盾在关键时候都是由他来解决。这主要是出自剧情的需要，剧中主要通过这个人物，探索了如何惩治社会上的奸淫这一问题。

公爵首先是感到法律的必须，他认识到由于自己以往的过于宽容导致了社会风气的败坏。他自责在自己当政的 14 年中，把法律当成了空文："我们的法律也是一样，因为从不施行的缘故，变成了毫无效力的东西，胆大妄为的人，可以把它恣意玩弄，正像婴孩殴打他的保姆一样，法纪完全当然扫地了。"（一幕一场）

对于像安哲鲁这样的知法犯法的人，公爵运用他手中的更高的权力与安哲鲁进行斗争：他保护了依莎贝拉的贞操，挽救了克劳狄奥性命，揭露了安哲鲁的真面目。说明权力十分重要，权力运用得当可以更好地扬善惩恶。

公爵在实际中还将法律和仁慈相调剂，将法律与人之常情相结合。他派人救了克劳迪奥一命，既然法律条文规定奸淫要判死刑，但照此实行过分严酷，他就下令让三对发生了性行为的未婚男女（克劳迪奥和朱丽叶、安哲鲁和玛利安娜、凯西奥和因他生下孩子的妓女）正式结婚，使不合法的事件变成合法的喜事。

公爵的形象较为复杂。他微服私访，考察民情，运用权力帮助了依莎贝拉和玛利安娜，救下了克劳狄奥，揭露了安哲鲁的伪善，说明他有理想化君主的一面；他利用安哲鲁整饬法纪，避免人们把他自己当做暴君；他藏在暗处，布置机关，使安哲鲁落下马来，比安哲鲁更高一筹；他帮助依莎贝拉然后趁机捕获她的芳心，手腕十分高明，说明他也有当政者善于玩弄手段、玩弄权术的一面。戏剧对这个封建君主的刻画，既表现出一定的理想也表现出对现实的清醒认识。

和解决社会的奸淫问题相关的另一个问题是如何保护女性的

贞操。剧中肯定了依莎贝拉的坚贞。她虽爱自己的弟弟，但却不愿拿牺牲自己的贞操来换得。她斩钉截铁拒绝安哲鲁的无耻要求，她说她宁愿接受死刑的宣判，也不愿让她的身体蒙上羞辱。但在一个奸淫成风的社会，女性贞操又怎样得到保护呢？依莎贝拉曾选择进修道院，这是一种方式。在戏剧结束时，剧中两次出现公爵向她示爱的场面，这似乎是说，女性贞操最终还要由男人保护，这是剧中提出的另一种方式。究竟何去何从，剧中没有写出依莎贝拉的反应，这反而给人留下思考空间，因此这个剧的结尾是开放式的，这也是社会问题剧所具有的一个特点。“最令人好奇和不解的是剧本并没有说明依莎贝拉的任何回应，接受或是拒绝。全剧的结束和开始一样令人困惑，仿佛没有解决任何问题。然而，开放式的结尾意义非凡。”①

莎士比亚这部剧作同样是沿用旧题材而不是直接从生活中取材，但在以维也纳为背景的旧故事中，却提出奸淫成风、社会道德败坏的现实问题，这也是文艺复兴时期英国现实生活中的一个重要问题。尤其难能可贵的是，戏剧还揭示了社会风气恶化、道德败坏的根源在于，执法者的自身不正、枉法徇私、知法犯法，并提出了解决问题的种种设想。在这一点上，这部剧作比起莎士比亚之前创作的社会问题剧更进了一步。

---

① 叶冬：《伊莎贝拉的困境——〈一报还一报〉中的性别对立》，载《湖南大学学报》2007 年第 5 期，第 103 页。

第五章

悲剧(上)：罗马悲剧

悲剧是莎士比亚戏剧的精华，是莎士比亚戏剧创作中最重要的部分。

莎士比亚一共写了10部悲剧。除了《泰特斯·安德罗尼克斯》《罗密欧与朱丽叶》和《裘力斯·凯撒》三部悲剧写于第一创作时期外，其余所有的悲剧都写于他创作的第二时期。《哈姆莱特》是莎士比亚创作第二时期所著的第一部作品，它不仅是作家创作道路转折的标志，而且由于它思想内容的深刻和艺术上的高度成就，已被公认为是莎士比亚最重要的作品。其他分别是《奥瑟罗》《李尔王》《麦克白》《安东尼与克莉奥佩特拉》《科利奥兰纳斯》《雅典的泰门》。莎士比亚悲剧尤以《哈姆莱特》《奥瑟罗》《李尔王》和《麦克白》最为著名，这四部悲剧被公认为莎士比亚的“四大悲剧”。由于我们更重视四大悲剧，经常把四大悲剧放在一起讨论，因此在习惯上实际将莎士比亚悲剧分成了（希腊）罗马悲剧和四大悲剧两部分。

若从题材上对莎士比亚悲剧分类，可大致分为三大类：一类是政治悲剧，包括《泰特斯·安德罗尼克斯》《裘力斯·凯撒》《哈姆莱特》《麦克白》《科利奥兰纳斯》。《泰特斯·安德罗尼克斯》的剧情内容是政治悲剧，它是莎士比亚的第一部悲剧，也是第一部罗马题材悲剧，是莎士比亚悲剧创作的起点，在他整个悲剧系列中是重要的一环。《哈姆莱特》《麦克白》这两部悲剧主要写围绕着王位统治权而展开的种种阴谋和斗争，充分揭示出政治斗争中的人物的复杂性格和内心。《裘力斯·凯撒》《科利奥兰纳斯》写的是王权、英雄、人民之间错综复杂的矛盾和斗争。再一类是爱情婚姻悲剧，包括《罗密欧与朱丽叶》《奥瑟罗》《安东尼与克莉奥佩特拉》。《罗密欧与朱丽叶》表现的是少男少女间的人生真爱，它超越了封建世仇，具有永恒的价值。《奥瑟罗》所写的老夫少妻的婚姻，它超越了年龄、肤色、种族、宗教等阻碍，但在阴谋小人面前却又不堪一击，十分脆弱。《安东尼与克莉奥佩特拉》里掺杂着政治利益的一对著名的情人之间并不纯洁的爱情，却最终实现了对世俗利益的超越。还有一类是伦理道德悲剧，包括《李尔王》《雅典的泰门》。前者写儿女忘恩负义，社会不公，呼唤建立正常的伦理纲常，呼唤公理、正义；后者写朋友翻脸无情，呼唤人性的回归。如果唯利是图成风，把伦理道德完全弃置不顾，人类社会就会面临混乱，必然会导致人类的最终灭亡。

莎士比亚的悲剧既有着他那个时代的特色，又有着他自己的独特风格。

莎士比亚处于新旧交替时代，旧的封建残余形成的社会罪恶尚未消除，新的资本主义又带来新的社会罪恶。莎士比亚悲剧内容上的一个特点是写理想与现实的矛盾，就是人文主义理想与新旧两重社会恶势力构成的社会罪恶之间的矛盾。人文主义作为新兴阶级的世界观带有理想化的成分。人文主义与新旧两重社会罪恶之间的矛盾，形成一种悲剧冲突。例如《哈姆莱特》总括性地提出了理想与现实矛盾的问题，提出了整个时代颠倒混乱，必须重整乾坤的问题。《奥瑟罗》是一个爱情理想破灭的悲剧，它更具体地写出了人文主义者有力量同封建势力斗争并取得胜利，然而在新的利己主义罪恶势力面前落入悲剧的结局。《李尔王》及此后的几个剧本中，特别是在《雅典的泰门》中，人文主义理想与现实的矛盾冲突越来越严重。但是，在莎士比亚悲剧中又始终表现着善战胜恶的信念。即使邪恶势力强大，但在他的悲剧中，邪恶只能暂时胜利，邪恶势力往往最终被清除。在善对恶的斗争中，人的精神进一步获得升华。

莎士比亚悲剧内容上的另一个特点是它们的严峻的社会批判性。剧本的批判锋芒既指向封建势力，也指向新的资产阶级罪恶。莎士比亚的历史剧也有对封建势力的谴责，但重点在于探讨民族的前途，歌颂理想的君主制国家的诞生。莎士比亚的喜剧主要写理想的胜利。而他的悲剧则重在社会批判，对新旧恶势力进行批判，对社会恶和人性恶进行揭露和批判。

莎士比亚悲剧艺术上最重要的特征是，悲剧包含着内外两重矛盾冲突，一重是悲剧主人公与其对立面的冲突，另一重是悲剧主人公内心的冲突。正如布拉德雷所说的那样，莎士比亚悲剧中“有人物之间或集团之间的外部冲突，也有主人公灵魂中的各种力量的冲突”，“仅仅有一种冲突是不能构成悲剧的”，“凡是描写主人公以完整的灵魂来对抗敌对力量的这一类型的悲剧，并不是莎士比亚类型的悲剧”。[①] 在莎士比亚的早期悲剧中，这一特征还不够突出，然而在他的第二时期的悲剧中，特别是在四大悲剧中，这一特征越来越明显，刻画主人公的内心冲突这一特点也越来越突出，以至占据剧本的中心地位。莎士比亚悲剧主人公悲剧的根源有外因，也有内因，即主人公性格本身的原因，在他们的性格中既有伟大的一面，又有它的致命弱点。当主人公与外在

① 杨周翰编选：《莎士比亚评论汇编》（下），中国社会科学出版社 1981 年版，第 31—33 页。

势力冲突时，他的性格内部的各种因素也在起作用，起变化，最后导致悲剧发生，所以莎士比亚悲剧常被称为“性格悲剧”。

在莎士比亚戏剧中，除10部历史剧取材于英国历史外，其他27部剧作的题材来源是多样的，其中以（希腊）罗马为题材的剧作有9部，它们是《错误的喜剧》《仲夏夜之梦》（喜剧）《特洛伊罗斯与克瑞西达》（悲喜剧）《泰特斯·安德洛尼克斯》（悲剧）《裘力斯·凯撒》（悲剧）《安东尼与克莉奥佩特拉》（悲剧）《科利奥兰纳斯》（悲剧）《雅典的泰门》（悲剧）《泰尔亲王配力克里斯》（传奇剧）。从数量上看，9部（希腊）罗马题材剧几乎占莎士比亚全部戏剧创作的1/4，分量不能说不重，但由于它们散落在不同的题材中，很难对它们作整体性研究，故（希腊）罗马题材剧不是特别引人注意。不过，（希腊）罗马题材的悲剧还是较为集中的。在莎士比亚创作的10部悲剧中，有5部（希腊）罗马悲剧，占悲剧总数的1/2。莎士比亚悲剧大量取材于希腊罗马，原因是多方面的。一是在伊丽莎白女王时代，戏剧从希腊罗马取材十分普遍。在英国的文艺复兴时代，对希腊、罗马文化典籍的整理已十分充分，精通希腊文与拉丁文，阅读和引用希腊、罗马经典作家作品，在当时是有学问的标志，是作家必须具有的素养，莎士比亚自然也不例外。二是莎士比亚的悲剧很多是关于社会政治问题的，在君主专制时代，对敏感的现实社会政治问题直接进行探讨和批判仍有很大的风险，希腊罗马题材与英国现实在时空上距离比较远，可塑性比较大，通过对希腊罗马素材进行改编可以很好地表现政治内容。这应是莎士比亚悲剧更多从希腊罗马中取材的主要原因。虽然莎士比亚本人一生和政治的关联不大，主观上也不太愿介入政治，他的理想只是写好剧本，事业成功后衣锦还乡，但是他关心社会问题、政治，因此借（希腊）罗马题材的悲剧曲折地表现了他对社会问题的关注和政治倾向性。

（希腊）罗马悲剧在莎士比亚悲剧中有很大的特殊性和不可忽视的地位，对之进行集中研究既是可行的又是必要的。

1.《泰特斯·安德洛尼克斯》是莎士比亚最早的一个悲剧。这个剧在内容和艺术上被人们批评得较多。这是一个有关复仇的悲剧。人们通常批评该剧内容上的不足是故事太血腥，艺术上的不足是结构不够集中。不过，也应看到它作为莎士比亚悲剧中最早的复仇故事，它并未单纯依靠阴谋、凶杀这类恐怖场面赢得观众，它的正义最终战胜邪恶的主题，仍具有很深的历史文化内涵。艺术上该剧情节发展迅捷，冲突尖锐急迫，所以实际的演出效果很好。在莎士比亚第一个创作时期创作的剧作中，该剧是较优秀的。尤其重要的是，这个剧是莎士比亚悲剧总创作的一个序曲，为后来的悲剧创作起了奠基作用。

2.《裘力斯·凯撒》是莎剧中直接涉及共和政体与帝制斗争的作品。作品的基本倾向是同情共和派的，不过，共和制与帝制的孰优孰劣在该剧中并未充分展示。共和政体与帝制斗争在这里主要是以历史背景出场的，剧本写这场政治斗争，关注的是王权和政治道德方面的问题。剧中，勃鲁托斯完全是出于对共和主义的信仰，为避免罗马人民遭受专制压迫，才把凯撒杀死的。《裘力斯·凯撒》剧是莎士比亚政治悲剧的一个重要尝试，艺术成就也很高。它预示了《哈姆莱特》等四大悲剧的到来。

3.《安东尼与克莉奥佩特拉》的创作则紧随四大悲剧创作之后。它是莎士比亚优秀的悲剧作品之一。从内容上看，它淡化了争夺权力的战争，淡化了政治问题，而把一场巨大的历史事件浓缩在一出政治与爱情矛盾斗争戏剧故事中，政治使爱情掺有杂质，反过来，爱情又影响到了政治，最终，他们的爱情超越了政治欲而获得永恒。这是一部爱情悲剧。主旨是歌颂爱情的，因剧作中成功的刻画，使主人公安东尼与克莉奥佩特拉成了西方文学中的一对著名情侣。安东尼身上事业与爱情的冲突具有悲剧性质。克莉奥佩特拉则是莎士比亚笔下刻画得最丰满的女性之一。该剧场面宏大壮观，情节丰富生动，结构严整，人物形象丰富生动，诗意浓郁，为莎士比亚悲剧中一部有特色的爱情悲剧。

4.《科利奥兰纳斯》和《雅典的泰门》这两个剧作宜于放在一起进行讨论。它们情节不一，主人公身份更相去甚远，却可以视做是一对姊妹篇。首先因为这两个剧作都是莎士比亚悲剧创作阶段末期所创作的。两个剧本谁先谁后不是很明显。一个说法是：经专家对比考证，《科利奥兰纳斯》当写成在1608或1609年间，是莎士比亚的最后一部悲剧和罗马剧。[①] 另一个说法是"《雅典的泰门》是莎士比亚的最后一部悲剧，它大约写于1607—1608年"。[②]

其次是因为对这两个剧的评论都较少，而且评价都经历了一个由不高到逐渐被重视的过程。在西方，历代评家对《科利奥兰纳斯》褒贬不一，早期贬多于褒。直到第二次世界大战前夕，《科利奥兰纳斯》这个剧本才开始引起评论家和观众重视。T. S. 艾略特首先领悟到此剧对20世纪具有特殊意义，后来布莱希特在20世纪50年代改编了该剧，扩大了它的影响。布莱希特改编后的《科利奥兰纳斯》，其中心立意是表现英雄与人民的历史作用。在我国，2006年岁末，北京人民艺术剧院也改编并将该剧搬上舞台，它的中国名字叫《大将军寇流兰》。《大将军寇流兰》出自英若诚先生晚年的译笔，由林兆华和易立明两位导

---

① 路谷孙：《莎士比亚研究十讲》，复旦大学出版社2006年版，第185—186页。

② 孙家琇：《论莎士比亚四大悲剧》，中国戏剧出版社1988年版，第269页。

演执导，上演后，观众反响热烈。这都说明了《科利奥兰纳斯》在现代所具有的生命力。

《雅典的泰门》也是莎士比亚的一部争议较多的悲剧，也是常为人不大重视的一个悲剧。一般都认为该剧结构不大完整，前后情节连接不够紧密，人物也比较概念化，故事又不那么生动，缺少引人入胜的丰富的戏剧性，甚至有的称它是一部没有完成的戏剧，对此，人们说法也不一致。E. K. 钱伯斯认为是由于多年的悲剧创作，作者长期处于悲剧感情的激动状态中，神经已濒临崩溃的边缘。G. B. 哈里森则以为是莎士比亚对泰门的故事越写越感到无趣。更多的解释是戏剧家发现他不可能把泰门变成一个人们中意的悲剧主角。“也有人怀疑这可能就不是莎士比亚的作品，因为它没有多大戏剧艺术价值，如 F. 赫里斯曾下过这样的评语：没有任何有意义的语言，没有艺术的发展和高潮，剧本看不到莎士比亚的崇高品质，很少超人的智慧，也没有性格化值得一提，整个剧就是一个痛苦的叫喊。”① 在我国，我们对整个剧本的重视和探讨不够，我们只重视这个剧本的一点，即剧中对金子本质的揭示，这主要是源于马克思对这个剧本某些段落的引用。马克思对这个悲剧极感兴趣并引用了泰门关于金钱的一段台词，为自己需要说明的理论作注脚，认为泰门的话用来解释货币的本质和作用是最清楚和恰当不过了，称“莎士比亚绝妙地描绘了货币的本质”。②

对这两剧的评价不高，不免使我们产生这样的疑惑：倘若这两个剧是在莎士比亚的成熟悲剧之前完成的尚有道理可说，可是这两个剧都是莎士比亚的成熟悲剧，特别是四大悲剧创作之后不

---

① 孙家琇：《论莎士比亚四大悲剧》，中国戏剧出版社 1988 年版，第 269 页。

② 《马克思恩格斯书信选集》第一卷，人民文学出版社 1962 年版，第 240 页。

久完成的，莎士比亚思想艺术的表现力怎么会一下子消失殆尽？唯一合理的解释只能是：莎士比亚创作这两个剧时，创作目的和方法都发生了改变，而我们不应再拿他成熟悲剧的那些特点来看这两个剧作。这两个剧与之前创作的悲剧之间，确实既有联系又发生了很大变化。

这两个剧与之前的悲剧之间存在着一定的共性，有内在的联系：主人公马歇斯·科利奥兰纳斯和泰门仍是高贵、正面的人物，都是以死亡为最后结束的人物，尽管科利奥兰纳斯死后，写了他的尸体被践踏，但仍给予他像哈姆莱特、安东尼那样的军人葬仪，他们都是剧中的正面主人公，具有莎士比亚悲剧主人公的基本特征。戏剧冲突仍具有正面的、有价值的东西被毁灭的性质，科利奥兰纳斯的高贵理想被踩踏，泰门的善良愿望被粉碎。主人公斗争和反抗都遭到失败，像《李尔王》《麦克白》中出现的正义之师进行讨伐一样，科利奥兰纳斯也以这样的方式为维护自己的高贵而斗争，但失败了；泰门则像哈姆莱特一样以舌战方式揭露假恶丑，最后抱憾而死。

这两个剧又的确不同于莎士比亚那些著名悲剧。主要人物不再具有丰富的性格；冲突的对立面是一些群丑，找不到一个代表性的完整人物，悲剧冲突的性质变得模糊起来；情节也不再是生动丰富性的；主人公悲剧形成的原因和整部悲剧的主旨也变得模糊，留有进行多种阐释的空间。当我们以对莎士比亚悲剧习惯性的认识去批评时，这两个剧作确实存在种种问题。但莎士比亚这两个剧，无论是思想还是艺术上恰恰是最具现代意义的两个剧，这就是为什么曾不被看好的这两个剧作到现在仍具有很强的生命力的缘故。也许我们以现代的目光去探讨这两个剧作，才更容易发现其特点，发现其超越莎士比亚其他悲剧之处。例如两剧都有个人高贵、社会卑劣这一主题，都具有较强的社会批判意义。两剧的主人公都是高贵的，科利奥兰纳斯勇敢无畏，耿直坦白，不媚俗；泰门则信任人，慷慨好施。而他们所面对的社会都是贵族贪财势利，市民贪生怕死。他们均因受到不公正对待而转向对公众的仇视、报复、诅咒。个性与社会对立的个人反抗，这是后来19世纪西欧文学逐渐形成的一种主题，因此，可以把《科利奥兰纳斯》与《雅典的泰门》视做莎士比亚剧作的另类作品解读。我们将侧重从存在主义的角度探讨《科利奥兰纳斯》这个剧主人公的悲剧成因；从批判现实主义的角度探讨《雅典的泰门》中个人对社会的反抗主题。

一 《泰特斯·安德洛尼克斯》：悲剧创作的序曲

《泰特斯·安德洛尼克斯》1594年出版，这个作品是莎士比亚在第一个创作时期创作的，它是莎士比亚的第一部悲剧。

莎士比亚在创作这个剧本时借鉴的资料包括相关的故事民谣、故事书以及奥维德的《变形记》。此剧的背景是公元4世纪的罗马，但故事纯属虚构。主要剧情是一个双重复仇故事。剧中主人公泰特斯·安德洛尼克斯是一位战功赫赫的罗马将领，在对哥特人的战争中取得了胜利，并俘虏了哥特女王塔摩拉及其长子。泰特斯不顾哥特女王塔摩拉的恳求，下令将哥特女王的长子杀死，焚尸祭奠罗马阵亡的将领，引起哥特女王怀恨在心。泰特斯凯旋后受到人民的拥戴，被推举做罗马国王，但他把王位让给了前罗马皇帝的后代萨特尼纳斯。萨特尼纳斯当上罗马国王后，却看中了哥特女王塔摩拉并娶她做了王后。塔摩拉与嬖臣艾伦合谋，开始对泰特斯进行报复。在她的指使下，她的两个儿子契伦和狄米特律斯强奸了泰特斯的女儿拉维妮娅，为了避免罪行暴露，又割掉了她的双手和舌头。他们又接着杀害国王的兄弟栽赃到泰特斯的两个儿子身上，然后欺骗泰特斯砍下自己的手臂去换两个儿子的命，结果却换回两个儿子的头。后来，拉维妮娅用嘴衔枝在沙丘上写出了受害经过，泰特斯这才醒悟，于是他派仅存的一个儿子路歇斯调集一支军队攻打罗马。国王和王后与泰特斯谈判，企图再次利用泰特斯阻挡军队进攻。在酒席上，泰特斯先让女儿控诉了塔摩拉，然后亲手把忍辱偷生的女儿杀死；他把用塔摩拉两个儿子的血肉做成的饼让塔摩拉吃下，然后把王后杀死。泰特斯自己被国王杀害。泰特斯的儿子路歇斯攻下罗马，处死了国王，将艾伦活埋，自己即位罗马国王。

《泰特斯·安德洛尼克斯》这个剧被很多人批评为是对暴行的堆砌，很多批评家都不相信这个剧是莎士比亚写的，如 18 世纪的学者约翰逊就认为，这个剧的整个色彩都完全不同于莎士比亚的其他悲剧，表现出的野蛮的景象，普遍的残杀，对任何观众来说都是难以忍受的，因此很难说它出自莎士比亚之手。鲜血淋漓的恐怖场面确实是该剧的一个硬伤。这个剧描写了一连串的凶杀，被杀死的人近十人之多，并且每一桩凶杀都骇人听闻，十分残忍，如砍手臂、割舌头、吃人肉、活埋等。但是，近代的多数学者都倾向于认为它是莎士比亚的剧作。一个有力的证据就是第一对开本把它收了进去，这是不能否认的事实。批评家还从其他方面批评该剧，比如在人物塑造上缺少性格描绘，人物心理刻画不足，情节结构稍嫌呆板，语言词藻华丽但缺乏个性，像是在向观众发表演说词。

由于这是莎士比亚的悲剧习作，上述缺陷在所难免。但是这不能成为我们忽略它的理由。由于这个剧是莎士比亚的第一个悲剧，因此有重要的研究价值。关于这个剧的独创性在什么地方，它与莎士比亚后来的悲剧有怎样的内在联系？它对于莎士比亚悲剧的创作具有怎样的意义？这些都是值得我们去探讨的问题。

从《泰特斯·安德洛尼克斯》的内容和艺术手法上看，莎士比亚初写悲剧时，还带有一定的模仿性。该剧明显受到罗马戏剧家塞内加流血悲剧的影响。该剧的四幕一场写拉维妮娅的遭遇部分，更是明显参照了罗马诗人奥维德的《变形记》中有关菲罗墨拉被残害，以及终于想方设法揭露罪人恶行的相关内容。莎士比亚在其悲剧创作的初始阶段，带有这种模仿性是难免的。

但是，这个剧同时也显现出莎士比亚悲剧的独创性和某些特征。

首先，这个剧的内容是政治性的，从个人受害到国家安危，从对外战争到国内动荡，从王位争夺到大臣反叛，涉及的一系列问题都是莎士比亚悲剧最为关切的政治问题。例如，政治问题特别是王权问题，可以说是莎士比亚悲剧非常关注的主题，他往往将主人公的行为与国家命运联在一起，他后来的四大悲剧无一不是和政治问题相关。这个剧本就写了泰特斯简单地从王位的合法性考虑问题，将王权让给在德行上有欠缺的萨特尼纳斯，结果引发个人和国家的悲剧。《泰特斯·安德洛尼克斯》在这方面可以说给莎士比亚以后的悲剧定下了基调。

其次，这个剧的主题具有批判倾向。莎士比亚悲剧与塞内加悲剧本质的差异在于它具有严肃的目的。在这个双重复仇的故事中，尽管充斥着大量残忍血腥的暴行，但它并非为了描绘残忍的事件来刺激观众，而是包含着严肃的道德批判主题。一是谴责了背叛和无信无义的行径。泰特斯战功赫赫，为罗马牺牲了自己的众多儿子，把王位让给了萨特尼纳斯，萨特尼纳斯在接受王位时声称“我要用实际行动报答你的好处”，但他出尔反尔，转眼间下令杀死了泰特斯的两个儿子，后来又杀死了泰特斯本人。二是谴责奸淫丑行。哥特女王塔摩拉在成为罗马王后之后，却仍与嬖臣艾伦有染，甚至通奸生子。塔摩拉的两个儿子则强奸了拉维妮娅。三是谴责了残暴罪恶。剧中哥特女王的儿子残害拉维妮娅的肢体，残害泰特斯的肢体，都是极其残忍的、惨无人道的恶行。当然，泰特斯一方以牙还牙的报复也同样残酷，包括做人肉饼，活埋艾伦等，但剧中未作渲染和直接描绘。四是谴责阴谋诬陷。塔摩拉与艾伦第一次设圈套诬陷并杀害了泰特斯的两个儿子，第二次又设圈套砍下泰特斯的手臂，手段极其卑鄙。对假恶丑进行揭露和批判是莎士比亚悲剧重要的主题，该剧可以说与莎士比亚后来的悲剧是一脉相承的。例如，《哈姆莱特》的内容也与复仇有关，剧中也涉及不忠、背叛和出卖，波格涅斯与罗森格兰兹、吉尔登斯吞等人分别背叛了哈姆莱特老王和哈姆莱特王子；剧中也涉及奸淫问题，克劳狄斯引诱了王后；剧中还涉及阴谋圈套，克劳狄斯两次借刀杀人谋害哈姆莱特。《泰特斯·安德洛尼克斯》和《哈姆莱特》都表现了对邪恶的揭露和批判，不同的只是《泰特斯·安德洛尼克斯》不如《哈姆莱特》对恶的揭露那样深入、集中、突出。它对表层的杀戮描绘较多，对恶的揭露还流于表面，善与恶的冲突还不十分集中，以至于人们没有关注这个剧对恶的揭露批判所具有的独创性，忽视了这个剧对恶的揭露和批判的意义和价值，把它简单等同于塞内加的流血悲剧。

再次，这个剧已具有了莎士比亚悲剧的某些艺术特点，如情节的丰富生动等，特别是它在冲突的处理和人物刻画方面为莎士比亚以后的悲剧创作奠定了基础。例如，从对泰特斯几近疯狂的精神状态的描绘，可以看出对于后来描绘李尔王的疯狂、哈姆莱特的装疯的影响；从泰特斯之子路歇斯调集军队攻打罗马的描绘，可以看到对于后来《麦克白》中描绘邓肯之子马尔康率正义之师进行讨逆的影响。从泰特斯的女儿拉维妮娅身上可以看到《哈姆莱特》中奥菲利娅的身影，她们都是大臣的女儿，本身都清白无辜，却都因为生活在政治斗争的夹缝，成为险恶的政治斗争的牺牲品。其他有明显联系的人物还有：残忍的塔摩拉女王与《麦克白》中心如毒蝎的麦克白夫人；黑鬼、摩尔人、恶人艾伦与《奥瑟罗》中的恶人伊阿古和黑人、摩尔人身份的奥瑟罗；刚愎自用、轻信他人的泰特斯与《李尔王》中糊涂的李尔王。

有不少评论家看到了《泰特斯·安德洛尼克斯》独特的价值。说“此剧的演出效果历来很不坏，甚至在莎士比亚四大悲剧问世后仍受欢迎，说明它不仅是有很强的戏剧性，而且在人物塑造和冲突处理上孕育着深刻揭示社会矛盾的大悲剧的种子”。[①]有的对其在莎剧中的地位给予了很高的评价：“在莎剧早期的、不成熟阶段的9出戏中，《泰》剧可称优秀，这预示了悲剧可能是莎剧中卓越的部分。”[②] 关于《泰特斯·安德洛尼克斯》，我们不可忽略的最基本一点就是它是莎士比亚的第一部悲剧，是莎士比亚重大悲剧的预演。因此我们有必要了解和认识这个剧的独创性，了解和认识它与莎士比亚后来悲剧的内在联系，认识它对于莎士比亚悲剧创作所具有的特殊意义。

二　《罗密欧与朱丽叶》：爱情的永恒价值

《罗密欧与朱丽叶》是莎士比亚在第一个创作时期即历史剧喜剧创作时期创作的一部著名的爱情悲剧，其爱情主题、浪漫色彩和艺术风格都与他的喜剧创作接近。该剧的故事据说是真实发生过，后来被写入诗歌和故事。莎士比亚创作的主要根据是布鲁克的长诗《罗密欧与朱丽叶的哀诗》。

---

① 孙家琇主编：《莎士比亚辞典》，河北人民出版社1992年版，第89页。

② 乐铄：《罗马剧在莎士比亚戏剧中的地位》，载《郑州大学学报》（哲学社会科学版）1999年第2期，第33页。

剧情安排十分紧凑：在意大利的维洛那城有两个有世仇的大家族：一个是蒙太古家，一个是凯普莱特家，两个家族的人，常常只要街头相遇，就会互相挑衅然后便大打出手。蒙太古的独生子罗密欧正陷入对一个叫凯瑟琳女子的单相思，而这时凯普莱特家正打算让家中的独生女朱丽叶接受少年贵族帕里斯的求婚，要举行一个盛大的化装舞会。罗密欧打算去那里看看凯瑟琳，就戴上假面具和朋友一道去了凯普莱特家的舞会。阴错阳差的是，在舞会上，风流倜傥的罗密欧与温柔媚人的朱丽叶一见钟情并相吻，之后两人却得知自己所爱的却是仇家的人。舞会后，罗密欧在凯普莱特家的花园中，无意听到朱丽叶在卧室窗口的自言自语，她正为所爱的罗密欧是仇家之子苦恼，流露了对罗密欧的爱情；罗密欧冒着可能被发现和杀死的危险，也情不自禁回应朱丽叶，倾诉自己的衷肠。他们互相交换了爱情的盟誓，作了结婚的打算，然后恋恋不舍地告别。第二天，罗密欧就去恳求劳伦斯神父的帮助，在他的帮助下与朱丽叶秘密举行了婚礼。朱丽叶的表哥提伯尔特自从在舞会上发现罗密欧后，就一直想找罗密欧滋事。罗密欧和朋友茂丘西奥在街上与他相遇，虽然罗密欧顾及亲戚情分想与他和解，但是提伯尔特却趁机把茂丘西奥刺死，又来向罗密欧挑衅。被激怒的罗密欧与提伯尔特决斗，把他刺死。维洛那亲王闻讯大怒，下令放逐罗密欧，将他立刻驱逐出维洛那。罗密欧向劳伦斯神父求助，神父答应在适当的时候宣布他们的婚事，帮助他重返维洛那。罗密欧与朱丽叶偷偷度过了新婚之夜，就不得不在第二天黎明到来前匆匆分离。当天，凯普莱特宣布要马上将朱丽叶嫁给帕里斯，这不啻是晴天霹雳，朱丽叶先是一口拒绝，抗拒无效，只好找劳伦斯神父商议，神父劝她先假意应允，到与帕里斯结婚前夕服上一种安眠药，可以佯死四十个小时，等她醒时，罗密欧会赶来带她离开维洛那。不幸的是神父派去给罗密欧送信的人误了事，没有把神父的信及时送给罗密欧，罗密欧却收到自己仆人送来的关于朱丽叶自尽的死讯，他以为朱丽叶已死，就买了毒药做自杀的准备，然后回维洛那看朱丽叶最后一眼。在墓地，罗密欧遇见来凭吊的帕里斯，悲愤绝望的罗密欧迁怒到帕里斯头上，在决斗中杀死帕里斯，吻别朱丽叶后服毒死去。朱丽叶醒来，发现罗密欧已死在她身旁，她不愿听从劳伦斯神父的安排去做尼姑，而是拔出罗密欧随身带的匕首刺进自己胸膛，扑在罗密欧身上死去。劳伦斯神父和帕里斯的侍童把悲剧发生的经过讲了出来，感动了蒙太古和凯普莱特两个家族，他们凄凉地和解，并将为这对忠贞的情人建造金像纪念他们。

本剧写残酷无情的封建世仇造成了一对青年人的爱情悲剧，而他们为忠贞爱情付出的生命终于将封建贵族间的仇恨化解。剧作讴歌了罗密欧与朱丽叶这对青年男女爱情的热烈、真挚、纯洁、坚贞，歌颂了爱情的崇高力量。

《罗密欧与朱丽叶》是莎士比亚戏剧中影响最大并最受欢迎的剧作。《罗密欧与朱丽叶》在世界上的传播之广、影响之大实属罕见。“几百年来，《罗密欧与朱丽叶》在世界上也是莎士比亚戏剧中最受欢迎的一部，它不仅在许多国家戏剧舞台上不断上演，而且自 1916 年被拍成无声电影以后，一直被不同的国家在不同的时候无数次地搬上银幕，到现在已被拍成电影近 20 部，是莎士比亚戏剧被制成电影最多的一部。这个剧也吸引了其他各类艺术家，把它用各种艺术形式搬上舞台。”①

《罗密欧与朱丽叶》也是莎士比亚戏剧在中国影响最大的一部，它是中国观众最熟知、最喜爱的一部莎剧。一般读者都了解

---

①　张泗洋、徐斌、张晓阳：《莎士比亚戏剧研究》，时代文艺出版社 1991 年版，第 185 页。

这个剧作却未必了解莎士比亚的“四大悲剧”，甚至如果被问起莎士比亚的四大悲剧是哪几部，普通读者常常会把《罗密欧与朱丽叶》放在莎士比亚“四大悲剧”之列。对这一现象造成的原因，不少学者进行了深入分析和探讨。李伟民先生[①]指出其中最主要的原因是文学主题相通：罗密欧与朱丽叶和梁山伯与祝英台、贾宝玉与林黛玉、杜丽娘与柳梦梅、刘兰芝与焦仲卿在中国人的心目中具有相同的知名度，它们的内涵、意象和所指具有相同的意义和理想的人生价值。……在中国历史和社会上也许是有着太多类似反抗封建婚姻、封建专制的经历，莎士比亚的《罗密欧与朱丽叶》自传入中国以来，已成为最受中国人民欢迎、喜爱的莎剧之一，特别是在一代又一代中国青年人的心中留下难以磨灭的深刻印象。……由于在中国文学、戏剧史上，争取恋爱、婚姻自由一直是个重要而催人泪下的主题，因而，罗密欧、朱丽叶追求爱情的执著和真挚容易引起中国人的共鸣。

莎士比亚的《罗密欧与朱丽叶》之所以具有永恒的艺术魅力还不仅仅在于它描写的爱情具有反封建的意义，还在于它所描绘的爱情是一种至真、至善、至美的爱情，具有永恒的价值。罗密欧、朱丽叶所演绎的真诚、坚贞、美好的爱情打动了中外无数观众和读者。

（一）爱情之真

爱情模式有很多种，有一种是一见钟情。一见钟情的爱情是一种激情。男女双方会被对方外表的美所打动，会在心里迅速燃起爱慕的火焰，迅速坠入情网，会把对方完全理想化、完美化，

---

① 李伟民：《中国语境：莎士比亚的〈罗密欧与朱丽叶〉阐释策略》，载《西北大学学报》2007 年第 1 期，第 74—78 页。

正所谓情人眼里出西施。

罗密欧与朱丽叶的爱情是一见钟情式的。在舞会上，他们是第一次相见，但是罗密欧眼里再也看不见凯瑟琳，朱丽叶眼里也完全没有了帕里斯，在他们的眼中就只有自己所爱的人，他们完全被对方吸引。当罗密欧看到朱丽叶时，发出这样的惊叹："啊！火炬远不及她的明亮；她皎然悬在暮天的颊上，像黑奴耳边璀璨的珠环；她是天上明珠降落人间！瞧她随着女伴进退旋转，像鸭群中一头白鸽翩跹。我要等舞阑后追随左右，握一握她那纤纤的素手。我从前的恋爱是假非真，今晚才遇见绝世的佳人！"（一幕五场）在他心中朱丽叶是最美的人。而朱丽叶的反应则更直接："要是他已经结过婚，那么坟墓便是我的婚床。"（一幕五场）在她心中罗密欧是唯一的佳偶。

一见钟情的爱情常常会受到质疑，因此也有怀疑和否定罗密欧与朱丽叶的爱情的，认为"两个天性浪漫的人一见钟情，互诉衷肠，说的无非是一些甜蜜的废话，没有心与心的交流，根本谈不上心心相印。两人并未想过面对家庭的阻力，他们将如何应对。……这段仿佛专为消除两家世仇而生的爱情，与其说是爱情不如说是一时的冲动与激情。假如当初凯瑟琳接受了罗密欧的爱，他们之间是否也会产生一段蜜糖般的浪漫爱情呢？或者假如罗密欧与朱丽叶光明正大地结了婚，幸福地生活在一起，当罗密欧在某次宴会上看到一个比朱丽叶更为美丽的女人时，他是否也会像当初忘记凯瑟琳一样轻易地抛弃朱丽叶呢？这些可能性没等到两人激情殆尽就成了让读者无限遐想的悬念了。一个是独生子，一个是独生女，为了他们所认为的爱情，毅然选择了死亡，甚至没有想到一直为他们担心和操心的父母。两人的行为一直被当做反抗世俗、敢于追求幸福的典范来歌颂。然而双方的父母并不知晓，没等父母反对镇压，没等世俗束缚，两人的生命早已结束，这种冲动的爱情方式实在是不可取的”。[①] 这里否定一见钟情的爱情，一部分理由是假设的，另一部分理由恰恰是从世俗的观念出发的。但并非所有一见钟情式的爱情都不可靠、不长久、不合理。罗密欧和朱丽叶产生的爱情，尽管发生的时间很短暂，但强度却很高，它所产生的力量，一下子就把爱情提升到和生命一样的高度，体现出爱情最本质的一面。罗密欧和朱丽叶爱情的伟大之处恰恰在于它克服了一见钟情式爱情通常会有的弱点，他们的爱情是真挚的。

罗密欧与朱丽叶爱情最本质的特点就是真：真挚、真诚、纯粹。对罗密欧与朱丽叶来说，爱就是爱，既爱对方的外表也爱其心灵，爱情和所爱的人本身不可分，爱就是爱本身。这是一种纯粹的爱情，它抛弃了爱情之外的其他东西，抛弃了附加在爱情上其他的一切外在的要求，如财富、名利、地位等世俗考虑。

现实往往不能容许这样真诚、纯粹的爱情存在，罗密欧与朱丽叶的爱情刚刚产生就与现实发生了抵触，他们分属蒙太古和凯普莱特两个有世仇的家庭，正像朱丽叶所说的那样，是恨灰中燃起了爱火融融。可是他们将爱情之外的这些完全置之度外，弃之不顾，彰显出爱情的真诚、纯粹性。朱丽叶凭窗而立发出她的心声：“罗密欧啊，罗密欧！为什么你偏偏是罗密欧呢？否认你的父亲，抛弃你的姓名吧；也许你不愿意这样做，那么只要你宣誓做我的爱人，我也不愿再姓凯普莱特了。……姓不姓蒙太古又有什么关系呢？它又不是手，又不是脚，又不是手臂，又不是脸，又不是身体上其他任何的部分。啊！换一个姓名吧！姓名本身是

---

① 田俊武、袭新智：《心与心的距离——重读〈罗密欧与朱丽叶〉与〈奥赛罗〉》，载《四川戏剧》2008 年第 1 期，第 45—46 页。

没有意义的；我们叫做玫瑰的这一种花，要是换了个名字，它的香味还是同样芬芳；罗密欧要是换了别的名字，他的可爱的完美也决不会有丝毫改变。罗密欧，抛弃你的名字吧；我愿意把我整个的心灵，赔偿你这一个身外的空名。”（二幕二场）在朱丽叶看来，除了爱情，其他都是身外之物，她连同那个代表封建家族荣誉的姓氏也可否定的，她愿意为爱放弃自己的姓，也渴望罗密欧能够这样。无意中听到朱丽叶的话后，罗密欧也毫不犹豫地作出了同样的回应，他回答说："那么我就听你的话，你只要叫我做爱，我就重新受洗，重新命名；从今以后，永远不再叫罗密欧了。”罗密欧的爱情同样真诚、纯粹。在他们心里，除了所爱的人之外，其他一切均不存在，爱情只和所爱的那人有关，与其他没有关系，他们的爱情极其真诚纯粹。

（二）爱情之善

罗密欧与朱丽叶的爱情还合乎道德上的善的要求。

他们的爱情不只是利己的，更是利他的。真正的爱情不是收获什么、得到什么，而是甘愿为对方付出一切，甚至生命。朱丽叶用自身的感悟道出了爱情这一最崇高之处："为了表示我的慷慨，我要把它重新给你。可是我只愿意要我已有的东西：我的慷慨像海一样浩渺，我的爱情也像海一样深沉；我给你的越多，我自己也越是富有，因为这两者都是没有穷尽的。”（二幕二场）给的越多，自己越是富有，朱丽叶对爱情的理解揭示了爱情的真谛。在罗密欧那里同样表现出爱情的高尚、忘我，面对寻仇滋事的提伯尔特，他首先想到对方是朱丽叶的表哥，因此不管对方如何放肆挑衅，自己的荣誉怎样受到侮辱，他都企图用爱来化解。爱情的宝贵之处在于它是忘我、付出、给予、善。

男女自由决定与相爱的人结婚，消除择偶的其他打算和考虑，只以相互爱慕为动机，这样建起的婚姻才是道德的，是善的。罗密欧与朱丽叶的爱情在海誓山盟之后，爱情的发展也必然是走向婚姻。朱丽叶提出："要是你的爱情的确是光明正大，你的目的是在于婚姻，那么明天我会叫一个人到你的地方来，请你叫他带一个信给我，告诉我你愿意在什么地方、什么时候举行婚礼；我就会把我的整个命运交托给你，把你当作我的主人，跟随你到天涯海角。"（二幕二场）而罗密欧则从行动上克服了重重困难，向劳伦斯神父求助，终于达成了婚姻的目的。他们在劳伦斯神父的主持下，秘密举行婚礼，实现了以爱情为基础的结合。

婚姻道德还要求坚贞和忠诚。不仅要求妻子严格遵守贞操，而且也要求丈夫遵守忠诚。罗密欧与朱丽叶的爱情尤其表现出爱情的坚贞和忠诚。罗密欧与朱丽叶通过劳伦斯神父的帮助举行了秘密婚礼，初步表现出爱情的坚贞。当家族仇恨带来流血、罗密欧被放逐之后，他们的婚姻面临着最大的考验，特别是朱丽叶，她要独自面对父母的逼婚。此时，连曾支持过他们的乳媪也规劝说：你的第一个丈夫被放逐，已经没有什么用处，和死了差不多，还是接受帕里斯为第二个丈夫。朱丽叶对这种世故的打算嗤之以鼻，她宁可冒险扮假死亡，等待罗密欧带她远走高飞。这是朱丽叶爱情的坚贞和伟大之处，也是最令人感动的地方。罗密欧的爱情同样忠诚。他听到朱丽叶的死讯时，第一个念头就是"朱丽叶，今晚我要睡在你的身旁"。爱情高于生命，所爱的人死去，他也不肯独活，对于他，致死的毒药反而成了解除痛苦的仙丹。为爱情舍弃生命，这是罗密欧爱情的忠诚和伟大之处。当假死的朱丽叶醒来后，看到罗密欧死在身旁，她没有再听从劳伦斯神父的安排，而是毫不犹豫将匕首刺向自己的胸膛。可以说他们是双双为对方殉情，用年轻的生命诠释了什么是爱情的坚贞。

"问世间情为何物，直叫人生死相许。"这是爱情婚姻中最高的道德境界。

在文艺复兴的时代背景下，莎士比亚写过不少歌颂爱情的喜剧作品，如《第十二夜》《仲夏夜之梦》《皆大欢喜》等，但这些爱情喜剧都不像《罗密欧与朱丽叶》这部爱情悲剧所表现的爱情这样坚贞，这样感人，这样影响深广。该剧是对坚贞爱情的礼赞。一方面，死亡终结了爱情，使得爱情保持了它应有的鲜美，还没爱够的爱情是最让人感到遗憾的，故他们的爱情悲剧令人欷歔惋惜；另一方面死亡升华了爱情，坚贞的爱情更超越了死亡，使爱情变为永恒。"生命诚可贵，爱情价更高。"罗密欧和朱丽叶的爱情真的可超越一切，真的可高于生命。

（三）爱情之美

马克思主义美学科学地阐明了真善美的辩证关系，认为真是外部现实真实存在着的客观必然性，善是人对外部现实合目的的要求的实现。如果这个目的和理想不仅善，而且又完美地体现在优美的形式中，就是人类创造的事物的美。[①] 罗密欧与朱丽叶的爱情既是真和善的，同时又有着优美的形式，它也是美的。

罗密欧与朱丽叶的爱情本身具有一种浪漫的、青春的甜美。19世纪英国著名诗人塞缪尔·台勒·柯尔律治这样赞美他们的爱情："一切是青春与春天……而在朱丽叶，她的爱情全部充满了夜莺的温柔与忧郁，全部充满了玫瑰的艳丽，充满了春的新鲜中甜蜜的一切，但是却以一声深长的叹息告终，像意大利的傍晚

① 王世德主编：《美学辞典》，知识出版社1965年版，第31页。

的最后的微风。”[①]

在剧中，莎士比亚还调动了多样的艺术手段，赋予这对青年人的爱情以美感。剧中运用了音乐舞蹈手段。在凯普莱特的家宴上，乐工们各持乐器，客人们和假面舞者到来，然后凯普莱特吩咐乐工们奏起音乐来。音乐和舞蹈，既渲染烘托了欢乐的气氛，又为罗密欧和朱丽叶的爱情发生提供了一个特定的氛围，罗密欧和朱丽叶的爱情就是在这样一个美好的舞会上发生的。

莎士比亚最主要的还通过富有诗意的意象表现他们爱情的美。这些富有诗意的意象常常是一些取自大自然的清新美丽的意象，它们出现在罗密欧与朱丽叶口中，为他们的爱情增添了一种超凡脱俗的诗意。

当罗密欧在舞会上第一次看到朱丽叶时，所发出的惊叹中就包括火炬、黑奴耳边璀璨的珠环、降落人间的天上明珠、鸭群中的白鸽等意象，表现了朱丽叶纯洁明艳的外在的美。当罗密欧仰望阳台上的朱丽叶，又用了这样的赞美：“要是她的眼睛变成了天上的星星，天上的星变成了她的眼睛，那便怎么样呢？她脸上的光辉会遮盖了星星的明亮，正像灯光在朝阳下黯然失色一样；在天上的她的眼睛，会在太空中大放光明，使鸟儿误认为黑夜已经过去而唱出它们的歌声。”（二幕二场）这里又将朱丽叶的脸庞比作大放光芒的朝阳，把她的眼睛比作星星，甚至比星星更明亮。当罗密欧看见她用纤手托住了脸时，感叹道：“但愿我是那一只手上的手套，好让我亲一亲她脸上的香泽！”这句话使人不由地联想起那些淳朴爱情民歌中的歌词。

在朱丽叶的台词中也充满诗意的意象。如在花园中与罗密欧

---

① 杨周翰编选：《莎士比亚评论汇编》（上），中国社会科学出版社 1979 年版，第 132 页。

分别时，她这样表达自己对恋人依依不舍的心情："天快要亮了；我希望你快去；可是我就好比一个淘气的女孩子，像放松一个囚犯似的让她心爱的鸟儿暂时跳出她的掌心，又用一根丝线把它拉了回来，爱的私心使她不愿意给他自由。"（二幕二场）女孩和小鸟的意象都是十分可爱的、充满诗意的意象。在焦急地等待罗密欧前来成婚的夜晚，她那包含热情的大段独白，更是意象丰富，除了骏马、太阳、日神之子，她还把她所爱的罗密欧比作黑夜中的白昼，比作美丽的星星。

在罗密欧与朱丽叶缠绵悱恻、晨光熹微中不得不诀别的场景里，罗密欧和朱丽叶的对话中诗意的意象更是比比皆是。他们被鸟鸣唤醒，朱丽叶说，那是夜莺在歌唱，黑夜还没过去。罗密欧则说："那是报晓的云雀，不是夜莺。瞧，爱人，不作美的晨曦已经在东天的云朵上镶起了金线，夜晚的星光已经烧烬，愉快的白昼蹑足踏上了迷雾的山巅。我必须到别处去找寻生路，或者留在这儿束手等死。"（三幕五场）朱丽叶又说那光明不是晨曦，那是从太阳中吐射出来的流星。罗密欧则回答道："我愿意说那边灰白色的云彩不是黎明睁开它的睡眼，那不过是从月亮的眉宇间反映出来的微光；那响彻云霄的歌声，也不是出于云雀的喉中。我巴不得留在这里，永远不要离开。来吧，死，我欢迎你！"（三幕五场）这段对话中有大量的取自大自然的瑰丽非凡的意象，包括夜莺、云雀、晨曦、云朵、星光、白昼、迷雾、山巅、太阳、流星、月亮……这一连串生动清新的意象，为他们的爱情增添了诗情画意。

开创了莎士比亚评论中意象评论派的斯珀津曾指出，莎士比亚的《罗密欧与朱丽叶》的主导意象是光。她说："在《罗密欧与朱丽叶》中，莎士比亚把青年的美丽与炽热的爱情看成黑暗世界里耀眼的太阳光和星光。主导的意象是光，表现为各种形式：太阳、月亮、繁星、火、电、火药爆发的闪光和美与爱的折光。与此对照的是夜、黑暗、云、雨、迷雾和烟尘。"① 光的意象典型地表现出罗密欧、朱丽叶的爱情所具有的超凡脱俗美。

莎士比亚在其十四行诗105首中曾阐述他的美学观，那就是追求真、善、美：

> "美、善和真"，就是我全部的题材，
> "美、善和真"，用不同的词句表现；
> 我的创造就在这变化上演才，
> 三题一体，它的境界可真无限。②

与其美学观相一致，莎士比亚也把爱情视为具有永恒价值的精神存在来描绘，表现出罗密欧与朱丽叶爱情的真、善、美。如罗密欧与朱丽叶的爱情这般纯洁纯粹、忠贞坚定、浪漫脱俗的爱情，在今天这个物欲横流的现代社会中是越来越稀少了，艺术高于生活，莎士比亚的《罗密欧与朱丽叶》给我们留下一曲真正爱情的千古绝唱。罗密欧与朱丽叶至真、至善、至美的爱情具有永久的艺术魅力，莎士比亚的这部剧作也将长盛不衰。

三　《裘力斯·凯撒》：主角之争

本剧是莎士比亚创作的第一时期末写成的，是一部著名的罗马悲剧，主要写古罗马国内两个政治集团之间的斗争。大约在公

---

① 杨周翰编选：《莎士比亚评论汇编》（上），中国社会科学出版社1979年版，第332页。

② 《莎士比亚全集》（十一），朱生豪译，人民文学出版社1984年版，第263页。

元前44年，古罗马大将凯撒在一次远征中凯旋归来。他威望日高。他的心腹安东尼在卢柏克节那天曾三次献王冠给他，要拥立他为王，凯撒虽拒绝了，但是个人专制的威胁在罗马仍然存在，主张共和体的一方马上行动起来。凯歇斯反对凯撒，一半是出于妒嫉，一半也是惧怕凯撒独裁，就结党营私，决定阴谋刺杀凯撒。凯歇斯深知勃鲁托斯最受凯撒器重，也受市民群众的爱戴，由他下手行凶，凯撒不会防备，而没有他参加，阴谋很难得逞。于是，凯歇斯想方设法说服了勃鲁托斯。勃鲁托斯很敬爱一手提拔过他的凯撒，但他更爱共和体的罗马，为了使罗马免受独裁专制的统治，在受到假民意的欺骗后，他终于亲手刺杀了凯撒。勃鲁托斯在凯撒的尸体前面向人民群众发表演讲，解释他为什么要刺杀凯撒。他说："并不是我不爱凯撒，而是我更爱罗马。……因为他有野心，所以我杀死他。"此后，安东尼也发表了演说，在他的演说里，虽然通篇没讲一句勃鲁托斯和他同党的坏话，却把群众煽动起来反对叛党，把暗杀凯撒的一伙人驱逐出了罗马。安东尼当选为罗马三个执政官之一。勃鲁托斯等人逃往小亚细亚，勃鲁托斯与凯歇斯在重大问题上出现争端，他们最后全被安东尼和凯撒的侄儿奥克泰维斯·凯撒打败，勃鲁托斯和凯歇斯自杀。

《裘力斯·凯撒》的思想性、艺术性都很高，地位仅次于莎士比亚的四大悲剧，西方莎学研究者编选莎士比亚"五大悲剧"时，也有包括此剧在内的。《裘力斯·凯撒》又是个在解读方面历代都存在较多争议的一个剧。如该剧的主角是谁？是凯撒还是勃鲁托斯？谋杀凯撒是否正义？就当时的罗马来说，共和政体与君主政体孰是孰非？争议的焦点问题是：该剧的悲剧主人公究竟是谁。目前主要存在三种代表性的观点。

第一种观点认为：在全剧中，勃鲁托斯这个人物的戏份儿很多，这一人物形象贯穿整个剧本始终，并且刻画得很成功。他受凯撒的提携和器重，是真心爱戴凯撒，他最后忍心刺杀凯撒，是为了维护罗马的共和政体。莎士比亚对这个人物是寄予满腔同情的。本剧与其说是裘力斯·凯撒的悲剧，倒不如说是勃鲁托斯的悲剧。虽然剧本名字是凯撒，但是凯撒在第三幕就已死去了，全剧的重心全部放在勃鲁托斯身上，悲剧的主人公实际上是勃鲁托斯。有人说："勃鲁托斯的悲剧不仅仅是他个人的悲剧，而且是人民的悲剧、时代的悲剧。因此，尽管此剧以裘力斯·凯撒命名，但悲剧的中心人物不是凯撒而是勃鲁托斯。"①

第二种观点则认为：悲剧的主人公乃是凯撒。凯撒在该剧里出现了三次，实际上连同幽灵出现的那两次，总共应当是五次，也贯穿了全剧。虽然凯撒每次出场的时间都极为短暂，但这部作品是以凯撒命名的，而且剧中主要情节又是围绕谋杀凯撒这一事件展开，在剧中凯撒既是最主要的历史人物，又是最大的受害者，凯撒是该剧的主角，是悲剧主人公。相应的，勃鲁托斯则是反面人物形象。有人说："生前的凯撒，是君临罗马的英雄；死后的凯撒，也是永远的丰碑，而且他的死是谋杀者一生的愧责。""勃鲁托斯并不是莎士比亚试图要塑造的共和的捍卫者、英勇的民主主义战士，也不是如有些评论家所认为的被凯歇斯利用的误入歧途的正人君子……他所扮演的角色和篡位者麦克白没有本质的区别。"②

第三种观点认为：这个悲剧有着两重性，一是勃鲁托斯的悲剧，一是凯撒的悲剧。莎士比亚无意做出历史是非的评判，凯撒

① 孙家琇主编：《莎士比亚辞典》，河北人民出版社 1992 年版，第 118 页。

② 田俊武、朱丽萍：《〈裘力斯·凯撒〉中勃鲁托斯角色的双重解读》，《广西社会科学》2007 年第 2 期，第 132 页。

和勃鲁托斯谁是谁非，他并不想明确表态。有人说："勃鲁托斯的活动贯穿整个剧的首尾，在分量上他占优势，他所得到的同情也压倒了凯撒。作者把人格美、理想美、道德美以及一切发光的色彩都涂在勃鲁托斯身上，使凯撒在他面前未免相形见绌，这也就是说，悲剧主人公实际上应该是勃鲁托斯而不应该是凯撒。"同时又说："凯撒表现出来的坚定意志、伟大气魄和英雄气概，不仅受到当时民众的崇拜，也能使任何时代的观众肃然起敬。即便作者也表现了他的弱点，但这种弱点也只是莎氏悲剧正面主人公所共有的特征。退一步说，即便悲剧中的凯撒不如勃鲁托斯伟大，但他的名声在历史上却要比勃鲁托斯大得多，何况被否定的人物也可以当悲剧的主人公呢！从这些方面看，莎士比亚用凯撒作剧名也不是没有道理的。"①

谁是这部戏剧的主角实际上和另一个问题，即这个剧的戏剧冲突与主旨是什么相联系的，解决了这个问题，主角是谁的问题也就不难确定了。

这个剧的内容看上去十分明了：戏剧展现了以裘力斯·凯撒、安东尼为主要人物，代表帝制的一方，与以勃鲁托斯、凯歇斯、凯斯卡等代表共和制度的一方的斗争，双方阵线分明，各自有不同的政治主张，每个人物的动机也丝毫不加掩饰。可能正是这种明了，反而使人们自然而然把戏剧冲突定位成保守派与共和派的冲突，很轻易认为该剧的主旨表现的就是两种制度的斗争。持凯撒是悲剧主角观点的评论，依据是凯撒的帝制在当时是历史趋势，谋杀凯撒的后果却使整个国家陷入长达十五年的内乱，勃鲁托斯所爱的罗马其实是被理想化的古罗马共和政体，未必代表

① 张泗洋、徐斌、张晓阳：《莎士比亚戏剧研究》，时代文艺出版社 1991 年版，第 188 页。

着进步。而持勃鲁托斯是悲剧主角观点的评论，依据是凯撒是专制的化身，勃鲁托斯是拥护共和政体并为之献身的英雄，认为剧作表现了莎士比亚反对专制、拥护共和制度的立场。

《裘力斯·凯撒》的创作完成于1599—1600年，这是莎士比亚第一个创作时期即历史剧、喜剧创作的末期，也就是说，该剧的创作正好处于从历史剧向以四大悲剧为代表的悲剧创作时期的转折点上。这个剧作因而具有过渡性的特点。

首先，它不再是历史剧的写作模式，在该剧的写作上，莎士比亚并不拘泥于剧情人物完全与历代评论和史料相符，而是在主题和人物方面进行了大胆的创造。戏剧的主旨融入了莎士比亚自己的思想，他通过舞台情节和人物形象表达了对自己所处时代，对某些政治问题的看法，就狭义的历史剧概念来说，该剧不是历史剧，而主要属于悲剧的范畴。因此在理解该剧的主旨和评价主人公凯撒和勃鲁托斯时，不应受到历史记载和评论的影响。《裘力斯·凯撒》是一部以罗马历史为题材的悲剧，对这一点似乎存在的疑义不多，可是实际上，有些评论总不免把它当做历史剧来评论。特别是凯撒是悲剧主角的评论，往往把莎士比亚《裘力斯·凯撒》中凯撒与历史书中所记载的凯撒视为等同。历史上的凯撒出身于意大利最古老、高贵的裘力斯家族，他从世纪初就多次被选为罗马执政官，特别是多年征战，对于统一罗马和扩大版图建立了功勋，集大权于一身。他后来却被叛党所杀，成为政治权力争斗中的牺牲品。史学家一般都持有这样的看法：凯撒的被杀是历史上的大悲剧之一，勃鲁托斯等谋杀者的行为是非人道的。莎士比亚的这部悲剧取材自普卢塔克的传记，但不完全因袭史学家的观点。

其次，它又保持了与历史剧相通的主题，主要表达王权应当巩固、国家应当统一和平的思想。对该剧主旨的理解不应简单化为拥护共和制度、反对专制，对其悲剧主人公评价更不宜落入这样的二元对立模式：肯定凯撒是悲剧主人公，就否定勃鲁托斯是悲剧主人公；肯定勃鲁托斯是悲剧主人公，就否定凯撒是悲剧主人公。剧中虽涉及共和政体与帝制的斗争，不过，共和政体与帝制的孰优孰劣在该剧中未充分展示，主角与配角的安排本身也比较模糊。共和与帝制在这里主要是以历史背景出现的，剧本是要写一场政治斗争，莎士比亚写这场政治斗争有自己的特殊寓意，目的在于探讨王权问题、君臣民三者的关系问题、政治与道德的关系问题。在剧本中，凯撒和勃鲁托斯（扩大一点说，还包括罗马的民众）都是悲剧的主人公，把他们合起来才更能理解莎士比亚创作此剧的主旨。

先看凯撒这个悲剧形象。

凯撒被杀是该剧的主要事件，凯撒是贯穿该剧始终的人物，凯撒是该剧的主角。剧作始于凯撒凯旋，以凯撒被杀为高潮，尽管第三幕之后舞台上就不再见他的身影，但他的影响一直持续到戏剧的最后部分，凯撒的鬼魂出现了两次，第一次出现是在第四幕，在勃鲁特斯的大帐里，惊骇的勃鲁托斯问它："对我说你是什么？"幽灵回答："你的冤魂，勃鲁托斯。"勃鲁托斯："你来干什么？"幽灵说："我来告诉你，你将要在腓力比看见我。"这句话预言了勃鲁托斯将死在腓力比。第二次出现是在第五幕，在腓力比的战场上，勃鲁托斯和凯歇斯两个主要谋杀者都是自杀身亡，勃鲁托斯死前叫道："啊，裘力斯·凯撒！你到死还是有本领的！你的英灵不泯，借着我们自己的利剑，洞穿我们自己的心脏。"① 第四幕和第五幕都不同程度表明凯撒虽死但其精神影响仍在。

① 《莎士比亚全集》（八），朱生豪译，人民文学出版社 1984 年版，第 287、297 页。

凯撒作为悲剧主人公是没有疑问的。莎士比亚悲剧中的主角要同时满足下列三个条件：人物是出类拔萃，结局是死亡，影响是灾难性的。英国莎士比亚研究专家布拉德雷在其著名论文《莎士比亚悲剧的实质》中指出："悲剧故事主要和一个人物有关；其次，故事导致而且包括主人公的死亡；这种痛苦和灾难是异乎寻常的；它们降临在一个出类拔萃的人物身上，这类异乎寻常的痛苦和灾难，影响了主人公，并且一般是广阔地扩展到他自身以外，使得整个场面成为悲痛的场面。"① 从这个角度来看，凯撒形象的主导方面是高大的、高贵的，符合第一个条件。剧中正面描写凯撒的内容不多，前三幕凯撒出场后的言行不多，后两幕凯撒的鬼魂出场时间非常短暂。但剧中写出了凯撒多种美好的品质。凯撒是英勇的，戏剧一开始，就写了他带着队伍凯旋；凯撒是关心人民并且是为人民所拥护和爱戴的，如平民自发到大街上去迎接凯撒，凯撒的遗嘱中仍不忘惠泽苍生；凯撒还具有仁爱和诚信等罗马人的美德，他信任勃鲁托斯，对他真诚相待。关于凯撒的所谓"野心"，在剧中却并不明确。凯撒被刺杀，结局是死亡，符合第二个条件。而凯撒的被杀，不仅是他个人的死亡，还影响了整个罗马，此后罗马陷入到更大的灾难中，这也完全符合莎士比亚悲剧人物的第三个条件。

戏剧把凯撒写成一个悲剧形象，与莎士比亚表达的主旨相关。在凯撒被谋杀的悲剧中，莎士比亚揭示并明确表现了他对政治斗争的首要原则：国家和民族的稳定统一至高无上，保持王权的强大十分必要。在社会政治生活中，国王以及王位问题举足轻重，大人物的毁灭常常会导致整个社会生灵涂炭，引发国家的动

---

① 布拉德雷：《莎士比亚悲剧的实质》，杨周翰主编：《莎士比亚评论汇编》(下卷)，中国社会科学出版社 1981 年版，第 21 页。

乱。因此，莎士比亚渲染了凯撒死亡的悲剧气氛，剧中种种异象的出现，衬托出凯撒被杀不仅是重大的悲剧事件，而且突出了谋杀凯撒是天怒人怨、违反天道。例如在谋杀凯撒的前一天，许多人物都看到异象。在第一幕第三场中，凯斯卡向朝中元老西塞罗这样描述当时的凶兆："我曾经看见过咆哮的狂风劈碎多节的橡树；我曾经看见野心的海洋奔腾澎湃，把浪沫喷涌到阴郁的黑云之上；可是我从来没有经历过像今晚这样一场从天上掉下火块来的狂风暴雨。倘不是天上起了纷争，一定因为人世的侮慢激怒了神明，使他们决心把这世界毁灭。"此外还有雄狮过街不伤人；一百个女人看见浑身发着火焰的男子在街上走来走去；夜莺发出凄厉的鸣声等异常现象。凯撒的妻子凯尔弗尼娅则梦到母狮街头生产、坟墓开裂、鬼魂游荡、人们听见濒死者痛苦的呻吟等可怕异象。所有这一切都发生在谋杀凯撒前夕，这种描述烘托了凯撒被杀事件的悲剧气氛，渲染了谋杀凯撒事件所引起的严重后果。

再看勃鲁托斯这个悲剧形象。

在《裘力斯·凯撒》中，勃鲁托斯的活动自始至终贯穿全剧，并且在分量上远远超出凯撒，勃鲁托斯正如评论者所认为的那样，是该剧的主角。

勃鲁托斯也是悲剧形象。他刺杀凯撒的事件带有悲壮的色彩，他在凯撒葬礼上的那段演说词，既义正词严，大义凛然，又声情并茂，感人肺腑："……要是在今天在场的群众中间，有什么人是凯撒的好朋友，我要对他说，勃鲁托斯也是和他同样地爱着凯撒。要是那位朋友问我为什么勃鲁托斯要起来反对凯撒，这就是我的回答：并不是我不爱凯撒，可是我更爱罗马。你们宁愿让凯撒活在世上，大家作奴隶而死呢，还是让凯撒死去，大家作自由人而生？因为凯撒爱我，所以我为他流泪；因为他是幸运的，所以我为他欣慰；因为他是勇敢的，所以我尊敬他；因为他有野心，所以我杀死他。我用眼泪报答他的友谊，用喜悦庆祝他的幸运，用尊敬崇扬他的勇敢，用死亡惩戒他的野心。这儿有谁愿意自甘卑贱，做一个奴隶？要是有这样的人，请说出来；因为我已经得罪他了。这儿有谁自居化外，不愿做一个罗马人？要是有这样的人，请说出来；因为我已经得罪他了。这儿有谁愿意自处下流，不爱他的国家？要是有这样的人，请说出来；因为我已经得罪他了。我等待着答复。”[①] 台词中说明了勃鲁托斯刺杀凯撒的动机的纯正。他热爱凯撒，可当他认为凯撒有了独揽大权走向独裁统治的危险后，为了不愿人民被奴役，就挺身而出杀死了凯撒。在刺杀凯撒的叛党中，他是唯一不怀私念的人，行为光明磊落。他胸怀高贵的理想，并甘愿为之献身。关于刺杀凯撒事件，如果认为是不正当的，那么勃鲁托斯应当是被否定的；如果认为是必要的，那么等于否定了凯撒。从这段台词可以看出，莎士比亚面对这个看似两难的悖论选择的时候，他的基本倾向是：凯撒的被杀是悲剧性的事件，事件是残忍的并且引起了动乱；勃鲁托斯的行动是错误的，但勃鲁托斯又确实是出于良好动机，而充当了刺杀凯撒的凶手并招致自身的毁灭，所以他也是悲剧性的人物。在这里，莎士比亚将勃鲁托斯刺杀凯撒的动机与凯歇斯等人出于私利和嫉妒的谋杀动机区分开来，表明他对于政治斗争的又一原则立场：出于正义，出于人民的利益，出于国家利益的动机，坦荡无私地进行斗争才是有道德的行为。勃鲁托斯的悲剧在于：他高尚的行为却被别有用心的利己主义者利用，为民赴死却脱离人民、不被人民理解。

在本剧中，勃鲁托斯还是莎士比亚精心塑造的一个理想化的“人”的形象。他富有理性，对国家对人民，有着高度的责任感

---

① 《莎士比亚全集》（八），朱生豪译，人民文学出版社 1984 年版，第 260 页。

和献身精神；他感情真挚，对朋友以诚相待，坦诚批评凯歇斯贪图黄金、勒索农民的行为，对待妻子情深意重，既温存体贴又十分尊重，为她的不幸去世而悲伤；他性格善良，对仆人甚至对政敌安东尼也心存仁念。凯撒敬重他，共和派推崇他，就连他的政敌安东尼也称赞他的高贵，称他为大丈夫。在莎士比亚笔下，勃鲁托斯既是一个胸怀坦荡的政治家，又是一个人格高尚、品德健全的伟人。可以看出莎士比亚一反历史评论中对勃鲁托斯的否定倾向，把他同样处理成了一个悲剧人物。

最后看该剧中的民众形象。这个群体的特点是：一方面充满了生机和力量，另一方面他们往往盲目无知，容易被控制被利用，有时是一种可怕的破坏性力量。他们在政治斗争中举足轻重，正如中国人所说的："水可载舟，亦可覆舟。"在凯撒被杀的事件中，他们被别有用心的护民官左右，先是支持叛党一方，后又在安东尼的煽动下反对勃鲁托斯，成为一股盲动的力量。从这样的描绘中，不难看出莎士比亚对政治斗争坚持的又一原则：人民大众是一股重要的举足轻重的力量，任何重大的政治行动都不能脱离他们的支持，但是对他们又必须加以引导，否则他们就会成为动乱的根由，加剧社会动乱。而社会动乱又会将他们带进悲惨的生活中去。这一点，罗马人的体会最为深刻，因为凯撒死后，整个国家陷入了长达十五年的内乱。这不能不说是重大的教训。

此外，马克·安东尼也是剧中塑造的成功的人物形象之一。对安东尼这个形象进行一些探讨，更能加深我们对此剧主旨的理解。有人认为剧中安东尼是一个野心家的形象。实际上，莎士比亚对于这个人物的处理并未抱有贬斥的态度。安东尼出场后给观众的表面印象是喜欢游戏、音乐，性格开朗、招人喜爱。伴随剧情的开展，他逐渐展示出了一个具有雄才大略的政治家的面目。

他是机智的，当凯撒被刺杀后，他不可能马上组织力量复仇，于是就见机行事，利用机会争取民众；他同时是一个有雄辩口才的雄辩家，哀悼凯撒时的演讲尽显其政治家的雄辩口才。安东尼在凯撒葬礼上的演讲与勃鲁托斯的演讲一样脍炙人口，是全剧的精华。他说："各位朋友，各位罗马人，各位同胞，请你们听我说，我是来埋葬凯撒，不是来赞美他。人们做了恶事，死后免不了遭人唾骂，可是他们所做的善事，往往随着他们的尸骨一起入土；让凯撒也这样吧。尊贵的勃鲁托斯已经对你们说过，凯撒是有野心的；要是真有这样的事，那诚然是一个重大的过失，凯撒也为它付出残酷的代价了。现在，我得到勃鲁托斯和他的同志们的允许——因为勃鲁托斯是一个正人君子，他们也都是正人君子——到这儿来在凯撒的葬礼中说几句话。他是我的朋友，他对我是那么忠诚公正；然而勃鲁托斯却说他是有野心的，而勃鲁托斯是一个正人君子。他曾经带许多俘虏回到罗马来，他们的赎金都充实了公家的财库；这可以说是野心家的行径吗？穷苦人哀哭的时候，凯撒曾经为他们流泪；野心家是不应当这样仁慈的。然而勃鲁托斯却说他是有野心的，而勃鲁托斯是一个正人君子。你们大家看见在卢柏克节那天，我三次献给他一顶王冠，他三次都拒绝了；这难道是野心吗？然而勃鲁托斯却说他是有野心的，而勃鲁托斯的的确确是一个正人君子。我不是要推翻勃鲁托斯所说的话；我所说的只是我自己所知道的事实。你们过去都曾爱过他，那并不是没有理由的；那么什么理由阻止你们现在哀悼他呢？"（三幕二场）安东尼的这个演讲驳斥了凯撒有野心之说，强调了凯撒之死的无辜，扭转了公众对凯撒被杀事件的看法，争取到了公众的同情。从这个著名的演讲中，可以看到安东尼也是一个有着真实的感情的人，他看到凯撒浑身伤口、满是血污的尸体时不禁哭泣，表现出对凯撒的极大的忠心；他同时也是勇敢的，面对对手的威胁，他敢于大胆陈辞；他又是机智的，善于以退为进，明知对手不能加害于他，反倒说："让我躺在凯撒的旁边，还有比这更好的死处吗？让我死在你们这些当代英俊的手里，还有比这更好的死法吗？"特别重要的是，在错综复杂的斗争中，安东尼能够看清每个人的面目，具有一个政治家的敏锐眼光，就是他对勃鲁托斯作出了公正的评价，他称勃鲁托斯是一个高贵的罗马人，称所有的叛徒都是因为嫉妒凯撒而下毒手的，只有勃鲁托斯才是激于正义的思想，为了大众的利益而去参加他们的阵线的。安东尼的清醒和机智，与勃鲁托斯的轻信假民意，受到凯歇斯的蛊惑形成反照。安东尼还看到了民众的力量并注意争取民众的力量，表现出一个政治家的成熟。安东尼可以说是勃鲁托斯形象的一个补充，他的身上具备了勃鲁托斯所欠缺的政治家应有的智慧。

不难看出，莎士比亚通过古罗马的一场政治斗争以及各个不同人物的表现，表现了他基本的政治观点：王权的强大稳定是社会稳定的保障；君臣的和谐是政治稳定的前提；民众的力量要谨慎引导，君、臣、民三者的和谐是治国安邦之道。另外他也强调了政治家应有的品德和智慧，如凯撒的关心人民、勃鲁托斯的高尚，安东尼的智慧，都是戏剧肯定的，他谴责了少数人为了私利而结党营私，祸国殃民的丑恶行径，如凯歇斯的私欲。

观莎士比亚创作于第一个创作时期历史剧、喜剧创作时期的悲剧，如果说创作完成于1593—1594年的莎士比亚第一个悲剧《泰特斯·安德洛尼克斯》还较为粗糙的话，那么1599—1600年的《裘力斯·凯撒》一剧可以说是莎士比亚在悲剧创作道路中迈出了更重要的一步，此后转为最重要的悲剧创作时期。这是莎士比亚戏剧具有典型转型意义的一部作品，莎士比亚在该剧的主题、模式和手法上所作出的种种有益尝试，都为随后出现的四大悲剧的诞生奠定了基础。

四　《安东尼与克莉奥佩特拉》：爱情剧的终结

莎士比亚以希腊、罗马故事为题材的（希腊）罗马悲剧，大都取材于希腊语作家普鲁塔克所著的《希腊、罗马名人传》一书的英译本，本剧也是如此。

戏剧开始时，安东尼在埃及迷恋上了克莉奥佩特拉，这时从罗马传来安东尼的妻子富尔维娅去世，以及庞贝的儿子赛克斯特斯·庞贝厄斯在迅速扩张势力的消息，安东尼于是离开埃及回到罗马，他与奥克泰维斯·凯撒（裘力斯·凯撒的侄子，也被称为小凯撒）冰释前嫌，为了巩固联盟关系，娶小凯撒的妹妹奥克泰维娅为妻。战败庞贝的儿子之后，小凯撒囚禁了另一执政莱必多斯，并与安东尼势不两立，安东尼抛弃妻子重新回到埃及。小凯撒与安东尼在阿克星海岬会战，在鏖战中，克莉奥佩特拉率领埃及舰队临阵脱逃，安东尼被迫撤退，导致军事失败。安东尼战败后，克莉奥佩特拉一度向小凯撒的使者乞怜，听说安东尼要杀了她，她就躲进陵墓，派人向安东尼谎报她已自杀。安东尼闻讯后，拔剑刺进自己的胸膛，得知克莉奥佩特拉未死，他命卫士把他抬到陵墓见了克莉奥佩特拉最后一面，死在她的怀里。安东尼死后，克莉奥佩特拉向小凯撒献媚试探，明白了小凯撒要把她当做战利品带回罗马的打算，克莉奥佩特拉放弃幻想，将小毒蛇放到心窝上自杀。

从本剧中，可以看出莎士比亚对爱情不再抱理想主义的态度，所写的安东尼与克莉奥佩特拉的爱情，与诗人最初在悲剧《罗密欧与朱丽叶》中所写的纯洁爱情大不相同，但是仍然肯定了爱情。剧中，马克·安东尼是个有雄才大略的盖世英雄，他曾与小凯撒、莱必多斯三人共同执政罗马，可以说统治着半个世界。但他不爱江山爱美人，自迷恋上克莉奥佩特拉后，就为爱情而放弃了帝国事务。在战争的紧要关头，他把克莉奥佩特拉放在首位，看见克莉奥佩特拉的舰队逃跑，也命令自己的战舰跟着撤退，结果造成全军溃败。历来在人们的眼中，都把安东尼看做是为情欲毁灭的将领，将他迷恋上蛇一样的埃及女王克莉奥佩特拉视为愚蠢。但是莎士比亚在剧中把他处理成一个为了爱情而牺牲权欲和生命的伟大情人。英国戏剧家萧伯纳曾说，在希腊史诗《奥德赛》里，女巫把英雄变成猪，而在这出戏里，莎士比亚却把猪变成了英雄。剧中，埃及女王克莉奥佩特拉原本是个水性杨花的女人，善于耍弄权术掌控男人，她曾在裘力斯·凯撒的庇护下登上王位，与裘力斯·凯撒生过一子。她与安东尼之间的爱情，也有很多肉欲和政治利益的成分。但她最后为安东尼殉情，爱情得到升华。克莉奥佩特拉是莎士比亚所创造的女性形象中最复杂的一个。

西方评论家对本剧评价也很高，如柯尔律治就认为本剧是莎士比亚写历史题材的戏剧中最动人的一出。《安东尼与克莉奥佩特拉》是莎士比亚创作中很独特的一个。这个剧作在以下三个方面都很有独特性。

（一）所表现的爱情具有特殊性

《安东尼与克莉奥佩特拉》和《罗密欧与朱丽叶》是莎士比亚的两部爱情悲剧杰作。《安东尼与克莉奥佩特拉》这部爱情悲剧是莎士比亚晚期的杰作，与早期创作的《罗密欧与朱丽叶》风貌大不相同。它所表现的爱情具有很大的特殊性。

1. 它深入刻画了中年人的爱情心理，所表现的爱情是中年人的复杂爱情。与青年人那种纯真、冲动、理想主义的爱情比起来，这对中年人的爱情的特点是：不再是一种纯情，而是充斥着强烈的情欲和占有欲。

安东尼对克莉奥佩特拉的爱情就表现出赤裸裸的情欲色彩。克莉奥佩特拉是埃及女王，又是古代著名的美女，她的美貌比起她的王位来，似乎有更高的价值。戏剧的第二幕第二场中，安东尼的心腹将领爱诺巴勃斯是这样叙述安东尼坠入情网的："她在昔特纳斯河上第一次遇见马克·安东尼的时候，就把他的心捉住了。""让我告诉你们。她坐的那艘画舫，就像一尊在水上燃烧的发光的宝座；舵楼是用黄金打成的；帆是紫色的，重染着异香，逗引着风儿也为它们害起相思来了；桨是白银的，随着笛声的节奏在水面上下，使那被它们击动的痴心的水波加快了速度追随不舍。讲到她自己，那简直没有字眼可以形容，她斜卧在用金色的锦绸制成的天帐之下，比图画上巧夺天工的维纳斯女神还要娇艳百倍；在她的两旁站着她几个脸上浮着酒涡的小童，就像一群微笑的丘匹德一样，手里执着五彩的羽扇，那羽扇的风，本来是为了让她柔嫩的面颊凉快一些的，反而使她的脸色变得格外绯红了。"（二幕二场）这里说明了像安东尼这样一个有妻室的罗马人，他之所以爱上克莉奥佩特拉，是被埃及女王的奢华、美貌、性感所吸引。克莉奥佩特拉的魅力还在于她妩媚多姿，十分性感，她那吁吁娇喘的神气楚楚动人，在她的破碎的语言里自有一种天生的魅力。安东尼不由自主地说："淘气的女王！你生气、你笑、你哭，都是那么可爱；每一种情绪在你的身上都充分表现出它动人的姿态。"（二幕二场）安东尼就是这样完全被她的魅力所征服，他对克莉奥佩特拉的爱情带有强烈的情欲。

而克莉奥佩特拉对安东尼的爱情同样带有情欲色彩。克莉奥佩特拉是个情场老手，见到安东尼时，她已是一朵半谢的残花，在她的胸怀里涌动着的并非怀春少女的朦胧的爱情，而是中年妇人火一样炽热的情欲。她很快与安东尼缠绵在一起，霸占着安东尼，须臾不能离开，表现出女人对男人强烈的占有欲。当安东尼要离开她时，她是那样愤怒；在安东尼离开她后，她又是那样痛苦得百无聊赖，每天都派使者给安东尼送一封情意绵绵的书信，每天都在回味着两人度过的时光。当她见到安东尼从意大利派来的使者时，是那样急切不安，她严厉警告使者，如果他报告的是安东尼平安无事，就把金子像暴雨一般淋在他头上，把珍珠像冰雹一样撒在他身上；如果他报告的是凶讯，就要把原先预定赏给他的金子熔化，灌进他的喉咙里去。听到安东尼与奥克泰维娅结婚的消息后，她立刻脸色发白，愤怒地诅咒使者，将使者击倒在地。她的嫉妒完全是一个热恋中的情人才有的感情，但这与情窦初开的少女朱丽叶对罗密欧的真诚期待和企盼完全不同，她的这种痴情远非少女的思恋那般清纯，这里表现出的是一个中年女性对情人的热恋，充满了女性赤裸裸的欲望。这种感情犹如烈火，熊熊的火焰甚至会将她自身灼伤。例如克莉奥佩特拉有一次就这样谈到过自己："他（指安东尼）在想我吧？我这被福玻斯的热情的眼光烧灼得遍身黝黑，时间已经在我额头上留下深深皱纹的人？"（一幕五场）

2. 它所表现的爱情是罗马统治者与埃及女王两个大人物之间的爱情，帝王的爱情总不免会掺有杂质，与普通男女单纯的爱情不同，他们的爱情不再纯洁。安东尼和克莉奥佩特拉各有自己独特的身份地位和复杂经历，他们的爱情必会混杂爱情之外的其他成分，特别是政治的成分，因此他们的爱情是不纯的。

一方面政治的因素影响甚至左右着他们的爱情，政治因素常使他们的爱情产生裂痕，他们爱情的毁灭也与政治因素分不开。安东尼的爱情因受到政治的影响而产生摇摆。戏剧在一开场部分就写了他对埃及女王表达衷情："让罗马融化在台伯河的流水里，让广袤帝国的高大拱门倒塌吧！这儿是我的生存空间。纷纷列国，不过是一堆堆泥土；粪秽的大地养育着人类，也养育着禽兽；生命的光荣存在于一双心心相印的情侣的及时互爱和热烈拥抱之中；这儿是我的永远的归宿；我们要让全世界知道我们是卓立无比的。”（一幕一场）但是听到罗马使者带来的消息，他马上转变了态度，把与克莉奥佩特拉的爱情看成了羁绊，毫不犹豫割断情丝，离开了女王返回罗马。回到罗马后，为了重建和巩固自己的政治和军事地位，他还与小凯撒的妹妹奥克泰维娅结了婚。

而克莉奥佩特拉的爱情，其中的政治成分就更多一些。在历史上，这位埃及女王为了保住她的统治，曾靠美色与罗马帝国的几个重要人物有过两性关系。她还是少女时，就成为裘力斯·凯撒的情人，并生有一子；后来她又慑于庞贝的威力而服从过庞贝；现在她又是安东尼的情人。她爱上安东尼，除了爱情之外，其中重要的原因是看好英勇的安东尼可以做她的保护屏障。莎士比亚在戏剧中虽不强化克莉奥佩特拉的风流淫逸的历史，但是在剧中也曾两次侧面提及，一次是克莉奥佩特拉在安东尼离开后回顾自己的情人时提及：“阔面广颐的凯撒啊，当你大驾光临的时候，我还只是一个少不更事的女郎，伟大的庞贝老是把他的眼睛盯在我的脸上，好像永远舍不得离开一样。”（一幕五场）一次是安东尼忍不住大骂她时提及，当时克莉奥佩特拉允许小凯撒的来使亲吻她的手，安东尼在军事惨败的震怒中又被克莉奥佩特拉对小凯撒的来使表现出的柔媚态度激怒，于是骂道：“你一向就是个水性杨花的人。……当我遇见你的时候，你是已故的凯撒吃剩下来的残羹冷炙；你也曾做过克尼厄斯·庞贝口中的禁脔；此外不曾流传在世俗的口碑上的，还不知道有多少更荒淫无耻的经历；我相信，你虽然能够猜想得到贞节应该是怎样一种东西，可是你不知道它究竟是什么。”（三幕十一场）。这说明，这部戏剧中的克莉奥佩特拉仍是以历史上的克莉奥佩特拉为基本原型的，其本性未变。克莉奥佩特拉被称为“埃及的花蛇”，她的爱情是易变的，戏剧前两幕表现了克莉奥佩特拉对安东尼的思念，但是第三幕，在阿克星海战中，她为了自身利益在海战中自私自利，贪生怕死，紧要关头舍弃安东尼自己逃窜，这是她第一次背叛爱情。在第三幕落幕前的一场戏中，小凯撒派来使诱降女王，这时，克莉奥佩特拉的态度十分暧昧，她允许来使亲吻她的手表达了她的这一态度，她为自己留有后路。这是她第二次背叛爱情。在最后一幕，安东尼死后，她仍心存幻想，企图以美色为手段来笼络小凯撒。这是她第三次背叛爱情。这都说明了她的爱情是受政治利益左右的。她的水性杨花和不忠实，很大程度上和她的埃及女王的身份分不开，罗马的强大使她不得不仰人鼻息、见风使舵，为了保住自己和自己后代的政治利益，爱情就成了她笼络罗马大人物的手段，这也包括她对安东尼的爱情。

政治成分的介入，使他们的爱情看上去都不那么纯净，不那么纯粹，双方的爱情里就缺少了两情相悦的和谐，多了些猜疑、嫉妒、憎恨和背叛。受政治因素的影响，他们的爱情显得斑驳陆离。

（二）所表现的戏剧主旨具有特殊性

关于该剧的主旨，一直存在不同的理解和评论。我国评论中倾向于认为这是一个情欲毁灭理智、女人毁灭英雄的故事，认为该剧表现了安东尼沉溺于对克莉奥佩特拉这个风流女人的爱情而陷入失败死亡的教训。因为中国的历史文化中女人误国的故事和教训屡见不鲜，因此不少评论还常常会把这个剧作与洪升的《长生殿》进行比较，将安东尼和克莉奥佩特拉分别与唐明皇和杨玉环进行比较。

在评价这一对帝王男女的爱情时，历来就是否定的看法居多。主流社会的观念认为：安东尼这样的大人物却为爱情牺牲了自己的事业、生命，是有缺陷的，尤其是对克莉奥佩特拉这样一个对爱情不忠的女人投入感情、激情，更使安东尼显得滑稽而愚蠢。即使在莎士比亚的时代，上述的观念也仍然是主流。在莎士比亚剧中，也写出了这种代表了一般世俗社会舆论的看法。剧本一开场，安东尼的部下菲罗就有这样一段评价安东尼的话："咱们主帅这样迷恋，真太不成话啦。从前他指挥大军的时候，他的英勇的眼睛像全身盔甲的战神一样发出棱棱的威光，现在却如醉如痴地尽是盯在一张黄褐色的脸上。他的大将的雄心曾经在激烈的鏖战里涨断了胸前的扣带，现在却失掉一切常态，甘愿做一具风扇，扇凉一个吉卜赛女人的欲焰。……留心看着，你就可以知道他本来是这世界上三大柱石之一，现在已经变成一个娼妇的弄人了，瞧吧。"（一幕一场）

但莎士比亚在剧中流露出了不同的倾向。莎士比亚一方面不得不面对无情的社会现实和政治事实，写出了安东尼的悲剧，表现了情与理、爱情与事业的矛盾，另一方面他又同情和悲悯沦为失败者的英雄安东尼，歌颂了人格的高贵、感情的伟大、精神的崇高。

1. 这一主旨体现在戏剧对安东尼与小凯撒的不同评价上

剧中的奥克泰维斯·凯撒是一个感情冷漠的极端利己主义者。他只要利益，不讲信义，为了壮大自己的实力，先是拉拢安东尼，为此不惜牺牲自己姐姐的幸福达成与安东尼的联盟；在打败庞贝厄斯后，他马上返回来对莱必多斯和安东尼下手。安东尼死后，在安东尼的尸体前，他曾这样为自己辩白："……我们的血脉里都注射着致命的毒液，今天倘不是我看见你的没落，就得让你看见我的死亡；在这个世界之上，我们是无法并立的。”（五幕一场）对他来说，世界就是一个争权夺利的名利场。最后他还要把克莉奥佩特拉带到罗马示众，冷酷至极。对比安东尼，他显得既卑鄙又无情。

安东尼则与之相反，他曾为罗马帝国开辟疆土建立了丰功伟业，但他视名利为粪土，厌恶这个为了权欲而弱肉强食的世界。在他看来，纷纷列国，不过是一堆堆泥土，在他的心里，真爱和真情更有价值，他把获得爱情视为生命的光荣。安东尼还是一个富有人情、人性和人格尊严的人。他比小凯撒讲信义，对撕毁和约、陷害莱必多斯极为愤慨。他讲人情，部下爱诺巴勃斯离开了他，他却心平气和并把爱诺巴勃斯的物品悉数送去，兵败之后，散尽黄金，让大家各寻出路。他维护了自己的人格和尊严，最后自杀。安东尼一直坚守着自我和人性，具有人格的崇高感。

如果完全从功利角度看，安东尼受过多的人性、人情的羁绊，丢弃了自己的大好前程，是个失败者；小凯撒漠视感情，善用手段，是个胜利者。而莎士比亚在戏剧中明显流露出不同的价值判断。为此，他在剧中还设置了安东尼的大将爱诺巴勃斯这个人物，将安东尼和小凯撒进行对比，作出评判。爱诺巴勃斯是个一贯处世清醒、明智的人，安东尼溃败后，作为现实中人，他不愿追随安东尼一起覆灭，曾背叛安东尼而投降了小凯撒，可是当他认识到小凯撒的阴险无情后，对比安东尼的宽厚仁慈，他痛悔自己的选择，最后用一死进行了自我惩罚。莎士比亚通过爱诺巴勃斯这个形象，完善了安东尼的英雄品格，肯定了他的高贵品格，在剧中把同情给了失败的安东尼，把鄙视留给了得胜的小凯撒。

2. 戏剧的主旨还体现在对安东尼和克莉奥佩特拉的爱情的评价上

安东尼自从投入埃及女王的怀抱里，就成了罗马文明社会的叛逆，政治声誉和前途都受到了影响。后来他为了重建自己的统治，又返回罗马，甚至还娶了小凯撒的寡姐为妻并与小凯撒结盟，但是最终他还是与小凯撒分道扬镳，抛弃了小凯撒的姐姐，重新回到埃及女王的身边，安东尼为爱情作出的这一选择，完全将自己置于罗马社会的对立面，使他在罗马的政治基础受到了彻底的破坏，给了小凯撒一个对他实行制裁的口实，从而使他陷入重大的政治军事危机。在阿克星海战中，安东尼错误地同意克莉奥佩特拉参战，结果在战争的紧要关头女王逃跑，他也命令自己的战舰跟着撤退，从而造成了无可挽回的军事溃败，他的政治前途和宏伟事业全部葬送。对于安东尼来说，伴随着他在军事上的惨败，他生存的根基已经丧失，他不可能再保有他的爱情，因此他以自杀的方式结束了生命。安东尼的死，与其说是兵败之后不得不作的选择，还不如说他是在用一死来保住他的爱情，以牺牲自己的生命获得爱情的永恒。可以说，安东尼为爱情，不仅牺牲了他的权利地位和政治前程，最后还牺牲了生命。安东尼在现实中的权势、地位、荣耀逐一失去，但就是在这一系列的“失”的过程中，表现出情感伟大的一面，人格崇高的一面。

安东尼的爱情与他的人性本色分不开。在罗马文明社会中，安东尼与富尔维娅的婚姻名存实亡，后来与奥克泰维娅的婚姻更是没有爱情的政治联姻，只有对埃及女王克莉奥佩特拉的爱情才是安东尼的感情的本真，征服并得到克莉奥佩特拉的爱情，实现灵与肉的结合是安东尼的生命追求。因此，安东尼对这份爱情的追求，就是对完整人格的追求，对这份爱情的坚守，就是对完整人格的坚守。在获得克莉奥佩特拉的爱情与实现对罗马的统治的两难选择中，安东尼选择了前者，爱情高于权位，情感高于利益，人格高于功利。有人说：“勃鲁托斯、安东尼和科利奥兰纳斯这些悲剧英雄则最集中地表现了莎士比亚心目中理性人性的两个最主要的特征，即强烈的自我意识和崇高的人格。”①

再来看克莉奥佩特拉的爱情。克莉奥佩特拉是女性欲望的化身，在她心中贞洁观念十分淡薄，她对安东尼的爱是直截了当的情欲，是浅薄的肉体之爱。这种肉体之爱往往表现为自私和占有，往往要靠手段来巩固，这与无私的、可以为对方牺牲的真爱大相径庭。克莉奥佩特拉为了达到独占安东尼的目的，可谓用尽了手段和诡计。例如在第一幕中，就写了女王为保住爱情而玩弄的手段，她吩咐侍女去找安东尼时，要是看见他在烦恼，就说她在跳舞，要是他样子很高兴，就对他说她突然病了。以至于连侍女都看不过去，奉劝她别过分玩弄安东尼。剧中不仅侧面写了她的风流艳史，还直接写了她在大难临头时置爱情于不顾，只顾自保的自私自利的行径。在海战中，克莉奥佩特拉丢下安东尼临阵脱逃，造成安东尼的军事失败。事后她向安东尼辩解求饶时说：“啊，我的主，我的主！原谅我因为胆怯而扬帆逃避：我没有想到你会跟了上来的。”（三幕九场）这句话倒不是假话，揭示出了她的贪生怕死，表现出了她爱情上的自私。在安东尼战败后声称要杀死她时，狡猾的女王吓得魂飞魄散，赶紧逃到陵墓中躲起来，然后仍旧玩弄诡计来挽回关系，她派人报告安东尼谎说她已经死了。克莉奥佩特拉对爱情并不忠实，她的爱情是易变的，也是自私自利的。就是在安东尼死后，她还产生过勾引小凯撒的念头。但就是这样的一个克莉奥佩特拉，最后选择了为安东尼殉情，她的爱情在生命的最后一刻放射出了夺目的光芒。使克莉奥佩特拉产生这种根本改变的是安东尼的死亡。安东尼的死亡，表现出了爱情忠诚伟大的一面，当爱情失去后，她才知道它的珍贵

① 许海燕、邱维平：《悲剧情境中的生命本真——论莎士比亚罗马剧中的英雄形象》，载《南京师范大学文学院学报》2003 年第 6 期，第 66 页。

超过世间的一切，她无限惋惜地说：“最高贵的人，你死了吗？你把我抛弃不管了吗？这寂寞的世上没有了你，就像个猪圈一样，叫我怎么活下去呢？”（四幕十三场）同时，她也看清了小凯撒的冷酷的面目，为了不被捉去遭受羞辱，她作出勇敢的决定，选择了死亡：“我决不让全胜而归的凯撒把我作为向人夸耀的战利品；要是刀剑有锋刃，药物有灵，毒蛇有刺，我决不会落在他们的手里。”因为没有了爱的温暖，没有了尊严，苟且地活着反而生不如死。于是，死不再可怕，死亦不足惜。如果说政治利益、荣华富贵的诱惑曾使克莉奥佩特拉在爱情上朝三暮四的话，那么，当她所贪恋的一切不复存在时，当所有的那些诱惑解除了之后，爱情方彰显出它的纯粹、忠诚、伟大的一面。安东尼的死亡改变了克莉奥佩特拉，她那贪生怕死的柔弱消失了，代之以无畏和坚强；她那水性杨花的易变的爱情改变了，变得忠贞不渝。她将毒蛇放在胸前，宁静地死去，死前，她深情地呼唤着：“我的夫，我来了。但愿我的勇气为我证明我可以做你的妻子而无悔！我是火，我是风；我身上其余的原素，让它们随着污浊的皮囊同归于腐朽吧！”（五幕二场）至此，她的爱情得到了升华，人性得到复归，她扬弃身上所有人性上的缺点，捍卫了自身人格的尊严。

文艺复兴时代是一个需要巨人并出现了巨人的时代。资产阶级以人性代替了神性，所有的个人的价值实现、个人欲望追求都得到了肯定。“在这个时代，狂妄的自我实现是英雄气概，它是历史上的生活准则。”① 可以说，剧中的主要人物不论是安东尼、小庞贝、小凯撒这些野心勃勃的罗马男性英雄，还是克莉奥佩特

① 杨周翰编选：《莎士比亚评论汇编》（下），中国社会科学出版社 1981 年版，第 454 页。

拉这样充满情欲、占有欲的埃及女王，都带有这种时代巨人的印记。但是，伴随着文艺复兴运动的深入，人文主义的局限性也显露出来，出现了极端利己主义，社会道德沦丧，人与人的关系恶化。批判极端利己主义，礼赞人性的高贵是莎士比亚悲剧的基本倾向。因此剧中对为实现权欲野心不择手段的小凯撒持批判态度，对坚持人性高贵、爱情本色的安东尼与克莉奥佩特拉给予了肯定，即使他们并不完美。在莎士比亚的价值天平上，爱情情感高于权欲名利，正直高尚高于阴谋冷漠，人的价值在于精神的高贵、情感的伟大。尽管莎士比亚创作此剧时已经年过40岁，他对爱情早已不再抱理想和浪漫的看法，但是他仍超乎世俗观念之上，颂扬了爱情。

（三）在莎士比亚悲剧创作中地位的独特性

莎士比亚在《安东尼与克莉奥佩特拉》剧中表现出的艺术功力与四大悲剧相比毫不逊色，在思想和艺术上它堪称第五大悲剧，评论中已有把《裘力斯·凯撒》称为莎士比亚第五大悲剧的了，因此称号问题实际上是仁者见仁智者见智的事，已不再重要。但如果说《安东尼与克莉奥佩特拉》与《裘力斯·凯撒》是莎士比亚四大悲剧之外最优秀的两部悲剧，应当是没有异议的；如果说这两个剧是莎士比亚罗马剧中成就最高的，应当也是没有异议的。在莎士比亚四大悲剧之外，政治悲剧成就最高的当属《裘力斯·凯撒》，爱情悲剧成就最高的当属《安东尼与克莉奥佩特拉》。

《安东尼与克莉奥佩特拉》具有莎士比亚悲剧作品的那些显著特点：情节生动、丰富，人物众多，形象个性鲜明、内涵丰富，艺术表现手法丰富多样，语言生动、形象、哲理性强等。在这些方面它足可与《哈姆莱特》《奥瑟罗》《李尔王》《麦克白》

这四大悲剧相媲美。同时，该剧还有自己鲜明的艺术特色：它场景广阔，意象高远，充满诗意和美，它具有独特的艺术魅力，显示了莎士比亚这位伟大剧作家和天才诗人的卓越创造才能。

据意象派莎士比亚评论家斯帕津统计，在这个剧里，“世界”这个词前后共出现四十二次，比出现在作者其他大多数戏剧中多出两倍以上，这说明这个悲剧的主要意象所在。[①] 这是因为罗马帝国时代的人是把他们的帝国看做整个天下的。例如，安东尼回答对克莉奥佩特拉的爱情有多深时，使用了“天”、“地”这个意象，从而把读者和观众的想象引向高远。

> 克莉奥佩特拉：要是那真的是爱，告诉我多么深。
>
> 安东尼：可以量深浅的爱是贫乏的。
>
> 克莉奥佩特拉：我要立一个界限，知道你能够爱我到怎么一个极度。
>
> 安东尼：那么你必须发现新的天地。(一幕一场)

在世界这个主体意象下，戏剧中还出现了一系列由自然元素构成的意象。有人说：“各种自然元素，即古希腊朴素唯物主义所认为的构成世界的风、火、水、土诸元素，积极参与了戏剧发展。风、火、水、土这些基本元素的意象在这部悲剧中不断重复出现，由这些元素构成的意象在这部戏剧中十分突出。”[②] 风、火这两个元素与安东尼和克莉奥佩特拉的爱情相连，他们的爱情就像火焰，爱情的火焰随风吹动，将吞噬一切。水这个元素意象

---

① 张泗洋、徐斌、张晓阳：《莎士比亚戏剧研究》，时代文艺出版社 1991 年版，第 249 页。

② 谭利思：《莎士比亚〈安东尼和克莉奥佩特拉〉中的变形思想及其辩证涵义解读》，载《南京理工大学学报》（社会科学版）2003 年第 2 期，第 66 页。

更多与安东尼相联结：水为安东尼带来了一段传世的爱情，安东尼初次与克莉奥佩特拉相遇就是在水上；水也给安东尼带来了毁灭，安东尼放弃了自己最擅长的陆战而选择与小凯撒海战，导致了失败灭亡；水可以变形，变成云，变成雾，变成气体消失殆尽，而安东尼的命运也正是这样，他曾显赫一时，最终化归于无。安东尼自己曾说："有时我们看见天上的云像一条蛟龙；有时雾气会化成一只熊、一头狮子的形状，有时像一座高耸的城堡、一座突兀的危崖、一堆雄峙的山峰，或是一道树木葱茏的青色海峡，俯瞰尘寰，用种种虚无的景色戏弄我们的眼睛。你曾经看见过这种现象，它们都是一些日暮的幻影……现在瞧上去还像一匹马的，一转瞬间，浮云飞散了，它就像一滴滴水落在池里一样，分解不出它的形状。你的主帅也不过是一块浮云；现在我还是一个好好的安东尼，可是我却保不住自己的形体。"（四幕十二场）"土"这个元素意象更多与克莉奥佩特拉相联结，她被称为尼罗河的花蛇，生和死都在尼罗河畔的泥地里。所以和安东尼想象自己变成浮云不同，她则是这样想象自己的死亡："我宁愿葬身在埃及的沟壑里，我宁愿赤裸了身体，躺在尼罗河的湿泥上，让水蝇在我身上下卵，使我生蛆而腐烂……"（五幕二场）这位女王最后让产自尼罗河的毒蛇把自己咬死，生于土，又归于土。风、火、水、土这些基本元素意象的运用，给悲剧带来宏观的景象和雄伟的气魄，开拓了一个广阔的空间，把人们的想象带进大自然，带进世界，进入更广阔的宇宙。场景广阔又诗意盎然是《安东尼与克莉奥佩特拉》鲜明的艺术特色，使这个剧在莎士比亚戏剧中别具一格。

《安东尼与克莉奥佩特拉》在莎士比亚悲剧中有特殊的地位。它是莎士比亚悲喜剧创作的一个总结，是爱情剧的终结。

在爱情悲剧中，《罗密欧与朱丽叶》是一部杰作。这个剧从写作时间、作品内容、作品的艺术特色上看，都可以说是与莎士比亚喜剧是一脉相承的，尽管它是一部悲剧，但更近似于莎士比亚浪漫喜剧的一个变体。《安东尼与克莉奥佩特拉》这个剧的创作看上去有些特殊，它似乎是莎士比亚创作中的一个例外，与其他剧作没什么联系，和四大悲剧的创作在同一时期却有完全不同的主题和风貌。有人看到了它的这一特殊性，指出："这个悲剧和莎士比亚以往写的戏剧之间，在主题和结构上都无明显的联系。"① 在这个问题上，我的看法是，莎士比亚的这个剧本是非常优秀的，它不会是莎士比亚戏剧中一个带有尝试性的作品，必定和它之前的创作有某种内在关系。从创作时间上看，我们注意到《安东尼与克莉奥佩特拉》是在莎士比亚创作了三部悲喜剧（阴暗喜剧）之后完成的，如果以一种联系的辩证的眼光看莎士比亚创作的话，这个剧本的创作和他的悲喜剧有内在的联系。如果联系他创作的三部悲喜剧，就会发现它不是一个孤立现象，它在某种程度上可被看做是在悲喜剧创作基础上完成，是悲喜剧创作基础上的一个总结性的作品。

莎士比亚的三部悲喜剧作品创作时间是：《特洛伊罗斯与克瑞西达》在1601—1602年，《终成眷属》在1602—1603年，《一报还一报》在1604—1605年，而《安东尼与克莉奥佩特拉》的创作时间是在1606—1607年，在时间上紧跟三部悲喜剧之后，与三部悲喜剧创作是前后相连的。除了外部联系外，它们的主题、人物等内在的关联更为紧密。

正像《罗密欧与朱丽叶》这个悲剧作品，其实主题和人物更接近莎士比亚的喜剧一样，《特洛伊罗斯与克瑞西达》《终成

---

① 张泗洋、徐斌、张晓阳：《莎士比亚戏剧研究》，时代文艺出版社1991年版，第237页。

眷属》《一报还一报》这三个悲喜剧作品被看做是带悲剧色彩的喜剧，其实主题和人物更接近莎士比亚悲剧，除了喜剧的结局外，都表现了爱情中的阴暗面，都是爱情悲剧。《特洛伊罗斯与克瑞西达》中出现了爱情的不和谐音：女性轻浮、淫荡、对爱情不忠，不论是大人物海伦还是主人公克瑞西达都是如此，女性的水性杨花与克莉奥佩特拉非常接近。该剧中把战争看做是男人毫无道义和崇高性的私利的争夺战，这也与《安东尼与克莉奥佩特拉》中对战争、权欲的看法近似。在《终成眷属》里，海丽娜以调包方式怀孕，迫使骄傲的勃特拉姆不得不最后与她成婚，他们的爱情婚姻中掺有杂质，这与安东尼与克莉奥佩特拉复杂的爱情也十分近似。在《一报还一报》中，写女性为了实现婚姻目的采用调包计，用肉体拴住男人的情节也与克莉奥佩特拉玩弄花招拴住安东尼的做法一致。剧中出现了一个感情冷漠，无情冷酷的男人安哲鲁，这个人身上的这些特质与小凯撒相通。三部悲喜剧一反莎士比亚对爱情的歌颂，写出了爱情婚姻中现实、无奈、鄙俗的一面，表现了莎士比亚爱情理想的破灭之感。但是写过大量爱情喜剧的莎士比亚，将爱情作为人文主义理想歌颂的莎士比亚，最终还是肯定了爱情，尽管爱情本身不再纯粹。他也超越了悲喜剧创作暴露爱情阴暗面的写作模式，写出了安东尼和克莉奥佩特拉的污泥中的爱情的伟大，奏出最后一曲爱情绝唱。自此以后，莎士比亚就再也没有写爱情剧，无论是爱情喜剧还是爱情悲剧。

五　《科利奥兰纳斯》：英雄的消亡

《科利奥兰纳斯》源出《希腊罗马名人传》。剧中展现了罗马人与伏尔斯人之间的民族对立和罗马城邦内部贵族与市民的阶级对立，描写了处在漩涡中心的卡厄斯·马歇斯·科利奥兰纳斯这个骄傲自负的罗马英雄的悲剧。

公元前5世纪，由贵族元老掌权的古罗马城邦时期，古罗马社会内阶级矛盾剑拔弩张，一群罗马市民由于穷困和饥饿酝酿着发起一场暴动。他们仇恨的目标集中到了罗马将军卡厄斯·马歇斯身上，他是古罗马城邦内最为声名显赫的贵族之一，在贵族元老中具有威望，但由于他对待市民态度傲慢，因此成了民众攻击的目标。这时，发生了邻国伏尔斯人入侵罗马的事件，在这场战役中，英勇的马歇斯再次挫败了对手伏尔斯人的将领奥菲狄乌斯，并且占领了伏尔斯的城市科里奥里。罗马人为他加上了科利奥兰纳斯的光荣称号，称他为卡厄斯·马歇斯·科利奥兰纳斯。罗马元老院推举他做罗马的执政，但有一个条件就是他还必须获得民众的赞同。生性高傲的卡厄斯·马歇斯·科利奥兰纳斯不愿违反本性屈尊乞求民众，拒绝到市场上去裸露自己的伤疤换取民众的同意。迫于母亲伏伦妮娅的压力，马歇斯虽然去了市场却因为过于骄傲，对市民出言不逊而被民众视为最大公敌。在两名护民官的教唆下，民众将竞选失败的马歇斯逐出罗马城邦。屈辱的马歇斯流亡到伏尔斯人的安息城时，带着复仇的怒火投靠了伏尔斯人，联合曾经的对手奥菲狄乌斯进军罗马，罗马城危在旦夕。母亲伏伦妮娅带着马歇斯的妻子和孩子前来阻挡，她跪求马歇斯收兵。罗马保住了，而卡厄斯·马歇斯·科利奥兰纳斯在返回伏尔斯后，被奥菲狄乌斯以叛徒的罪名处死。

关于莎士比亚的悲剧《科利奥兰纳斯》，早期评论多认为它远不如之前莎士比亚创作的四大悲剧。“历代评家对《科利奥兰纳斯》褒贬不一，粗线索地说，早期似乎是贬甚于褒。如果把这个剧本放在莎氏的所谓成熟悲剧的参照框架中考察，确有多处背离了已经确立的莎氏模式。首先是《科利奥兰纳斯》缺乏超越时空的伟大悲剧所必有的活力和形而上教益。约翰逊博士和柯勒律治也有类似的贬评，认为成熟悲剧多诗的暗喻，而《科利奥兰纳斯》剧中多用 like 或 as 的明喻，阙诗少文；哈姆雷特等成熟人物，甚至包括麦克白，多形而上的内省，仅哈姆雷特一角就有共 291 行的 14 则独白，而在科氏悲剧中主人公仅有两则涵义肤浅的独白，多的是进军、陷城、群众喧哗起事等形而下的场面。萧伯纳更为刻薄，把科氏看作掀盖探头般的滑稽玩偶，一触即跳……"① 后期评论则多集中在该剧所表现的科利奥兰纳斯与市民的冲突性质上，对科利奥兰纳斯的看法观点不一，并由此还相应地引出了有关莎士比亚对人民的态度问题。有的认为科利奥兰纳斯是一个高贵的古代英雄，而市民主宰的世界到处都是黑夜。莎士比亚笔下的人民是乌合之众。"科利奥兰纳斯与市民的冲突本质是什么呢？从数量上看，这是个体与群体的冲突，但是这种数量上的对比同时也意味着两者在本质上的区别，这是高贵与卑微的冲突。科利奥兰纳斯作为古希腊英雄赫克托尔的后裔具备了古代英雄所有品质，对于马歇斯来说，无所畏惧、勇于牺牲是士兵的基本准则，如果做不到这一点，那么连'人类'的称呼都亵渎了。"② 有人认为科利奥兰纳斯是不可一世自取灭亡的极端个人主义者，是骑在人民头上的贵族阶级的代表，莎士比亚同情人民。"莎士比亚的《科利奥兰纳斯》展现了公元前 5 世纪古罗马城邦的阶级斗争形势，从而引出一个不可一世的'英雄人物'马歇斯自取灭亡的悲剧。剧作家对贵族阶级代表人物马

---

① 路谷孙：《莎士比亚研究十讲》，复旦大学出版社 2006 年版，第 187 页。

② 莫运平：《莎士比亚〈科利奥兰纳斯〉的价值论释义》，载《戏剧文学》2006 年第 11 期，第 26 页。

歇斯持冷静的批判态度，对人民群众怀有深厚感情。"① 此外，也有的在剧本的政治含义被广泛解读之外，从人格和心理角度看科利奥兰纳斯的悲剧，认为这部悲剧的真谛是官能失调。科利奥兰纳斯"作为个人悲剧的真谛，铁石排斥柔情，黩武扼杀理性，孤高游离社群，'凡人之患，偏伤之也'，偏伤者，性格偏执失衡或官能失调之谓也"。②

关于《科利奥兰纳斯》这个剧，存在争议较大的几个基本问题在于，怎样看科利奥兰纳斯及其悲剧成因，怎样看科利奥兰纳斯与民众的关系，莎士比亚的人民观究竟是怎样的。这些都是解读《科利奥兰纳斯》这个剧本时无法回避的问题。在这里，我们另辟蹊径，换一种批评的角度，以 20 世纪萨特的存在主义哲学观去看《科利奥兰纳斯》，会对上述问题有一个新的理解，发现一些新的意义。

萨特存在主义文学的思想倾向，主要是表述存在主义的人学主张。可将之概括为一个总论点和三个分论点。总论点是"存在先于本质"。三个分论点是总论点的具体化。萨特的作品大都是这些分论点的形象表述。第一，他的客体观是"自在的存在"。认为世界荒谬，人生孤独；第二，他的主体观是"自为的存在"，主张自由选择，不断选择；第三，他的责任观，是自由和负责相联系，自由选择必须承担责任。③

从萨特存在主义哲学观点看《科利奥兰纳斯》，科利奥兰纳斯也在三个方面具有悲剧性。

---

① 方平：《马歇斯的双重放逐》，载《外国文学研究》1999 年第 3 期，第 44 页。

② 陆谷孙：《莎士比亚研究十讲》，复旦大学出版社 2006 年版，第 200 页。

③ 郑克鲁主编：《外国文学史》，高等教育出版社 2001 年版，第 156 页。

（一）科利奥兰纳斯的悲剧性首先在于世界的荒谬，人生的痛苦上

戏剧一开始，罗马城邦内就处在秩序的混乱中，由于饥荒，市民与贵族产生了尖锐对立，阶级间的矛盾冲突一触即发。市民甲一上来就把矛头指向了卡厄斯·马歇斯。他说："你们都下了决心吗，宁愿死，不愿挨饿吗？……第一，你们知道卡厄斯·马歇斯是人民的最大公敌。……让我们杀死他，然后我们要多少谷就有多少谷。我们就这样决定了吗？……我们的痛苦饥寒，我们的枯瘦憔悴，就像是列载着他们的富裕的一张清单，他们享福就是靠了我们受苦。让我们举起我们的武器来复仇，趁我们还没有瘦得只剩几根骨头。天神知道我说这样的话，只是迫于没有面包吃的饥饿，不是因为渴于复仇。"（一幕一场）而马歇斯一上场来，对市民也是一顿责骂："谁要是对你们温语相加，他也会恭维他心里痛恨的人了。你们究竟要什么，你们这些恶狗？你们既不喜欢和平，又不喜欢战争；战争使你们害怕，和平又使你们妄自尊大。……该死的东西！相信你们？你们每一分钟都要变换一个心，你们会称颂你们刚才所痛恨的人，唾骂你们刚才所赞美的人。你们在城里到处鼓噪，攻击尊贵的元老院，究竟是怎么一回事？……他们说有很多的谷！要是那些贵族们愿意放下他们的慈悲，让我运用我的剑，我要尽我的枪尖所能挑到，把几千个这样的奴才杀死了堆成一座高高的尸山。"（一幕一场）

分别从市民甲和马歇斯的台词中，我们不难看出市民与贵族的尖锐对立。这种矛盾和对立有两重：一重是物质上的贫富差异，市民没有粮食吃，由于饥饿而憎恨贵族的富裕，憎恨他们的特权，而贵族则心肠冷酷，对民众的疾苦无动于衷。另一重是观念上的歧视和对立，市民们因为马歇斯的蔑视民众的粗暴态度而将憎恨集中到他身上的，而马歇斯则的确从他的贵族立场和军人

立场看不起民众，粗暴地对待他们，在他的话语里，他把市民叫作"恶狗"、"该死的奴才"。在后面几幕中还将市民称为"多头的水蛇"（三幕一场）、"多头的怪兽"（四幕一场）、"反复无常、腥躁恶臭"（三幕一场），他歧视市民，认为民众在战争中缺乏贵族才有的英勇，在和平时期反复无常、爱聚众闹事，在政治上他们不应有说话的权利。

这种尖锐的对立，谁是谁非？莎士比亚的立场是什么？这正是引人争论的地方。总体看起来，莎士比亚对民众的态度是同情的，他认识到了民众的"水可以载舟也可以覆舟"的力量，但也不是完全把立场放在民众这一边，他对市民的反复无常和暴乱有针砭。与此同时，莎士比亚对贵族的傲慢和偏见也有批判，但他对科利奥兰纳斯这个人物又有同情，不认为应该如此对待他。总之，莎士比亚无意去评判贵族和市民谁是谁非，在剧中实际上真正迫害科利奥兰纳斯的是护民官，民众也主要是受到护民官的蛊惑的。莎士比亚的立场更接近剧中的贵族元老米尼涅斯的立场，剧中米尼涅斯曾给市民讲过一个关于肚子的寓言，以此来说明秩序的重要。他说："从前有一个时候，身体上的各部器官联合向肚子反抗；它们申斥它像一个无底洞似的占据在身体的中央，无所事事，其余的器官有的管看，有的管听，有的管思想，有的管教训，有的管步行，有的管感觉，分工合作，共同应付着全身的需要，只有它只知容纳食物，不知分担劳苦。……这位庄严的肚子是很从容不迫的，不像攻击他的人们那样鲁莽轻率，他这样回答：'不错，我的全体朋友们'，他说，'你们全体赖以生活的食物，是由我最先收纳下来的；这是理所当然的事，因为我是整个身体的仓库和工厂；可是你们应该记得，那些食物就是我把它们从你们血液的河流里一路运输过去，一直传达到心的宫廷和脑的宝座；经过人身的五官百窍，最强制的神经和最细微的血管都从我得到保持它们活力的资粮。’……罗马的元老们就是这一个好肚子，你们就是那一群作乱的器官。”（一幕一场）莎士比亚只是像米尼涅斯一样反对无秩序的混乱，表现出一个无序混乱的社会的荒谬，在他看来，市民与贵族的冲突和对立，就像器官向肚子造反一样荒谬。

《科利奥兰纳斯》一开始描绘的罗马就是这样一副世界荒谬、人生痛苦的图景。世界的存在是自在的存在，它空虚、无聊、肮脏、丑恶，人被抛到这个世界来，就四面受敌，孤立无援，苟且偷生，存在就是受难。

罗马社会不仅仅存在内部的冲突，还存在城邦之间的战争。伏尔斯人进攻罗马导致城邦之间战争爆发，战争更进一步体现了世界的荒谬性的一面。这种荒谬表现在以下两个方面：

一个表现是，在世俗眼中，在市民当中，英雄的价值失落。剧中的马歇斯如同神话中的战神马斯，二者不仅名字相像，战神是 Mars，马歇斯是 Marxist，而且职能也相似，古罗马人把战神视为罗马的保护神，马歇斯是保卫罗马的英雄，并且剧中还有马歇斯·科利奥兰纳斯向战神马斯呼吁的情节（五幕四场）更增强了这种联系；剧中的马歇斯还如同荷马史诗中的阿喀琉斯，他的表现就像那位古代大英雄一样，不仅在战场上英勇无畏，暴躁易怒的天性也和阿喀琉斯如出一辙。马歇斯在保卫罗马的战役中所向无敌，他曾独自一人攻破科里奥里。但是这样的英雄只在战争中才是有价值的，战争结束后，虽然罗马的贵族元老把一个象征光荣的称号科利奥兰纳斯给了他，可是在市民眼中，他的功劳和称号却完全贬值了，他那阿喀琉斯式的暴躁易怒，不再被视为高贵品格的表现，反倒是加剧了市民对他的憎恨。他们清楚马歇斯为祖国立下的功劳，可是在他们看来，他因过于骄傲，已经把他的功劳诋毁了，他们称“他所作的轰轰烈烈的事情……其实他只是要取悦他的母亲，同时使他可以对人骄傲”。这就一下子消解了英雄的全部意义。他在战争中的英勇，非但没有给他带来多少荣誉和市民的崇敬，反而为他招来更深的嫉恨；他那阿喀琉斯式的易怒暴躁的禀性进一步导致他竞选执政失败，甚至被当做人民的公敌要把他推下大帕岩去，最后被驱逐出罗马。这进一步显示出世界荒谬、人生荒诞的一面来。大帕岩是加比托林山的悬崖，古罗马人将叛国的犯人由此推下摔死；现在的罗马市民在护民官的挑唆下要把刚刚保卫了罗马的英雄马歇斯·科利奥兰纳斯推下去，这不能不说是一种讽刺。与其说后来科利奥兰纳斯背叛了罗马，不如说首先是罗马背叛了它的英雄。

世界荒谬的另一个表现是，在现实生活中，在贵族当中，英雄的道德观、价值观、荣誉观也同样失落了。科利奥兰纳斯参加战争，他自己以为是在为国家而战，是承担城邦公民的责任和义务，因此是高贵和伟大的行动。因此他也把对手伏尔斯人的将领奥菲狄乌斯看成是真正的旗鼓相当的对手，敬重对手，渴望与之对决，希望在对决中为自己获得英名。他甚至说：“我很嫉妒他的高贵的品格，倘然我不是我，我就希望我是他。”（一幕一场）战胜伏尔斯人能使他感受到自身价值的实现。但是，事实上，这只是马歇斯的一厢情愿，实际正相反，奥菲狄乌斯已经把这场城邦国家之间的战争矮化、具化了，把它仅仅看成是与科利奥兰纳斯个人之间的一场争斗，而且他本人毫无骑士的道德荣誉感，为了发泄私怨可以不择手段。他说：“天地为证，要是我再有机会当面看见他，不是我杀死他，就是他杀死我。我对他的敌视已经使我不能再顾全我的荣誉；因为我既不能堂堂正正地以剑对剑，用同等的力量取胜他，凭着愤怒和阴谋，也要设法叫他落在我的手里。”“……他使我的勇气受到了毁损；我的怨毒一见了他，就会自己飞出来。不论在他睡觉、害病或是解除武装的时候，不论在圣殿或神庙里，不论在教士的祈祷或在献祭的时辰，所有这一切阻止复仇的障碍，都不能运用它们陈腐的特权和惯例，禁止我向马歇斯发泄我的仇恨。要是我在无论什么地方找到了他，即使他是在我自己的家里，在我的兄弟的保护之下，我也要违反好客的礼仪，在他的胸膛里洗我的凶暴的手。”（一幕一场）奥菲狄乌斯完全不像马歇斯想象的那样高贵，他抛弃了古代英雄的行为准则，抛弃了骑士道德。后来他果然找到借口，以卑鄙的手段除掉了马歇斯，并践踏马歇斯的尸体，使马歇斯的死亡看上去毫无尊贵可言。奥菲狄乌斯的所作所为是对科利奥兰纳斯所代表的贵族荣誉观、价值观的讽刺，充分表现出世界的荒谬、人生的荒诞来。

（二）科利奥兰纳斯的悲剧性还在于他的自由选择受到威胁，并且每次选择都进一步导致其高贵和荣誉的进一步丧失

萨特存在主义哲学认为，人的意志有绝对的自由，有进行自由的选择，不受任何外界条件的限制。也就是说，任何人也无法剥夺这种选择的自由。人即是不选择也仍然是作了自由选择，那就是选择了不选择。自由是一种本体论的自由，自由是一种精神的独立性。所以自由也具有排他性。正是看到人的自由受到他人的威胁，萨特在《禁闭》里喊出了著名的口号：地狱，就是他人。

科利奥兰纳斯的第一次重大选择是参与选举执政。贵族元老院推举了他之后，他自己却无意参与，尤其是不愿为当上执政而披上粗布衣服到“市场”去，通过将战斗中留下的伤痕袒露给市民来征求市民的同意。因为这在科利奥兰纳斯眼中是一种屈尊纡贵的丑陋行径。所以他虽然去了市场并且得到了市民的同意，但是并不诚恳。护民官挑唆市民收回给予的同意，这就需要他再次去市场面对市民，科利奥兰纳斯拒绝了。这时母亲伏伦妮娅来了，她命令科利奥兰纳斯说："你现在必须去向人民说话，不是照着你自己的意思说话，却要去向他们说一些完全违背你的本心的话。……您现在就去见他们，把这帽子拿在手里，你的膝盖吻着地上的砖石，摇摆着你的头，克制你的坚强的心，让它变得像摇摇欲坠的、烂熟的桑子一样谦卑。"（三幕二场）伏伦妮娅让科利奥兰纳斯去做的这种行为与米兰·昆德拉所创造的一个现代概念"媚俗"有某些相通之处。"'媚俗'一词指不惜一切代价想讨好，而且要讨最大多数人好的一种态度。为了讨好，就必须确定什么是大家都想听的，必须为固有观念服务。所谓'媚俗'，就是用美丽、动人的语言表达固有观念的愚蠢。"[1] 当她看到科利奥兰纳斯不愿这样做时，就进一步逼迫他：你"必须这样做，非这样做不可。请你说你愿意这样做，立刻就去吧。""好儿子，你曾经说过，当初你因为受到我的奖励，所以才会成为一个军人；现在请你再接受我的奖励，做一件你从来没有做过的事吧。"（三幕二场）伏伦妮娅用利诱和胁迫的方式终于使科利奥兰纳斯就范。科利奥兰纳斯虽然按照伏伦妮娅的意志做了选择，却又对自己进行咒骂："好，那么我就去！滚开，我的高傲的脾气，让一个娼妓的灵魂占据住我的身体！让我那和战鼓竞响的巨嗓变成像阉人一样地尖细，像催婴儿入睡的处女的歌声一样轻柔的声音！让我的颊上挂起了奸徒的巧笑，让学童的眼泪蒙蔽我的目光！让乞儿的舌头在我的嘴唇之间转动，我那跨惯征鞍的罩甲的膝盖，像接受布施一样向人弯曲！不，我不愿意，我怕我会失去对我自己的尊敬，我的身体干了这样的事，也许会使我的精神沾上一重无法摆脱的卑鄙。"（三幕二场）从中可以看出科

① 昆德拉：《小说的艺术》，上海译文出版社 2004 年版，第 63 页。

利奥兰纳斯的真实思想，即他不愿意讨好民众，他认为这是一种卑鄙的谄媚。

科利奥兰纳斯拒绝这样做，是因为他意识到了这样做就丧失了他的军人的荣誉，就丧失了内心的高贵，就是自觉下降，所以他对这种行径表示谴责。可是，在行动上，结果他毕竟还是走向市场去讨好民众。这一选择意味着他不仅丧失了内心的高贵，在服从母亲伏伦妮娅意志的同时，他也开始丧失自由意志、丧失自我，他固有的英雄价值观破产了，他进一步丧失了英雄的人格。

科利奥兰纳斯第二次重大的选择是为自己雪耻攻打罗马，这一次选择导致他失去了全部的荣誉，导致了他耻辱地死亡。这一次，母亲的干预仍是至关重要的。所不同的只是这次伏伦妮娅要做的不是怂恿而是阻止。伏伦妮娅阻止科利奥兰纳斯向罗马施展报复的那段台词经常被引用："要是我不能把你劝服，使你放弃了陷一个国家于灭亡的行动，而采取一种兼利双方的途径，那么我相信，我决不让你侵犯你的国家，除非先从你的生身母亲的身上践踏过去。"（五幕三场）我们通常把这段台词看做是一个爱国母亲的大义凛然的感人之辞。仔细去分析，却会发现这段话仍是符合伏伦妮娅一贯性格的，她的出发点更多是出于骄傲的自我，而不是城邦的利益；里面仍含有她实际的利益打算即所谓的兼利双方，她未必是真的打算牺牲儿子拯救城邦。所以在伏伦妮娅这段台词之后，紧接着是科利奥兰纳斯的妻子和儿子的这样两句台词。维吉尼亚说："我替您生下这个孩子，继续您的家声，您现在也必须从我的身上践踏过去。"小马歇斯说："我可不让他踏；我要逃走，等我年纪长大了，我也要打仗。"维吉尼亚是个没有个人主见和独立意志的人，她那几乎是鹦鹉学舌的话，消解了伏伦妮娅语言中应有的那种庄严的意义。小马歇斯更是使用了践踏这个词的字面意义，进一步使伏伦妮娅语言中应有的庄严意义完全消解，并带有些许的黑色幽默的意味。紧接着伏伦妮娅表现出她一贯就有的强迫态度，那就是："跪下来，让我们用屈膝羞辱他。"母跪子完全是一种胁迫，科利奥兰纳斯完全被压垮了，他再次向伏伦妮娅的意志屈服。而结局是悲剧性的，也是讽刺性的：当伏伦妮娅归来被罗马人欢呼迎接的时候，正是科利奥兰纳斯遭到伏尔斯人诛杀的时候。并且科利奥兰纳斯是被奥菲狄乌斯以叛徒的名义乱剑杀死的，除了荣誉被践踏，他的尸体也被践踏。

有评论认为这里是谴责科利奥兰纳斯攻打祖国的行为。其实，莎士比亚只是写科利奥兰纳斯为了维护荣誉反而失去了荣誉。可对比一下《伊利亚特》，希腊英雄阿喀琉斯曾因女俘被夺，荣誉受损，一怒之下退出战斗；也曾为了好友被杀，自己的铠甲被夺，再次愤怒杀死敌人赫克托，并将其拖尸泄愤。英雄捍卫自己的荣誉在史诗里受到了礼赞。而在该剧里面，与之形成反照的是：科利奥兰纳斯为罗马冲锋陷阵却被逐出罗马，为了雪耻，他一怒之下引伏尔斯兵攻打罗马，可这一切不仅没有雪耻，反而给自己带来新的耻辱，他攻打祖国的行为也无法高贵起来。莎士比亚曾在《泰特斯·安德洛尼克斯》中写过路歇斯引哥特人攻罗马的类似情节。在这里，莎士比亚并不在爱国或叛国上做文章，莎士比亚只是表现了科利奥兰纳斯所处境遇的荒谬性和英雄不再高贵的现实。

有不少评论都注意并评价科利奥兰纳斯与母亲伏伦妮娅的关系。有的认为科利奥兰纳斯是继哈姆莱特之后又一个有恋母情结的主人公，其母伏伦妮娅是借儿子之身张扬"超我"。有的评论倾向于肯定伏伦妮娅，因为她以"母跪子"的举动劝说儿子科利奥兰纳斯放弃了攻打罗马的行动，挽救了罗马。她是一位渴望儿子英勇善战、前途远大、受人尊崇的深明大义的爱国母亲。不管是哪一种评论，一个不争的事实就是：科利奥兰纳斯是受到他的母亲伏伦妮娅意志的支配甚至控制的。难怪剧本中，市民在评价他的战功时，轻蔑地称他所作的轰轰烈烈的事情只是要取悦他的母亲；对手奥菲狄乌斯则当面以“你这善哭的孩子”侮辱他。

从自由选择的角度看，科利奥兰纳斯的选择是悲剧性的。一个叱咤风云的将军却没有自己精神的独立性，在政治生活中没有按自己的意志进行自由选择，他的自由选择总是受到他人的威胁，确切地说是受到母亲的胁迫；而且他的每次选择的结果都是悲剧性的。他在无奈的选择中，为了母亲所说的利益，不断地牺牲他所追求的高贵和荣誉。对于科利奥兰纳斯来说，生命中最重要的是高贵和荣誉，而他每次选择的结果却是不断失去高贵和荣誉，直至死亡。

（三）科利奥兰纳斯就其本质来说，他是一个走向消亡的没落的英雄，他既是个性格暴躁的英雄又是个意志孱弱的儿子，既可悲又可笑

在萨特看来，人存在着，进行各种选择，选择的结果决定了人的本质。所以他说：“世界上没有懦弱的气质这样东西。因为使人成为懦夫的是放弃或者让步的行为，而气质并不是一种行动。一个人成为懦夫是根据他做的事情决定的。……而存在主义者却说，是懦夫把自己变成懦夫，是英雄把自己变成英雄。”①

科利奥兰纳斯曾在对伏尔斯人的战争中选择了勇敢，所以可以说他是个英勇的军人，因此他拥有应得的高贵和荣誉。科利奥兰纳斯为了得到执政职位选择了媚俗，因此他不再高贵；为了维

① 让·保罗·萨特：《存在主义是一种人道主义》，周煦良、汤永宽译，上海译文出版社1988年版，第20页。

护个人荣誉而报复罗马又因怕承担恶名放弃了报复，最终被以叛徒之名杀死，因此他也不再是受人敬爱的英雄。从参选执政和从罗马退兵两次重大选择中，他选择的都是屈从母亲，所以说他是卑微软弱的儿子，性格孱弱，他在失去英雄的高贵时也失去了自我。科利奥兰纳斯这样一个英雄却始终受到母亲的控制，那意味着他还是一个孩子。这一点与古代英雄相比是一个绝大的讽刺。在古希腊、古罗马神话里，战神马斯以力量和智慧征服的是女神维纳斯；在荷马史诗里，希腊的英雄要为争夺美女海伦而战；在中世纪史诗里面，骑士为获得贵妇人的青睐而战，唯独没有一个英雄要受母亲的摆布。剧中科利奥兰纳斯则一直受其母亲意志的控制，连他的性格缄默的妻子维吉尼亚和他的幼小的儿子也完全听从他母亲的，他就像一个没长大的儿子，而不是一个丈夫和父亲。

世界是荒谬的，科利奥兰纳斯生活在贵族与市民斗争的漩涡中，他那阿喀琉斯式的暴躁易怒的性格使他显得可笑滑稽；他那战神式的勇武也只给他带来耻辱、被逐、死亡和荣誉被毁，他又是可悲的。有人说《科利奥兰纳斯》缺乏莎士比亚以往那些伟大悲剧的特点，原因是莎士比亚本来就无意再去虚构英雄和故事，无意再去塑造一个完美高贵的英雄。如果说在四大悲剧中，写的是英雄的抗争和毁灭，那么在这个剧中写的却是英雄的没落和丧失。因此科利奥兰纳斯给人的感受是那么复杂，他身上仿佛带有莎士比亚四大悲剧主人公的影子：奥瑟罗的英勇、麦克白的背叛、哈姆莱特的复仇、李尔王的放逐，却缺少他们身上那种内在的英雄气质。马歇斯，是一个从神话中掉到地下来的战神马斯；科利奥兰纳斯，是一个从史诗里落到现实中的阿喀琉斯。从存在主义哲学角度看科利奥兰纳斯的悲剧，作为罗马英雄的科利奥兰纳斯生活在一个英雄价值失落，道德观、价值观、荣辱观失落的世界和年代，他在一次次的人生选择中逐渐丧失了高贵和荣誉。科利奥兰纳斯在本质上是一个走向消亡的没落英雄，他既是个性格暴躁的英雄又是个意志孱弱的儿子，他既是可悲的又是可笑的，在这一点上他更接近堂吉诃德，那也是一个没落的、被历史遗弃的、走向灭亡的英雄。所以科利奥兰纳斯看上去也像堂吉诃德那样给人以复杂的感受，他那原本高贵勇武的品质在现实中是可笑的，他那可悲的下场又带有悲剧色调。

六　《雅典的泰门》：个人反抗的现代主题

《雅典的泰门》一剧取材于普鲁塔克的《希腊、罗马名人传》。

本剧写雅典的富豪贵族泰门禀性善良，慷慨好客，花钱毫不吝惜。泰门花费了无数钱财，得到了人们赞美。他忠心的管家弗莱维斯曾规劝过他几次，但都被当做了耳旁风。泰门很快就家产荡尽，负债累累了。这时债主们逼债来了，泰门向那些他曾帮助过的有钱朋友借钱，却遭到了拒绝，那些曾受惠于他的朋友，个个都忘恩负义，酒肉朋友转眼成为路人。一天，泰门忽然宣布举行一次宴会，大家认为泰门原来是装穷考验他们，于是那些拒绝借钱给泰门的人又都来了，元老、贵族也都来了。泰门先请大家就座，然后让他们揭开面前的盘子，原来盘内满贮的只是清水。泰门嘴里咒骂着众宾客，让他们舔他们的盆子，将盘内的水泼到他们的脸上，将盘子掷向他们身上。众人都说他疯了，纷纷逃避。泰门悲愤至极，他诅咒雅典这个城市和所有的雅典人，痛恨一切人类。以后，泰门远离雅典，独自隐居在洞穴中，靠挖野菜树根充饥。一次他无意中挖到了金子，而他已经看透了金子的本质。见到被元老放逐的将军艾西巴第斯正率领大军前来攻打雅典，泰门要把金子赠给他，要他分给部下去把雅典夷为平地，谁都不要放过。忠仆弗莱维斯要来侍候他，他拒绝了。窃贼来偷金子，元老、诗人、画家等听说他又有了金子，又都纷纷来找他，泰门把他们统统赶走，再次表达了愤世嫉俗的思想。之后，泰门不再见人，最后孤独地死在海滨的洞穴中，死前给自己写了墓志铭。

《雅典的泰门》一剧，在莎士比亚戏剧中所受到的关注和评论比较少，且多为批评性的意见。对这个剧的批评主要在主题、人物、结构几个方面：1. 泰门助人为乐，散尽巨资，欠下债务，被昔日的朋友的冷落，遭到帮助过的人的拒绝，其怨恨可以理解，但他因此转向厌恶人类，憎恨一切形状像人的东西，呼吁夷平雅典，老弱妇孺也不放过，丧失了精神道义方面的优势，所以悲剧性也淡弱了。2. 在剧中，泰门的语言行动的特征就是谩骂、泄愤，这样就使这一形象显得头脑简单，缺乏深度，形象较为概念化。3. 故事不那么生动，也缺少情节的丰富性，前后的情节连接不够紧凑，结构不大完整。

我国评论受马列文论的影响较大。因马克思曾引用了该剧中泰门关于金子的一段台词，所以有不少评论也主要是围绕剧中对金钱问题所做的深刻揭示来肯定该剧的价值。但这个剧除关于金钱方面的论述深刻外，还有其他价值。本剧剧情虽然比较简单，但寓意深刻，现实意义深刻，它不仅包含很深的哲理，也深刻地反映了现实，表现了对人性恶、社会恶的批判和个人反抗的无奈。该剧在莎士比亚悲剧创作中也应有一定的地位。

（一）对人性恶的揭露和反抗

《雅典的泰门》结构是完整的，有层次的，这个剧表现了泰门个人反抗的心路历程。

第一幕的两场都以泰门的家为背景，主要写泰门慷慨善良地给予人们财物和帮助，那些贵族绅士们向泰门谄媚和奉承，泰门感到满足。只有乞丐艾帕曼特斯从第一场开始便出现在泰门身边不起眼的地方，用咒骂的话提醒泰门现实是多么的可怕，人类是多么的丑陋，而泰门并不为所动，仍沉浸在友情当中。泰门在帮助他人的行动中获得幸福感，除了因为他慷慨善良的天性之外，还因为他过于单纯，对世界和人抱有理想主义的信念。

第二幕的两场，写贵族元老纷纷派仆人向泰门讨债。泰门忠实的管家向泰门报告了他已破产的真实情况，泰门虽有些惊讶但他并未紧张，他自认为那些他曾帮助过的人、那些有钱的朋友这时也同样会返回来帮助他。这里突出表现了泰门不谙世事，一派天真的心理。正是由于没有任何心理的准备，他的理想主义观念越是美好，一旦看清人的丑陋和现实的丑陋真相后，产生的心理冲击就越强烈，理想与现实的距离有多大，他的愤怒就会有多大。

第三幕是戏剧的高潮。债主的逼迫，特别是被泰门视做朋友的文提狄斯也拒绝借钱给泰门，这些人的见利忘义、忘恩负义的行为使泰门逐渐清醒过来，此时戏剧没有以独白的方式写出他内心的悲愤，而是在这一幕的最后一场，展现了泰门内心的火山爆发。泰门举办宴会，那些贵族们带着疑惑又来了，他们继续谄媚，却不知泰门已看破了他们的嘴脸。泰门把水浇到他们脸上，把盘子掷向他们身上，怒骂他们。泰门这些行为看去似乎是失去理智控制了，如众人所说的那样，泰门疯了。其实这时的泰门最为清醒，他内心对人性恶有了深入的洞察，他在发泄悲痛时说道："如果神灵也要向人类告贷，人类是会把神明舍弃的。"表现了他不是憎恨哪个人，而是从群丑身上看到了人性中的恶，从而对人类失望。此时的泰门到了理想崩溃的边缘。

第四幕是高潮后的下落部分。第一场写泰门的离去，他不愿看见雅典，成了一个绝望的流浪者，隐居在森林里，斥责着人类的罪恶。第三场写他掘地刨食时居然又发现了“金子”。对金子的作用有切肤之痛的泰门对金子做了深刻的批判。在这里，泰门不仅仅揭露了金钱对人的异化，还揭露了普遍存在的人性弱点和邪恶。不过，在如何改变丑恶人性、现实的问题上，泰门没有找到出路。他幻想着他的反抗：他要扫除人类群丑，他期盼人类死于他们自己的罪恶之下。于是他要艾西巴第斯攻下雅典城，杀死雅典所有的人；他把金子给盗贼，叫他们做一辈子的偷盗者。可以看出，泰门对人性恶、社会恶的认识深入了，但是在如何改变现实的问题上他其实是无奈的。

第五幕也是最后一幕，写画师和诗人再次为得到金子来谄媚泰门，与他们在第一幕出场时并无二致，这说明人心依然如故，更说明人对于金钱的膜拜不分阶级，也不分地位，见利忘义是一个普遍存在的社会问题。泰门彻底失去了对人类的信心，他既然找不到改变现实问题的出路，那么他宁愿与这个世界分道扬镳。泰门只能选择死亡，他为自己立了墓碑，题写了墓志铭，而如何消除世间的罪恶只能留给后人解答了。

泰门是一个完全的理想主义者，他从相信人性到诅咒人类，从当面斥责群丑，到不屑与人为伍，从远离人类，到在孤独中死去。正如作家残雪所说：“理想主义的泰门，起先用儿童的眼光将人类看作高尚的象征，他在现实面前的碰壁就是他认识的深化。泰门本质上是一位古典情怀的诗人，他不能接受人性的现实，他要逃避这可怕的现实，他逃到山林，现实仍不放过他，继续折磨他，就像瘟疫一样。他终于明白，他只要活着，就不可能洁身自好，因为他仍是人类的一分子；而由于他的诗人气质，他又忍受不了人性中的臭气的熏蒸，他只好去死了，为了脱离这可恶的人类，也为了用这种姿态来给人类最恶的诅咒。”《雅典的泰门》对泰门的思想历程和反抗进行了高度浓缩和概括，表现了人文主义价值信仰被毁灭的过程。在此，泰门与哈姆莱特有精神的联系，他们只是斗争的目标、斗争的方式不同罢了。泰门的悲剧并不淡弱，泰门的咒骂也并不浅薄，而是具有很强的哲理性。

《雅典的泰门》这个剧的意义是独特的：在批判金钱的同时，也对人类所谓的理性、道德、人性进行了反思，并提出了改造社会、消除人性恶的种种设想。这既与莎士比亚之前的悲剧主题相联系，又与19世纪以来的西方文学主题交相辉映。《雅典的泰门》这个剧在莎士比亚创作历程中的意义也是独特的，可以看出，莎士比亚在悲剧创作的最后阶段又进行了新的探索。该剧结局写泰门对社会和人类的失望和痛恨，无以解脱，只好回到自然中去，与大地、山川、森林、野兽为伍，而莎士比亚自己从此也不再创作他的悲剧，而转向了传奇剧的创作，让理想在另一个充满童话的世界中再延续下去。

（二）个人对社会恶的反抗

这个剧是莎士比亚悲剧中最贴近现实的悲剧。就它所揭示的关于资本主义社会中金钱对人的异化问题来看，这个剧在莎士比亚悲剧创作中是一个突破。从西方戏剧史、文学史的角度看，这个剧较早表现了个人与社会的对立、个人对社会恶的反抗主题。

《雅典的泰门》不同于莎士比亚之前所有悲剧的地方在于，严格地说，它不再是一部英雄悲剧了。在这个剧的戏剧舞台上，泰门不完全是舞台的中心，除他之外，无名的贵族、元老、将士、窃贼，还有谄媚的贵族路歇斯、路库勒斯、辛普洛涅斯和负心友人文提狄斯都在舞台上有很大的戏份儿。泰门虽为富豪，但不是以往的帝王将相，他在剧中的咒骂，也带有更多的世俗色彩。这个剧不再写英雄的毁灭而是以揭露金钱等社会问题为中心，虽然它仍然是从希腊罗马取材，但却是莎士比亚悲剧中最贴近现实的一个悲剧，在剧中较早地提出了资本主义社会中金钱对人的异化问题。当泰门拥有财富时，人们赞美泰门行善、慷慨，尽显谄媚的丑态，他们羡慕的是泰门的财富，赞美泰门实际上是赞美财富本身。所以当泰门失去金钱时，他们会毫不客气地拒绝他，而不会像他一样行善。人性在金钱面前完全被扭曲。泰门对金子的批判，实质是对金子产生的异化作用的批判，是对金钱社会的批判。“金子！黄黄的、发光的、宝贵的金子！……这东西，只这一点儿，就可以使黑的变成白的、丑的变成美的、错的变成对的、卑贱变成尊贵、老人变成少年、懦夫变成勇士。……这黄色的奴隶可以使异教联盟，同宗分裂；它可以使受诅咒的人得福，使害着灰白色癞病的人为众人所敬爱；它可以使窃贼得到高爵显位，和元老们分庭抗礼；它可以使鸡皮黄脸的寡妇重做新娘。”“啊，你可爱的凶手，帝王逃不过你的掌握，亲生的父子会被你离间！你灿烂的奸夫，淫污了纯洁的婚床！你勇敢的战神！你永远年轻韶秀，永远被人爱恋的娇美的情郎，你的羞颜可以融化了狄安娜女神膝上的冰雪！你有形的神明，你会使冰炭化为胶漆，仇敌互相亲吻！你会说任何的方言，使每一个人惟命是从！你动人心坎的宝物啊！你的奴隶，那些人类要造反了，快快运用你的法力，让他们互相砍杀，留下这个世界来给兽类统治吧。”（四幕三场）这种对金钱社会的批判与巴尔扎克小说中对金钱社会的批判完全一致。可以说莎士比亚是较早表现这个主题，揭露了资本主义拜金主义下社会罪恶的。

19 世纪的批判现实主义文学表现的一个突出主题就是个人与社会的对立，个人对黑暗社会的反抗，文学中出现了一大批对社会恶的进行反抗的艺术形象，他们的思想经历或多或少地与泰门有一致的地方。站在个人的立场上对社会恶进行批判，这是后来19世纪西方文学逐渐形成的一种主题，莎士比亚在该剧中所做的尝试与19世纪的批判现实主义文学是一脉相承的。

剧中还借泰门的反抗提出了如何面对和解决这些问题的设想，所以该剧更接近是一个社会悲剧。莎士比亚在这个剧的创作上实际已经突破了原有的悲剧创作模式，转入到另一类悲剧创作上去了。《雅典的泰门》的主题已从表现大人物的灾难转向表现社会问题上去了。

英雄悲剧的特征既是形式也是内涵的。之前，莎士比亚写的悲剧多为英雄悲剧，他将大写的人置于舞台的中心，以个人英雄的毁灭作为悲剧的主要内容，这与他的人文主义世界观分不开。而伴随着时代的发展，伴随着人文主义理想的逐渐幻灭，特别是资产阶级个人英雄的堕落，英雄悲剧这种形式也随着逐渐改变，英雄悲剧走向没落是一种历史的趋势。这是莎士比亚悲剧变化内在的原因。18世纪启蒙运动时期的法国剧作家博马舍，指出了英雄悲剧的局限性而倡导写严肃戏剧。他提出了他的看法："英雄悲剧中那些英雄和帝王叫我们发生了什么样的兴趣，我们可以立刻发现这种悲剧向我们所表演的情节和夸大了的人物，不过是为我们的虚荣而布置的圈套；他们很难激动人们的心弦。……如果剧中人与我们之间没有某种关系，在舞台上就不可能存在什么兴趣和道德感动力。那么事实很明显，如要英雄悲剧感动我们，除非它与严肃戏剧相似，也只描绘人，而不描绘帝王。"① 如果说《科利奥兰纳斯》是莎士比亚最后的一部英雄悲剧的话，《雅

---

① 伍蠡甫主编：《西方文论选》（上卷），上海译文出版社1985年版，第400—401页。

典的泰门》已经不是英雄悲剧，而是一种新的悲剧。这样看的话，就不仅不能因为《雅典的泰门》不具备莎士比亚成熟悲剧的那些特点而否定它，反而更应当看到它带有的新特点，认识到它的独特性，认识到它在莎士比亚悲剧创作中的特殊地位。

第六章

悲剧(下)：四大悲剧

一 《哈姆莱特》：哈姆莱特形象

哈姆莱特的故事最早见于13世纪丹麦历史学家萨克索·格拉马狄库斯的《丹麦史》，后来又见于法国作家贝尔福莱的《悲剧故事集》。此外还有一个同一题材的剧本，但已失传。

莎士比亚创作的《哈姆莱特》全剧人物众多，主要包括：丹麦王子哈姆莱特及其叔父克劳狄斯、母后乔特鲁德，大臣波格涅斯及其儿子雷欧提斯、女儿奥菲利娅，哈姆莱特的朋友霍拉旭、同学罗森格兰兹、吉尔登斯吞，挪威王子小福丁布拉斯。哈姆莱特父亲的鬼魂也是剧中的一个重要角色，莎士比亚写这个鬼魂的出现，既是剧情需要，也是一种渲染悲剧气氛的艺术手法，同时也符合当时观众迷信鬼神的心理。在戏剧中，这些人物的性格命运交织在一起，爱情、复仇等几条故事线索穿插在一起，外加戏中戏的安排，整个戏剧内容十分复杂。戏剧开始时，丹麦王老哈姆莱特暴卒。在德国威登堡大学读书的王子哈姆莱特回国参加丧礼，叔父克劳狄斯占据了王位，母后乔特鲁德匆匆嫁给了克劳狄斯，克劳狄斯伪善地宣布哈姆莱特为自己王位的继承人。悲愤忧郁中的哈姆莱特听霍拉旭等人说曾连续两次在夜间见到他亡父的鬼魂，他深夜去城堡守望台会见了鬼魂，从鬼魂那里得知叔父克劳狄斯谋杀父王、篡夺王位、引诱母后的罪行。他当即发誓复仇。几近疯狂的哈姆莱特为了提防克劳狄斯，就索性以装疯来掩饰自己。克劳狄斯不相信哈姆莱特真疯，大臣波格涅斯认为王子发疯是因他禁止女儿奥菲利娅与王子相爱引起的，为了讨好国王，他安排女儿与王子见面，让国王和王后在一边偷看。国王仍不相信哈姆莱特真疯，派罗森格兰兹、吉尔登斯吞监视刺探哈姆莱特。这时，有一戏班子进宫演出，哈姆莱特就把鬼魂讲的谋杀情节加进戏里由伶人演出，国王看后大怒，不等终场便离去，王子证实并揭露了国王的罪行。之后，母后召见哈姆莱特，哈姆莱特遇到克劳狄斯在祈祷，他放过了这个复仇的机会。哈姆莱特与王后见面并谴责了她的不贞，随后发现幕后有人，他以为是叔父克劳狄斯在偷听，就一剑刺去，结果误杀了幕后偷听的波洛涅斯。克劳狄斯决心除去哈姆莱特，就以大臣被杀为借口，派他去英国，同时让罗森格兰兹、吉尔登斯吞带去密信让英王杀掉哈姆莱特。路上遇到海盗船，混乱中哈姆莱特发现了克劳狄斯的阴谋，改写了书信，让罗森格兰兹、吉尔登斯吞去送死，自己乘海盗船回国。这时奥菲利娅因为失恋和丧父的双重打击精神失常，落水而死，她的哥哥雷欧提斯在克劳狄斯的挑唆下，要与哈姆莱特决斗，并准备了毒剑、毒酒谋害他。决斗时，雷欧提斯的毒剑伤到了哈姆莱特，但自己也因为两剑易手受伤中毒。母后为祝贺哈姆莱特误饮毒酒而死。雷欧提斯死前将真相告知哈姆莱特，两人交换了宽恕。哈姆莱特在倒下去之前除掉了克劳狄斯，他留下遗言，要霍拉旭把真相告知世人，要挪威王子小福丁布拉斯做丹麦王位继承人。挪威王子小福丁布拉斯成为丹麦王位继承人，给哈姆莱特王子举行了隆重的葬礼。

《哈姆莱特》被公认为代表了莎士比亚悲剧的最高成就，是莎士比亚艺术创作成熟时期的代表作，从剧情、人物性格到表现手法，都比较集中地体现了作家的思想和艺术特点。对此剧的评论是历来莎士比亚评论中最为丰富的，其中关于主人公哈姆莱特形象的评论尤为突出。“一千个读者眼中就有一千个哈姆莱特。”相关的论文和著述可谓汗牛充栋，数不胜数，有的甚至已经超出了文学研究的范围，而进入一种普遍的文化现象的研究。

哈姆莱特这一形象内涵丰富，该形象具有很大的研究空间，问题主要集中在哈姆莱特是一个怎样的形象以及他为什么延宕上。我们先了解前人的看法是怎样的，再谈谈自己对哈姆莱特形象的认识。

（一）前人的观点

关于哈姆莱特形象：

在哈姆莱特是一个什么样的形象问题上，目前主要存在下列一些说法。

1. “复仇王子”说

在18世纪以前，西方评论中主要是这个说法，存在的异议也不多，这是从戏剧故事自然而然得出的结论。国内也有人仍持这种观点。谢柏梁就认为，哈姆莱特这位丹麦王子难于承担作为新兴资产阶级领军人物的重任，更难成为时流的明镜和人伦的雅范，他只不过是宫廷斗争中一个不太精明的王子，仅此而已。这种说法否定了一般大学课堂中的“人文主义者典型”说。

2. “人文主义者典型”说

这是目前我国学界主导性的一种说法。此说源自于苏联，从苏联传到中国。其基本思路是：文学是社会现实矛盾的反映。当时英国社会的矛盾是新兴的人文主义者和封建统治者的矛盾。反映到戏剧中来，就是哈姆莱特与克劳狄斯的矛盾。克劳狄斯是社会罪恶的代表，是一个暴君，代表封建统治势力；而哈姆莱特则是一个人文主义者，除掉克劳狄斯即是消除社会罪恶，他的复仇动机是高尚的，代表正义，悲剧的背景中出现民怨沸腾，也充分肯定了哈姆莱特复仇的社会意义。

哈姆莱特作为一个人文主义者具有以下特征：具有人文主义的人生价值观，认为世界是一座美好的框架，人是万物的灵长；体现了文艺复兴时期巨人的特点，是朝臣的眼睛，学者的辩舌，军人的利剑；是时流的时镜，人伦的雅范，举世瞩目的中心；追求理性，没有轻信鬼魂所言，而是通过戏中戏对克劳狄斯的罪恶进行了证实；体现了人文主义者的斗争精神和历史责任感，父王的死和母后的改嫁，使他逐渐加深了对社会的认识，自觉的承担起重整乾坤的历史责任；在伦理上体现了人文主义的局限，他的身上有个人英雄的历史史观和一定的宗教迷信思想。

与这一说法相似的还有：哈姆莱特是当时优秀的先进人物典型；哈姆莱特是第一个现代知识分子型的英雄人物等。

3. “封建王子”说

这一说法和第二种说法是针锋相对的，持此说的主要是20世纪80年代的国内一批年轻学者。如高万隆的《哈姆莱特是人文主义思想家吗》（《山东师大学报》1986年第4期）、从丛的《论哈姆莱特并非人文主义者》（《河北大学学报》1989年第1期）、黄小玲的《重读哈姆莱特》（《贵州大学学报》1989年第3期）都持此观点。

高万隆的文章具有代表性，他从以下几个方面论证了哈姆莱特是封建王子：一是哈姆莱特的重整乾坤。所谓重振乾坤就是要用复仇的方式恢复父王的时代，而那个父亲只不过是欧洲中世纪一个封建帝王而已，他生性好战，以中世纪的决斗方式占有了挪威国土，并不是一个人文主义者。二是哈姆莱特的封建意识。与其说哈姆莱特是人文主义者，不如说他具有封建意识。这首先表现在家族式的复仇，为父报仇是中世纪至高无上的伦理道德，而他的行动是从封建伦理观念出发并在某种程度上以宗教观作为权衡自己行动的准则。哈姆莱特有自己的人生观："可是在我看来，这泥土塑成的生命算得了什么，人类不能使我发生兴趣。"这恰好在表示他对人类的失望，极度的悲观，在墓地对人生无常的议论表现出宿命论观念。三是哈姆莱特的爱情观。从作品中看，也许他以前爱过奥菲利娅，但回到丹麦后，爱就让位给复仇的观念，再也没有考虑过奥菲利娅，从来也没有考虑过他所做的一切会给她带来多大的伤害。此外，哈姆莱特是偏激的，在他身上有一种破坏欲在蔓延，他的性格是自我否定的，随着他对周围事物的否定，最终把自我也否定了。作者的最后结论是：哈姆莱特并不是一个人文主义者的典型。

4. "伟大的侏儒和渺小的巨人"的混合体

这种说法认为：不论是"人文主义者的典型"说还是"封建王子"说，这两种说法都有一种线性思维方式的局限，而哈姆莱特是一个复杂的性格系统。上述两种说法都是去找利于自己的材料，而回避那些不利于自己的材料。20 世纪 80 年代后期，就有一些论者采用一些自然科学的成果研究哈姆莱特内在世界的丰富性，既把哈姆莱特的性格因素进行切分做静态分析，也从动态过程展示哈姆莱特性格的变化和流动。如田民的《论哈姆莱特性格的模糊性》（《外国文学研究》1987 年第 1 期）一文，把哈姆莱特的性格元素提炼出来进行分析。哈姆莱特性格中有理想主义、理性探索、自我剖析、道德敏感，同时还有悲观厌世、宿命倾向、忧郁沉思、愤懑讥讽。哈姆莱特的整体性格，就存在着巨人与侏儒两极性格的对立，同时每一种人格又具有伟大与渺小的两面性。这两重性格的元素在矛盾对立中彼此渗透、亲和、交融，结合成一个有机统一体。这就决定了哈姆莱特性格的模糊性，从而不具备非此即彼的属性，既不是单纯的巨人，也不是单纯的侏儒，而是伟大的巨人与渺小的侏儒的混合体。这种观点看到了哈姆莱特作为一个人所具备的性格的复杂性。

5. “人性丑恶论者”说

源于俄国著名作家屠格涅夫的一篇著名演讲《哈姆莱特与堂吉诃德》。屠格涅夫把哈姆莱特与堂吉诃德进行比较，认为：“这两个典型体现着人类天性中的两个根本对立的特性，就是人类天性赖以旋转的轴的两极。”[①] 堂吉诃德是一个战斗的理想主义者，而哈姆莱特是一个灰色的悲观主义者；堂吉诃德一心为他人着想，而哈姆莱特经常想到的是自己；堂吉诃德关心的是改变外部世界，勇于行动，而哈姆莱特却更多的转向内心；一个外向，一个内向；一个属于过去，一个代表着将来。

我国学者徐保耕对于屠格涅夫的说法加以发挥，认为哈姆莱特最本质的特征是悲观，由父死母嫁而引发的对人世的悲哀，而且这种悲哀是对整个人类的绝望，是建筑在对人类本身的悲观认识上的。这种悲观的根本特点是生不将生，死不将死，病得无家可归。为什么会导致极度的悲哀？根本在于人性的丑恶，而且这种人性恶是一种不同于中世纪的人性恶，是一种无可救赎的丑恶，是一种更为深刻的绝望和虚无，即是一种现代主义的绝望和虚无。显然，作者认为莎士比亚的悲剧中已表现出现代主义精神，在哈姆莱特的忧郁、彷徨、痛苦中，体现出现代主义精神的最早的萌芽。

---

① 杨周翰编选：《莎士比亚评论汇编》（上），中国社会科学出版社 1979 年版，第 466 页。

关于哈姆莱特的延宕：

1736年托马斯·汉莫就留意到一个情况，就是哈姆莱特早在第一幕就知晓了父亲被杀的秘密，在他实现复仇任务以前却整整经过了四幕时间。汉莫由此提出问题：青年王子的性格中没有任何根据说明，为什么他不一有机会就杀了凶手呢？这位评论家找到的唯一解释是：哈姆莱特勇敢果断，不怕任何危险，可如果哈姆莱特马上报了仇，那就没戏可演了，因此作者不得不让主人公延宕复仇。

自汉莫提出哈姆莱特为何延宕的问题后，后人就一直不断从不同角度加以解说，堪称世界文学史上的奇观之一。在出现的种种解释中，最著名的是伟大的批评家歌德、柯尔律治、布拉德雷等人所作出的解释。

1. 歌德的解释

歌德在《威廉·迈斯特的学习时代》中，借小说主人公之口阐述了他的见解。莎士比亚要描写的是：一件伟大的事业放在一个不能胜任的人身上。这是一棵种在一个高贵的花盆里的树，而这花盆只能种植可爱的花卉；树根伸长，花盆就破碎了。一个美丽、纯洁、高贵而道德高尚的人，他没有坚强的精神使他成为英雄，却在一个重担下毁灭了，这重担他既不能掮起，也不能放下；每个责任对他都是神圣的，这个责任却是太沉重了。他被要求去做不可能的事，这事的本身不是不可能的，对于他却是不可能的。[①] 总之，哈姆莱特过于娇柔了，感觉过于纤细了，不是从事流血的杀人者。歌德是从哈姆莱特的禀性入手来谈的。

---

① 杨周翰编选：《莎士比亚评论汇编》（上），中国社会科学出版社1979年版，第296页。

2. 柯尔律治的解释

柯尔律治认为，哈姆莱特除了决心外，什么也没做，他是一个生活在沉思中的人，在他身上占统治地位的就是思想，而不是行动。他敏感又犹豫不定，把精力全部放在做决定上，反而失去了行动能力。柯氏认为："而这种优柔寡断的原因，是由于心灵的过度的熟虑与思索的习惯。"① 柯尔律治是从哈姆莱特的行为特征角度来谈的。

3. 布拉德雷的解释

布拉德雷认为："哈姆莱特和国王虽然是死敌，可是那个至少像他们两人之间的冲突一样独占着我们兴趣并且停留在我们记忆中的东西，却是他们中间一个人的内心冲突。"② 哈姆莱特之所以失掉力量，就是因为心灵深处的悲哀不时地使他处于无能为力的状态。正是父死母嫁给他的心灵以极大的创伤，从而导致他对人和人类失去了感情，引起了深刻的忧郁，从而导致延宕。布拉德雷是从哈姆莱特的内心冲突角度谈的。

4. 琼斯的解释

20 世纪英国皇家科学院教授琼斯则认为：哈姆莱特之所以拖延，是因为他受到俄狄浦斯情结的左右，在他的潜意识深处也有杀父娶母的情结，而克劳狄斯所做的正是他的潜意识要做的，克劳狄斯实际上代表了他潜意识中的本我，因此他对克劳狄斯迟迟下不了手。琼斯是从哈姆莱特的潜意识角度来谈的。

上述观点偏重于从主观方面寻找延宕的原因，可称之为主观论。也有的认为，哈姆莱特的延宕根本原因不在主观而在客观。

---

① 杨周翰编选：《莎士比亚评论汇编》（上），中国社会科学出版社 1979 年版，第 158 页。

② 杨周翰编选：《莎士比亚评论汇编》（下），中国社会科学出版社 1981 年版，第 31 页。

5. 卡尔·魏尔德尔的解释

19世纪后期德国批评家卡尔·魏尔德尔，在1875年发表的《莎士比亚的〈哈姆莱特〉讲稿》一书中指出，哈姆莱特的踌躇，原因根本不在他的软弱，而是客观情势妨碍了他实现复仇的计划。因为实现悲剧复仇就必须杀人，杀人应当是正义的，为了正义就必须面对全世界替自己的复仇申辩。因此哈姆莱特的目的不是王位，他首要的任务不是杀死国王，他的任务在于完全正义地惩罚杀父凶手，要叫丹麦人相信这样做是合法的。在未证明国王有罪之前就杀死他，就不是杀死凶手，而是销毁罪证，这样无法说明自己是为了惩处凶手，必会令世人误解。只有到了人们认识到国王的罪恶时，才能把他杀掉。但难以取得罪证，无法确证凶手的罪行，这才是哈姆莱特的要害问题。魏尔德尔着重从一种客观的社会情势来谈问题。

6. 别林斯基的解释

别林斯基在其著名论文《莎士比亚的剧本〈哈姆莱特〉——莫恰洛夫扮演哈姆莱特角色》中辩证地看待哈姆莱特的性格，他认为哈姆莱特的天性是强有力的，他的软弱和踌躇，“原因是现实与他的生活理想之间的不相适应”。[①] 别林斯基是从理想与现实的矛盾角度看问题的。

国内学者的观点也基本是从哈姆莱特的思想性格、心理意识等方面阐述忧郁和延宕问题的。有的认为，哈姆莱特原本抱着人文主义理想，但由于父死母嫁，经历由个人到社会的深刻思考后，心灵受到打击，理想的幻灭造成忧郁并导致延宕。有的认为是人文主义的虚幻性所致，因为哈姆莱特的人文主义思想，并不

---

① 杨周翰编选：《莎士比亚评论汇编》（上），中国社会科学出版社1979年版，第436页。

是建立在对生活有着一定了解的基础上，他的人文主义思想来源于德国威登堡大学，是从书本上接受的，一旦面临父死母嫁等丑恶现实才开始清醒，他需要一段时间来平衡自己的内心。有的认为，哈姆莱特不屑于复仇，作为人文主义时期的新人，以及理想的空想性，使他从理想和本能上已不再热衷于流血复仇，而他向往重整乾坤的理想在当时的条件下又只能是一种空想，因此不免犹豫、延宕。有的认为，哈姆莱特所处时代的各种社会矛盾集中体现在他的心灵上，表现为心理意识层复杂的意识活动，这就造成了他的犹豫和拖延。有的认为，哈姆莱特的延宕主要不在人文主义，而在于人文主义思想与封建伦理道德的矛盾，哈姆莱特的行为全都受到基督教良心和中世纪荣誉精神的支配，他时时都用这种基督教的良心来约束自己。

（二）我们的解读

在已有的古今中外丰富的解释后，我们要做的不是另辟蹊径，故作新语，而是在前人研究成果的基础上，批判性地吸取有关的思想观点，进行我们的思考和解读。虽然说，哈姆莱特形象的解读，必然是本文和读者的理解活动相互作用的产物，而且任何论者都不可能把自身从这种相互作用中抽出来，但是我们的原则还应避免过度阐释，全部的阐释都应和作品本身联在一起，毕竟我们要讨论的是莎士比亚在《哈姆莱特》中塑造的哈姆莱特形象。因此，除了注意学习和汲取前人的研究成果外，我们还要结合作品来进行解读。戏剧中的人物性格往往表现在他做了什么和怎么做的，因此分析哈姆莱特形象要和剧本的情节联系起来，既要看到人物的外部行动，看人物做了什么和怎样做；同时还要结合作品人物大量的内心独白，了解他为什么这样做，了解人物更实质、内在的性格。

关于哈姆莱特形象：

先一幕一幕逐次来看哈姆莱特的性格。

第一幕（共5场）是戏剧的开端。通过克劳狄斯的登基典礼和婚礼，介绍了剧中将出场的全部人物，甚至还侧面介绍了小福丁布拉斯，更以鬼魂诉冤，哈姆莱特接受鬼魂嘱托、立誓复仇，以引起戏剧的悬念。

在这一幕里，哈姆莱特有两处重要台词。一是参加了叔父克劳狄斯的登基典礼和婚礼，等人们都离开后，他有一段忧郁悲愤的独白："啊，但愿这一个太过坚实的肉体会融解、消散，化成一摊露水；或者那永生的真神未曾制定禁止自杀的律法！上帝啊！上帝啊！人世间的一切在我看来是多么可厌、陈腐、乏味而无聊！哼！哼！那是一个荒芜不治的花园，长满了恶毒的莠草。想不到居然会有这种事情！刚死了两个月，不，两个月还不满！这样好的一个国王，比起当前这个来，简直是天神和丑怪；这样爱我的母亲，甚至于不愿让天风吹痛了她的脸。……脆弱啊，你的名字就是女人！短短的一个月以前，她哭得像个泪人似的，送我那可怜的父亲下葬；她在送葬的时候所穿的那双鞋子还没有破旧，她就，她就她就嫁给我的叔父……"（一幕二场）

二是哈姆莱特会见了父王的鬼魂，听鬼魂揭露了克劳狄斯的罪行后，悲愤地发誓说："天上的神明啊！地啊！再有什么呢？我还要向地狱呼喊吗？啊，呸！忍着吧，忍着吧，我的心！我的全身的筋骨，不要一下子就变成衰老，支持着我的身体呀！记着你！是的，你可怜的亡魂，当记忆不曾从我这混乱的头脑里消失的时候，我会记着你的。……啊，最恶毒的夫人！啊，奸贼，奸贼，脸上堆着笑的奸贼！我的记事簿呢？我必须把它记下来：一个人可以尽管满面都是笑，骨子里却是杀人的奸贼；至少我相信在丹麦是这样的。"（一幕五场）当他平静下来后，他嘱咐霍拉旭等人不要泄露出去，慨叹道：“这是一个颠倒混乱的时代，唉，倒霉的我却要负起重整乾坤的责任!”

哈姆莱特表现出的性格特点之一是忧郁、绝望、思想偏激，从其独白中可以看到，他忧郁的原因是因母后的失贞行为对爱情、女性、理性的理想化看法发生了动摇，从而否定了人世间的一切。他曾抱有美好的人生理想，相信世界、女性和爱情美好，即信仰人文主义。当跌落到现实中，他憎恨丑恶的现实，因此其内心冲突的性质是理想与现实的矛盾。他的斥责又表明，他不愿而且并未放弃理想，合法的王位被篡夺并未进入他的思考范围。

哈姆莱特表现出的另一性格特征是单纯善良、感情冲动、行动谨慎。他的台词说明，从克劳狄斯身上他被从未见过的人性的奸恶所震撼、激怒，在过分沉重的苦难和仇恨压迫下，他仅能在语言上痛斥，还未能考虑清楚怎样改变现实，他对克劳狄斯有防范但自知力量单薄，没有轻举妄动。在复仇问题上，他的出发点是除恶而非出于家族义务，所以他考虑的确实不是复仇而是惩恶和重整乾坤的问题。

第二幕（共两场）是戏剧的发展部分。冲突向前进一步发展。国王一方先后利用奥菲利娅、罗森格兰兹、吉尔登斯吞来刺探哈姆莱特的内心。哈姆莱特一方则以装疯形式谴责了谄媚、背叛、出卖等行径，并准备借戏中戏揭露克劳狄斯的罪行。

比较重要的是哈姆莱特与波格涅斯、罗森格兰兹和吉尔登斯吞的几场对白。在与波格涅斯的对白中，他嘲弄波格涅斯把女儿作诱饵讨好国王的行径，把他叫做鱼贩子；在与罗森格兰兹和吉尔登斯吞的一场对白中则有如下内容：“我近来不知为了什么缘故，一点兴致都提不起来，什么游乐的事都懒得过问；在这一种抑郁的心境之下，仿佛负载万物的大地，这一座美好的框架，只是一个不毛的荒岬；这个覆盖众生的苍穹，这一顶壮丽的帐幕，这个金黄色的火球点缀着的庄严的屋宇，只是一大堆污浊的瘴气的集合。人类是一件多么了不得的杰作！多么高贵的理性！多么伟大的力量！多么优美的仪表！多么文雅的举动！在行为上多么像一个天使！在智慧上多么像一个天神！宇宙的精华！万物的灵长！可是在我看来，这一个泥土塑成的生命算得了什么？人类不能使我发生兴趣；不，女人也不能使我发生兴趣……”（二幕二场）

这一幕中，哈姆莱特的主要性格特点是忧郁。从他上述的对白中，可以看出他的世界观正处在一个激变状态，从礼赞世界万物、礼赞人类，到一下子否定了这一切。

第三幕（共四场）这是戏剧的高潮部分。哈姆莱特通过戏中戏证实并揭露了国王的罪行，他放过了祈祷中的克劳狄斯，却误杀了波格涅斯。国王明确了哈姆莱特为自己的敌人后，马上派哈姆莱特去英国，以达到借刀杀人的目的。

这一幕哈姆莱特有两处重要的独白：

“生存还是毁灭，这是一个值得考虑的问题；默然忍受命运的暴虐的毒箭，或是挺身反抗人世的无涯的苦难，通过斗争把它们扫清，这两种行为，哪一种更高贵？死了；睡着了；什么都完了；要是在这一种睡眠之中，我们心头的创痛，以及其他无数血肉之躯所不能避免的打击，都可以从此消失，那正是我们求之不得的结局。死了；睡着了；睡着了也许还会做梦；嗯，阻碍就在这儿：因为当我们摆脱了这一具朽腐的皮囊之后，在那死的睡眠里，究竟将要做些什么梦，那不能不使我们踌躇顾虑……”（三幕一场）

“他现在正在祈祷，我正好动手；我决定现在就干，让他上天堂去，我也算报了仇了。不，那还要考虑一下：一个恶人杀死我的父亲，我，他的独生子，却把这个恶人送上天堂。这简直是以恩报怨了。……不！收起来，我的剑，等候一个更残酷的机会吧；当他在酒醉以后，在愤怒之中，或是在乱伦纵欲的时候，有赌博、咒骂或是其他邪恶的行为的中间，我就要叫他颠踬在我的脚下，让他幽深黑暗不见天日的灵魂永堕地狱。”（三幕三场）

从第一段独白可见哈姆莱特长于思考的性格特点。他思考的问题有：恶如此强大，或者忍受下去，或者挺身反抗，以卵击石；死后人的灵魂归属能否确定；惩恶的责任由谁负责。这既是实际问题又是关于妥协与反抗、生与死、虚无与永恒、善与恶等形而上的哲学思考。这说明哈姆莱特行动的延宕，是由于先进的力量弱小，与强大恶势力冲突时必然会有怀疑与动摇，他不是不知道做什么而是不知道怎么做。

第二段独白说明了他斗争的目标是惩恶，而非不择手段地进行封建式复仇。延宕并非他的本性，他迟迟不能除掉克劳狄斯，确实是因为他坚持他的道德观、荣誉观、宗教观，坚持行动的原则，即除掉克劳狄斯的前提必须是合理的、合法的、正义的、光明正大的。与克劳狄斯的迅速反应、不择手段、借刀杀人相比，哈姆莱特的延宕还说明哈姆莱特在除恶问题上坚持正义的原则，不肯违背宗教思想和基本道德。

在这一幕中，哈姆莱特表现出的性格特点之一，是长于以机智的语言为武器来讽刺揭露丑恶与黑暗。他无情地让奥菲利娅进尼姑庵去，他愤怒地斥责罗森格兰兹、吉尔登斯吞是一块吸收国王恩宠利禄的海绵，他直接谴责王后的不知羞耻甘做情欲的奴隶，他以戏中戏的演出揭露克劳狄斯的恶行。哈姆莱特的斗争是英勇的，他不曾放弃过斗争。同时，哈姆莱特表现出的另一性格特点，是长于语言斗争短于暴力行动，在除掉克劳狄斯方面，在复仇任务的完成方面，行动迟缓延宕。他更多的是用语言而非暴力谴责背叛、出卖、失贞和奸恶。

第四幕（共7场）是戏剧的下落部分，主要情节线上的人物开始靠拢纠结。其内容包括：哈姆莱特死里逃生，他将罗森格兰兹和吉尔登斯吞派去送死，自己从海上归来；奥菲利娅落水而死，雷欧提斯因父亲和妹妹的死而把怒火发向哈姆莱特，克劳狄斯利用雷欧提斯，再次借刀杀人，布下圈套；挪威王子小福丁布拉斯取道丹麦攻打波兰。

哈姆莱特见到挪威王子的军队经过后，有这样一段独白：

"现在我明明有理由，有决心，有力量，有方法，可以动手干我所要干的事，可是我还在大言不惭地说：'这件事需要做。'可是始终不曾在行动中表现出来；我不知这是因为像鹿一般的健忘呢，还是因为三分懦怯一分智慧的过于审慎的顾虑。像大地一样显现的榜样都在鼓励我；瞧这一支勇猛的大军，领队的是一个娇养的少年王子，勃勃的雄心振起了他的精神，使他蔑视不可知的结果，为了区区弹丸大小的一块不毛之地，拼着血肉之躯，去向命运、死亡和危险挑战。真正的伟大不是轻举妄动，而是在荣誉遭遇危险的时候，即是为了一根稻草之微，也要慷慨力争。……从这一刻起，让我屏除一切的疑虑妄念，把流血的思想充满在我的脑际！"（四幕四场）

哈姆莱特此处的内心独白揭示了他的变化，这是一个即将奋起的王子的内心流露。他自己否定了三分懦怯一分智慧的审慎疑虑，让慷慨力争、不怕流血的念头占了上风。可以看出延宕的哈姆莱特已不存在了，代之以一个意识到失败而仍要进行抗争的坚定的哈姆莱特。

在这一幕中，哈姆莱特的性格特点是坚定。他克服了自身的弱点，不再犹豫和延宕，抱定了与克劳狄斯血战到底的信念。他摆脱了罗网，从海上归来，并将计就计除掉了国王的帮凶。不幸的是他落入了国王的又一圈套中。

第五幕（共2场）是戏剧的结局部分。哈姆莱特与克劳狄斯同归于尽，在其他人中，王后因误喝毒酒而死，雷欧提斯中剑毒而死，哈姆莱特嘱咐霍拉旭将真相告知世人，小福丁布拉斯继承了丹麦王位，为哈姆莱特举行了隆重的葬礼。

这一幕哈姆莱特的性格特点是英勇。他虽又落入新的陷阱，但他英勇奋起处死了元凶。由于与敌人同归于尽，他重整乾坤的任务未能完成，他是一位壮志未酬的悲剧英雄。

以联系、发展的观点看问题，哈姆莱特的性格是发展和变化的，其性格发展变化的过程经历了从忧郁到延宕再到奋起的发展过程。目前关于哈姆莱特人物性格的分析常见的有“三分法”和“四分法”。别林斯基的三分法是将哈姆莱特性格的发展分为三个阶段：幼稚的不自觉的精神和谐、不和谐与斗争、自觉的精神和谐。我国高校教材中流行的是四分法：快乐王子阶段、忧郁王子阶段、延宕王子阶段、行动的王子阶段。不论是几分法，都注意到了必须将哈姆莱特性格视为一个变化性格去看。以全面的观点看问题，哈姆莱特性格是多面的。综上所述，他的性格包括多种性格成分：忧郁、绝望、偏激、善良、单纯、冲动、理性、谨慎、坚定、英勇等，主导性格是长于思考、批判，短于行动、实践，体现出的是人文主义者的思想性格特点。

关于哈姆莱特的延宕：

就哈姆莱特复仇上的延宕，我们可通过比较三条复仇线来进行分析。

在本剧中，就复仇情节看，有三条复仇情节线，它们分别是：哈姆莱特的复仇、雷欧提斯的复仇、小福丁布拉斯的复仇。比较三条复仇线，可思考这样一些问题：三条复仇线上的人物，他们都是因为什么而复仇，是以什么方式为父复仇的，结果如何；作者对他们的复仇流露出怎样的态度，否定了什么，肯定了什么；我们又该如何评价哈姆莱特、雷欧提斯、小福丁布拉斯的复仇。

小福丁布拉斯的父亲是在与哈姆莱特老王的决斗中死去的，按契约的方式割地给丹麦，现在小福丁布拉斯趁丹麦国内哈姆莱特老王死去，欲夺回割让的土地，他的复仇理由不充分；而雷欧提斯的父亲是在给国王充当耳目，在偷听时被哈姆莱特误杀的，他要求复仇的理由最不充分；哈姆莱特的父王则是被克劳狄斯阴谋害死的，他复仇的理由是最正当和充分的。小福丁布拉斯的复仇方式与哈姆莱特不同，他与哈姆莱特遭遇相似，也是他的叔父占了王位，对他加以防范，而他审时度势，借口取道丹麦与波兰去争夺一块土地，使用武力获胜，并趁丹麦国内发生政变，最后得到丹麦王位，获得了成功。雷欧提斯的复仇方式很鲁莽，先是不明真相就率众闯入宫中找国王算账，后被国王挑唆，又把怒火发泄到哈姆莱特身上，甚至不惜用毒，最后害人害己。哈姆莱特的复仇方式是坚持理性原则而不肯滥用暴力，他先通过戏中戏确定真凶，然后放过忏悔中的国王，只在敌人罪恶彰昭时惩治元凶，除掉奸王，结果抱恨死去。

莎士比亚在剧中明显否定了雷欧提斯的狭隘复仇，他的冤冤相报、不问是非、不择手段，完全属于封建式复仇。剧中对小福丁布拉斯的复仇用笔不多，但写出了他性烈如火又审时度势，有是非和正义感又有政治手腕，从中看出作者是赞赏的，并通过哈姆莱特之口对他将成为一个贤君抱有一定的期望。莎士比亚在剧中对哈姆莱特王子的复仇，倾注了全部的爱与同情。因为他的复仇目的并非只为私仇，他的目的更深广，因此他的失败也更令人沉痛。他善良并才智过人，与丑恶的现实格格不入，与奸王相比处于劣势，但他还是克服自身弱点与这个丑恶的社会抗争。他当众揭露阴谋、谴责背信弃义、处死宫中小人、斥责变节的母后，最后惩处了元凶。他与恶奋战，为改造社会奋斗至死。如果单从为父报仇一点看，他其实是完成了复仇任务的，但他是为了正义事业奋斗而死的，故他的死亡具有浓厚的悲剧感。

通过比较，特别是与雷欧提斯比较，我们可以看出，哈姆莱特表现出的是一个人文主义者的思想性格。他的复仇目的比前两者更沉痛更深广，作为王子他并非只报私仇，而是通过父王之死看到了一般的社会丑恶，他企图以人文主义理想来惩治这个颠倒混乱的时代。剧中，丹麦确实如他所说，是世界这座牢狱最坏的一间，国王是个玩弄阴谋的无耻残忍的暴君，朝臣阿谀逢迎，这是个是非颠倒的社会，是个政治腐败、矛盾重重的国家。他与这个丑恶的现实抗争过，他在与恶的斗争中牺牲了自己的生命。哈姆莱特不再是流血悲剧中的侏儒，而是有人文主义进步思想的王子，尽管他身上还带有旧时代的种种束缚，如骑士道德、宗教世界观，其实当时的人文主义者也无不具有这样那样的一些局限性。人文主义是中世纪末期一种社会风潮，并不是现代意义的政治运动。平常的人文主义者，并不都是具有明确的政治纲领和行动纲领的政治上的人文主义者。学术界对人文主义特征的概括，是在放弃无数生动细节基础上，所作的抽象性概括，完全符合这一条件的人文主义者恐怕是找不到的。

我们再将外部矛盾与人物的内心独白结合起来来看哈姆莱特的忧郁和延宕问题。

哈姆莱特这一悲剧人物形象一直处于内外两重矛盾的冲突中，一重是悲剧主人公与其对立面的冲突，在剧中就是与克劳狄斯的冲突；另一重是悲剧主人公内心的冲突，即主人公灵魂中各种力量的冲突。因此关于哈姆莱特的忧郁和延宕问题也应考虑到主客观两方面的原因。哈姆莱特的忧郁是主客观矛盾的产物。哈姆莱特的人文主义理想确实来自于书本，带有完美主义和脱离现实的特点，他自身更是一个涉世未深的理想主义者。而现实是丑陋的，当看到国王的奸恶，特别是母后失贞、恋人被利用、好友变成帮凶后，他对世界和人性本身的理想主义信念产生了怀疑和动摇，理想与丑恶现实产生了尖锐的矛盾冲突，哈姆莱特既不肯放弃自己的信念，又无法改变现实的丑恶，因此形成了忧郁的性格。哈姆莱特的延宕同样是主客观矛盾的结果。在主观上，他企图承担起他的责任，不仅是完成复仇任务，更是要与恶斗争，把它们扫清；但是客观上，他的力量是单薄的，在全剧众多的人当中，只有霍拉旭一人可以信赖，他的母亲、恋人、朋友都成为国王的工具，他自身也不具备与克劳狄斯抗衡的政治力量和军事力量，更不要说他十足的书生气和善良。哈姆莱特也意识到自己的无能为力。所以延宕并非哈姆莱特的本性，而是由于他自觉意识到一个伟大的责任，却不知如何去完成它。他所犹疑的不是应该做什么，而是应该怎么做。他想改变却无力改变罪恶的现实，以致陷入深深的痛苦之中。生，不知如何战斗，也不知能否重整乾坤；死，不能改变现实，也无济于事，这是他精神搏斗的内容，也是他延宕的根本原因。

（三）《哈姆莱特》最主要的特色是人物塑造的成就突出

该剧在世界文学史中几乎成了千古绝唱，为历代评论所重视，它在莎士比亚悲剧中也是很有特色的一部。与其他悲剧相比，该剧的主要特色是在人物塑造方面，即塑造了哈姆莱特这一具有丰富内涵的人物形象。在哈姆莱特形象的塑造上，莎士比亚表现出高超的艺术技巧：在全部剧情的发展中来表现主人公性格的成长变化；通过对比突出主人公的性格；在描绘主人公多面性格的同时，着意刻画其主导性格即人文主义者的思想性格；在内外两重冲突中刻画人物；利用独白披露人物的内心矛盾、行为动机、感情思想，每次独白都展示出哈姆莱特性格发展的新阶段，内心独白是莎士比亚塑造形象的重要艺术手段；通过人物语言来刻画鲜明的性格，人物语言具有个性化特点，如哈姆莱特的语言有的幽默机智，有的装疯嘲弄，有的谐语双关，有的多用比喻，所有这些与他的性格相得益彰。

该剧在人物形象塑造上的另一成就，是众多次要人物的塑造同样获得成功。除哈姆莱特外，其他人物几乎都有完整和个性鲜明的性格。哈姆莱特的命运构成该剧的基础，他的命运又与其他形形色色人物的命运交织在一起，众多相互交错的人物命运结成一个统一的戏剧纽结。将众多人物命运写得浑然一体，这在莎士比亚之前尚无先例，在莎士比亚本人的创作中也是前所未有的。

1. 克劳狄斯是站在哈姆莱特对立面的人物，是个极端的个人主义野心家、冒险家、阴谋家。他的一个突出特点是具有强烈的权力欲和淫欲。为了获取王位，他阴谋毒死自己的王兄；为了满足淫欲，他引诱并占有了王后。他的另一个突出特点是善于玩弄政治权术，耍弄阴谋诡计，为人极其阴险、残忍、狠毒。他篡夺王位后，与王后结合使王位合法化，声称要哈姆莱特做自己王位的继承人，以便稳住对手。他利用过去的大臣，利用哈姆莱特的母亲、恋人、朋友为自己服务，手段高明。特别是为了除掉政敌，他用毒暗算了老王，又先后借英王、雷欧提斯之手两次谋害哈姆莱特，最后还是用剑毒和酒毒暗害了哈姆莱特。这是一个大奸大恶之人，哈姆莱特难逃他的毒手，他也死在自己所设下的剑毒上，可谓死有余辜。

2. 乔特鲁德是哈姆莱特的母后，是处在克劳狄斯和哈姆莱特斗争夹缝中的人物。乔特鲁德被否定的一面是她性格软弱、缺乏理性、感情脆弱。她对克劳狄斯的奸恶缺乏认识，更不了解政治斗争的险恶。她更分不清哪是爱情哪是淫欲，老王死时她哭得像个泪人，却经不住诱惑，匆匆与克劳狄斯结合。乔特鲁德值得肯定的一面是她的母爱：她的失贞成为儿子痛苦的主要原因之一，但是乔特鲁德真心爱儿子哈姆莱特，她在哈姆莱特对她进行谴责并指明真相后，自知羞耻并掩护了儿子，她最后是因祝贺儿子误喝毒酒而死的。她应当能够获得某种宽恕。

3. 波格涅斯曾是哈姆莱特老王的臣子，现在又是克劳狄斯的宠臣。见风使舵、老于世故、热衷功名利禄、行动鬼鬼祟祟是他主要的性格特点。他出于世俗顾虑干涉女儿与哈姆莱特的恋爱，为了向国王邀功请赏，先是设计让女儿作诱饵刺探王子，后是自己亲自到王后的宫廷偷听。波格涅斯总在自作聪明，实际上却是糊涂昏聩，他不仅牺牲了女儿的幸福甚至生命，自己也因替国王卖力而愚蠢地丢掉性命，可谓咎由自取。他被哈姆莱特误杀，既有一定的偶然性，也有一定的必然性。

4. 奥菲利娅是哈姆莱特的恋人，是处在父亲和哈姆莱特之间的人物，也是处在夹缝中的人，是尖锐复杂的政治斗争的牺牲品。她的性格特点是单纯无知、温柔顺从、感情脆弱。她听从父兄的安排，割舍了对哈姆莱特的爱情，被父亲安排作刺探哈姆莱特心事的诱饵，断送了哈姆莱特对她的爱情。她无法理解、更无法接受恋人发疯还杀死自己父亲的残酷现实。她是被狂风吹落的花朵，她的死亡是那样悲惨。

5. 雷欧提斯和哈姆莱特一样年轻，但思想性格迥异。他的性格特点是头脑简单、思想浅薄、感情冲动、行事鲁莽、缺少原则。他为父复仇的动机明确，复仇方式鲁莽且不择手段，最后却害人害己。

6. 罗森格兰兹、吉尔登斯吞是背叛哈姆莱特、见利忘义的小人，他们的死亡可以说轻如鸿毛。

7. 霍拉旭是哈姆莱特唯一的朋友，他的高尚在于忠诚和正直，他是唯一有资格哀悼哈姆莱特的剧中人。他的高贵品德与哈姆莱特互相映衬。

8. 挪威王子小福丁布拉斯是在地位和处境上都与哈姆莱特极近似的人。他性格坚毅、长于行动、有政治谋略和才能，这些正是哈姆莱特所欠缺的。他登上丹麦王位代表了希望之所在。

此外，还有一个次要角色是克劳狄斯的朝臣奥斯里克，同样有着鲜明的个性特征。

剧中上述人物，各具鲜明的性格特点。

二　《奥瑟罗》：意义的多元

本剧的材料来源于意大利作家钦齐奥的短篇小说集《百篇故事》的一篇同名的小说。戏剧保留了原来小说的基本情节，但又对原有情节进行了高度浓缩，以适应戏剧这一特殊的艺术形式的要求。

本剧情节安排紧凑合理，除了第一幕在威尼斯，以后各幕全放在塞浦路斯，地点相对统一，戏剧冲突集中统一，尖锐激烈。戏剧主要围绕伊阿古对奥瑟罗和苔丝狄梦娜爱情婚姻的破坏展开。戏剧开始，伊阿古就对奥瑟罗和苔丝狄梦娜的结合进行破坏，此外，也透露出奥瑟罗和苔丝狄梦娜两人结合的不稳定因素：彼此了解的时间短，存在着年龄、阶级、种族等的差异，这些均给他们的婚姻埋下了危机。伊阿古通过让凯西奥丢职，苔丝狄梦娜为之说情，败坏奥瑟罗对妻子的信任和感情。奥瑟罗在伊阿古的挑唆下，内心已与妻子产生了隔阂。奥瑟罗对苔丝狄梦娜的打骂、侮辱，标志着他们的美好婚姻已经破裂。戏剧以苔丝狄梦娜和奥瑟罗的死亡为结局，恶人伊阿古也受到了惩罚。

人们惯称《奥瑟罗》是描绘伊阿古阴谋的计谋剧，也有的称《奥瑟罗》为描写爱情与嫉妒的悲剧。戏份儿最多、刻画最突出的人物是伊阿古，伊阿古是文艺复兴时期的极端利己主义者，他是时代罪恶的象征，他心灵卑鄙龌龊，对人充满嫉妒和仇恨，惯于玩弄智谋，靠利用他人的弱点和心理作恶，十分阴险毒辣。悲剧主人公奥瑟罗的性格光明磊落，但也有轻信、容易受骗的性格弱点，他被伊阿古毒化和牵着鼻子走，成了伊阿古作恶的工具，最后还亲手杀死了苔丝狄梦娜，所以有人认为奥瑟罗的妒嫉和鲁莽行事造成了悲剧，认为《奥瑟罗》是一部描写爱情与嫉妒的悲剧。（当然也有人持相反的看法，认为奥瑟罗本身并不嫉妒）

剧中伊阿古的计谋确实在外在的情节上占有很大比重并推动着整个剧情的开展，但剧作的主要内容却落在奥瑟罗与苔丝狄梦娜的婚姻悲剧方面。剧中悲剧的发生确实与嫉妒有关，但是嫉妒并非戏剧的重心。把《奥瑟罗》视为一部关于计谋或嫉妒的剧作，均不能概括全剧主题，这些说法都忽略了悲剧中一些最重要和主要的内容。

与其他三大悲剧相比，这部悲剧自始至终没有副情节线的插入，因此它初看上去，剧情并不复杂，比较容易理解，实际上该剧的主旨意义是多元的，甚至有些意义不易察觉。（如下述第三方面的主题）我们不能简单把它看做是一部关于伊阿古的计谋剧，也不能仅仅将之看做是一部关于奥瑟罗嫉妒的悲剧。该剧至少表现了三个方面的主题。

1. 批判极端个人主义、利己主义。这是一部表现婚姻理想破灭的悲剧。将这个悲剧称为爱情悲剧并不是特别恰当，它与《罗密欧与朱丽叶》表现爱情受阻，青年恋人殉情不同，也与《安东尼与克莉奥佩特拉》表现爱情与政治交错、爱情毁灭不一样，该剧主要是写婚姻遭受破坏的悲剧。剧本的基本冲突是，以伊阿古为代表的现实的极端利己主义罪恶与以奥瑟罗和苔丝狄梦娜为代表的人文主义理想爱情婚姻之间的冲突。通过奥瑟罗和苔丝狄梦娜的美好婚姻被破坏与毁灭，谴责了极端个人主义、利己主义的罪恶。

与早期反封建的爱情悲剧《罗密欧与朱丽叶》相比，在这个剧本中，破坏理想爱情婚姻的力量主要不是勃拉班修代表的封建顽固势力，而是以伊阿古为代表的社会黑暗中的新型邪恶力量——极端个人主义和利己主义。在伊阿古身上集中了人性复杂、邪恶的一面，表现了人与人关系上丑陋可怕的一面。伊阿古的破坏是奥瑟罗和苔丝狄梦娜婚姻悲剧产生的主要原因。与勃拉班修代表的贵族元老和封建家长的旧荣誉观和专制力量相比，伊阿古代表的资产阶级严重的极端个人主义、利己主义更加邪恶冷酷。奥瑟罗与苔丝狄梦娜在和旧的封建顽固势力做斗争时，取得了爱情的胜利，但在新的利己主义罪恶势力面前却脆弱无力，这是人文主义婚姻理想横遭践踏的悲剧。

2. 暴露种族歧视的黑暗。该剧沿用的虽是旧故事，但它的现实性内容十分重要，暴露了社会黑暗的很多方面，暴露了社会种族歧视的反动黑暗。

戏剧中充分展现了种族歧视的现实，作品一开始就写勃拉班修、罗德利哥和伊阿古身上所集中体现的种族歧视的凶残，他们纠结在一起反对苔丝狄梦娜嫁给奥瑟罗，原因就是因为奥瑟罗是个黑人。而伊阿古不仅自己充满种族歧视，而且就是用种族问题作为向奥瑟罗进攻的主要武器，他用带有种族主义色彩的逻辑修辞，用关于肤色的强烈的心理暗示去不断刺激奥瑟罗的种族自卑情结，最后将奥瑟罗摧毁，导致了奥瑟罗杀害自己爱妻的婚姻悲剧。

从西方当时的社会文化背景看，自 15 世纪的地理大发现后，欧洲人就利用新航线开始了对非洲、美洲的大肆掠夺，开始了殖民活动和贩卖黑奴活动。在西方文化语境里，黑人是下等人，是没有文化的原始野人。有人说："殖民主义的经济、政治和文化侵略下，黑人无疑变成了劣等民族，变成了自我羞辱和灵魂痛苦挣扎的一群，就在无意中对自己的肤色面貌产生憎恨，从而在灵与肉上都处于一种自卑和自毁的可悲处境。黑人的灵魂深处产生的无可排解的自卑情结和劣等民族的痛苦使他们的心理扭曲。奥瑟罗身为一个黑人，一个边缘人，正是出于这样的内心挣扎，才被伊雅各趁机加以利用，从而酿成了悲剧。"①

3. 暴露了贞洁观的落后及对妇女的不公正。这部婚姻悲剧还表现了妇女在婚姻中的不幸地位，表现了基督教男权文化和黑人文化中贞洁观念对妇女的不公正。在西方中世纪以来的基督教文化中，往往把妇女视为夏娃的后裔，认为她们天生脆弱多变，容易引诱男子犯罪。即使是在文艺复兴时期的西方社会，妇女在家庭婚姻中的地位仍是低下的。剧中写了几个妇女在婚姻中的不幸和悲惨处境，反映出妇女在婚姻中的地位远比男子低下的现实。苔丝狄梦娜顺从并死于自己热爱的男子之手，爱米利娅被丈夫所杀，没有出场的巴巴拉被情人抛弃，比恩卡受自己情人的轻贱。苔丝狄梦娜、爱米利娅、巴巴拉三人死前唱过同一首杨柳歌，集中表现了无数妇女在婚姻中所处的不幸地位。

该剧还揭示出贞洁观念的落后愚昧。奥瑟罗对妇女的贞洁特别敏感和苛求。奥瑟罗要求妇女贞洁的观念，一方面是受所生活的西方主流社会的基督教文化影响；另一方面，是受奥瑟罗自己古老民族文化传统的影响。例如，他非常重视送给苔丝狄梦娜的

---

① 方凡：《奥赛罗》悲剧与后殖民解读，载《求索》2005 年第 12 期，第 179—180 页。

那块手帕，那是母亲传给他的。在奥瑟罗看来，手帕对于他的母亲来说具有某种魔力："它可以使她得到我的父亲的欢心，享受专房的爱宠，可是她要是失去了它，或是把它送给别人，我的父亲就会对她发生憎厌，他的心就要另觅新欢了。"他认为丢失了它就意味着失贞，他警告苔丝狄梦娜说："你必须格外小心，珍惜它就像珍惜你自己宝贵的眼睛一样；万一失去了，或是送给别人，那就难免遭到一场无比的灾祸。"（三幕四场）奥瑟罗头脑中较重的贞洁观念，使他比较容易中伊阿古的毒计，容易怀疑妻子的不贞。奥瑟罗本身是种族歧视的受害者，也是贞节观念的受害者，他从维护贞洁观出发杀害了无辜的苔丝狄梦娜却自以为在维护正义，这不能不说是可悲的。苔丝狄梦娜惨遭杀害，也是这种贞洁观的无辜的牺牲品。

该剧的主题意义多元，三个方面的主题既主次分明又交织在一起。这三方面的主题分别体现在戏剧情节的安排和人物形象的塑造及安排上。

（一）在情节结构的安排中体现戏剧丰富、多元化的意义

第一幕写在威尼斯，伊阿古勾结罗德利哥去挑动勃拉班修，干扰破坏奥瑟罗与苔丝狄梦娜的婚事。威尼斯元老勃拉班修的女儿——美丽贤淑的苔丝狄梦娜，爱上了在威尼斯政府供职的摩尔人贵族后裔奥瑟罗，结果两人私奔，秘密结婚了。伊阿古是奥瑟罗手下的军官，他十分憎恨奥瑟罗，因为奥瑟罗新近把一个名叫凯西奥的军官提升为副将而没有提升他，于是，伊阿古既妒嫉凯西奥得到提升，又怀恨奥瑟罗不重用自己。特别是伊阿古从心底蔑视奥瑟罗的黑肤色，现在看到奥瑟罗居然得到威尼斯漂亮的女人苔丝狄梦娜就更加憎恨，于是挑唆曾追求苔丝狄梦娜失败的罗德利哥一起向勃拉班修告密。勃拉班修到威尼斯公爵那里控告奥

瑟罗施展妖法蛊惑拐走他的女儿，公爵就把奥瑟罗和苔丝狄梦娜带来对证，奥瑟罗坦白他们的恋爱过程，苔丝狄梦娜公开承认她爱上了奥瑟罗。勃拉班修的控告被公爵驳回。这时传来土耳其人要进攻塞浦路斯的消息，公爵派奥瑟罗去塞浦路斯御敌，苔丝狄梦娜愿意随丈夫一起出征。

这一幕明确揭示了伊阿古破坏两人婚姻的动机。伊阿古因奥瑟罗提拔了凯西奥为副将，自己仍是一名旗官，所以他既嫉妒凯西奥又憎恨奥瑟罗。也就是说，伊阿古作恶的动机完全是因为个人利益未获满足，出自极端个人主义、利己主义。戏剧十分明确地展示，破坏奥瑟罗与苔丝狄梦娜婚姻的新的恶势力，是伊阿古代表的自我中心主义、极端个人主义，这是戏剧第一方面的主题。

这一幕还揭示了伊阿古、罗德利哥、勃拉班修三人，之所以能联合起来反对奥瑟罗和苔丝狄梦娜的结合，是因为他们有一个共同立场，都对奥瑟罗怀有种族主义歧视。在与罗德利哥谈话中，伊阿古称奥瑟罗为“这位黑将军”、“这摩尔人”，罗德利哥则把奥瑟罗叫做“那厚嘴唇的家伙”。在挑动勃拉班修时，伊阿古更是用动物交配的比喻，来恶毒污蔑奥瑟罗与苔丝狄梦娜的结合：“就在这一刻工夫，一头老黑羊在跟您的白母羊交尾哩。起来，起来！打钟惊醒那些鼾睡的市民，否则魔鬼要让您抱外孙啦。……您把我们当作了坏人，所以把我们的好心看成了恶意，宁愿让您的女儿给一头黑马骑了，替您生下一些马子马孙，攀一些马亲马眷。”（一幕一场）罗德利哥则对勃拉班修说：“要是令媛没有得到您的许可，就把她的责任、美貌、智慧和财产，全部委弃在一个到处为家，漂泊流浪的异邦人身上，那么她的确已经干下了一件重大的逆行了。”而苔丝狄梦娜的父亲勃拉班修更是恼羞成怒，在他看来女儿与奥瑟罗的结合是可耻的，是对他的侮辱："我们只要凭着情理判断，像她这样一个年轻貌美、娇生惯养的姑娘，多少我们国里有财有势的俊秀子弟她都看不上眼，倘不是中了魔，怎么会不怕人家的笑话，背着尊亲投奔到你这个丑恶的黑鬼的怀里？"并找公爵控告说："要是这样的行为可以置之不问，奴隶和异教徒都要来主持我们的国政了。"（二幕二场）伊阿古、罗德利哥、勃拉班修在指称奥瑟罗时，用了"黑将军"、"厚嘴唇的家伙"、"黑马"、"老黑羊"、"异邦人"、"黑鬼"、"奴隶"、"异教徒"等带有明显种族歧视色彩的字眼，流露出种族歧视意识。可见，在第一幕中，戏剧第二方面的主题即揭露种族歧视也得以展开。

另外，戏剧第三方面的主题，即妇女地位低下的主题也有所揭示：苔丝狄梦娜出嫁之前，命运掌握在父亲手中，她没有婚姻自由，只能采取私奔的结婚方式；出嫁之后，命运则掌握在了丈夫手中。

第二幕写在塞浦路斯，土耳其的舰队被暴风刮散，幸免战祸的军民欢庆并祝贺奥瑟罗的婚姻。在这样的背景下，伊阿古先是让凯西奥丢掉了职位，然后是定下了让凯西奥去托苔丝狄梦娜向奥瑟罗求情的奸计，目的是借苔丝狄梦娜为凯西奥求情挑起奥瑟罗的怀疑和嫉妒。作品写道："当她竭力在那摩尔人面前替他说情的时候，我就要用毒药灌进那摩尔人的耳中，说是她所以要运动凯西奥复职，只是为了恋奸情热的缘故。这样她越是忠于所托，越是会加强那摩尔人的猜疑；我就利用她的善良的心肠污毁她的名誉，让他们一个个都落进了我的罗网之中。"（二幕三场）

这一幕在写伊阿古一箭双雕，让凯西奥丢掉了职位，既发泄了他对凯西奥的嫉恨，又为实现他下一步的目标做好了准备，可见他要破坏的始终是奥瑟罗和苔丝狄梦娜的婚姻，这与第一幕中的第一主题是紧密相连的。这里我们还注意到，伊阿古要达到破坏两人婚姻的目的，要通过从内部造成夫妻猜疑才能达到，为此，他用了两个重要武器：一是以种族歧视为武器，针对奥瑟罗的种族自卑心理，借英俊的白人、年轻的贵族凯西奥引起奥瑟罗的嫉妒和怀疑；二是以贞洁观为武器，针对奥瑟罗敏感强烈的女性贞洁观念，造谣诬蔑苔丝狄梦娜不贞、不忠。奥瑟罗以及他和苔丝狄梦娜的婚姻同时受到严峻考验，三个方面的主题交织在了一起。

第三幕写伊阿古实现了阴谋，挑起了奥瑟罗对妻子的怀疑。伊阿古挑起奥瑟罗的怀疑是一步一步完成的：他先是借苔丝狄梦娜为凯西奥求情一事暗示苔丝狄梦娜不贞；然后以苔丝狄梦娜曾与奥瑟罗私奔来污蔑证明她是善于骗人的女人，他说："我知道我们国里娘儿们的脾气；在威尼斯她们背着丈夫干的风流活剧，是不瞒天地的；她们可以不顾羞耻，干她们所要干的事，只要不让丈夫知道，就可以问心无愧。……她当初曾经骗过她的父亲，她这样小小的年纪，就有这般能耐，做作的不漏一丝破绽，把她父亲的眼睛完全遮掩过去。"（三幕三场）紧接着便以两人年龄、种族、肤色的差异来说明苔丝狄梦娜有移情别恋的根由，说："当初多少跟她同国族、同肤色、同阶级的人向她求婚，照我们看来，要是成功了，那真是天作之合，可是她都置之不理，这明明是违犯常情的举动；可是原谅我，我不一定指着她说；虽然我恐怕她因为一时的孟浪跟随了您，也许后来会觉得您在各方面不能符合她自己国中的标准而懊悔她的选择的错误。"（三幕三场）最后又以凯西奥的所谓的荒淫的梦来说明两人已犯有奸情。可见，伊阿古攻击的矛头指向奥瑟罗与苔丝狄梦娜婚姻中两个不牢固之处：一是结婚仓促，奥瑟罗对苔丝狄梦娜了解的时间很短，他既不了解威尼斯女人，更看不到她与国中那些威尼斯娘儿们的不同；二是两人婚姻中存在着种族、肤色、阶级的差异。伊阿古仍是从两方面着手攻击、破坏两人婚姻的：一是以奥瑟罗的黑肤色激发他内心的自卑；二是以对威尼斯妇女和苔丝狄梦娜的污蔑激发奥瑟罗的贞洁观，对妻子产生怀疑，从而引诱奥瑟罗心理中毒，达到破坏两人婚姻的目的。伊阿古的手段是险恶的。

这一幕不仅从外部写伊阿古用语言挑起奥瑟罗怀疑的经过，更从内部写奥瑟罗内心的变化，这是重点之所在。结婚之初，奥瑟罗曾对自己是非常自信的，当勃拉班修怒气冲冲来找他算账时，他曾说过："不，我要让他们看见我；我的人品，我的地位和我的清白的人格可以替我表明一切。"面对人们的诽谤，奥瑟罗也曾拿自己对贵族所立的功劳，特别是拿他高贵的贵族出身来驳斥对他的控诉。总之，他按照自己的标准认为是配得上苔丝狄梦娜的。但这只是一方面，社会标准不能不在奥瑟罗内心投下阴影。

其实，奥瑟罗在一开始就有因肤色面貌而生的自卑感。在婚姻之初，应当说是苔丝狄梦娜先向他示爱的，他是在苔丝狄梦娜暗示了她的爱情后，才敢吐露求婚诚意的。婚后，社会成见在奥瑟罗的内心不能说没有一点影响。妻子是年轻貌美的白人贵族小姐，自己是年老沧桑的黑人武夫，奥瑟罗有明显的自卑感。正是这种自卑感被伊阿古利用。当伊阿古污蔑凯西奥是苔丝狄梦娜的奸夫时，他很容易就相信了，因为凯西奥确如伊阿古所说的，是那样又漂亮又年轻，凡是可使无知妇女醉心的条件，凯西奥无一不具备，特别是凯西奥是个白人，而这恰恰是奥瑟罗自感欠缺，感到自卑的。当伊阿古诽谤威尼斯妇女时，他说："你真的这样说吗?"表现出一定的认同；当伊阿古说出苔丝狄梦娜移情别恋的理由后，他也就不加怀疑地认同了，他的自卑感浮上心来，他对女性贞洁的怀疑也浮上心头："也许因为我生得黑丑，缺少绅士们温柔风雅的谈吐；也许因为我年纪老了点儿——虽然还不算顶老——所以她才会背叛我；我已经自取其辱，只好割断对她这一段痴情。”（三幕三场）奥瑟罗内心深处的种族自卑情结和落后的贞洁观使他被伊阿古击中了。此时，苔丝狄梦娜还蒙在鼓里，奥瑟罗却已在内心产生了对妻子的怀疑，当他被凯西奥的所谓荒淫的梦激怒时，内心里的变化已经完成，他和苔丝狄梦娜爱情初始时的心灵共鸣已被打破，他与苔丝狄梦娜的婚姻已出现裂痕。这一对互相信赖、爱慕的恩爱夫妻的关系已发生了逆转，理想的婚姻走向了彻底毁灭的道路。

这一幕，批判邪恶的极端利己主义，批判反动的种族观，批判落后的贞洁观，这三个主题也是结合在一起的。

第四幕写伊阿古向奥瑟罗出示了所谓证据，奥瑟罗与苔丝狄梦娜的婚姻破裂。伊阿古拿比恩卡对凯西奥的热恋引逗凯西奥，使一旁的奥瑟罗误认为他们谈论的正是凯西奥和苔丝狄梦娜的奸情；凯西奥的情妇比恩卡前来向凯西奥摔还手帕，更使一旁的奥瑟罗相信了证据。奥瑟罗看到所谓的证据后，十分狂怒和愤恨。他先是打算折磨苔丝狄梦娜，后是打算让她死，他说：“我要用九年的时间慢慢地磨死她。……嗯，让她今夜腐烂、死亡、堕入地狱吧，因为她不能再活在世上。不，我的心已经变成铁石了。”（四幕一场）他不仅当众粗暴地打骂苔丝狄梦娜，还当面把她骂做娼妇，并听从伊阿古的安排准备把她掐死。他派伊阿古除掉凯西奥，又把爱米利娅叫做拉皮条的、狡猾的淫妇。愤恨已使他失去了原有的高贵和德操，奥瑟罗的本性进一步迷失，被毒化后的奥瑟罗完全成了伊阿古的帮凶。神圣、理想化的婚姻就这样被极端利己主义者破坏，反动的种族观、贞洁观就这样击倒了奥瑟罗。第一、二方面的主题结合在了一起。这一幕还写了苔丝狄梦娜遭受打击后的悲伤，她唱起一只古老的曲调《杨柳歌》，并对爱米利娅谈及她母亲的一个叫巴巴拉的侍女的不幸遭遇。第三方面的主题也进一步明确起来。

第五幕奥瑟罗杀死了苔丝狄梦娜。奥瑟罗立意杀死不贞的妻子，他流着痛苦的眼泪把睡着了的苔丝狄梦娜吻醒，但却不听她的申辩，还是把她活活掐死。此时，伊阿古为了保全自己，派他的同党罗德利哥去杀害凯西奥，又杀了罗德利哥灭口。事情出现了转机，伊阿古的妻子爱米利娅看到苔丝狄梦娜被奥瑟罗掐死后，为女主人喊冤，说手帕是她拾到后给了伊阿古。而凯西奥遇刺后受伤未死，也说明手帕原是他在自己房间捡到的。伊阿古为了阻挠爱米利娅揭发，不惜用剑刺杀了妻子，爱米利娅死前也唱起了那支《杨柳歌》。真相大白后，奥瑟罗刺伤伊阿古，自己在悔恨交加中拔剑自刎，伊阿古被监禁，等候威尼斯政府的判决。

这一幕继续揭露伊阿古极端利己主义的罪恶。奥瑟罗的自杀不是逃避制裁，而是对苔丝狄梦娜的谢罪，从奥瑟罗自杀前的台词不难看出他的悔恨，他称她为薄命的女郎，想象着自己的灵魂将被魔鬼抓取。至于他最后一段台词，其中更多地表达了他对人生的悲愤、悲凉之感，他称自己是个糊涂人，要人们不要恶意构陷。这也应当是剧作本身流露的倾向：奥瑟罗虽是杀害苔丝狄梦娜的凶手，但毕竟他同时也是受害者，他也是被种族观、贞洁观毁灭的一个悲剧人物。艾略特等论者认为，奥瑟罗在其临死前的台词中是吹嘘自己，欺骗了观众，他们对奥瑟罗本身抱有偏见和反感。悲剧从苔丝狄梦娜、奥瑟罗的毁灭以及爱米利娅等人的死亡，表现出对极端利己主义的谴责；从奥瑟罗的悲剧引发对种族歧视的反思；从苔丝狄梦娜、爱米利娅的死亡引发对贞洁观的反思和妇女命运的关注，戏剧主旨在这三个方面统一起来。

在莎士比亚四大悲剧中，该剧被认为是情节结构最紧凑的。不少学者称《奥瑟罗》的艺术构思和结构技巧十分完美。如哈里森说：《奥瑟罗》恐怕是莎剧中结构最完整的了。[①] 只有结合《奥瑟罗》表达的多元意义才能理解这种完美。

（二）通过塑造人物形象和巧妙安排人物关系，表现戏剧丰富、多元化的意义

戏剧丰富、多元化的意义主要体现在三个主要人物形象上。

1. 第一方面的主题主要体现在伊阿古身上

伊阿古是文艺复兴时期出现的资产阶级极端利己主义者的典型形象。伊阿古是一个灵魂和内心卑鄙肮脏的自我中心主义者。在他心里根本不相信世间有真诚的爱情，他嫉妒和憎恨一切美好的事物，总是以自己卑鄙肮脏的心思猜度别人。伊阿古的言辞充满对妇女的轻蔑，他认为奥瑟罗与苔丝狄梦娜的爱情是骗子与兽欲的结合；他无端相信苔丝狄梦娜与凯西奥私通，甚至还怀疑自己的妻子不贞。其内心的卑鄙龌龊常在他的语言中流露出来，例如，他用粗野肮脏的字眼比喻奥瑟罗和苔丝狄梦娜的结合，用低级下流的语言捏造凯西奥与苔丝狄梦娜的通奸。

伊阿古是一个极端利己主义者。他对人对事充满怨毒，有种天生的嫉妒，他会把别人所有的优点都看成于己不利的东西，他有一种破坏一切美好事物的本能。他嫉恨凯西奥，原因是凯西奥俊美，在他看来这简直就是每天出他的丑，更不用说凯西奥还占了他想得到的副将位置。他对奥瑟罗当上将军是嫉恨的，种族歧视的反感强化了他的嫉恨；他对奥瑟罗得到苔丝狄梦娜是嫉恨的，故自始至终一直把奥瑟罗与苔丝狄梦娜的婚姻作为破坏目标。

---

① 张泗洋、徐斌、张晓阳：《莎士比亚戏剧研究》，时代文艺出版社 1991 年版，第 206 页。

伊阿古的性格特点是具有一种黑色的智慧，他以老实诚恳的假面博取人们的信任，掩盖其自私奸诈的本性，具有一种玩弄他人，要奸作恶的智能。他惯于施展阴谋诡计，长于用撒谎、离间、编织罗网等手段利用他人达到个人目的。例如，剧中被他利用的人就有罗德利哥、勃拉班修、凯西奥、苔丝狄梦娜、奥瑟罗、爱米利娅。几乎每个人都成为伊阿古摆布的棋子，步步相关，环环紧扣。罗德利哥被利用来挑起勃拉班修的怒火，勃拉班修被利用来控告奥瑟罗，罗德利哥被利用来挑起凯西奥的丢职，凯西奥被利用来向苔丝狄梦娜求情，苔丝狄梦娜被利用来为凯西奥求情，苔丝狄梦娜的求情被利用来引起奥瑟罗怀疑，爱米利娅被利用来偷手帕，罗德利哥被利用来杀害凯西奥，奥瑟罗被利用来杀害苔丝狄梦娜。他惯用心理战术，能针对不同人的不同性格弱点和心理特点使用不同的方法，如对奥瑟罗就装出一副忠诚正直的样子，用一种故意发问又故意不说的吞吞吐吐的语言进行暗示，牵着对方的鼻子走；对凯西奥，先用酒把他灌醉，后又装作同情，积极为他出主意；对苔丝狄梦娜则伪装出关怀备至、无限同情的样子。伊阿古对自己的这种智能有一种自我优越感，常在玩弄、坑害人的活动中获得一种满足。伊阿古曾得意地说："我们的身体就像一座园圃，我们的意志是这座园圃里的园丁，……让它荒芜不治也好，把它辛勤耕垦也好，那权力都在于我们的意志。"（一幕三场）

此外，伊阿古还有贪婪自私、掠夺财富的性格特征。伊阿古的自我中心主义和极端利己主义思想、作恶多端的冒险精神和奸诈欺骗手段，都说明他是资本主义原始积累时期出现的资产阶级冒险家、野心家的形象，具有典型意义。马基雅弗利是文艺复兴时期的思想家，他的代表作《君主论》1532 年在英国印行，曾震动了当时的思想界。他主张君主可以不受任何道德规范的约束，可以像狐狸一样狡猾，像狮子一样凶狠，去夺取并维护权力。莎士比亚刻画了不少具有马基雅弗利思想的恶人形象，伊阿古就是其中具有鲜明个性特征的一个，是一个典型化程度很高的艺术形象。通过塑造伊阿古这样一个文艺复兴时代出现的资产阶级极端利己主义者形象，不难看出莎士比亚对于践踏理想和扼杀美好事物的死敌——社会黑暗势力与思潮的彻底揭露。有人说："只有充分看到这个核心内容，理解反面人物的巨大典型性才能看全了莎翁此剧的完整的构思和独具的特点——它既有力地表现了资本主义新时代的'浪漫'的开端，又重点地囊括了原始积累猖獗之下的可怕后果，从而使悲剧获得了极为深远的警世意义。"①

2. 第二、三方面的主题主要体现在奥瑟罗身上

奥瑟罗被叫做摩尔人。摩尔人是北非洲柏柏尔人和阿拉伯人的混血种族，曾征服西班牙，从公元 8 世纪一直到 15 世纪末统治着西班牙，后来才被西班牙人驱逐出境，不少摩尔人由英国船只运回北非。在文艺复兴时期的意大利，"摩尔人"一词指的是任何肤色黝黑的人，黑人被称为"黑摩尔人"。关于莎士比亚剧中奥瑟罗的种族肤色问题，西方评论中尚存争议。英国柯尔律治和布拉德雷都认为奥瑟罗只是被太阳晒成黑色，美国著名的歌唱家保尔·罗伯逊则认为奥瑟罗是来自非洲的黑肤色摩尔人。

奥瑟罗是一位具有非洲民族气质、具有雄才大略的传奇式英雄。他的前半生过的是冒险生活，曾在海外历尽艰险。他出身高贵、心胸坦荡、性格真诚，他曾把苔丝狄梦娜视为珍宝。奥瑟罗的弱点是过于单纯、轻信，缺乏对于罪恶的识别能力，

① 孙家琇：《论莎士比亚四大悲剧》，中国戏剧出版社 1989 年版，第 90 页。

不能分辨忠诚和欺骗，所以他才会轻信伊阿古，怀疑自己的妻子。

奥瑟罗思想意识中存在明显的自卑意识，遭歧视的种族、肤色使他内心一直存在自卑感。伊阿古就是利用了他的自卑感，挑起他的嫉妒心。奥瑟罗思想意识中具有浓厚的妇女贞洁观，他要求爱情忠贞，痛恨女性的不贞，伊阿古也利用了他的这种观念，挑起了他对妻子贞洁的怀疑，当他认定妻子不贞时，他不免陷入理想幻灭的痛苦，变得粗鲁和疯狂。他在杀害妻子时，还自以为是在维护尊严和荣誉，在为社会惩恶，不使她再害别人，他自己却成为邪恶力量的牺牲品。真相大白后，他重新恢复对苔丝狄梦娜的信任，自刎而死，公正地裁决了自己。奥瑟罗的悲剧是美好理想横遭践踏的悲剧。

有人说："对于奥瑟罗性格的'矛盾的解释'更超出了包括《哈姆莱特》在内的诗人全部作品中的任何人物。"① 在奥瑟罗性格的研究中，评论焦点是关于奥瑟罗的嫉妒。总起来看，"嫉妒说"长期占据统治地位，如莱辛就认为奥瑟罗是嫉妒的，但也有一批著名莎学家和文学家对"嫉妒说"进行了否定，指出嫉妒并不能令人信服地全面解释奥瑟罗及其悲剧，如柯尔律治就认为奥瑟罗不是因妒嫉杀死苔丝狄蒙娜，而是由于伊阿古那种几乎超人的奸计硬加在他身上的坚信。从剧情看，应当说奥瑟罗有嫉妒，但这嫉妒主要是受伊阿古的欺骗而产生的，所以他的主导性格与其说是嫉妒不如说是轻信。嫉妒说常使我们的思考偏离，重要的是应从奥瑟罗这个形象看到种族观、贞洁观带来的悲剧。

3. 第三方面的主题体现在苔丝狄梦娜身上

苔丝狄梦娜是个美貌、单纯、温顺、善良的贵族妇女形象。

---

① 孙家琇：《论莎士比亚四大悲剧》，中国戏剧出版社 1989 年版，第 151 页。

在苔丝狄梦娜对奥瑟罗的爱情中，既有对这个摩尔人高贵的英雄品质和英雄事业的崇敬，又有对奥瑟罗遭遇的同情。她身为名门千金，却不受阶级和种族偏见的束缚，爱上摩尔人奥瑟罗并与之结合。在父亲顽固的反对面前，她敢于当众承认自己的爱情，并随同丈夫来到激战的前线。在与旧的封建顽固势力斗争中，她表现出一定的新思想，性格中有勇敢的一面。但在苔丝狄梦娜的意识观念中，忠于和侍奉丈夫的传统观念占主导地位，基本的性格特征是温顺的。婚后，她对丈夫怀着始终不变的爱情，在所有事情上都十分温驯，甚至在生命遭到威胁时，她的观念和性格都没有变。

苔丝狄梦娜过于单纯和善良。她信赖奥瑟罗，但对他了解不深，并不理解他内心的自卑和产生的怀疑，看不到人性的复杂；对于其他人她更缺乏认识，她信赖周围所有的人，包括伊阿古、爱米利娅等，甚至临死前还信赖并企求得到伊阿古的帮助。她出于善良的动机帮助凯西奥，其单纯和善良反被人利用，使自己陷入绝境。她与奥瑟罗一样对伊阿古这样的极端利己主义者缺乏认识，如果说在反封建斗争中，她表现出一定的勇气，那么在新的罪恶势力面前，她却失去了斗争的力量。

苔丝狄梦娜被诬不贞，后遭丈夫的杀害，是落后的贞洁观的牺牲品，她的悲剧揭示了妇女在婚姻中的不幸地位，谴责了贞洁观念对妇女的不公正。

戏剧中在主要和次要人物的安排上都显出高超的艺术技巧。最主要的三个人物奥瑟罗、苔丝狄梦娜、伊阿古构成一个连环套：奥瑟罗和苔丝狄梦娜两人都一直把伊阿古当好人，都向他求助过；伊阿古则用种族观、贞洁观击中奥瑟罗，一步步挑起奥瑟罗的自卑和嫉妒；奥瑟罗一步步怀疑妻子苔丝狄梦娜，最后杀死她。这样，戏剧三个方面的主题也自然而然地统一在一起。戏剧中出场的其他人物众多，在安排上也有条不紊，罗德利哥、勃拉班修、凯西奥、爱米利娅等，他们全部围绕着被伊阿古利用来作恶而有序安排，这样第一个方面的主题显得更加突出。

三　《李尔王》：规模的宏阔

李尔王与他三个女儿的故事源于古老的传说。记载这个故事的作品包括12世纪杰弗里的《不列颠王国史》、16世纪贺林希德的《英格兰与苏格兰编年史》，还有一个与莎士比亚剧名接近的剧本。莎士比亚创作的《李尔王》，主情节线上关于李尔王的故事主要参考了上述材料，而副情节线上葛罗斯特的故事则取材于锡德尼的小说《阿卡迪亚》。

全剧两个故事线索平行发展又交叉在一起。在主要故事线索上，李尔王是古代不列颠国王，年老退位前打算把国土平分给他的三个女儿——大女儿高纳里尔、二女儿里根和小女儿考狄利娅，此后自己带着一百个仆人跟宠爱的小女儿一起生活。李尔王称要按她们爱他的程度来分配国土，让每个女儿都说说各自是如何爱他的。长女高纳里尔和次女里根都表达了对李尔王至高无上的敬爱；小女儿考狄利娅看不惯两个姐姐的口是心非和阿谀奉承，她只老老实实地说："我是个笨拙的人，不会把我的心涌上我的嘴里；我爱您只是按照我的名分，一分不多，一分不少。"（一幕一场）结果引起年老昏聩的李尔王的大怒，他把原来准备分给小女儿的国土都平分给另外两个女儿女婿，大臣肯特伯爵从旁劝阻，却被李尔王严加处罚，驱逐出境。当时有法兰西国王和勃艮第公爵正在向考狄利娅求婚，勃艮第公爵一听说她失去了父爱，被剥夺了土地嫁妆，就放弃了求婚；法兰西国王看重的是考狄利娅本人和她的美德，仍愿娶她。一无所有的考狄利娅远嫁到法国。长女高纳里尔和次女里根深藏的奸诈渐渐显出原形。李尔王先是住在大女儿家，可是高纳里尔不仅轻蔑地对待李尔王，还要把他的一百个侍从减半，李尔王愤怒地离开后来到二女儿家，二女儿不仅让他回去，并且还要把他的侍从全部都减掉以免后患。愤怒的李尔王不顾天色已晚和暴风雨将至，独自离开宫廷。在漆黑的荒野，在肆虐的暴风雨中，发疯的李尔王宣泄着他的愤怒，呼吁上天惩罚忘恩负义者，实行公道。他与乞丐为伍而四处流浪，跟随他的有他的弄人，还有化装后当他仆人的肯特伯爵。李尔王的两个女儿为维护自己的统治还企图除掉李尔王。

在副故事线索上，大臣葛罗斯特伯爵有两个儿子：长子爱德伽和私生子爱德蒙。爱德蒙诬陷哥哥爱德伽要谋害父亲，骗父亲将爱德伽放逐，爱德伽只能伪装成疯乞丐在外流浪。葛罗斯特同情李尔王，得知考狄利娅从法国兴师讨伐，驻军在多佛附近，就让肯特等人把李尔王送往多佛。结果爱德蒙得知此事，他为了得到爵位和土地，竟向里根出卖了亲生父亲葛罗斯特，导致葛罗斯特被里根的丈夫康华尔挖去双目。失明的葛罗斯特在野外流浪，化装成疯乞丐的爱德伽照料着他。

李尔王与考狄利娅终于见面，李尔王认出女儿，神志开始清醒。长女高纳里尔和次女里根联合起来对付考狄利娅，英法两军交战，法军战败，考狄利娅被俘。爱德蒙继承了父亲的爵位后，为了获得更大的利益，他一面利用李尔王的二女儿里根，一面同时又与李尔王的长女高纳里尔勾搭。高纳里尔争风吃醋，毒死了妹妹里根，还想谋杀丈夫奥本尼，阴谋败露后自杀。葛罗斯特在得知照料自己的就是被他赶出门的儿子爱德伽后，安心地死去。后来爱德伽挑战爱德蒙，将其除掉。因爱德蒙密令已下，考狄利娅被缢死，李尔王抱着考狄利娅的尸体在悲伤中疯狂而死。最后继承不列颠王位的是高纳里尔的丈夫奥本尼公爵，他未失人性，始终未参与虐待李尔王，成为国王后，他恢复了肯特和爱德伽的爵位和地位。

这个剧本描写了国王、大臣、弄人、仆从、流浪的乞丐等不同阶层人的生活，较广阔地表现了社会生活和社会矛盾。剧作通过李尔王和葛罗斯特的遭遇，集中批判了社会的罪恶：兄弟姐妹相残，儿女出卖反噬父亲，权欲和野心破坏了神圣的人伦关系。剧中第三幕的暴风雨场景是全剧的中心场景。自然界的暴风雨与主人公李尔王内心的暴风雨相呼应。李尔王在暴风雨中的呼号，谴责了人的忘恩负义、违反常道，谴责了社会的不公义。

《李尔王》这个剧自问世以来，对它的评论既有批评也有赞美。

批评意见较为集中在下面一些问题上。一是对剧情的真实性提出责难。最有代表性的就是19世纪俄国大作家列夫·托尔斯泰的批评，他曾把莎士比亚的《李尔王》与原有的旧剧本进行比较，认为莎士比亚改写的剧本还不如原剧，莎士比亚改写的剧本缺乏可信性，李尔王不可能分国，他对两个大女儿应有所了解、不可能相信她们，也不可能剥夺考狄利娅的继承权。二是认为《李尔王》不适合上演。兰姆认为《李尔王》基本上不能在舞台上演。布拉德雷也认为《李尔王》虽是莎氏的最高成就，但因它规模宏伟，舞台上容不下它，所以该剧只是伟大的诗篇，而非最好的戏剧。[①] 三是对《李尔王》的结尾不满。18世纪的约翰逊博士认为，《李尔王》的悲剧结尾让好人死掉，坏人昌盛，好人丧生是人生常有的现象，但是违反诗的公正。布拉德雷也认为，作为戏剧来看，在感觉上要求喜剧性结尾，《李尔王》的结尾是在风暴过后从晴空突降的晴天霹雳。持这种观点的评论

---

① 杨周翰编选：《莎士比亚评论汇编》（下），中国社会科学出版社1981年版，第164页。

不在少数。事实上，在后来的莎士比亚戏剧改编上，就有人安排了喜剧性结尾。有的把结尾改成考狄利娅获胜，李尔王复位，纳赫姆·泰特把结局改成考狄利娅和爱德伽相爱，改编后的剧作十分流行，莎士比亚原剧的结尾倒是被人给淡忘了，有人认为："从一六八一至一八三八的一百五十年，它竟被纳赫姆·泰特的改编剧给替代了。"①

关于《李尔王》的结尾问题，我们认为，莎士比亚的安排合理却不合情。剧中善恶力量的对比悬殊，黑暗力量过大，在某种程度上压倒了正面力量。剧中恶的代表人物有高纳里尔、康华尔公爵、里根、爱德蒙、高纳里尔的管家奥斯华德，善的代表人物有李尔王、考狄利娅、奥本尼公爵、葛洛斯特伯爵、爱德伽、肯特。单从数量上看，双方基本平衡，但实际力量的对比十分悬殊：掌握了国土、权力、军队的高纳里尔、康华尔公爵、里根，力量大于失去王位的李尔王和远嫁法国的考狄利娅；强横的里根力量也大于她的丈夫奥本尼公爵；奸恶的爱德蒙获得了爵位，而爱德伽被迫在外流浪，葛罗斯特也失去了权力和土地、被害成瞎子在外流浪；伪装成李尔王仆人的肯特伯爵有时力量能与奥斯华德抗衡，但也被里根和康华尔公爵用足枷锁了整整一晚。全剧缺乏一个足以与恶势力抗衡的人物和力量。几个恶人的死亡过于轻易，缺少说服力，康华尔公爵死于一个不知名的仆人的剑下，高纳里尔毒死里根，高纳里尔自杀，爱德蒙在与爱德伽的决斗中死去，因此这些恶人虽然死了，但仍给人以恶的力量过大的印象。因此观众要求用一个团圆的结尾来满足感情的需要。在结尾部分，写考狄利娅带来的法国军队战败，还有她的被俘被缢死，这是从现实可能性上所作的一种合理安排。写经历了大怒大悲、年老的李

① 孙家琇：《论莎士比亚四大悲剧》，中国戏剧出版社1989年版，第178页。

尔王抱着考狄利娅的尸体死去，也是从现实可能性上所作的一种合理安排，安排虽然合理却不合情。莎士比亚以考狄利娅的死亡结尾，可能有多种原因：一是顾及到英法战争的立场问题，对于英国观众而言，尽管是发生在古代的故事，但涉及法国和不列颠之间的战争，仍不可避免有一个立场问题。尽管考狄利娅的丈夫因故回国，考狄利娅自己带一支法国军队进行讨伐有正义的理由，但仍必须抵抗。剧中借奥本尼之口表达了这一立场：“我听说王上已经带了一班受不住我国的苛政，高呼不平的人们，到他女儿的地方去了。要是我们所兴的是一场不义之师，我是再也提不起我的勇气来的；可是现在的问题，并不是我们的王上和他手下的一群人在法国的煽动之下，用堂堂正正的理由向我们兴师问罪，而是法国举兵侵犯我们的领土，这是我们所不能容忍的。”二是因考狄利娅死时，她在剧中的作用已经完成。她出场只有两次，一是开头部分被李尔王驱逐，一是结尾部分与李尔王团聚，她经历了与李尔王从分到合的历程，虽然两人都以死亡为结局，但已彰显出爱的胜利，她在剧中所起到的作用也已经完成。她举兵讨伐更多是代表一种正义、道义，并不代表一种可与国内恶势力抗衡的力量。

对《李尔王》这个剧虽有批评意见存在，但肯定和赞美还是主要的。评论普遍认为《李尔王》是莎士比亚伟大的悲剧。有人说：“概括地说，西方论者们特别感到《李尔王》的规模最大、气势最宏伟，在题材和描写上具有普遍性和永恒性；它比莎士比亚的其他悲剧更为动人，更有伦理道德的教益和哲理性；它的艺术成就十分突出，比如它对人物的精神世界和痛苦体验的揭示；它对民间文艺传统的运用；它的戏剧诗，包括对意象的运用，诗意的想象以及氛围和暴风雨的创造，等等。……在当今评论中，对《李尔王》本身的评价——即肯定它是莎士比亚最伟大的悲剧这种见解，也越来越普遍了。”[①] 关于《李尔王》是莎士比亚最伟大的悲剧这种说法，可能过于绝对，但《李尔王》无疑是四大悲剧中气势最宏伟的一部，宏阔性是《李尔王》的主要特色。西方评论注重从该剧内容主题的哲理性高度解说该剧的宏阔性。例如，有的对剧作进行基督教解释，把《李尔王》看做是一幅既神秘又明显、带有基督教色彩的完整图画；有的则认为《李尔王》以爱为中心，宣传的就是爱；有的进一步认为悲剧的积极精神在于表现了正义和公正。当代评论中有一定代表性的是波兰评论家扬·柯特的评论，他认为《李尔王》作为悲剧来说是登峰造极的，表现的是悲剧中更本质的东西，其实质和当代贝克特的《最后一局》《等待戈多》等荒诞派戏剧完全一致，用以证明荒诞派脱胎于莎士比亚。[②] 西方评论在揭示该剧的宏阔时带有更多的主观色彩。下面将主要结合剧本的构成，从剧本反映现实的广阔性和揭示矛盾的深刻性方面来谈谈该剧的宏阔性特点。

（一）反映现实的广阔性

《李尔王》中有两个世界：一是国王、大臣生活在其中的宫廷上层社会；二是流浪汉、乞丐、瞎子等无家可归者生活在其中的底层社会。

在前一个世界，从一个角度表现出社会黑暗和罪恶的一面：家庭分裂，国家混乱，整个社会充斥着权欲野心、阿谀逢迎、忘恩负义、寡廉鲜耻。剧中的两个故事线都表现了这一内容。

---

① 孙家琇：《论莎士比亚四大悲剧》，中国戏剧出版社 1989 年版，第 183 页。

② 杨周翰编选：《莎士比亚评论汇编》（下），中国社会科学出版社 1981 年版，第 561 页。

高高在上、握有大权的李尔王，习惯了威严尊荣，就因为小女儿考狄利娅说话诚实就将其赶走；高纳里尔和里根姐妹俩靠阿谀逢迎获得了地位和权力，很快恩将仇报，残忍地虐待父亲，个个心如铁石，忤逆不孝；高纳里尔与里根又都放纵情欲，都对丈夫不忠，为争夺爱德蒙争风吃醋、钩心斗角，甚至互相残害，最后是恶毒的姐姐毒死了奸诈的妹妹。姐妹相残，女儿出卖父亲的恶行骇人听闻。

而在大臣葛罗斯特家里也出现了类似事件。葛罗斯特伯爵不辨善恶，偏爱自己的私生子爱德蒙，并听信诬告，逼走长子；爱德蒙为了得到爵位和权力地位，先是诬告陷害兄长，后是出卖亲生父亲，导致葛罗斯特失去双目。兄弟相残，儿子出卖父亲的逆伦大罪令人发指。

大臣葛罗斯特这条副故事线与李尔王的主故事线是互相映衬的，副故事线的增加，说明李尔王的遭遇不是个别的、偶然的，而是在社会上普遍存在的现实。正因为权欲野心、阿谀逢迎、忘恩负义现象在社会上太普遍了，最亲的人之间也缺乏信任，所以葛罗斯特会轻易相信爱德蒙编造出来的爱德伽欲杀害自己的谎言。其实，爱德蒙所说的并非耸人听闻，他自己就是这样做的，葛罗斯特的错误只在于他未加分辨而已，他对整个社会风气和现实状况的本质有这样的总结：“最近这一些日蚀月蚀果然不是好兆；虽然人们凭着天赋的智慧，可以对它们作种种合理的解释，可是接踵而来的天灾人祸，却不能否认是上天对人们所施的惩罚。亲爱的人互相疏远，朋友变为陌路，兄弟化为仇雠；城市里有暴动，国家发生内乱，宫廷之内潜藏着逆谋；父不父，子不子，纲常伦纪完全破灭。我这畜生也是上应天数；有他这样逆亲犯上的儿子，也就有像我们王上一样不慈不爱的父亲。我们最好的日子已经过去；现在只有一些阴谋、欺诈、叛逆、纷乱，追随

在我们的背后，把我们赶下坟墓里去。”（一幕二场）

后一个世界则从另一角度表现了社会黑暗：社会贫富分化，人民悲苦贫困，他们饱尝人间的苦难和不平，生活在水深火热之中。剧中到处是衣不蔽体、食不果腹、挣扎在死亡线上的人们。首先沦落到这个世界中的是李尔王和跟从他的弄人及仆人肯特，从李尔王的台词可见，衣不蔽体的人们不得不忍受风暴的侵害；然后沦落到这个世界的是逃避追踪和迫害的爱德伽，他不得不化装成疯丐汤姆，在行乞中求生。他就像草昧时代的人类，赤身裸体，是个赤裸的两足动物，吃的是腐臭龌龊的狗彘之食，还要受人欺凌。“可怜的汤姆，他吃的是泅水的青蛙、蛤蟆、蝌蚪、壁虎和水蜥；恶魔在他的心里捣乱的时候，他发起狂来，就会把牛粪当作一盆美味的生菜；他吞的是老鼠和死狗，喝的是一潭死水上面绿色的浮渣；他到处给人家鞭打，锁在枷里，关在牢里。”（三幕四场）最后沦落到这个世界中的还有双目失明的葛罗斯特，他悲惨度日，求死不得。通过这些从上层社会落到下层社会的人们，表现出社会底层人民悲苦的生活面貌：贫困的人们忍饥挨饿，形同野兽，向野蛮时代倒退，他们不仅要承受大自然暴风雨的侵袭，还要遭受人间的欺凌和剥夺。通过对这个世界的描绘，大大延展了戏剧所表现的社会生活面。

（二）揭示矛盾的深刻性

在对前一个世界的描绘中，悲剧着重揭示了权位、权力、权势对人的腐蚀作用。权位和权力使人愚昧，如李尔王王权在握时刚愎自用，滥施报复，而大臣葛罗斯特则偏听偏信，不问青红皂白就把儿子无端放逐；权力和欲望更使高纳里尔、里根、爱德蒙丧尽天良，不仅姐妹、兄弟相残，还要反噬自己的父亲。《李尔王》并非是一部仅仅描写子女不孝的单纯的家庭悲剧，而是一部揭示权欲和私欲膨胀，人的灵魂被腐蚀的社会和时代大悲剧，表现了极端利己主义和权欲野心带来的严重的社会问题，纲常伦理动摇，社会动乱。在这个主题表达上，爱德蒙形象具有代表性。他是文艺复兴式的黑色巨人。作为私生子，爱德蒙没有继承父亲财产爵位的权力，但是他拥有健壮的体魄、旺盛的精力、漂亮的面孔、出人头地的野心、玩弄阴谋的智能。他用所有这些天赋来实现获取权利、财富的欲望。爱德蒙行为的特点就是擅长出卖和投机。他先后出卖哥哥和父亲，得到了葛罗斯特的爵位和财富。但这还不够，他又趁里根的丈夫康华尔身亡之机，利用里根对他的情欲，掌握了权柄，成为英军的统帅之一；他还想趁高纳里尔谋害丈夫之机，企图利用这俩姐妹登上王位，并因此急于加害考狄利娅。在这个人物身上集中表现了莎士比亚所批判的极端利己主义和权欲野心。

在对后一个世界的描绘中，悲剧曲折地揭示了英国社会的阶级矛盾，反映了英国资本原始积累时期的贫富分化，反映了穷人的生活已下降到畜生般的悲惨境况。该剧的写作背景与当时英国的社会现实是有内在联系的。英国的圈地运动造成了羊吃人的悲剧，大量人民沦为赤贫，社会不仁不义，人民生活悲苦贫困。尽管《李尔王》以及同代的戏剧都没有直接表现资本原始积累这一灾难事件，但莎士比亚还是以李尔王、爱德伽、葛罗斯特等人沦为流浪汉和乞丐的方式，曲折巧妙地反映了现实，揭示了这一深刻的时代矛盾。如李尔王曾对可怜的汤姆说：“唉，你这样赤身裸体，受风雨的吹淋，还是死了的好。难道人不过是这样一个东西吗？想一想吧。你也不向蚕身上借一根丝，也不向野兽身上借一张皮，也不向羊身上借一片毛，也不向麝猫身上借一块香料。嘿！我们这三个人都已经失掉了本来的面目……”（三幕四场）谴责了社会对穷人最基本的尊严、生存需要的剥夺，谴责了社会的不人道、不公义。

（三）对解决社会问题的严肃思考

对于权欲罪恶的问题，作品不仅弘扬美德、谴责邪恶，而且肯定了大臣和人民的积极斗争。作品弘扬了普通人、受苦受难者的美德和互爱。在李尔王落难之时，弄人和肯特始终不离不弃跟随并帮助他；反过来，李尔王同情和关怀弄人和装成乞丐汤姆的爱德伽；爱德伽不记恨父亲的不公正对待，在葛罗斯特瞎眼后帮他活下去；考狄利娅更是以自己的爱唤醒李尔王，医治他内心的伤痛。作品肯定了积极斗争起到的作用。首先把希望寄予忠诚和正直的大臣身上。例如，葛罗斯特伯爵虽然软弱但立场鲜明，始终不肯助纣为虐，不肯与里根等人同流合污，表现出正直的品德，关键时刻他又勇敢地站在李尔王一边，同情支持李尔王，帮助他回到女儿身边；肯特伯爵更是表现出臣子的正直和忠诚，尽管他自己被李尔王驱逐，却仍然隐姓埋名生活下来并保护李尔王，在斗争的关键时刻挺身而出、讨伐叛逆；爱德伽也是依靠智慧、先是忍辱负重地避祸，一旦时机到来就担起惩恶除奸的重任，他一棒打死了惯于讨主子欢心的恶仆奥斯华德，又持剑除掉了作恶多端的爱德蒙；特别是考狄利娅，她不计个人恩怨，宽恕父王的过失，高举爱的旗帜对恶进行道义上的谴责和讨伐。作品也没有忽略人民的力量，写康华德公爵作恶多端，挖去葛罗斯特的双眼时，一位不知姓名的仆从义愤填膺将康华德处死，在他身上表现出正义感和勇于反抗的斗争勇气。全剧说明了恶的不得人心，肯定了善对恶的胜利，肯定了美德的可贵，肯定了斗争的力量。不过也应看到，由于邪恶力量的强大，在惩恶问题上，剧中还流露出一定的幻想，幻想恶的世界会因自相残杀而受到削弱。例如，高纳里尔毒死里根后，自己又自杀的情节缺少现实可能性，说服力不强，这主要是表达了剧作家的一厢情愿。

对于社会的不公正问题，剧作通过李尔王和葛罗斯特之口，表现出同情人民、改变这一黑暗现实的要求。李尔王在暴风雨中呼喊："衣不蔽体的不幸的人们，无论你们在什么地方，都得忍受着这样无情的暴风雨的袭击，你们的头上没有片瓦遮身，你们的腹中饥肠雷动，你们的衣服千疮百孔，怎么抵挡得了这样的气候呢？安享荣华的人们啊，睁开你们的眼睛来，到外面来体味一下穷人所忍受的苦，分一些你们享用不了的福泽给他们，让上天知道你们不是全无心肝的人吧。"（三幕四场）唤起安享荣华富贵的人们的人道同情心，这是李尔王的思考。葛罗斯特在看到受尽凌虐的爱德伽后，也这样呼吁道："天道啊，愿你常常如此！让那穷奢极欲、把你的法律当作满足他自己享受的工具，因为知觉麻木而沉迷不悟的人，赶快感到你的威力吧；从享用过度的人手里夺下一点来分给穷人，让每一个人都得到他所应得的一份吧。"（四幕一场）寄希望于天道和公正的法律，实现社会公平公正，这是葛罗斯特的愿望。

对于人民苦难的社会问题，《李尔王》还把解决矛盾的希望放在贤明的当权者身上。当权者因拥有权力，常会受到阿谀奉承者的包围，所以也往往会不辨是非善恶。例如，戏剧开始时的李尔王，就因听惯了阿谀逢迎，不辨忠奸善恶，糊涂昏聩。当权者只有经历苦难，与底层人民，与现实社会接触，才能识别善恶和忠奸，才能体察人民的苦难，解决社会问题。例如，刚愎自用的暴君李尔王，经受苦难后，通过苦难终于分辨出善恶忠奸，通过苦难认识到社会的不公正，通过苦难开始同情人民。再如葛罗斯特，他先被自己的儿子蒙蔽，后来也是通过苦难的遭遇才终于辨清是非善恶。在成为国王的奥本尼身上，在恢复了爵位和地位的肯特和爱德伽身上，则寄托着这种希望。

托尔斯泰批评《李尔王》缺乏可信性，仅仅是就某些生活表象的真实而言的，《李尔王》具有时代本质的真实，它反映了广阔的社会现实，深入揭示了时代矛盾，思想内容深刻，全剧具有一种规模宏阔、气势雄浑的特征。这样宏阔的规模，确实如布拉德雷所说的那样有一种舞台上容不下的感觉，但莎士比亚毕竟通过舞台有限的时空和穿梭于两个世界中有限的人物，诗意地将之表现了出来。

四　《麦克白》：深入的心理分析与狂放的想象

《麦克白》的情节来源于贺林希德的《苏格兰编年史》，但剧本结构基本上是莎士比亚自己创造的。原苏格兰历史记述的是，10 世纪时，叛臣唐瓦德在妻子的鼓动下谋杀国王麦克得夫的故事，还记述了 11 世纪时，麦克白用暴力推翻邓肯统治、夺取权力的故事。莎士比亚将两个互不相关的历史故事艺术地化合在一起。

该剧的基本剧情梗概是：苏格兰大将麦克白和班柯打败叛军，在班师回朝的路上遇见三个女巫，女巫预言麦克白要做国王，班柯的后代也要做国王。麦克白渴望女巫的预言应验，在野心驱使和麦克白夫人的怂恿下，杀害了来城堡做客的苏格兰王——仁慈的邓肯，夺取了王位。麦克白登位后，想起女巫对班柯的预言，把班柯及其儿子看做是自己王位的最大威胁，就假装宴请班柯，派刺客在路上埋伏暗杀班柯父子，班柯被杀，但他的儿子逃走。麦克白在宴席上看见班柯的鬼魂，心中恐惧，就再次到荒原寻找女巫。女巫让幽灵出现，幽灵提醒他提防麦克德夫，预言没有一个妇人生下的人可伤害麦克白，除非有一天勃南的树林移向邓西嫩高山。此时麦克德夫已逃到英格兰投奔太子马尔康去了，麦克白立即杀了麦克德夫的家人。白色恐怖笼罩在人们头上。马尔康借了英格兰军队前来讨伐麦克白，此时，麦克白夫人已发疯死去。麦克白众叛亲离，精神十分空虚，他把女巫的预言当做护身符进行顽抗，却看到勃南森林在向邓西嫩移动，原来是马尔康带来的军队路经勃南森林时，每个兵士砍下一根树枝举在前面，远远望去就像是森林在移动。与麦克白交战时，麦克德夫称自己非妇人所生，是不足月剖腹产的。麦克白听后精神完全崩溃，被麦克德夫杀死。

悲剧创作是取材于历史而又不受历史事实限制。莎士比亚对原苏格兰历史材料的重大改变有以下几个方面：

(1) 编年史中邓肯昏庸且自私自利，他无视最近最长的亲属麦克白的治国功劳和优先登位的权力，指定自己的儿子继承王位。莎剧中无此不公平事件，而邓肯为贤君。

(2) 原故事中麦克白夫人怂恿丈夫谋杀，是为了替先人向邓肯家族讨还血债。莎剧中也没有此背景，麦克白夫人鼓动麦克白谋杀完全出于自己渴望当王后的野心。

(3) 原故事中邓肯死于自己的城堡。莎剧中他死于麦克白城堡，死于麦克白的家中。

(4) 原故事中班柯参与了麦克白的谋杀。莎剧中班柯反对麦克白恶行，并被麦克白杀害。

很显然，莎士比亚在剧中突出了邓肯王一方的仁慈和死亡的无辜、悲惨，去掉了麦克白和麦克白夫人所有杀害邓肯王的正当理由，突出了麦克白及夫人的野心，突出了他们的罪行和血腥残忍。特别是突出了在麦克白的反动统治下人人自危。剧中写他当了国王之后，不仅杀害了班柯，还杀了麦克德夫的妻子和孩子，“除了浑浑噩噩、一无所知的人以外，谁的脸上也不曾有过一丝笑容；叹息、呻吟、震撼天空的呼号，都是日常听惯的声音，不能再引起人们的注意；剧烈的悲哀变成一般的风气；葬钟敲响的时候，谁也不在关心它是为谁而鸣；善良人的生命往往在他们帽上的鲜花还没有枯萎以前就化为朝露”。（四幕三场）这是对暴政的直接揭露。

从剧本对原有历史材料的改造，不难看出莎士比亚创作该剧的意图，该剧的主旨在于揭露统治者的个人野心，说明野心如不加克制，它会使善良的人性毁灭，好人变成恶人，会使国家民族遭难，害国害民；批判了“美即丑恶丑即美”的混乱的黑暗时代；表现了反对权欲野心、暴君统治的思想内容。在莎士比亚评论中，有人认为莎士比亚创作此剧是奉献给当时登位不久的詹姆斯一世的，是为了颂扬詹姆斯一世的。詹姆斯一世是玛丽女王的独子，是一位来自苏格兰的英王，苏格兰的班柯是詹姆斯一世的祖先。莎士比亚创作此剧时，确实有适应詹姆斯一世统治，避免政治迫害等政治考虑，但该剧的主旨绝不仅仅是为了给刚上台的詹姆斯一世的祖先歌功颂德，而是以表现忧愤为主。在艺术上，《麦克白》有很多令人称道之处，它是莎士比亚四大悲剧中最后的一个，与其他三大悲剧相比，该剧突出的特色主要表现在两个方面：

（一）深刻的心理分析。悲剧对麦克白以及麦克白夫人的心理刻画非常深刻

剧中麦克白能否作为悲剧主角一直是个值得思考的问题。麦克白是个弑君篡位的野心家和暴君，他怎么能成为悲剧的主人公呢？究竟怎样来理解麦克白的悲剧性质？或者说麦克白作为一个悲剧人物的悲剧感是由何产生的？这些问题需要结合剧作心理分析的特点来思考。

麦克白是个变化中的人物形象，一个由英勇的将军堕落为野心家、专制暴君的形象。可将麦克白的经历和性格发展大致分为四个阶段：荣耀的麦克白、逆转的麦克白、血腥的麦克白和孤立的麦克白。

荣耀的麦克白。在遇见三女巫前，麦克白是位有伟大功绩的将军，他忠诚勇敢，不惧命运是其英雄本色。戏剧以回溯法描写了他的武功和英勇。先是苏格兰军曹报告了麦克白击溃叛军、英勇砍下麦克唐华德的头等卫国杀敌的事迹；接着是苏格兰贵族洛斯报告了麦克白不畏敌军气焰，战胜挪威侵略者，迫使挪威王求和的经过。邓肯听完后竭力赞扬麦克白是“英勇的表弟！尊贵的壮士!”并给他加官晋爵。麦克白早已被晋封为葛莱密斯爵士，现又把因叛国罪被处死的原考特爵士的爵位转赠给了他。此时，麦克白已获得了人生最宝贵的“英名与德行”，达到了他人生荣耀辉煌的顶点。

逆转的麦克白。自从见到三女巫并听到她们的祝辞后，麦克白的表现就与班柯不同，班柯不以为意，而麦克白看上去却有些吃惊和害怕，他急切地向女巫询问详情。这说明女巫的话披露了他已燃起的炽烈的权欲、野心，此时，他内心已向往成为至尊，急切等待自己作为帝王登级。不过麦克白还只是浮起弑君的念头，一时还找不到正当理由，他的野心只是在跃跃欲试。麦克白夫人明白指出他的这种忧郁和内心的渴望。她说：“你本是葛莱密斯爵士，现在又做了考特爵士，将来还会达到那预言所告诉你的那样高位。可是我却为你的天性忧虑：它充满了太多人情的乳臭，使你不敢采取最近的捷径；你希望做一个伟大的人物，你不是没有野心，可是你却缺少和那种野心相联属的奸恶；你的欲望很大，但又希望只用正当的手段；一方面不愿玩弄机诈，一方面却又要作非分的攫夺；伟大的爵士，你想要的那东西正在喊你要到手，就得这样干，你也不是不肯这样干，而是怕干。让我用舌尖的勇气，把那阻止你得到那顶王冠的一切障碍驱扫一空吧。”（一幕五场）在麦克白夫人的激励下，麦克白说出：“我的决心已定，我要用全身的力量去干这件惊人的举动。”此时，麦克白的忠诚已不复存在，逆转已经完成。

血腥的麦克白。麦克白双手沾满邓肯的鲜血，夺取了王冠后，为巩固王位他又接二连三制造血腥事件，杀害了大将班柯和贵族麦克德夫的妻儿。在麦克白的统治下，天怒人怨。此时他完全是个专横残忍的暴君，不仅丧失了荣誉，德行也丧失殆尽。

孤立的麦克白。麦克白夺取了王位，失去的是人生的价值，他灵魂空虚而绝望，深感人生不过是一个行走的影子。他唯一的精神支柱麦克白夫人死去，这更使他陷入惶惶不安中难以自拔。女巫的第二次预言是他仅剩的一根精神上的救命稻草，当预言以另一种方式呈现时，他就只能是走向肉体和精神的双重死亡了。

麦克白的悲剧有其复杂性。首先需要看到麦克白的悲剧性是有阶段性的，他犯罪前的心理挣扎阶段（荣耀的麦克白和逆转的麦克白阶段）和犯罪后的心理磨难阶段（孤立的麦克白阶段）都带有悲剧性，他的犯罪阶段（血腥的麦克白阶段）则无悲剧性可言。其次，对麦克白悲剧性的理解也不能单从他犯罪事实而要从其精神层面来看。莎士比亚在剧中不是一般地揭露麦克白的罪行，因为麦克白的血腥罪行只会引起观众的愤怒与憎恶，而是着重表现麦克白的内心冲突，着力揭示人物灵魂中善与恶的冲突。

为了更好地阐释麦克白形象的悲剧性，下面将莎士比亚笔下的麦克白与陀思妥耶夫斯基笔下的拉斯柯尼科夫形象进行比较探析。

麦克白是莎士比亚悲剧《麦克白》的主人公，而拉斯柯尼科夫则是陀思妥耶夫斯基在小说《罪与罚》中塑造的形象。这两个艺术形象产生于不同的国家、时代，形象内涵有明显的差异，二者是不可替代的各具典型意义的独特形象。但如果对它们作进一步的剖析和比较，就能发现二者又有许多共性，他们在犯罪心理方面，在美学性格方面有着惊人的相似之处。

麦克白为了实现自己的野心，篡夺苏格兰王位，谋害了贤明的邓肯王，是一个弑君凶手。拉斯轲尼科夫试图在资本主义社会做一个“不平凡”的人，从自己的理论出发，杀死了一个放高利贷的老太婆阿寥娜·伊凡诺夫娜，成了杀人罪犯。麦克白与拉斯轲尼科夫皆为杀人凶手，他们的犯罪过程及心理动态呈现出极大的相似性。

1. 犯罪之前，人物的矛盾心理相似。在他们的内心，善与恶两种力量一直进行着激烈交战。

麦克白是一位战功赫赫的苏格兰大将，国王邓肯给了他极大的荣誉和恩宠，新封他为考特爵士。但麦克白内心渴望得到的却是那顶诱人的王冠，于是萌发了弑君篡位的恶念。此时，他一方面企图实现自己的野心，另一方面又清醒地知道自己行将杀害的是一位贤明君王，弑君篡位是天理难容的罪行。权欲、野心催逼着他，道德、理智又阻挠着他，这两种力量在他内心激烈交战，使麦克白堕入矛盾的深渊。他不由得痛苦地自白：“没有一种力量可以鞭策我实现自己的意图，可是我的跃跃欲试的野心，却不顾一切地驱着我去冒颠踬的危险。”（一幕七场）他对麦克白夫人说道：“我们还是不要进行这一件事情吧，……我的名声现在正发射最灿烂的光彩，不能这么快就把它丢弃了。”（一幕七场）透视出主人公内心深处的矛盾，我们不难看出他犯罪前灵魂所受的煎熬。

拉斯轲尼科夫的杀人动机与麦克白截然不同。他是一个贫穷的大学生，他观察思考周围的人所遭受的贫困和凌辱，也看到了少数人的专横跋扈。他看透了资本主义的社会法则，认为人只有两条路可走：要么做统治者，要么做奴隶；要么做刽子手，要么做刀下鬼。他杀人的目的是想实验自己是否是“不平凡”的人，能否随意犯罪而不受良心谴责。就是在他已下决心杀掉放高利贷的老婆子阿廖娜·伊凡诺夫娜后，良心、道德又与他的理论和计划进行着激烈的斗争。他在行凶的前一刻还觉得杀人是一种卑劣行为，他不停地问自己：“为什么我直到现在还犹豫不决呢？昨天我下楼梯时，我自己就曾说过，这件事是卑鄙的、可恶的、下流的。……醒着的时候，我一想到这件事就恶心，就胆战心惊……”①他祈祷上帝帮助他抛弃这个该诅咒的幻想，内心世界充满了痛苦和矛盾。

2. 犯罪之际的心态相似，皆由一件偶然的小事引起内心的巨大冲击，决定孤注一掷把杀人计划付诸行动。

麦克白经过一番痛苦的精神搏斗，权欲和野心已把他推向地狱之门，但决心变为行动需要一定的契机。这时，恰逢邓肯来麦克白家作客并将要在此留宿。这一偶发事件，给麦克白很大的刺激，他无法摆脱这个绝好机会对他的诱惑，终于将刀插入熟睡的邓肯的胸膛。这里，偶然事件在麦克白凶杀行为过程中有至关重要的作用。

促成拉斯轲尼科夫杀人的也是一桩偶然事件。拉斯轲尼科夫心里酝酿着凶杀做案的事，后来变得淡漠了。一天，他路过干草市场，偶然获知老太婆唯一的女伴丽莎维塔明晚七点不在家。而且有人正在谈论这个老太婆，有人还信口说出“这个老太婆该杀”一语。这个微不足道的小事使拉斯轲尼科夫决定将计划付

---

① 《罪与罚》，人民文学出版社 1997 年版，第 78 页。

诸行动。拉斯轲尼科夫事后反省自己时，曾觉得其中仿佛有某种定数和启示。

偶然事件确实打破了人物内心善恶对峙的局面，但它只是个外在诱因，它实际上是此时人物内心的罪恶占了上风的标志。

3. 犯罪后，人物精神状态相似。他们都从此失去了灵魂的安宁，孤独、空虚、绝望，精神几近崩溃。

麦克白杀害了邓肯，同时也埋葬了自己的灵魂。他对同谋麦克白夫人诉说了这种恐惧与绝望："可是我为什么说不出'阿门'，这两个字却哽在我的喉头。"（二幕一场）他无法祈求上帝的祝福，他甚至无法获得那清白安逸的睡眠了。特别是当他又杀害了班轲后，眼前一再出现幻觉，竟在大白天看见班轲的鬼魂，从此他变得失魂落魄。麦克白的精神就这样慢慢崩溃了。下面这段著名的独白是他此时心理的写照：

> 明天，明天，再一个明天，
> 一天接着一天地蹑步前进，
> 直到最后一秒钟的时间；
> 我们所有的昨天，不过替傻子们照亮了
> 到死亡的土壤中去的路。
> 熄灭了吧，熄灭了吧，短暂的烛光！
> 人生不过是一个行走的影子，
> 一个在舞台上指手划脚的
> 拙劣的伶人，登场片刻，
> 就在无声无息中悄然退下；
> 它是一个愚人所讲的故事，
> 充满着喧嚣和骚动，
> 却找不到一点意义。（五幕五场）

人生对他，如他自己所言，好像是一个傻瓜讲的故事，充满着喧哗和骚动，却找不到一点意义。这个践踏道德、亵渎神圣的凶犯，成了一个徒具躯壳的幽灵。

拉斯轲尼科夫作案以后，精神状态也是非常混乱。他疑神疑鬼，觉得别人的言谈举止都在暗示着他的犯罪。他在街头漫游，差点被马车轧死；他去拜访同学拉祖米欣，又莫名其妙地离开；见到自己的母亲与妹妹，他觉得她们与自己十分疏远，格格不入。有一次他竟梦游似地重返杀人现场，还告诉人们那个地方有血迹。他的头脑中经常出现幻觉、噩梦：梦见自己拿着斧头砍老太婆，越砍，老太婆越笑，处处是人，无处可逃。他与麦克白一样，为罪行付出了残酷的代价——自我精神折磨。这使他心理终于无法承受而前去自首接受惩罚。

在描绘这两个罪人的犯罪心理方面，莎士比亚与陀思妥耶夫斯基有着异曲同工之妙。

麦克白与拉斯轲尼科夫不仅犯罪的心路历程相似，而且美学本质相同，二者虽同是罪人却又皆为悲剧形象。

在文学理论史上，亚里士多德第一个给悲剧下的定义是这样说的："悲剧是对于一个严肃完整、有一定长度的行动的摹仿；他的媒介是语言，具有各种悦耳之音，分别在剧的各部分使用，摹仿方式是借人物的动作表达，而不是采用叙述法，借引起怜悯与恐惧来使这种情感得到陶冶（又译净化）。因此一出悲剧要避免三种布局：一、不应写好人由顺境转入逆境；（本能反感）二、不应写坏人由逆境转入顺境；三、不应写极恶人由顺境转入逆境。悲剧主人公必须是与我们十分类似的中等人……"①

---

① 亚里士多德：《诗学》，人民文学出版社1982年版，第19页。

麦克白以谋害邓肯始，以自我毁灭终。一般地说，看到恶人遭到应有的惩罚，观众对此只会感到欣喜快慰，一般不会产生亚里士多德要求的那种恐惧与怜悯的悲剧情感。但麦克白这一形象唤起观众和读者的感情却是复杂的，不是反感，而是同情，其中就含有亚里士多德要求的这种悲剧情感。莎士比亚笔下的麦克白不是一个简单的罪人、恶人，他具有深刻而强大的灵魂，他包含着胜利与失败两者的可能性，如果是另外一个方面，他就可能变成另外一个人。在麦克白出场时，他是一个高贵、勇武的苏格兰大将，崇尚荣誉、蔑视命运、有敏锐的道德良知、有美好人性的一面。但由于权欲、野心作祟，这美好的东西被一点点侵蚀了；麦克白杀人后则精神恍惚，最终崩溃。麦克白精神搏斗的过程，是一个善被恶毁灭的悲剧过程。麦克白的悲剧本质是美好人性被邪恶力量毁灭的悲剧。

拉斯轲尼科夫是个有二重性格的形象。一方面，他血腥残忍，杀人犯罪；另一方面他又心地正直善良，同情走投无路、遭受凌辱和损害的穷人。他曾照料患病的同学，曾在自己贫病交加时，倾其所有去为马美拉多夫料理丧事。一方面，他由于受资产阶级的弱肉强食掠夺理论的影响，炮制了一套犯罪论，并以身试法，走上了犯罪道路；另一方面他憎恨不公平的社会，渴望改变这种恶劣环境，其反抗又有合理性的一面。拉斯轲尼科夫的经历具有浓厚的悲剧色彩，他所反映的既是主观思想歧路的悲剧，也是周围客观现实的悲剧。人的正当要求在那个社会不可能实现，人的善良天性被扭曲，是这一形象中包含的悲剧因素。

麦克白与拉斯轲尼科夫形象具有共同性，主要原因有以下几个方面：

1. 形象产生的社会历史状态十分相似

陀思妥耶夫斯基时代虽晚于莎士比亚时代二百多年，但莎士比亚时代和19世纪中期的沙皇俄国，都处于封建制解体、资本主义取得胜利的社会转型时期，时代特点相似。

在莎士比亚时代，英国资本主义的原始积累带来了社会两极分化，社会问题日益严重，社会的变动以及由此带来的种种变化，特别是马基雅弗里极端利己主义思想的传播，腐蚀了人们的灵魂。莎士比亚在《麦克白》中就表现了权欲、野心这种社会瘟疫对人性的毒化和危害。

陀思妥耶夫斯基所处的时代，正是俄国农奴制崩溃、资本主义取得胜利的时代。当时的俄国是一个充满残酷暴力的庸俗社会。在这个社会上，旧农奴主和资产者像吸人血的蜘蛛，结成一面面巨网，穷人休想从永无止境的苦难中逃脱。作者通过描写拉斯轲尼科夫为取得几千卢布铤而走险，反映了被压迫者追求出路但又始终迷失方向的悲惨结局，表现了社会对人性的扭曲摧残。

社会历史条件相似，这是构成两个悲剧形象相似的根本原因。

2. 两位作家有相同的宗教文化背景

在西方基督教宗教文化中，认为从始祖亚当和夏娃开始，人就生而有罪，原罪存在于人的自然本性当中，进而形成了人是善恶一体的人类认识观；与这一观念相伴随的另一重要思想是人犯罪后的信仰救赎与惩罚。

在莎士比亚时代，仍是基督教十分兴旺和活跃的时期，尽管莎士比亚本人的宗教意识淡薄一些，但他无疑对基督教精神有深入的理解。有人认为："莎士比亚戏剧的确以最为优美动人的形式表现了显然是基督教的观念。"[①] 这不仅表现在作品里大量引

① 海伦·加德纳：《宗教与文学》，江先春、沈弘译，四川人民出版社1998年版，第75页。

用圣经典故、警句、词汇，更表现在人物塑造上。正是基于人是善恶一体的观念，他塑造的麦克白就不是简单的、十恶不赦的坏人，而是善恶交织的悲剧人物；正是基于惩罚的观念，麦克白令人产生畏惧感的，不是他的死亡，而是死亡之前灵魂受到的折磨惩罚。

陀思妥耶夫斯基是虔诚的东政教教徒，他在作品中直接表达了宗教哲学观。有人认为："陀氏主人公的心灵，是上帝和魔鬼斗争的战场；凶手和审判官，暴徒和慈善者，在一个人身上并存。"① 拉斯轲尼科夫就是这样一个善恶一体的人物，整部小说的重心就是他的精神思考与忏悔的过程，这里有各种观念的相互对抗和质疑、有对人作出的彻底追问。在拉斯轲尼科夫身上作者还表现了惩罚和信仰救赎的思想。小说写杀人之后的拉斯轲尼科夫虽还不能完全接受宗教，但却无法抗拒宗教道德的力量，甘愿在苦难中接受惩罚。

莎士比亚和陀思妥耶夫斯基两位作家的宗教文化背景相似，他们把人看做是善恶一体的，他们并非不以恶为恶而是肯定恶的属人性。他们能在写出人性恶的同时写出善存在的可能性，在杀人罪犯的灵魂中写出善与恶的交织，发掘出存在的悲剧意蕴。

3. 两位作家的美学追求和创作方法的某些相似，是形成这一现象不可缺少的另一重要因素

莎士比亚的戏剧素以塑造复杂性格著称，人物形象往往不是单一性格，即使反面形象也常常有很深的内涵。麦克白虽是一个弑君凶手，却绝不是恶的观念的图解，而是一个由多种矛盾因素融合而成的复杂性格，其中也包含着正面意义的东西。莎士比亚戏剧以心理分析著称，长于揭示主人公内心世界的冲突。《麦克

① 杨慧林主编：《罪恶与救赎》，东方出版社 1995 年版，第 282 页。

白》最突出的艺术特色是对麦克白独特心理的刻画，剧中以狂放的想象表现出麦克白灵魂中善恶两种力量的交锋。莎士比亚对麦克白内心世界的把握是那样深刻、准确，展示人物心理活动的技巧又是那样卓越。假如作家不是着重揭示主人公灵魂深处两种力量的斗争，就不会有麦克白这一形象的悲剧性。

高尔基说过："陀思妥耶夫斯基的天才是无可辩驳的，就表现力来说，他的才能只有莎士比亚可以同他媲美。"陀思妥耶夫斯基也以塑造复杂形象见长，他笔下的拉斯轲尼科夫就不仅仅是一个杀人罪犯，还是一个具有浓厚悲剧色彩的人物。陀思妥耶夫斯基也是俄国伟大的心理小说家，俄国文学中很少有像陀氏这样同心理学联系如此紧密的作家。鲁迅称陀思妥耶夫斯基"这确凿是一个残酷的天才，人的灵魂的伟大的审问者"，[①] 作家自己也说："我只是最高意义上的现实主义者，也就是说我描绘的是人的内心的全部深度。"[②]《罪与罚》对主人公犯罪前后心理的分析就突出表现了这一特点。他在小说中使拉斯轲尼科夫经受了一次次精神考验和道德灵魂审判，使我们看到了人的内心全部善恶的斗争。正是这种精神分析才使我们看到拉斯轲尼科夫的内心冲突和悲剧性格的一面。

麦克白与拉斯轲尼科夫这两个形象，都是社会变革、新旧交替时代的悲剧人物。在社会转型时期，一方面旧时代腐朽的伦理道德仍会存在，另一方面又会产生新的社会瘟疫——自私、贪婪、野心。这些黑暗力量，就像莎士比亚笔下的女巫一样，漂浮在空中，缠绕在人们灵魂深处，具有毁灭美好人性的力量。我们也处在一个社会转型期，也要有勇气正视社会上某些阴暗东西的存在，认识它、驾

---

① 鲁迅：《论外国文学》，外国文学出版社 1982 年版，第 85 页。

② 《外国文学研究》，《中国人民大学书报资料》1987 年第 2 期，第 131 页。

驭它。麦克白、拉斯轲尼科夫的悲剧形象启发我们深思。

(二)《麦克白》与其他三大悲剧相比，它另一突出的特色是狂放的想象

19世纪英国评论家赫兹利特指出：《麦克白》在情节发展的迅速和想象的狂放上占先。[①]《麦克白》情节紧凑、结构精美。如果说《错误的喜剧》《暴风雨》是全部莎士比亚剧最短的两个的话，那么，最简练的就当属《麦克白》了，《麦克白》是莎士比亚悲剧中最短的一个。莎士比亚的悲剧素以故事情节的丰富著称，常常是多情节线索共同发展；这个剧却没有其他的情节线，外部冲突中写麦克白篡位及其被推翻，内部冲突写麦克白灵魂的毁灭过程，剧情高度集中。而且如同古典主义戏剧那样，幕次清晰，结构严密。第一幕为开端，第二幕为发展，第三幕为高潮，第四幕为下落，第五幕为结局，全剧一气呵成。《奥瑟罗》剧也有这样的特点，这也反映了莎士比亚悲剧创作有一个返璞归真的变化发展轨迹：剧情结构由繁复趋于简约。

狂放的想象是《麦克白》突出的特色。莎士比亚悲剧具有伟大的现实主义倾向和精神，以现实世界为基础，观察和描写社会和人，塑造典型形象。《麦克白》具有生活本质的真实性，表现并揭露了文艺复兴时期伴随着极端个人主义的出现，所带来的社会黑暗、人性堕落与毁灭问题。在麦克白身上，形象化地表现了权欲是如何使人一步步走向毁灭的，又是怎样对社会造成危害的。莎士比亚悲剧又同时具有丰富的想象，点染着浪漫主义色彩，想象与真实交融，狂放、离奇、不寻常的因素特征与生活本

---

① 赫兹利特：《莎士比亚戏剧人物论》，载《古典文艺理论译丛》第九辑，人民文学出版社1964年版，第45页。

质的真实，人物心理活动的真实等奇妙地结合在一起，达到奇而不失其真的境界。在四大悲剧中，《麦克白》是悲剧环境气氛最为阴沉的一部，莎士比亚在剧中就运用了浪漫主义的想象，创造并描绘了女巫、鬼魂、幻象、梦游等超现实形象，来突出紧张黑暗的气氛，反映生活真实和人物心理真实。有人认为："莎士比亚不象他同代某些写实派的作家那样按生活表面的样子来写生活，而是深入提炼与大胆综合有代表性的生活特征，并以大量诗意的渲染来创造更加可信的真实。"①

女巫形象的创造就是莎士比亚狂放想象的产物。莎士比亚创造出的"女巫"角色，并非说明他有迷信思想或者要宣扬迷信，他只是创造并运用了恰当的艺术形式，既迎合人们的心理，又符合自己艺术上的需要。

在莎士比亚时代，人们普遍相信巫术的存在，连统治者詹姆斯一世也是迷信巫术的，他写过《鬼神学》，他曾因迎娶安娜公主受阻一事大肆搜捕并残酷惩罚过女巫。有人说："他确信女巫的妖术曾一再阻挠他要娶丹麦的安娜公主为妻的努力，她们制作符咒，在海上搅起了可怕的风暴，把他的新娘的船只一次又一次地赶回到挪威的港口。"② 女巫形象是莎士比亚根据当时人的心理，使用超现实的艺术手法创造出来的艺术形象。在希腊罗马生活中有命运三女神，在北欧的神话中也有三个命运女神，分别主管人的过去、现在、未来，不过三个命运女神并不邪恶，剧中的三女巫形象的创造与命运三女神形象有联系但又不完全等同。女巫是封建主义与资本主义新旧更迭时一种特殊的诱惑人犯罪的力

---

① 孙家琇：《论莎士比亚四大悲剧》，中国戏剧出版社 1988 年版，第 313 页。

② 张泗洋、徐斌、张晓阳：《莎士比亚戏剧研究》，时代文艺出版社 1991 年版，第 228 页。

量的象征。女巫以魔女的形式出现，只是对人心有腐蚀诱惑的作用，并不具有主宰人类命运的神力。譬如，女巫诱惑麦克白成功了，而引诱班轲却失败了。女巫的邪恶在于她是一种诱惑人犯罪的力量。女巫上场后曾自我介绍说“姊三巡，妹三巡，三三九转蛊方成”，其任务在于“蛊”，即诱惑。她们说出的那句名言“美即丑恶丑即美”既写出了一个美丑颠倒混乱的时代，又写出了美向丑转化的可能性。麦克白就是受到邪恶力量的诱惑，而由美变丑的。

女巫还是麦克白心灵隐秘的一种外化形式，抽象的心理凝练为实体的形象，更加形象生动地揭示了他的内心。例如，女巫的第一次预言，说麦克白要成为未来的国王，表面上看是女巫激起了他的野心，实际上，女巫的预言只是揭示了其内心秘密，麦克白在遇到女巫之前就由于成功而滋生野心了，就已有心怀叵测的念头了。女巫的作用犹如希腊戏剧中的合唱队，她们是麦克白内心隐秘的外在具象，是他邪恶野心的形象外化。再如，女巫的第二次预言，说没有一个妇人生的人可以伤害麦克白，麦克白不会被打败，除非勃南的森林向邓西嫩山移动。这其实是麦克白在危机四伏时，激励和安慰自己的一种心理。至于女巫预言的应验，其实也是麦克白魂飞魄散、心灵空虚、精神完全崩溃的写照。女巫形象揭示了麦克白的心理真实历程。

莎士比亚的想象还表现在对大自然宏大意象的创造与运用上。在《麦克白》中，自然的意象比起其他悲剧中的自然更带有特殊意义。例如，麦克白弑君之后，当夜出现了许多令人瞠目的反常现象：“照钟点现在应该是白天了，可是黑夜的魔手却把那盏在天空中运行的明灯遮蔽得不漏一丝光亮。……有一头雄踞在高岩上的猛鹰，被一只吃田鼠的鸱鸮飞来啄死了。邓肯有几匹躯干俊美，举步如飞的骏马，忽然野性大发，撞破了马棚，冲了出来，倔强得不受羁勒，好像要向人类挑战似的。据说他们还彼此相食。”（二幕四场）这里大自然与人的世界息息相通，人世间的罪恶，不仅是对社会和人间秩序的破坏，也是对大自然秩序的破坏，自然万物也会表现出它的反常。特别是在描绘马尔康带领讨伐大军歼灭麦克白时，剧中创造了勃南的森林向邓希嫩山移动的富有想象力的宏大意象，这是对正义战胜邪恶，生命战胜死亡，希望驱走阴霾的诗意的描绘。让正义之师把象征生命、和平的绿色枝干高举在头上前进，充满了诗意和想象。在这里，自然不仅仅与人和社会息息相通，大自然的绿色还能战胜人间的血腥，因为大自然本身也是充满生机和力量的。

此外，莎士比亚的想象还表现在对人的不寻常心理的描绘上。戏剧中富有想象力、创造力地写出了麦克白见到班轲鬼魂的幻象，写出了麦克白夫人的梦游，描绘出了人的不寻常的精神世界。班轲鬼魂是麦克白内心恐惧和残余良心的象征，梦游表明麦克白夫人身上尚存未泯的人性，通过这种富有想象力的描绘，形象化地展现了麦克白及其夫人作恶后的精神失常和精神上所受的惩罚。剧中其他的象征还有：麦克白杀人后的城堡是地狱的象征，看门人开玩笑说这儿太冷当不成地狱，更有那地方比地狱更冷酷的含义；流血婴儿是被杀的无辜者的象征；麦克白洗不净的血手和被杀害的睡眠是人生道德律令的象征。

既符合生活真实、心理真实的，又充满狂放的想象，这是《麦克白》独特的艺术风格。

第七章

传奇剧

莎士比亚最后一个创作时期写了四个传奇剧：《泰尔亲王配力克里斯》《辛白林》《冬天的故事》和《暴风雨》。这四个剧本具有很大的共性，情节大都写主人公开始时遭受灾难和不幸，后来由于机缘巧合和偶然事件的发生而转祸为福，结局团圆、圆满，人物命运都富于传奇色彩。

关于莎士比亚后期创作为什么转到传奇剧上来，大多数的评论认为有两方面的原因，外部原因是英国的社会状况发生了新的变化：詹姆斯一世统治时期，加强了封建王权的专制统治，王权凌驾于法律和国会之上，政治腐败、宫廷淫乱、宗教迷信盛行，民众的言论自由受到严重压制。在这种情况下，英国的戏剧走向了萧条，为了迎合宫廷贵族的趣味，作品往往只重情节曲折离奇而轻思想内容。内部原因是莎士比亚在经历了悲剧创作阶段的苦苦探索后，并没有也不可能找到完全解决社会矛盾的真正途径，于是从悲剧创作转为传奇剧创作，向往梦幻世界，企图通过神话式的幻想，借助于超自然的力量，采取宽恕与和解的办法，用道德感化来解决社会矛盾。

除了上述两方面原因之外，还应当看到莎士比亚创作是一个连续的、不断创新的过程，从早期的历史剧、喜剧到中期的悲喜剧、悲剧再到后期的传奇剧，内部有一定的规律可循。传奇剧不仅是莎士比亚精神变化的必然产物，更是莎士比亚新的艺术实践探索的结果，传奇剧是莎士比亚创造的一种新的戏剧艺术。因此在评价莎士比亚传奇剧时，应当把它们作为一种新剧种去认识，不应当用评论喜剧或悲剧的思维模式进行评价。

在中国的莎士比亚研究中，后期传奇剧的研究相对较为薄弱。这种状况既和莎士比亚传奇剧在他整个作品中的地位有关，也与国际莎学研究的情况大体相符。李伟民先生指出："在国内莎氏传奇剧研究中，形成了五多五少的研究格局，即对单部剧的研究较多，总体研究较少；在研究中，对莎氏传奇剧主题的研究较多，艺术特点的研究较少；强调莎氏传奇剧体现了莎士比亚的人文主义思想比较突出，对莎氏传奇剧体现莎氏复杂创作思想的研究较少；从社会矛盾特点出发的研究较多，而吸收西方当代莎学、西方最新文艺理论特别是后现代主义文艺理论的研究成果较少；对《暴风雨》的研究相对较多，而其他三部莎氏传奇剧研究较少。"① 为此，针对五少的研究现状，下面将侧重从总体研究、艺术性、命运观等方面探讨莎士比亚四部传奇剧总体的思想与艺术特征。

传奇剧：命运交响曲

莎士比亚传奇剧主要有以下几个特征：

（一）人物命运的传奇性

莎士比亚的一出出传奇剧尽情展现了人间的种种悲欢离合，

---

① 李伟民：《莎士比亚传奇剧研究在中国》，载《外语研究》2005 年第 3 期，第 66 页。

人物命运的变幻莫测。剧中偶然与巧合频繁发生，梦境、神谕、魔法总会神秘应验，冥冥中总有某种力量起着作用，结局的一切既出人意料，又都那么令人惊喜，情节神妙无穷。

《泰尔亲王配力克里斯》包含泰尔亲王配力克里斯一家三人的传奇性经历。泰尔亲王配力克里斯本人遭遇凶险却化险为夷，他为了躲避国王安提奥克的迫害而漂流海上，经历了一次海难，但绝处逢生，又娶妻生女，在安提奥克暴亡后，终于回国成为泰尔的国君。配力克里斯的妻子泰莎的死而复生更加具有传奇性，她在海上产下一女后就昏死过去，被装进棺材葬于大海，本来是必死无疑了，却也绝处逢生，漂流到了以弗所遇救，得以生还。配力克里斯的女儿玛丽娜，出生后就失去父母呵护，长大后又遭遇谋杀，却都逢凶化吉，后来她虽被卖入妓院却能出污泥而不染。最后全家团圆。

《辛白林》也有三组（四个人）人物的传奇性经历：大臣培拉律斯被国王辛白林放逐，他曾偷走辛白林的两个儿子进行报复，却又把他们抚养成人，教导有方，最终为国建功，君臣和解。辛白林的两个儿子吉德律斯与阿维拉古斯虽然从小离开王宫，但高贵的天性不变，在罗马进攻不列颠的危难中均成为中流砥柱。辛白林的女儿伊摩琴婚姻波折颇多：与有才的贫士波塞摩斯私自结婚遭到父王的囚禁，被后母的儿子纠缠，被丈夫误会怀疑，被追杀，遇见无头尸误以为丈夫已死，结局是真相大白，夫妻破镜重圆。剧终，辛白林与大臣和解，与儿子、女儿团圆。

《冬天的故事》同样有三组人物的传奇性经历。西西里王后赫米温妮因殷勤招待波西米亚国王波力克希尼斯，遭到西西里国王里昂提斯的怀疑和囚禁，在女友宝丽娜家中躲避十六年，终于重见天日。王后在狱中生下的女儿潘迪塔一出生就被弃海滨，她大难不死，被波西米亚的牧人收养，长大后与波西米亚的王子弗罗利泽相爱，为躲避国王干涉，两人逃到西西里。大臣卡密罗当年不愿执行里昂提斯让他杀害波力克希尼斯的命令，曾不得不与波力克希尼斯一起逃往波西米亚，现在卡密罗通过安排两个年轻人返回西西里，自己也和波西米亚国王波力克希尼斯借追赶弗罗利泽和潘迪塔重返西西里。结局是君臣和解、朋友和解、夫妻和解，国王里昂提斯一家团圆。

《暴风雨》除了有一处与上述三个剧本存在不同，即关于普洛斯彼罗与凯列班和爱丽儿之间的故事，它同样也有三组（五个人）传奇性的人物故事：米兰的公爵普洛斯彼罗因专心研究魔法，被弟弟安东尼奥和那不勒斯国王阿隆佐赶出米兰，带着三岁的女儿乘小船漂流荒岛。十二年后，当弟弟和那不勒斯王乘船经过时，他用魔法掀起风暴惩罚教训了这些人，重新获得失去的权位，返回米兰。弟弟安东尼奥和那不勒斯国王阿隆佐曾害得普洛斯彼罗几乎失去一切，现在安东尼奥受到了教训，阿隆佐则在经历儿子死而复生的磨难后，洗心革面，归还了从普洛斯彼罗那里掠来的权益。阿隆佐的儿子腓迪南和普洛斯彼罗的女儿米兰达一见倾心，真诚相爱，完美结合。

传奇剧情节上具有浪漫性、传奇性，但是莎士比亚传奇剧并非只为追求情节的曲折、离奇、神秘。他的传奇剧千变万化总关情。在这些奇特故事中，包括君臣、朋友、兄弟、夫妻、父母与子女之间等各种人际关系和感情联系，都开始遭到破坏，最终都恢复和谐。《泰尔亲王配力克里斯》里涉及父女乱伦、君臣失和、朋友背信弃义、妻离子散的内容；《辛白林》里涉及的则有君臣失和、父亲与儿女失散、夫妻分离等内容；《冬天的故事》里涉及朋友变脸、夫妻反目、父亲弃女等内容；《暴风雨》里涉及弟弟陷害哥哥。所有遭受破坏的关系，最后都一一恢复了正常和谐的状态。传奇剧的内容与历史剧、喜剧内容不同，而与悲剧和悲喜剧探讨的问题有一致性。有人认为，莎士比亚传奇剧的创作，与中期的悲剧之间，缺乏必然的联系，变化太突然。其实不然，它们与悲喜剧、悲剧的联系还是较紧密的，传奇剧的情节虽然浪漫传奇，问题却又不失现实性。

（二）三元整一的叙事技巧

因传奇剧的情节曲折，叙事性较强，所以叙事视角和叙事顺序的选择十分重要。莎士比亚传奇剧在叙事技巧上是逐渐成熟起来的，其变化轨迹与古希腊悲剧的发展脉络有相似之处。

古希腊命运悲剧多取材于神话传说，也是一种叙事性很强的戏剧。古希腊悲剧之父埃斯库罗斯基本上采用平铺直叙的方式叙事，剧中没有突转和发现，他创造了三元剧的形式，借助三部曲各自独立又互相关联的总体格局表现大容量的复杂情节。发展到索福克勒斯，他不再使用三元剧，而是优化了情节组合，成功地使用倒叙等叙述方式，善于在情节的表层发展中引出情节的突转和发现，将剧情推向高潮。莎士比亚传奇剧内部往往包括三个单元故事，在情节组织上，也有一个由三元分立逐渐变为三元整一的过程。

在《泰尔亲王配力克里斯》里，安排了老人这一剧情解释者，他按时间顺序先后叙述了泰尔亲王配力克里斯、他的妻子泰莎和他的女儿玛丽娜各自的传奇经历，三个情节自成单元，场景之间相对独立，情节基本是穿插式的，三元分立，类似埃斯库罗斯的三元剧。

《辛白林》里的大臣培拉律斯、辛白林的两个儿子吉德律斯与阿维拉古斯、辛白林的女儿伊摩琴的传奇经历也自成三个单元，不过在作品中，三个单元之间连接较为密切，培拉律斯单元与辛白林的两个儿子这个单元基本合并在一起同步发展，然后通过增加兄妹相见这个情节，将第三个单元纳入进来，有机联系性较强。其中培拉律斯偷走辛白林的两个儿子的往事采用了倒叙手法，使剧情比较紧凑。

在《冬天的故事》里，王后赫米温妮、公主潘迪塔、大臣卡密罗组成了三个故事单元。一开始，三个故事单元就密切联系在一起，结尾时，通过返回西西里事件先将后两个故事单元合并在一起，然后通过父女相认后共同去看王后塑像这个事件，终于将第一个故事单元纳入进来，三个故事单元融为一个整体。在第一个故事单元中，在王后赫米温妮的死而复生上充分运用了突转和发现的戏剧技巧，手法十分高超。

在《暴风雨》里由普洛斯彼罗、安东尼奥和阿隆佐、腓迪南和米兰达构成三个故事单元，普洛斯彼罗单元位于中心地位，统领其他两个故事单元。普洛斯彼罗是一个魔法师，他用魔法使安东尼奥和阿隆佐悔悟，使腓迪南和米兰达产生爱情，这是一个完美的三元整一的叙事结构。剧情高度集中，戏剧情节一开始就从 12 年后展开，完全打破了平铺直叙的叙事模式，以倒叙方式回溯往事，技巧的高超可与索福克勒斯的《俄狄浦斯王》相媲美。

（三）欢乐颂性质的主旨

关于传奇剧的思想主题，较普遍的看法是，莎士比亚传奇剧的主旨在于，企图以幻想来解决理想与现实之间的矛盾，以仁爱来感化恶人，宽恕和解是其主要思想。人们认为宽恕与和解是后期剧的主要思想特征，不但《暴风雨》的主题是宽恕与和解，而且莎士比亚的传奇剧都贯穿了宽恕与和解的思想，它们被认为是贯穿于莎翁全部后期剧中最重要的思想特征；而且按照现实主义的价值标准，传奇剧的现实主义成分大大减弱，对社会的批判性也削弱了，尖锐的社会矛盾常常用非现实的方法解决。

这样描述传奇剧的思想特点正确但不准确、不确切。实际上，莎士比亚并未对人和现实失去信心，他在传奇剧中，高扬的正是对人类世界未来的理想主义信念；莎士比亚并没有走向虚幻，更不曾把解决现实矛盾的希望寄托在古希腊的神祇或基督教的上帝身上。人道和仁爱思想确实是莎士比亚一生蕴存于心的基本思想，人道和仁爱思想是莎士比亚人文主义思想的重要范畴，在传奇剧中也处处闪耀着人道和仁爱的思想光辉，传奇剧的情节就是一个分裂变成和谐，仇恨变成相爱的过程，结局是宽恕与和解。但是莎士比亚并未靠爱的武器来解决人与人之间的矛盾。例如在《泰尔亲王配力克里斯》里安提奥克及其女儿这一对乱伦父女是暴亡而死的，克里翁夫妇背信弃义也没有写他们转变什么；在《辛白林》里国王不是因为受到爱的感化，而是在经受了痛苦后方有所改变的；在《冬天的故事》里的西西里国王里昂提斯，也是在经受痛苦后有所悔悟的；在《暴风雨》中，真正促使阿隆佐悔悟的也是受到惩罚后的痛苦，而安东尼奥则始终没有表现出真正被感化的一面。可见，莎士比亚并不把抽象的爱视为改造人的良方，他的传奇剧的重心原就不在这里。

莎士比亚传奇剧通过叙述和描绘不可思议的奇迹和人物命运的神奇，表现出对人类命运的希望和对人类未来的坚定信念，表达的是不管道路多么坎坷，不管前面有多少黑暗，人类将获得最后的胜利这一主题。这一主题与贝多芬的欢乐颂音乐主题是一致的。传奇剧表现了理想，但又不仅仅像早期喜剧那样歌颂理想的美好；传奇剧也揭示人性恶、社会恶，但又不像中期悲剧那样把重心放在抗议与反抗上，传奇剧表达的是理想必定实现、恶必将失败、人间自有正道。对人类及其未来的信念是莎士比亚传奇剧的灵魂所在。

传奇剧中黑暗的力量虽看似强大甚至一时压倒了一切，但随着时间的推移，一切发生着变化，山重水复疑无路，柳暗花明又一村。如在《泰尔亲王配力克里斯》中，十四年过去后，原本万念俱灰的配力克里斯以为女儿已死，这时却与女儿重逢，紧接着又与妻子聚首，全家欢聚在一起。在《辛白林》中，国王辛白林的儿子早年被偷走，正在女儿不知下落和国家面临罗马入侵之际，逃走的大臣、长大成人的儿子、失散的女儿女婿都在紧要关头出现。《冬天的故事》写十六个春秋默无声息度过后，曾暴虐偏执的西西里国王里昂提斯已悔恨过失，王后赫米温妮和公主潘迪塔终于死而复生。在《暴风雨》里，普洛斯彼罗落难荒岛十二年后终于重返故国。所有传奇剧的剧情都是开始时苦痛，灾难接踵而至，但随着时间变化，形势朝对主人公命运有利的方向发生转变，结局是矛盾和黑暗一时间冰雪消融，美好光明的理想瞬间展现，一切令人欣喜不已。

传奇剧中年轻一代都是美好的。《泰尔亲王配力克里斯》里的玛丽娜洁身自好、自食其力，宛如一朵出污泥而不染的青莲。《辛白林》中的公主伊摩琴宁爱有才之贫士，不爱王后的儿子；辛白林的两个王子虽生活贫贱却有着高贵的品德。《冬天的故事》中波西米亚的王子弗罗利泽与当牧羊女的潘迪塔都是理想可爱的人物，他们真诚相爱。《暴风雨》中的米兰达则如新生儿一样单纯、纯洁，全然不知人世间的邪恶，她与腓迪南的爱情也那么纯洁无瑕。美好的青年一代代表着人类光明的未来。

（四）多元文化交融的宗教观、命运观

莎士比亚生活在基督教文化里，其创作浸润着基督教文化精神。莎士比亚传奇剧也不例外，同样受到基督教文化的影响。

基督教文化经典《圣经》自始至终都鲜明地贯穿着仁爱、宽恕和博爱的基督精神，认为有了爱，一切过错和仇恨都可以化解。例如《新约》中曾形象地表述饶恕这一精神，彼得原以为对一个坏人饶恕七次便够了，可耶稣基督却主张饶恕到七十个七次才行。淡然恩仇、宽恕敌人是基督教特有的文化精神之一。四部传奇剧均渗透着基督教的这种宽恕与博爱的精神：在《泰尔亲王配力克里斯》中，泰尔亲王配力克里斯的女儿虽遭谋害仍宽恕了克里翁夫妇；在《辛白林》中，波塞摩斯新婚被逐，培拉律斯忠贞见放，他们都痛恨国王辛白林，但在国难当头时，他们都宽恕了国王；波塞摩斯还宽恕了造谣欺骗祸害自己的敌人；在《冬天的故事》里，里昂提斯最后得到了妻子女儿的宽恕；在《暴风雨》中，普洛斯彼罗在对仇人进行了必要惩罚后也宽恕了他们。

基督教中一个重要的故事原型是耶稣死而复生，即复活。复活神话意味着对人的拯救。在《泰尔亲王配力克里斯》《辛白林》《冬天的故事》和《暴风雨》这四个传奇剧中，不少人都经历了肉体或精神的复活，这些都紧贴基督复活的原型故事，都与耶稣基督的受难—复活原型有关，均可视为这个原型故事的变形、移位、置换。在《泰尔亲王配力克里斯》中，王后泰莎在一次难产中“死”去并被海葬，公主玛丽娜被谋害逃脱后为掩人耳目也被厚葬，最后她们在配力克里斯眼前全都复活了。在《辛白林》中，波塞摩斯派人去杀害妻子伊摩琴，从此他自己也心如死灰，伊摩琴的复活，平复了他内心的创痛，使他获得了精神的重生。在《冬天的故事》里，西西里国王里昂提斯因嫉妒和怀疑执意杀死王后及新生的公主，从阿波罗神谕中获知真相后，他开始赎罪，直到妻子女儿复活。《暴风雨》的主人公普洛斯彼罗的被逐和重返，可以说是“死而复生”的变形。不勒斯国王阿隆佐以为儿子腓迪南死去，内心将自己失去儿子当做上天对他罪恶的惩罚，他通过真心悔过也获得了精神的复活。不论是透露出的爱与宽恕的宗教情怀，还是复活原型的重现，都折射出四部传奇剧所受的基督教文化的影响。

莎士比亚传奇剧创作还受到古希腊罗马文化的影响。

莎士比亚传奇剧中不仅直接写到了古希腊罗马时代背景和希腊的神明，还汲取了古希腊神话和古希腊悲剧中的命运观和神谕的观念。传奇剧中多处写到梦幻和神谕。在《泰尔亲王配力克里斯》剧中，配力克里斯遇见失散的女儿后，随着一阵奇幻的音乐进入了梦境，在幻梦中狄安娜女神现身并指示他到以弗所的神庙去，她说："当着众人之前，哀诉你自己和你女儿的不幸遭遇，对他们详尽地表明一切。依着我的话做了，你可以得到极大的幸福，否则你将要永远在悲哀中度日。"（五幕一场）配力克里斯听从女神的神谕去了以弗所，果然在那里他找到了自己的妻子获得了幸福。在《辛白林》剧中，伊摩琴的丈夫波塞摩斯向神明祈求以自己的生命换回伊摩琴的命，这时出现了一个奇特的梦境：他梦见自己早已死去的双亲和兄长，祈求天神朱庇特救援波塞摩斯。朱庇特下凡给了他一个宝册，上书："雄狮之幼儿于当面不相识、无意寻求间得之、且为一片之空气所笼罩之时，自庄严之古柏上砍下之枝条、久死而复生、重返故株、发荣滋长之时，亦即波塞摩斯脱离厄难、不列颠国运昌隆、克享太平之治之日。"（五幕四场）神谕的一切后来都一一应验。在《冬天的故事》剧中，西西里国王里昂提斯为了证明自己所做的一切是对的，派人到阿波罗的神庙求神谕。神谕："赫米温妮洁白无辜；波力克希尼斯德行无缺；卡密罗忠诚不二；里昂提斯者多疑之暴君；无罪之婴孩乃其亲生；倘已失者不能重得，王将绝嗣。"（三幕二场）后来潘迪塔长大并返回西西里，母亲方复活，里昂提斯始得新生。只有《暴风雨》剧中写了魔法而没有神谕，但也写了由爱丽儿等精灵扮演的天后朱诺、大地女神克瑞斯、天虹伊利斯等上场给腓迪南和米兰达这对恋人赐福的场景，给传奇剧带上希腊神话的色彩。

传奇剧中的故事也与希腊神话原型有一定的联系，例如在《泰尔亲王配力克里斯》中，开头的父女乱伦故事与《俄狄浦斯王》中母子乱伦故事，虽然性别倒置有所不同，但性质相似；例如，早在19世纪，评论家威格斯顿就发现了《冬天的故事》与古希腊得墨忒尔和珀耳塞福涅神话之间的相似之处。其后许多评论家也从这个神话出发对《冬天的故事》进行了分析。[①]

不过，莎士比亚虽然受到基督教文化的影响，但传奇剧中的神秘力量并非来自上帝；莎士比亚虽然受到希腊文化的影响，但传奇剧中的神祇并不具备左右人命运的职能，只是具有神谕的功能。莎士比亚的传奇剧尽情展现了人间各种悲欢离合以及人物变幻莫测的命运，那么剧中冥冥起着作用的某种力量究竟是什么？纵观全部传奇剧，里面掌握或改变人的命运的不是神而是人。

他们是一些平凡的人、不为人重视的好人，甚至是一些有缺点的人。在《泰尔亲王配力克里斯》里，配力克里斯遭遇海难时，怜悯并救助他的是一位不知名的渔夫，他们把袍子给他取暖，让他吃住下来，如果没有他们，配力克里斯恐怕早不在人世了；泰莎昏迷后被装进了棺材，随海水漂流到以弗所，是当地的贵族萨利蒙把她救活过来；玛丽娜出生后无法随父亲回到泰尔，克里翁夫妇曾对她有救命之恩，尽管他们后来又企图谋害她。在

---

① 沈非：《〈冬天的故事〉中隐含的另一个神话》，载《北京航空航天大学学报》（社会科学版）2002年第4期，第21页。

《辛白林》中，辛白林的儿子被大臣培拉律斯偷走，可是没有培拉律斯的照料和教导，他们也不可能长大成人；辛白林的女儿若不是被仆人比萨尼奥搭救，则早已不在人世。《冬天的故事》中的宝丽娜是王后赫米温妮的真正朋友和保护人；不知名的牧人是潘迪塔的救命恩人；大臣卡密罗则是使里昂提斯一家团圆的又一功臣。只有《暴风雨》有些例外，普洛斯彼罗完成夙愿全靠善良的小精灵爱丽儿的帮助。传奇故事中能使人起死回生，发生奇迹的正是这些普通人在起作用。

除此以外，能改变命运的力量还来自主人公自身。在《泰尔亲王配力克里斯》中，配力克里斯通过百折不挠的努力才把握住了命运的转机，玛丽娜的洁身自好、自食其力，才使她可能获得人们的尊重，避免了悲剧。在《辛白林》中，伊摩琴坚毅果敢，女扮男装，千里寻夫，通过自己的行动改变了可能的悲剧命运。在《冬天的故事》中，赫米温妮在遭到国王囚禁，遭受失去女儿的打击后，仍以坚毅的意志生活下来，终于等到了丈夫悔悟，一家人重逢的那一天。在《暴风雨》中普洛斯彼罗始终没有放弃研究魔法，在度过艰辛的岁月后，终于重返米兰。传奇剧中的主人公正是因为自身的坚毅和努力，才使神奇的梦幻变为现实，使神谕最终应验。

两希文化即希伯来文化和希腊文化是西方文化的源头。希伯来文化直接影响到基督教文化。莎士比亚传奇剧创作表现出对希伯来文化和希腊文化的兼容并蓄。在传奇剧中，他一方面高扬基督教的文化价值观，将人的道德、良心、忏悔、宽恕、仁慈、博爱看做是人类的希望所在，肯定人类终将得到拯救；另一方面，又借用希腊神话的神谕观念，肯定事物发展中具有的必然性，强化了理想实现的必然性，给人以信心。但同时莎士比亚并不把实现理想的希望，寄托在人类之外基督教的上帝或希腊的神祇，而是放在人自身对永恒价值的积极追求上。莎士比亚的传奇剧强调的是人的主体性与自由意志，体现了人文主义的时代精神。如果把传奇剧看做是一部部关于人类命运的戏剧的话，那么能扼住命运喉咙的人仍是人自身。

主要参考文献

专著

杨周翰编选：《莎士比亚评论汇编》（上），中国社会科学出版社1979年版。

杨周翰编选：《莎士比亚评论汇编》（下），中国社会科学出版社1981年版。

施咸荣：《莎士比亚和他的戏剧》，北京出版社1981年版。

［苏］阿尼克斯特：《莎士比亚的创作》，徐克勤译，山东教育出版社1985年版。

［苏］阿尼克斯特：《莎士比亚传》，安国梁译，中国戏剧出版社1984年版。

方平：《和莎士比亚交个朋友吧》，四川戏剧出版社1983年版。

孙家琇：《论莎士比亚四大悲剧》，中国戏剧出版社1988年版。

卞之琳：《莎士比亚悲剧论痕》，生活·读书·新知三联书店1989年版。

张泗洋、徐斌、张晓阳：《莎士比亚戏剧研究》，时代文艺出版社1991年版。

孙家琇主编：《莎士比亚辞典》，河北人民出版社1992

年版。

易红霞：《诱人的傻瓜——莎剧中的职业小丑》，中国社会科学出版社2001年版。

李伟昉：《说不尽的莎士比亚》，中国社会科学出版社2004年版。

《巴赫金全集》第五卷，白春仁、顾亚玲译，河北教育出版社1998年版。

巴赫金：《陀思妥耶夫斯基诗学问题》，生活·读书·新知三联书店1988年版。

巴赫金：《巴赫金文论选》，中国社会科学出版社1996年版。

［古希腊］普鲁塔克：《希腊罗马名人传》，商务印书馆1990年版。

胡家峦：《历史的星空——英国文艺复兴时期诗歌与西方传统宇宙论》，北京大学出版社2001年版。

路谷孙：《莎士比亚研究十讲》，复旦大学出版社2006年版。

叶舒宪编选：《结构主义神话学》，陕西师大出版社1988年版。

《欧美文学史简编》，山东教育出版社1980年版。

陈惇、何乃英主编：《外国文学史纲要》，北京师范大学出版社1995年版。

陈应详主编：《外国文学》，高等教育出版社1988年版。

赵澧：《莎士比亚传》，中国人民大学出版社1991年版。

郑克鲁主编：《外国文学史》，高等教育出版社2001年版。

昆德拉：《小说的艺术》，上海译文出版社2004年版。

让·保罗·萨特：《存在主义是一种人道主义》，周煦良、汤永宽译，上海译文出版社 1988 年版。

伍蠡甫主编：《西方文论选》，上海译文出版社 1985 年版。

亚里士多德：《诗学》，人民文学出版社 1982 年版。

《罪与罚》，人民文学出版社 1997 年版。

《圣经》

海伦·加德纳：《宗教与文学》，江先春、沈弘译，四川人民出版社 1998 年版。

杨慧林主编：《罪恶与救赎》，东方出版社 1995 年版。

鲁迅：《论外国文学》，外国文学出版社 1982 年版。

《古典文艺理论译丛》第九辑，人民文学出版社 1964 年版。

方重译：《乔叟文集》，上海译文出版社 1979 年版。

陶德榛、马家骏主编：《世界文学名著选读》第二册，高等教育出版社 1992 年版。

《马克思恩格斯书信选集》第一卷，人民文学出版社 1962 年版。

《马克思恩格斯全集》第 33 卷，人民出版社 1973 年版。

王世德主编：《美学辞典》，知识出版社 1965 年版。

姜德福：《社会变迁中的贵族——16—18 世纪英国贵族研究》，商务印书馆 2004 年版。

论文

卢婧：《试论莎士比亚〈亨利四世〉的反权力话语性质》，《南京社会科学》2007 年第 2 期。

赵勇：《民间话语的开掘与放大》，《外国文学研究》2002 年第 4 期。

李艳梅：《20 世纪国外莎士比亚历史剧评论综述》，《沈阳师范大学学报》2007 年第 2 期。

李艳梅：《国内莎士比亚历史剧研究状况分析》，《北方论丛》2007 年第 1 期。

王卫华：《从教士与国王形象看莎士比亚历史剧中的罪感意识》，《中国青年政治学院学报》2007 年第 4 期。

李韶华：《莫里哀与莎士比亚戏剧艺术比较》，《甘肃联合大学学报》2005 年第 1 期。

曲政、俞东明：《也谈夏洛克对安东尼奥的报复》，《天津外国语学院学报》2002 年第 2 期。

章子仁：《论夏洛克的悲剧意蕴》，《广西大学学报》1996 年第 1 期。

陈俊：《夏洛克：一个悲剧性人物》，《武汉大学学报》2001 年第 4 期。

周晖：《夏洛克的悲剧与其性格的复杂性》，《湖北师范学院学报》1996 年第 2 期。

王述文：《论夏洛克形象的多重性》，《外国文学研究》1999 年第 3 期。

韩旭：《安东尼奥对抗夏洛克》，《外国文学研究》2002 年第 3 期。

刘军：《莎士比亚喜剧营构的恋爱模式》，《孝感师专学报》（社会科学版）1996 年第 4 期。

韩玉平：《莎剧〈特洛伊斯和克瑞西达〉主题解读》，《聊城大学学报》2003 年第 3 期。

高艳：《凤求凰之路——通过〈终成眷属〉看英国贵族婚姻》，《时代文学》2006 年第 3 期。

叶冬：《伊莎贝拉的困境——〈一报还一报〉中的性别对立》，《湖南大学学报》2007 年第 5 期。

乐铄：《罗马剧在莎士比亚戏剧中的地位》，《郑州大学学报》1999 年第 2 期。

田俊武、袭新智:《心与心的距离——重读〈罗密欧与朱丽叶〉与〈奥赛罗〉》,《四川戏剧》2008 年第 1 期。

田俊武、朱丽萍:《〈裘力斯·凯撒〉中勃鲁托斯角色的双重解读》,《广西社会科学 》2007 年第 2 期。

莫运平:《莎士比亚〈科利奥兰纳斯〉的价值论释义》,《戏剧文学》2006 年第 11 期。

方平:《马歇斯的双重放逐》,《外国文学研究》1999 年第 3 期。

孙柏:《群众与人:〈科利奥兰纳斯〉和现代戏剧的一个形式难题》,《读书》2008 年第 4 期。

方凡:《〈奥瑟罗〉悲剧与后殖民解读》,《求索》2005 年 12 期。

《外国文学研究》,《中国人民大学书报资料》1987 年第 2 期。

沈非:《〈冬天的故事〉中隐含的另一个神话》,《北京航空航天大学学报》2002 年第 4 期。

后　记

莎士比亚是英国文艺复兴时期著名的戏剧家，是世界文学史上成就最为突出、影响最大的伟大作家之一，在世界文学史上占有极其重要的地位。在我国，莎士比亚戏剧是高校外国文学史教学中一个重要的组成部分，是外国文学教学的重点之一，对于一个从事外国文学教学的教师来讲，研究莎士比亚戏剧是一项必须的工作。我自1986年开始从事外国文学教学，当时学习和研究莎士比亚戏剧的范围还仅限于以《哈姆莱特》为主的四大悲剧，对其他的戏剧作品关注较少。与莎士比亚戏剧结缘，始于1993年我在北京师范大学比较文学与世界文学助教进修班学习，其中学的一门课程就是陈惇教授开设的“莎士比亚戏剧比较研究”，从而对莎士比亚戏剧进行了比较系统的学习，对莎士比亚戏剧作品的研读面也得以扩大和深入。1999年，因我所在的外国文学教研室要承担开设两门专业选修课的任务，我承担了其中的一门，就是“莎士比亚戏剧研究”。此后，我也开始喜欢莎士比亚的戏剧，关注起与莎士比亚戏剧相关的研究，于是，莎士比亚戏剧研究逐渐成为我的一个研究专题。

我对莎士比亚戏剧最深切的认识是：它是一个整体，其全部戏剧创作彼此是有联系的，他的37个剧本是一个集合体。如果单单拿出莎士比亚的一部戏剧来分析，常会有只见树木不见森林之感，特别是那些不著名的作品，仅从它自身去看，有时很难认识它的价值和意义，常常领略不到莎剧的伟大之处。只有把每个戏剧放在整体中才能发现它的价值和意义，才能认识每个戏剧作品的特点和价值所在。正如 T. S. 艾略特所言："为了了解莎士比亚的任何一个作品，我们必须了解他的全部作品。"

莎士比亚每部剧作都有它的独特价值和意义，每部剧作在莎士比亚戏剧创作中都有独特地位，而不只是那些名剧。可借用分类方式，从莎士比亚不同类型的戏剧中探讨每部戏剧作品的独特性，或者说去探讨每部戏剧作品在莎士比亚不同类型的戏剧中具有的独特性。也就是说，将莎剧分类后，把某个戏剧放在它所属的类型中，在将它与同类型的其他戏剧对比、比较中，探讨这部戏剧的独特性。在分类研究的过程中，确实会对莎士比亚具体剧作的某种独特价值和特殊地位有新发现。例如，在历史剧中不被重视的《约翰王》，其实是莎士比亚的一部成熟的历史剧；在喜剧类型中，《第十二夜》是其喜剧出现转折的标志，《皆大欢喜》是其喜剧结束的标志；在悲剧类型中，《科利奥兰纳斯》《雅典的泰门》分别表现出莎士比亚英雄悲剧的结束和新型悲剧的尝试。在分类研究过程中，把每部戏剧放到它所属的类型中去，在莎剧不同的类型之间也自然形成一种比较，也便于发现不同类型戏剧的一些新特征。例如，莎士比亚悲喜剧具有社会问题剧的特质，传奇剧具有命运剧的特质。本书即是在这方面进行探究的一个收获。

在西方，自莎士比亚戏剧诞生以来，对它的研究就一直不曾间断，从同代人的批评到 17、18 两个世纪的发展，从 19 世纪莎士比亚戏剧的艺术声誉发展至顶点，再到 20 世纪批评的多样化，近四百年来，研究面之广、流派之多、成果之丰富，令人叹为观止。在我国，自莎士比亚戏剧作品被翻译过来后，对它的研究也经历了一个漫长的历史发展过程，特别是1978年人民文学出版社出版了《莎士比亚全集》，极大地促进了我国的莎士比亚戏剧研究，近几十年以来的莎士比亚戏剧研究硕果累累，有不少研究著作是出自中国莎学研究大家之手，一手资料丰富，代表着我国莎学研究的水平，而单篇的论文更是层出不穷，数不胜数，对莎士比亚戏剧总有新的发现、新的解读。前人在莎士比亚研究上的开拓，深化了我对莎士比亚戏剧的认识，也给了我思想的启迪。在汲取前人研究成果的基础上，在对莎士比亚戏剧进行具体研读的基础上，少作二手阐释，多去感悟文本，把我对莎士比亚戏剧独特价值的认识、对莎士比亚戏剧创作的有机联系的认识表达出来。但因自己水平有限，错误和不足一定不少，恳请方家批评指正。

感念引领我步入莎士比亚戏剧殿堂的老师，感念曾一起切磋讨论的教研室同事以及同学。对写作和成书过程中同学好友给予的鼓励、支持、帮助心存感激。对于为本书编辑出版付出辛勤劳动的郭沂纹女士和有关同志深表感谢。

外国文学研究丛书

●荒原与拯救——现代主义语境中的劳伦斯小说　　刘洪涛/著

●西方悲剧的中国式批判　　何辉斌/著

●政治变革与小说形式的演进——卡尔维诺、昆德拉和三位拉丁美洲作家　　裴亚莉/著

●迷失与折返——海明威文本“花园路径现象”研究　　杜家利　于屏方/著

●俄国“白银时代”文学概观　　李辉凡/著

●漂泊与追寻——欧美流浪汉小说研究　　李志斌/著

●现代主义语境下的契诃夫研究　　马卫红/著

◎莎士比亚戏剧分类研究　　张　丽/著